Das Buch

Der Papst ist tot. Er war alt, aber die Todesumstände sind mysteriös. Die um den Heiligen Stuhl buhlenden Gegner formieren sich: Traditionalisten, Modernisten, Schwarzafrikaner, Südamerikaner ... Kardinal Lomeli, den eine Glaubenskrise plagt, leitet das schwierige Konklave. Als sich die Pforten der Sixtinischen Kapelle hinter den 117 Kardinälen schließen, trifft ein allen unbekannter Nachzügler ein. Der verstorbene Papst hatte den Bischof von Bagdad im Geheimen zum Kardinal ernannt. Ist der aufrechte Kirchenmann der neue Hoffnungsträger in Zeiten von Krieg und Terror – oder ein unerbittlicher Rivale mit ganz eigenen Plänen? Alle Kandidaten sind heilige Männer, doch ist jeder von irdischem Ehrgeiz getrieben. Die Gegner sind zahlreich. Aber es kann nur einen Heiligen Vater geben, unfehlbar und ausgestattet mit der Macht Gottes auf Erden.

Die Welt wartet, dass weißer Rauch aufsteigt ...

»Was das Buch faszinierend und schwer aus der Hand zu legen macht, ist die Beschreibung: die Details, die Nebenbemerkungen, die Figuren. Die könnte es alle genau so geben.«   *Radio Vatikan*

Der Autor

Robert Harris wurde 1957 in Nottingham geboren und studierte in Cambridge. Seine Romane *Vaterland, Enigma, Aurora, Pompeji, Imperium, Ghost, Titan, Angst, Intrige, Dictator, Konklave, München, Der zweite Schlaf, Vergeltung* und *Königsmörder* wurden allesamt internationale Bestseller. Robert Harris lebt mit seiner Familie in Berkshire. Zuletzt erschien im Heyne-Verlag sein historischer Politthriller *Abgrund.*

ROBERT HARRIS

KONKLAVE

ROMAN

Aus dem Englischen von
Wolfgang Müller

WILHELM HEYNE VERLAG
MÜNCHEN

Die Originalausgabe erschien unter dem Titel
Conclave
bei Hutchinson, London

MIX
Papier | Fördert
gute Waldnutzung
FSC® C014496
www.fsc.org

Penguin Random House Verlagsgruppe FSC® N001967

4. Auflage
Vollständige deutsche Taschenbuchausgabe 11/2024
Copyright © 2016 by Canal K Limited
Copyright © 2016 der deutschsprachigen Ausgabe by
Wilhelm Heyne Verlag, München,
in der Penguin Random House Verlagsgruppe GmbH,
Neumarkter Straße 28, 81673 München
produktsicherheit@penguinrandomhouse.de
(Vorstehende Angaben sind zugleich Pflichtinformationen nach GPSR)

Bibelstellen nach der Einheitsübersetzung der Heiligen Schrift,
Copyright © 2016 by Katholische Bibelanstalt GmbH, Stuttgart
Umschlaggestaltung: Eisele Grafik·Design, München
Artwork © 2024 Focus Features LLC. Used with permission.
Satz: Schaber Datentechnik, Austria
Druck und Bindung: GGP Media GmbH, Pößneck
Printed in Germany

ISBN 978-3-453-44343-3

www.heyne.de

VORBEMERKUNG
DES AUTORS

Obwohl ich um der Authentizität willen im ganzen Roman echte Titel benutzt habe (Erzbischof von Mailand, Dekan des Kardinalskollegiums etc.), habe ich sie in dem Sinne benutzt, wie man vielleicht über einen fiktiven amerikanischen Präsidenten oder einen britischen Premierminister schreiben würde. Ähnlichkeiten der von mir für diese Ämter erfundenen Figuren mit ihren gegenwärtigen Amtsträgern sind nicht beabsichtigt. Für etwaige Fehler und zufällige Parallelen entschuldige ich mich. Trotz gewisser vordergründiger Übereinstimmungen soll der verstorbene Heilige Vater in *Konklave* kein Porträt des gegenwärtigen Papstes sein.

Für Charlie

Ich hielt es für klüger, nicht mit den Kardinälen zu essen. Ich aß in meinem Zimmer. Im elften Wahlgang wurde ich zum Papst gewählt. O Jesus, auch ich kann sagen, was Pius XII. sagte, nachdem er gewählt worden war: »Gott, sei mir gnädig nach Deiner Huld.« Man möchte sagen, es ist wie ein Traum, und doch ist es, bis ich sterbe, die feierlichste Realität meines Lebens. So bin ich bereit, Herr, mit Dir zu leben und zu sterben. Ungefähr dreihunderttausend Menschen jubelten mir auf dem Balkon von St. Peter zu. Die Bogenlampen ließen mich nichts anderes als eine formlose, wogende Masse sehen.

Papst Johannes XXIII.,
TAGEBUCHEINTRAG, 28. OKTOBER 1958

Ich war schon früher einsam, aber nun wird meine Einsamkeit umfassend und Furcht einflößend. Deshalb die Schwindelgefühle, die Höhenangst. Ich lebe nun wie eine Statue auf einem Sockel.

Papst Paul VI.

VATIKANSTADT
DAS KONKLAVE

VATIKANISCHE
GÄRTEN

Cortile
Borgia

Cortile della
Sentinella

SIXTINISCHE
KAPELLE

Sala
Regia

PALAZZO DEL
GOVERNATORATO

Via delle Fondamenta

Paulinische
Kapelle

PETERSDOM

SANTO STEFANO
DEGLI ABISSINI

PIAZZA
SANTA MARTA

PALAZZO DEL
TRIBUNALE

PALAZZO
SAN CARLO

CASA SANTA
MARTA

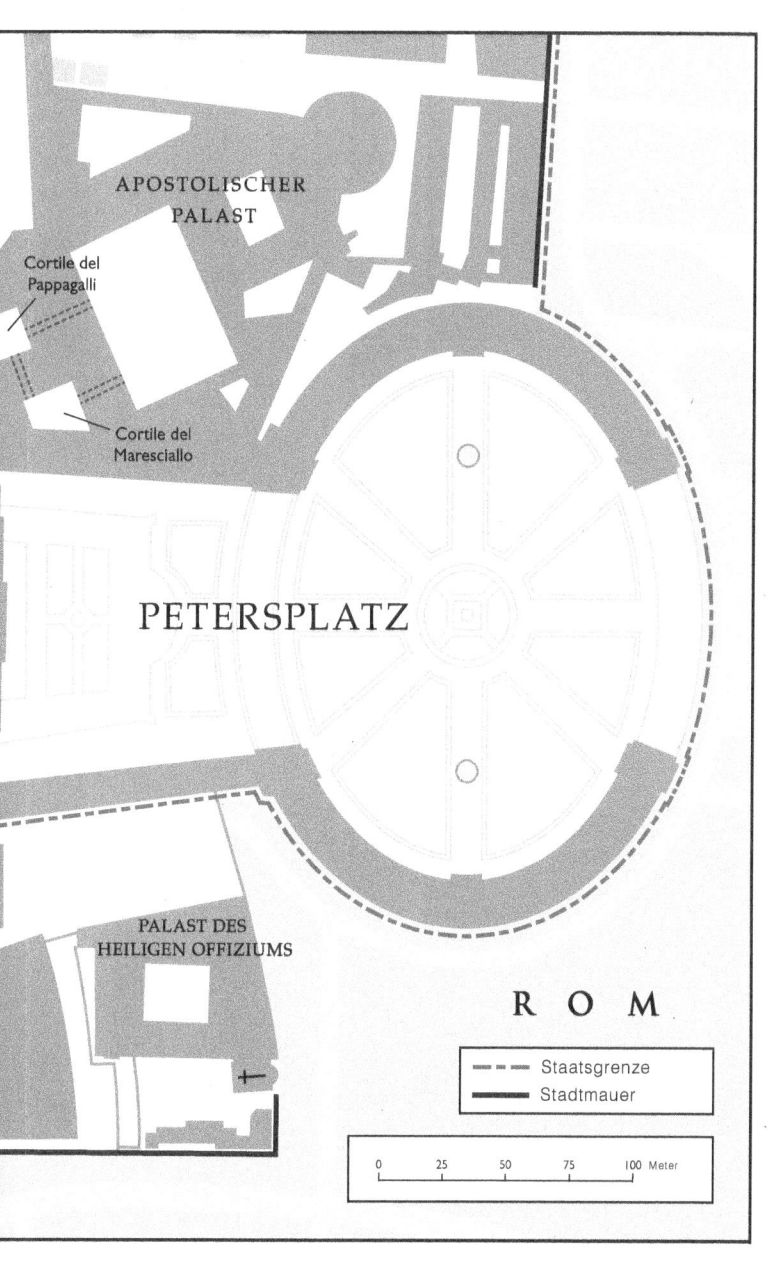

APOSTOLISCHER
PALAST

Cortile del
Pappagalli

Cortile del
Maresciallo

PETERSPLATZ

PALAST DES
HEILIGEN OFFIZIUMS

R O M

- - - Staatsgrenze
━━━ Stadtmauer

0   25   50   75   100 Meter

1

SEDISVAKANZ

Kardinal Lomeli verließ seine Wohnung im Palast des Heiligen Offiziums kurz vor zwei Uhr morgens und eilte durch die dunklen Kreuzgänge des Vatikans zum Schlafzimmer des Papstes.

Er betete. *Meine Arbeit in Deinen Diensten ist getan, o Herr, vor ihm jedoch liegen noch viele Aufgaben. Er wird geliebt, ich bin vergessen. Verschone ihn, o Herr. Verschone ihn. Nimm mich statt seiner.*

Schwer atmend hastete er über das Kopfsteinpflaster zur Piazza Santa Marta hinauf. In die weiche, dunstige Luft Roms mischte sich unverkennbar die erste schwache Kühle des Herbstes. Ein leichter Regen fiel. Am Telefon hatte der Präfekt des Päpstlichen Hauses so panisch geklungen, dass er auf nichts weniger als höllisches Chaos gefasst war. Tatsächlich herrschte auf der Piazza jedoch eine ungewöhnliche Ruhe. Lediglich ein einsamer Krankenwagen, dessen Umrisse sich gegen die angestrahlte Südseite des Petersdoms abzeichneten, wartete in diskretem Abstand. Die Innenbeleuchtung war eingeschaltet, und die Scheibenwischer bewegten sich schnell hin und her, sodass er die Gesichter von Fahrer und Beifahrer erkennen konnte. Der Fahrer sprach in ein Handy. Wie ein Schlag traf Lomeli die Erkenntnis, dass sie nicht einen Kranken, sondern eine Leiche abholen wollten.

Neben der unpassend wirkenden Spiegelglastür, durch die man in die Casa Santa Marta gelangte, war ein Schweizergardist postiert. Er hob die in einem weißen Handschuh steckende Hand an den Helm mit dem roten Federschmuck und salutierte. »Eure Eminenz.«

Lomeli nickte zu dem Krankenwagen. »Würden Sie bitte sicherstellen, dass die nicht die Presse benachrichtigen?«, sagte er.

Das Gästehaus strahlte die nüchterne, antiseptische Atmosphäre einer Privatklinik aus. In der mit weißem Marmor gefliesten Eingangshalle hatten sich etwa ein Dutzend Priester versammelt, davon drei im Morgenmantel, die wie nach einem Feueralarm verunsichert herumstanden und über den korrekten Ablauf rätselten. Auf der Schwelle zögerte Lomeli einen Moment, weil er etwas in der linken Hand spürte. Er stellte fest, dass er sein rotes Scheitelkäppchen, den Pileolus, umklammerte. Er konnte sich nicht erinnern, ihn mitgenommen zu haben. Er faltete die Kappe auseinander und setzte sie auf. Seine Haare fühlten sich feucht an. Als er zum Fahrstuhl ging, wollte ein afrikanischer Bischof ihn ansprechen, aber Lomeli nickte ihm nur kurz zu und ging weiter.

Es dauerte ewig, bis der Lift kam. Er hätte die Treppe nehmen sollen. Aber dafür war er schon zu sehr außer Atem. Er spürte die Blicke der anderen im Rücken. Er sollte etwas sagen. Der Fahrstuhl kam, die Tür öffnete sich. Er wandte sich um und hob die Hand zum Segen.

»Betet«, sagte er.

Er drückte auf den Knopf für den zweiten Stock, die Tür schloss sich, die Kabine bewegte sich aufwärts.

Sollte es Dein Wille sein, ihn zu Dir zu rufen und mich zurückzulassen, so gewähre mir die Kraft, anderen ein Fels zu sein.

Unter dem gelben Licht sah sein ausgezehrtes Gesicht im Spiegel grau und fleckig aus. Er sehnte sich nach einem Zeichen, nach einer Eingabe von Stärke. Der Fahrstuhl kam ruckartig zum Stehen. Sein Magen schien weiter aufwärts zu streben, und er musste sich an dem metallenen Handlauf festhalten. Er erinnerte sich an die Begebenheit, wie er und der Heilige Vater einmal kurz nach dessen Amtsantritt mit genau diesem Lift gefahren und zwei ältere Monsignori zugestiegen waren. Sie waren sofort auf die Knie gesunken, sprachlos, den Stellvertreter Christi auf Erden leibhaftig vor sich zu sehen. Der Papst hatte nur gelacht und gesagt: »Schon gut, Sie können wieder aufstehen. Ich bin auch nur ein alter Sünder, nicht besser als Sie …«

Der Kardinal hob das Kinn. Seine Maske für die Öffentlichkeit. Die Lifttür ging auf. Ein dichter Vorhang aus dunklen Anzügen teilte sich und ließ ihn durch. Er hörte einen Leibwächter in seinen Ärmel flüstern: »Der Dekan ist da.«

Schräg gegenüber, im Flur vor der päpstlichen Wohnung, hielten sich drei Nonnen von den Barmherzigen Schwestern vom heiligen Vinzenz von Paul an den Händen und weinten. Erzbischof Woźniak, der Präfekt des Päpstlichen Hauses, kam auf ihn zu und begrüßte ihn. Die wässrig grauen Augen hinter den Gläsern der Nickelbrille waren verquollen. Er hob die Hände und sagte hilflos: »Eminenz …«

Lomeli nahm die Wangen des Erzbischofs zwischen die Hände und drückte sie sanft. Er spürte die Bartstoppeln des jüngeren Mannes. »Janusz, Ihre Gegenwart hat ihn so glücklich gemacht.«

Ein weiterer Leibwächter öffnete die Tür zur Wohnung. Vielleicht war es auch ein Leichenbestatter, in beiden Berufsgruppen kleidete man sich ja sehr ähnlich. Jedenfalls war es eine Gestalt in Schwarz.

Das kleine Wohnzimmer und das noch kleinere Schlafzimmer im Hintergrund waren überfüllt. Später erstellte Lomeli eine Liste und kam auf mehr als ein Dutzend Personen, die Sicherheitsleute nicht eingerechnet – neben Woźniak zwei Ärzte, zwei Privatsekretäre, der Zeremonienmeister für die liturgischen Feiern des Papstes Erzbischof Mandorff, mindestens vier Priester der Apostolischen Kammer und natürlich die vier ranghöchsten Kardinäle der katholischen Kirche: Aldo Kardinal Bellini, der Staatssekretär Seiner Heiligkeit; der Camerlengo, also der Kardinalkämmerer der Heiligen Römischen Kirche Joseph Tremblay; der für das Gnaden- und Ablasswesen zuständige Kardinalgroßpönitentiar Joshua Adeyemi, also der »oberste Beichtvater«; und er selbst, der Dekan des Heiligen Kollegiums. In seiner Eitelkeit hatte er sich eingebildet, als Erster gerufen worden zu sein. In Wahrheit jedoch war er, wie er jetzt sah, der Letzte gewesen.

Er folgte Woźniak ins Schlafzimmer. Zum ersten Mal konnte er einen Blick hineinwerfen. Sonst waren die großen Flügeltüren immer verschlossen gewesen. Das päpstliche Renaissancebett, über dessen Kopfende ein Kruzifix hing, war dem Wohnzimmer zugewandt. Das wuchtige Rechteck aus polierter Eiche nahm fast den gesamten Raum ein. Es war viel zu groß für das Zimmer und musste ursprünglich woanders gestanden haben. Es war der einzige Gegenstand in der Wohnung, der einen Hauch von Erhabenheit verströmte. Bellini und Tremblay knieten mit gesenktem Kopf neben dem Bett. Er musste über ihre Beine steigen, um zu den Kissen zu gelangen, auf die man leicht erhöht den Kopf des Papstes gebettet hatte. Den Körper verbarg eine weiße Bettdecke, die Hände lagen gefaltet über dem schlichten eisernen Pektorale auf seiner Brust.

Es war ein ungewohnter Anblick für Lomeli, ihn ohne Brille zu sehen. Sie lag zusammengeklappt neben einem zerkratzten Reisewecker auf dem Nachttisch. Das Gestell hatte auf beiden Seiten der Nase rote Druckstellen hinterlassen. Nach Lomelis Erfahrung wirkte das Gesicht von Toten oft schlaff und dumm. Das hier erschien ihm jedoch aufmerksam, fast belustigt, als wäre der Papst mitten im Satz unterbrochen worden. Als er sich vorbeugte, um ihn auf die Stirn zu küssen, bemerkte er im linken Mundwinkel einen winzigen Rest weißer Zahnpasta und roch einen Hauch von Pfefferminz und Blütenshampoo. Bestimmt würde er gleich den Mund aufmachen und weitersprechen.

»Warum hat er dich zu sich gerufen?«, flüsterte er. »Du hattest doch noch so viel vor.«

»*Subvenite sancti Dei …*«

Adeyemi stimmte das Sterbegebet an. Lomeli erkannte, dass sie nur auf ihn gewartet hatten. Vorsichtig kniete er sich auf den glänzend polierten Parkettboden. Er führte die geöffneten Hände zum Gebet zusammen, legte sie auf die Bettdecke und verbarg dann das Gesicht in den Handflächen.

»… *occurrite angeli Domini …*«

»… Kommt herzu, ihr Heiligen Gottes, eilt ihm entgegen, ihr Engel des Herrn …«

Der Basso profondo des Kardinals aus Nigeria hallte in dem winzigen Raum nach.

»… *suscipientes animam eius, offerentes eam in conspectu Altissimi …*«

»… nehmt auf seine Seele, und führt sie hin vor das Antlitz des Allerhöchsten …«

Die Worte schwirrten Lomeli ohne Sinn im Kopf herum. Das passierte ihm immer öfter. *Ich schreie zu dir, und du antwortest mir nicht.* Im Lauf des letzten Jahres hatte wie ein krächzender Störsender eine Art spirituelle Schlafstörung von ihm Besitz ergriffen. Sie hatte ihn der Gemeinschaft mit dem Heiligen Geist beraubt, die ihm einst vollkommen natürlich zugefallen war. Und wie mit dem Schlaf, so verhielt es sich auch mit dem sinnvollen Gebet. Je mehr man es ersehnte, desto flüchtiger wurde es. Bei ihrem letzten Zusammentreffen hatte er dem Papst seine Krise offenbart, hatte ihn um Erlaubnis gebeten, seine Pflichten als Dekan aufgeben und sich in einen religiösen Orden zurückziehen zu dürfen. Er war fünfundsiebzig, weit im Rentenalter. Aber der Heilige Vater war unerwartet hart mit ihm ins Gericht gegangen. »Manche sind zum Hirten auserwählt, andere werden gebraucht, dass sie den Hof führen. Deine Rolle ist gewiss nicht die des Seelsorgers. Du bist kein Hirte. Du bist ein Manager. Glaubst du etwa, ich habe es leicht? Ich brauche dich hier. Mach dir keine Sorgen. Gott wird zu dir zurückkehren. Das tut er immer.« Lomeli war gekränkt. Das sieht er also in mir, einen Manager. Sie hatten sich in kühler Atmosphäre voneinander verabschiedet. Das war das letzte Mal, dass er ihn gesehen hatte.

»... *Requiem aeternam dona ei, Domine, et lux perpetua luceat ei* ...«

»... Herr, gib ihm die ewige Ruhe, und das ewige Licht leuchte ihm ...«

Nachdem das Responsorium gesprochen worden war, verharrten die vier Kardinäle in stummem Gebet am Totenbett. Nach ein paar Minuten wandte Lomeli den Kopf ein wenig zur Seite und öffnete einen Spalt weit die Augen. Hinter ihm im Wohnzimmer knieten alle und hielten den Kopf gesenkt. Er legte das Gesicht wieder in die Hände.

Es stimmte ihn traurig, dass ihre lange Verbindung mit einem Misston geendet hatte. Er versuchte sich zu erinnern, wann genau das gewesen war. Vor zwei Wochen? Nein, schon vor einem Monat, exakt am 17. September, nach der Messe zum Gedenken an die Einprägung der Wundmale des hl. Franziskus – seine längste Zeit ohne Privataudienz. Vielleicht hatte der Heilige Vater geahnt, dass der Tod nahte und seine Mission unvollendet bleiben würde. Vielleicht erklärte das die für ihn untypische Gereiztheit.

Im Raum herrschte vollkommene Stille. Er fragte sich, wer als Erster seine Andacht beenden würde. Er tippte auf Tremblay. Der Frankokanadier war immer in Eile, ein typischer Nordamerikaner. Und tatsächlich, wenige Augenblicke später seufzte Tremblay auf. Fast wollüstig stieß er lange und theatralisch die Luft aus. »Er ist bei Gott«, sagte er und streckte die Arme aus. Lomeli glaubte, er würde gleich einen Segen sprechen, aber die Geste war an seine beiden Assistenten aus der Apostolischen Kammer gerichtet, die gerade das Schlafzimmer betraten, um ihm beim Aufstehen zu helfen. Einer trug eine silberne Schatulle.

»Erzbischof Woźniak«, sagte Tremblay, während alle sich erhoben. »Würden Sie mir bitte den Ring des Heiligen Vaters geben?«

Nach sieben Jahrzehnten ständigen Niederkniens knirschten Lomelis Gelenke beim Aufstehen. Er drückte sich an die Wand, damit sich der Präfekt des Päpstlichen Hauses an ihm vorbeidrängen konnte. Der Ring sträubte sich. Dem armen Woźniak brach vor Verlegenheit der Schweiß aus, während er den Ring hin und her ruckelte, um ihn über den Knöchel ziehen zu können. Schließlich hatte er es geschafft. Er legte den Ring in seine offene Handfläche und ging mit ausgestrecktem Arm zu Tremblay, der eine Schere – ein Werkzeug, das auch zum Rosenschneiden taugen würde, dachte Lomeli – aus der silbernen Schatulle nahm und das Siegel des Rings zwischen die Klingen steckte. Er drückte fest zu und verzog dabei vor Anstrengung das Gesicht. Ein Knacken, dann war die metallene Ringplatte, die den Apostel Petrus beim Einholen eines Fischernetzes zeigte, abgetrennt.

»*Sede vacante*«, verkündete Tremblay. »Der Papststuhl ist unbesetzt.«

*

Lomeli nahm sich einige Minuten Zeit und schaute zum Abschied nachdenklich auf das Bett hinunter, dann half er Tremblay, den dünnen weißen Schleier über das Gesicht des Papstes zu ziehen. Die Totenwache zerstreute sich in flüsternde Grüppchen.

Er ging zurück ins Wohnzimmer. Er fragte sich, wie der Papst das hatte ertragen können. Nicht nur Jahr um Jahr von bewaffneten Wachen umgeben zu sein, sondern auch diese Wohnung. Fünfzig anonyme Quadratmeter, deren Einrichtung zum Einkommen und Geschmack eines mittelmäßigen Handelsvertreters passte. Nirgends etwas Persönliches. Wände in blassem Zitronengelb, ein leicht zu reinigender Parkettboden. Tisch, Schreibtisch, das Sofa und die zwei mit einem blauen, waschbaren Stoff bezogenen Armsessel mit muschelförmiger Rückenlehne – alles Massenware. Sogar das Betpult aus dunklem Holz war das gleiche wie die hundert anderen im Gästehaus. Der Heilige Vater hatte hier als Kardinal gewohnt, bevor ihn das Konklave zum Papst gewählt hatte, und war einfach geblieben. Ein Blick in die luxuriöse Wohnung samt Bibliothek und Privatkapelle, die ihm im Apostolischen Palast zugestanden hätte, hatte genügt, dass er auf dem Absatz kehrtmachte. Sein Krieg gegen die alte Garde des Vatikans hatte genau da begonnen, bei diesem Thema, an seinem ersten Tag. Als einige der führenden Köpfe der

Kurie Einwände gegen die Entscheidung erhoben und sie als nicht angemessen für die Würde des Papstes bezeichnet hatten, da hatte er ihnen wie Schuljungen aus Jesu Weisung für seine Jünger zitiert: *Nehmt nichts mit auf den Weg, keinen Wanderstab und keine Vorratstasche, kein Brot, kein Geld und kein zweites Hemd!* Von da an hatten sie, Menschen, die sie waren, jedes Mal wenn sie heim in ihre pompösen offiziellen Wohnungen gingen, seinen tadelnden Blick gespürt und hatten es, Menschen, die sie waren, übel genommen.

Kardinalstaatssekretär Bellini stand mit dem Rücken zum Raum neben dem Schreibtisch. Mit dem Zerbrechen des Fischerrings war seine Amtszeit beendet. Der schmale, hochgewachsene Asket, der sich gewöhnlich so aufrecht hielt wie eine Pyramidenpappel, wirkte, als hätte man auch ihn zerbrochen.

»Mein lieber Aldo«, sagte Lomeli. »Es tut mir so leid.«

Er sah, dass Bellini das Reiseschachset betrachtete, das den Heiligen Vater immer in seiner Aktentasche begleitet hatte. Er fuhr mit seinem langen, blassen Zeigefinger über die winzigen roten und weißen Plastikfiguren. Ein kompliziertes Knäuel in der Mitte des Bretts, verwickelt in eine verworrene Schlacht, deren Schicksal es war, nie mehr entschieden zu werden. »Glauben Sie, es hätte jemand etwas dagegen, wenn ich das mitnehme … als Andenken?«, fragte Bellini.

»Sicher nicht.«

»Abends haben wir ziemlich oft gespielt. Er meinte, es würde ihn entspannen.«

»Wer hat gewonnen?«

»Er. Immer.«

»Nur zu, nehmen Sie es mit«, sagte Lomeli. »Er hat Sie mehr geliebt als jeden anderen. Er hätte es sicher so gewollt.«

Bellini schaute sich um. »Eigentlich sollte ich warten und um Erlaubnis fragen. Aber es scheint ganz so, dass unser dienstbeflissener Camerlengo die Wohnung gleich versiegelt.«

Er nickte zu Tremblay und seinen Assistenten hin, die um den Couchtisch herumstanden, auf dem die Dinge ausgebreitet lagen, die sie zur Versiegelung der Tür benötigten: rote Bänder, Wachs, Klebestreifen.

Plötzlich kamen Bellini die Tränen. Ihm, dem unnahbaren und blutleeren Intellektuellen, der für seine Gefühlskälte bekannt war. Lomeli hatte noch nie gesehen, dass er Emotionen gezeigt hätte. Er war erschüttert. Er legte ihm die Hand auf den Arm und sagte mitfühlend: »Wie ist es passiert?«

»Wahrscheinlich ein Herzinfarkt.«

»Und ich dachte immer, er hätte ein Herz wie ein Stier gehabt.«

»Nicht ganz, um ehrlich zu sein. Es gab Warnsignale ...«

Lomeli blinzelte ihn überrascht an. »Das ist mir völlig neu.«

»Es sollte niemand wissen. In dem Augenblick, wo es bekannt würde, würden *sie* sofort anfangen, Rücktrittsgerüchte zu streuen, hat er einmal gesagt.«

Sie. Bellini brauchte nicht auszusprechen, wer *sie* waren. Er meinte die Kurie. Zum zweiten Mal in dieser Nacht fühlte sich Lomeli auf finstere Weise beleidigt. Wusste er deshalb nichts von diesem schon lange bestehenden gesundheitlichen Problem? Weil der Heilige Vater ihn nicht nur für einen Manager gehalten hatte, sondern für einen von *ihnen?*

»Ich glaube, wir sollten uns sehr sorgfältig überlegen, was wir der Presse über seinen Zustand erzählen«, sagte Lomeli. »Sie kennen die besser als ich. Die werden haarklein alles über irgendwelche Herzprobleme wissen wollen und was wir dagegen unternommen haben. Und wenn herauskommt, dass alles vertuscht wurde und wir nichts unternommen haben, dann werden sie wissen wollen, warum.« Der anfängliche Schock ließ nach, und er konnte sich allmählich eine ganze Reihe drängender Fragen vorstellen, deren Beantwortung die Welt einfordern würde – auf die er selbst gern eine Antwort hätte. »Als der Heilige Vater starb, war da jemand bei ihm? Hat er die Absolution erhalten?«

Bellini schüttelte den Kopf. »Nein. Er war leider schon tot, als man ihn gefunden hat.«

»Wer hat ihn gefunden? Und wann?« Lomeli machte Erzbischof Woźniak ein Zeichen, zu ihnen zu kommen. »Ich weiß, Janusz, das ist schlimm für Sie, aber wir brauchen jetzt eine detaillierte Stellungnahme. Wer hat die Leiche des Heiligen Vaters entdeckt?«

»Ich, Eure Eminenz.«

»Gott sei Dank, das ist wenigstens etwas.« Von allen Mitgliedern des päpstlichen Haushalts hatte Woźniak dem Papst am nächsten gestanden. Der Gedanke, dass er als Erster die Szene betreten hatte, war beruhigend. Rein vom PR-Standpunkt her. Besser er als ein Mann vom Sicherheitsdienst, bei Weitem besser er als eine Nonne. »Was haben Sie gemacht?«

»Den Arzt des Heiligen Vaters verständigt.«

»Wann war er da?«

»Sofort, Eure Eminenz. Er hat immer im Nebenzimmer geschlafen.«

»Und er konnte nichts mehr tun?«

»Leider nicht. Wir hatten alle Geräte zur Wiederbelebung da, aber es war zu spät.«

Lomeli dachte nach. »Als Sie ihn gefunden haben, lag er da im Bett?«

»Ja. Er sah friedlich aus, fast wie jetzt. Ich dachte, er schläft.«

»Wann genau war das?«

»Gegen halb zwölf, Eminenz.«

»*Halb zwölf?*« Das war vor mehr als zweieinhalb Stunden gewesen.

Lomeli musste die Überraschung im Gesicht gestanden haben, jedenfalls fügte Woźniak schnell hinzu: »Ich hätte Sie früher gerufen, aber Kardinal Tremblay hat sich schon um alles gekümmert.«

Als er seinen Namen hörte, schaute Tremblay sich um. Der Raum war sehr klein. Der Kardinal befand sich nur wenige Schritte entfernt. Im nächsten Augenblick stand er neben ihnen. Trotz der nächtlichen Stunde sah er frisch und ansehnlich aus, das dichte silberne Haar war makellos frisiert, der schlanke Körper machte einen fitten, agilen Eindruck. Er sah aus wie ein Athlet im Ruhestand, der den Sprung zum erfolgreichen TV-Sportmoderator geschafft hatte. Lomeli erinnerte sich schwach, dass er in der Jugend Eishockey gespielt hatte.

In seinem akkuraten Italienisch sagte der Frankokanadier: »Es tut mir sehr leid, Jacopo, wenn Sie sich durch die verspätete Benachrichtigung gekränkt fühlen sollten. Ich weiß, Seine Heiligkeit stand niemand näher als Ihnen und Aldo, aber als Camerlengo habe ich es als meine erste Pflicht erachtet, die Integrität der Kirche zu wahren. Ich habe Janusz angewiesen, Sie erst zu benachrichtigen, wenn wir in aller Ruhe die Fakten überprüft hätten.« Er legte wie zum Gebet die Hände zusammen.

Der Mann war unerträglich. »Mein lieber Joseph«, sagte Lomeli. »Meine einzige Sorge gilt der Seele des Heiligen Vaters und dem Wohlergehen der Kirche. Ob mich eine Nachricht um Mitternacht oder um zwei erreicht, ist, was mich anbelangt, völlig nebensächlich. Ich bin mir sicher, dass Sie zum Besten aller gehandelt haben.«

»Es geht einfach darum, dass im Fall eines unerwarteten Todes Fehler, die in der anfänglichen Erschütterung und Verwirrung passieren, später zu allen möglichen bösartigen Gerüchten führen können. Wir müssen uns nur an die Tragödie um Johannes Paul I. erinnern. Seit vierzig Jahren versuchen wir die Welt davon zu überzeugen, dass er nicht ermordet wurde. Nur weil niemand zugeben wollte, dass seine Leiche von einer Nonne gefunden wurde. Diesmal darf es im offiziellen Bericht keine Ungereimtheiten geben.«

Er zog ein zusammengefaltetes Blatt Papier unter seiner Soutane hervor und gab es Lomeli. Es fühlte sich warm an. Frisch aus dem Drucker, dachte Lomeli. Die Überschrift auf dem sauber mit einem Textverarbeitungsprogramm erstellten Papier war in englisch gehalten: *Timeline.* Lomeli fuhr mit dem Finger den zeitlichen Ablauf hinunter. Um 19.30 Uhr hatte der Heilige Vater mit Woźniak in dem für ihn abgetrennten Bereich im Speisesaal der Casa Santa Marta gegessen. Um 20.30 Uhr hatte er sich in seine Wohnung zurückgezogen, hatte gelesen und über einen Abschnitt aus *Nachfolge Christi* (Erstes Buch, achtes Kapitel, »Umgang und Vertraulichkeit«) nachgedacht. Um 21.30 Uhr war er zu Bett gegangen. Um 23.30 Uhr hatte Erzbischof Woźniak noch einmal nach ihm geschaut, aber nicht die lebenswichtigen Funktionen überprüft. Um 23.34 Uhr hatte der vom vatikanischen Krankenhaus San Raffaele aus Mailand abgeordnete Dr. Giulio Baldinotti die Notfallbehandlung eingeleitet. Eine Kombination aus Herzdruckmassage und Defibrillation wurde angewandt, ohne Erfolg. Um 00.12 Uhr wurde der Heilige Vater für tot erklärt.

Hinter Lomeli tauchte Kardinal Adeyemi auf und lugte über seine Schulter hinweg auf die Liste mit den Zeiten. Der Nigerianer roch immer stark nach Kölnischwasser. Lomeli spürte den warmen Atem im Nacken. Die Kraft seiner physischen

Präsenz war zu viel für Lomeli. Er gab ihm das Blatt und wandte sich ab, bekam von Tremblay aber gleich den nächsten Schwung Papiere in die Hand gedrückt.

»Was ist das?«

»Die letzten Krankenberichte vom Heiligen Vater. Ich habe sie herbringen lassen.« Tremblay hielt eine Röntgenaufnahme gegen das Licht der Deckenlampe. »Das ist eine Angiografie, die letzten Monat durchgeführt wurde. Darauf kann man Anzeichen einer Verstopfung erkennen.«

Auf dem schwarz-weißen Bild war verschlungenes, fibröses Gewebe zu sehen. Unheimlich. Lomeli verzog das Gesicht. Was in Gottes Namen sollte das bezwecken? Der Papst war über achtzig gewesen. An seinem Tod war nichts Verdächtiges. Wie lange hätte er denn leben sollen? Sie sollten sich jetzt auf seine Seele konzentrieren, nicht auf seine Arterien. »Veröffentlichen Sie die Daten, wenn Sie denn müssen«, sagte er knapp. »Aber nicht das Röntgenbild, das ist zu aufdringlich. Es erniedrigt ihn.«

»Ganz meine Meinung«, sagte Bellini.

Lomeli fuhr fort. »Und jetzt werden Sie uns wahrscheinlich noch mitteilen, dass er obduziert werden muss, oder?«

»Wenn nicht, kommen Gerüchte auf.«

»Wohl wahr«, sagte Bellini. »Früher hat Gott alle Mysterien erklärt. Heutzutage erledigen das die Verschwörungstheoretiker. Das sind die Ketzer unserer Zeit.«

Adeyemi hatte den Ablauf fertig gelesen. Er nahm seine goldgerändete Brille ab und nuckelte an einem Bügel. »Was hat der Heilige Vater *vor* halb acht gemacht?«

»Er hat die Vesper gehalten, Eminenz«, sagte Woźniak. »Hier in der Casa Santa Marta.«

»Dann sollten wir das erwähnen. Zumal er keine Gelegenheit mehr hatte, die Sterbekommunion zu empfangen. Es war seine letzte Sakramentshandlung, sie setzt einen Zustand der Gnade voraus.«

»Guter Punkt«, sagte Tremblay. »Ich werde das hinzufügen.«

»Und davor, in der Zeit vor der Vesper?«, sagte Adeyemi. »Was hat er da gemacht?«

»Routinebesprechungen, soweit ich weiß.« Tremblay klang leicht abwehrend. »Ich habe noch nicht alle Fakten. Ich habe mich zunächst nur auf die Stunden unmittelbar vor seinem Tod konzentriert.«

»Wer war der Letzte, der eine planmäßige Besprechung mit ihm hatte?«

»Ich glaube, das könnte ich gewesen sein«, sagte Tremblay. »Ich habe um vier mit ihm gesprochen. Stimmt das, Janusz? War ich der Letzte?«

»Das stimmt, Eminenz.«

»Und was hat er da für einen Eindruck gemacht? Irgendwelche Anzeichen, dass er krank sein könnte?«

»Nein, nichts, was mir aufgefallen wäre.«

»Und später? Wann haben Sie mit ihm zu Abend gegessen, Exzellenz?«

Woźniak schaute Tremblay an, als erbäte er dessen Erlaubnis zu antworten. »Er war müde. Sehr, sehr müde. Er hatte keinen Appetit. Seine Stimme war heiser. Ich hätte merken müssen …« Er verstummte.

»Sie haben sich nichts vorzuwerfen.« Adeyemi gab Tremblay das Blatt zurück und setzte die Brille wieder auf. Seine Bewegungen waren von einer bedächtigen Theatralik. Er war sich seiner Würde zu jeder Zeit bewusst. Ein wahrer Kirchenfürst. »Listen Sie alle Besprechungen, die er an dem Tag hatte, in dem Ablauf auf. Das zeigt, wie hart er bis zuletzt gearbeitet hat. Und beweist, dass niemand ahnen konnte, wie krank er gewesen ist.«

»Ich weiß nicht«, sagte Tremblay. »Provozieren wir mit der Veröffentlichung seines vollen Arbeitskalenders nicht den Vorwurf, wir hätten einem kranken Mann eine gewaltige Last aufgebürdet?«

»Das Papstamt *ist* eine gewaltige Last. Man muss die Leute mal wieder daran erinnern.«

Tremblay runzelte die Stirn und sagte nichts. Es war plötzlich eine leichte, aber deutlich wahrnehmbare Nervosität zu spüren. Es dauerte ein paar Sekunden, bis Lomeli begriff, was der Grund dafür war. Die Leute an die immense Last des Papstamtes zu erinnern beinhaltete den offensichtlichen Schluss, dass dieses Amt am besten einem Jüngeren zu übertragen sei. Und Adeyemi war mit gerade einmal sechzig Jahren fast ein Jahrzehnt jünger als die beiden anderen.

»Darf ich einen Vorschlag machen?«, sagte Lomeli schließlich. »Wir ergänzen das Dokument um die Tatsache, dass der Heilige Vater die Vesper gehalten hat, belassen aber sonst alles so, wie es ist. Vorsichtshalber bereiten wir ein zweites Dokument vor, das alle Termine des Heiligen Vaters für den gesamten Tag aufführt, und behalten das dann für alle Fälle in der Hinterhand.«

Adeyemi und Tremblay wechselten einen schnellen Blick und nickten dann. »Danken wir Gott für unseren Dekan«, sagte Bellini trocken. »Ich darf wohl sagen, dass wir sein diplomatisches Geschick in den vor uns liegenden Tagen noch benötigen werden.«

*

Später würde Lomeli sagen, dass in diesem Augenblick der Kampf um die Papstnachfolge begonnen hatte.

Es war bekannt, dass innerhalb des Wahlkollegiums alle drei Kardinäle ihre Unterstützergruppen hatten: Bellini, emeritierter Rektor der Päpstlichen Universität Gregoriana und Alterzbischof von Mailand, war, solange Lomeli zurückdenken konnte, die große intellektuelle Hoffnung der Liberalen; Tremblay, neben Camerlengo auch Präfekt der Kongregation für die Evangelisierung der Völker und deshalb ein Kandidat mit Verbindungen in die Dritte Welt, hatte den Vorteil, wie ein Amerikaner zu wirken, ohne den Nachteil, tatsächlich einer zu sein; Adeyemi trug wie einen göttlichen Funken die revolutionäre und für die Medien unendlich faszinierende Möglichkeit in sich, eines Tages »der erste schwarze Papst« zu werden.

Während er Zeuge wurde, wie in der Casa Santa Marta das Taktieren begann, dämmerte Lomeli die Erkenntnis, dass es ihm als Ehrenvorsitzenden des Kardinalskollegiums zufallen würde, die Wahl zu leiten. Das war eine Aufgabe, mit der er nie gerechnet hatte. Ein paar Jahre zuvor war bei ihm Prostatakrebs diagnostiziert worden, und obwohl er sich als geheilt betrachtete, war er dennoch immer davon ausgegangen, vor dem Papst zu sterben. Er hatte sich immer nur als Übergangslösung betrachtet. Er hatte versucht zurückzutreten. Aber jetzt schien es, dass er unter höchst diffizilen Umständen die Verantwortung für die Organisation eines Konklaves übernehmen musste.

Er schloss die Augen. *Wenn es Dein Wille ist, o Herr, dass ich dieser Pflicht nachkomme, dann erflehe ich von Dir die Weisheit, sie so zu erfüllen, dass sie unsere Mutter Kirche stärken möge.*

Er müsste unparteiisch sein – das vor allem. Er öffnete die Augen. »Ist Kardinal Tedesco informiert worden?«, fragte er.

»Nein«, sagte Tremblay. »Ausgerechnet Tedesco! Warum? Glauben Sie, das wäre nötig?«

»Na ja, angesichts seiner Stellung in der Kirche wäre es nur höflich …«

»Höflich?«, sagte Bellini aufgebracht. »Womit hat Tedesco sich Höflichkeit verdient? Wenn man jemand vorwerfen kann, er habe den Heiligen Vater umgebracht, dann ihm.«

Lomeli hatte Verständnis für Bellinis Schmerz. Von allen Kritikern des verstorbenen Papstes war Tedesco der schonungsloseste gewesen. Manche glaubten sogar, er hätte seine Attacken auf den Heiligen Vater und Bellini bis an die Schwelle des Schismas getrieben. Sogar Exkommunikation war erörtert worden. Dennoch erfreute er sich unter den Traditionalisten einer treu ergebenen Gefolgschaft, die ihn unstrittig zu einem prominenten Kandidaten für die Nachfolge machen würde.

»Trotzdem sollte ich ihn anrufen«, sagte Lomeli. »Besser, er erfährt es von uns als von irgendeinem Reporter. Gott weiß, was er in der ersten Überraschung sagen könnte.«

Er nahm den Hörer vom Schreibtischtelefon und drückte die Null. Eine Telefonistin fragte ihn mit bewegter, zittriger Stimme, was sie für ihn tun könne.

»Stellen Sie mich zum Palast des Patriarchen von Venedig durch, zum Privatanschluss von Kardinal Tedesco.«

Er rechnete nicht damit, dass jemand antworten würde, schließlich war es bereits kurz vor drei Uhr. Aber schon beim ersten Freizeichen wurde abgehoben, und eine schroffe Stimme sagte: »Tedesco.«

Die anderen Kardinäle unterhielten sich leise über den Zeitplan für die Trauerfeierlichkeiten. Lomeli bat mit erhobener Hand um Ruhe und wandte allen den Rücken zu, um sich auf das Gespräch konzentrieren zu können.

»Goffredo? Hier ist Lomeli. Ich habe schreckliche Nachrichten. Gerade ist der Heilige Vater gestorben.« Es entstand eine lange Pause. Lomeli hörte Geräusche im Hintergrund. Schritte? Eine Tür? »Eminenz? Haben Sie verstanden, was ich gesagt habe?«

In der Weitläufigkeit seiner offiziellen Residenz klang Tedescos Stimme hohl. »Danke, Jacopo. Ich werde für seine Seele beten.«

Dann ein Knacken. Die Leitung war tot. »Goffredo?« Lomeli hielt den Hörer in der ausgestreckten Hand und schaute ihn mit gerunzelter Stirn an.

»Und?«, sagte Tremblay.

»Er wusste es schon.«

»Sind Sie sich sicher?« Tremblay zog unter der Soutane etwas hervor, was wie ein in schwarzes Leder gebundenes Gebetbuch aussah, das sich aber als Smartphone herausstellte.

»Natürlich wusste er es«, sagte Bellini. »Er hat seine Unterstützer überall. Wahrscheinlich wusste er es noch vor uns. Wenn wir nicht aufpassen, dann gibt er es noch selbst offiziell auf dem Markusplatz bekannt.«

»Es kam mir so vor, dass da noch jemand bei ihm war ...«

Tremblay strich mit dem Daumen schnell über das Display und scrollte durch Webseiten. »Das ist durchaus möglich. In den sozialen Medien tauchen schon die ersten Gerüchte über den Tod des Heiligen Vaters auf. Wir müssen jetzt schnell handeln. Darf ich einen Vorschlag machen?«

Es folgte die zweite Meinungsverschiedenheit in dieser Nacht. Tremblay empfahl dringend, den Verstorbenen sofort und nicht erst am Morgen ins Leichenschauhaus bringen zu lassen. (»Wir dürfen nicht zulassen, dass wir im Nachrichtenzyklus ins Hintertreffen geraten. Das wäre eine Katastrophe.«) Er schlug vor, die offizielle Todesnachricht sofort zu veröffentlichen. Zwei Filmteams vom Vatikanischen Fernsehzentrum, drei Fotografen aus dem Medienpool und einem Zeitungsreporter solle der Zutritt zur Piazza Santa Marta erlaubt werden, wo sie den Transfer vom Gästehaus zum Krankenwagen dokumentieren könnten. Seine Begründung: Wenn sie schnell handelten und die Bilder live übertragen würden, dann könnte sich die Kirche der größtmöglichen Aufmerksamkeit sicher sein. In den großen Zentren des katholischen Glaubens in Asien wäre das am Morgen, in Latein- und Nordamerika am Abend. Nur die Europäer und Afrikaner müssten auf die Neuigkeit wohl bis nach dem Aufstehen warten.

Wieder hatte Adeyemi Einwände. Um der Würde des päpstlichen Amtes willen solle man bis zum Tagesanbruch warten, bis ein Leichenwagen und ein angemessener, mit der päpstlichen Flagge geschmückter Sarg bereitstehe.

Bellini hielt dagegen. »Der Heilige Vater hätte sich keinen Deut um seine Ehre geschert. Er hatte ein Leben in Demut gewählt, und er würde sich wünschen, auch im Tod als einer der Demütigen und Armen zu gelten.«

Lomeli stimmte zu. »Vergessen Sie nicht, wie er es immer abgelehnt hat, sich in einer großen Limousine chauffieren zu lassen. Ein Krankenwagen käme einem öffentlichen Transportmittel am nächsten.«

Trotzdem konnten sie Adeyemi nicht überzeugen. Am Ende mussten sie ihn mit drei zu eins überstimmen. Außerdem kamen sie überein, die Leiche einbalsamieren zu lassen.

»Aber wir müssen sicherstellen, dass das ordentlich gemacht wird«, sagte Lomeli, der nie vergessen würde, wie er 1978 im Petersdom an der Leiche von Papst Paul VI. mit vorbeidefiliert war. Das Gesicht hatte in der Augusthitze eine graugrüne Färbung angenommen, die Kinnlade war heruntergefallen, und eindeutig hatte ein Hauch von Fäulnis in der Luft gelegen. Und dennoch war diese makabre Peinlichkeit nicht so schlimm gewesen wie der Vorfall zwanzig Jahre zuvor, wo die in ihrem Sarg schon in den Zustand der Gärung übergegangene Leiche von Papst Pius XII. vor der Lateranbasilika wie ein Feuerwerkskörper explodiert war. »Und noch etwas«, sagte er. »Von der Leiche dürfen auf keinen Fall Fotos gemacht werden.« Auch diese Erniedrigung war Papst Pius XII. nicht erspart geblieben, von dessen Leiche in den Nachrichtenmagazinen überall auf der Welt Aufnahmen veröffentlicht worden waren.

Tremblay verließ die Casa Santa Marta, um mit dem Presseamt des Heiligen Stuhls die entsprechenden Vorkehrungen zu treffen.

Keine dreißig Minuten später trafen die Sanitäter ein – ihre Handys waren konfisziert worden – und schoben den Heiligen Vater in einem weißen Plastikleichensack auf einer Rolltrage aus der päpstlichen Wohnung. Sie warteten vor dem Lift im zweiten Stock. Die vier Kardinäle sollten vor ihnen nach unten fahren, damit sie die Trage dann in der Eingangshalle in Empfang nehmen und aus dem Gästehaus geleiten konnten. Die Demut des Körpers im Tod, seine Geringfügigkeit, die kleinen, gerundeten Füße, der kleine Kopf, fötusgleich, erschienen Lomeli wie eine tiefgründige Aussage. *Josef kaufte ein Leinentuch, nahm Jesus vom Kreuz, wickelte ihn in das Tuch und legte ihn in ein Grab*. Am Ende, dachte er, waren die Kinder des Menschensohns alle gleich. In ihrer Hoffnung auf Wiederauferstehung waren alle abhängig von der Gnade Gottes.

In der Eingangshalle und auf der unteren Treppe drängten sich Geistliche aller Ränge. Es war ihr Schweigen, das Lomeli unauslöschlich in Erinnerung bleiben sollte. Als die Lifttür sich öffnete und die Leiche in die Eingangshalle geschoben wurde, war zu Lomelis Verärgerung außer gelegentlichen Schluchzern nur das Klicken und Surren von Fotohandys zu hören. Tremblay und Adeyemi gingen der Trage voraus, Lomeli und Bellini folgten ihr vor den Prälaten der

Apostolischen Kammer. Sie schritten hinaus in die kühle Oktoberluft. Das Nieseln hatte aufgehört. Es waren sogar einige Sterne zu sehen. Die kleine Prozession ging zwischen den beiden Schweizergardisten hindurch und beschritt einen Kreuzweg in vielfarbig blitzendem Licht – die Signalleuchten des wartenden Krankenwagens und seiner Polizeieskorte, die wie blaue Sonnenstrahlen über der regennassen Piazza kreisten, der weiße Stroboskopeffekt durch die Fotografen, das alles verschlingende grelle Gelb der TV-Scheinwerfer, und hinter alldem, aus der Dunkelheit aufragend, der gewaltige, leuchtende Petersdom.

Als sie den Krankenwagen erreichten, versuchte sich Lomeli vor Augen zu führen, was in diesem Moment in der Universalkirche mit ihren etwa eineinviertel Milliarden Gläubigen vorging – die zerlumpten Menschen, die sich um die Fernseher in den Slums von Manila und São Paulo drängten, die Massen der Pendler in Tokio und Schanghai, die wie hypnotisiert auf ihre Handys starrten, die Sportfans in den Bars von Boston und New York, deren Spielübertragungen unterbrochen wurden.

Darum geht und macht alle Völker zu meinen Jüngern; tauft sie auf den Namen des Vaters und des Sohnes und des Heiligen Geistes.

Mit dem Kopf voraus glitt die Leiche in den Krankenwagen. Die Hecktür wurde zugeworfen. In stummer Habtachtstellung standen die vier Kardinäle da, während sich der Leichenzug in Bewegung setzte – zwei Motorräder, dann ein Streifenwagen, dann der Krankenwagen, dann wieder ein Streifenwagen und schließlich weitere Motorräder. Sie beschrieben einen kleinen Bogen auf der Piazza, dann waren sie verschwunden. Sobald sie außer Sichtweite waren, heulten die Sirenen auf.

So viel zum Thema Demut, dachte Lomeli. So viel zu den Armen der Welt. Es hätte die Wagenkolonne eines Diktators sein können.

Das Heulen des Leichenzugs verhallte in der Nacht.

Hinter dem Absperrseil riefen die Reporter und Fotografen den Kardinälen Fragen zu, wie Touristen, die die Tiere im Zoo näher ans Gitter locken wollten. »Eure Eminenz! Eure Eminenz! Hier!«

»Einer von uns sollte etwas sagen«, verkündete Tremblay und machte sich, ohne eine Antwort abzuwarten, auf den Weg über die Piazza. Die Lichter und Lampen schienen seiner Silhouette eine Art brennenden Heiligenschein zu verleihen. Adeyemi konnte sich noch einige Sekunden lang zurückhalten, dann eilte er ihm hinterher.

»Was für ein Zirkus«, sagte Bellini leise mit verächtlicher Stimme.

»Sollten Sie Ihnen nicht folgen?«, sagte Lomeli.

»Gott, nein! Mit dem Mob werde ich mich nicht ins Bett legen. Ich glaube, ein Gebet in der Kapelle würde ich jetzt vorziehen.« Er lächelte traurig und klapperte mit dem, was er in der Hand hielt. Lomeli schaute hinunter und sah, dass es das Reiseschachset war. »Kommen Sie«, sagte Bellini. »Wir lesen zusammen eine Messe für unseren Freund.« Als sie zurück in die Casa Santa Marta gingen, nahm er Lomelis Arm und flüsterte: »Der Heilige Vater hat mir von Ihren Schwierigkeiten mit dem Glauben erzählt. Vielleicht kann ich Ihnen helfen. Sie wissen, dass er am Ende selbst Zweifel hegte?«

»Der Papst zweifelte an Gott?«

»Nicht an Gott! An Gott niemals!« Und dann sagte er etwas, was Lomeli nie vergessen würde. »Was er verloren hatte, war der Glaube an die Kirche.«

2

CASA SANTA MARTA

Die Geschichte des Konklaves begann knapp drei Wochen später.

Der Heilige Vater war einen Tag nach dem Feiertag des Evangelisten Lukas gestorben, also am 19. Oktober. In der Zeit bis Ende Oktober und weit in den November hinein hatte seine Beisetzung stattgefunden, und die zur Wahl des Nachfolgers aus aller Welt nach Rom geeilten Kardinäle waren fast täglich zu ihren Generalkongregationen zusammengekommen. In den internen Aussprachen war über die Zukunft der Kirche diskutiert worden. Zu Lomelis Erleichterung hatte die übliche Kluft zwischen Progressiven und Traditionalisten zwar gelegentlich zu Reibereien geführt, aber die große Kontroverse war Gott sei Dank ausgeblieben.

Jetzt, am Feiertag des Herculanus von Perugia – Sonntag, 7. November –, stand er flankiert vom Sekretär des Kardinalskollegiums Monsignore Raymond O'Malley und vom Zeremonienmeister für die liturgischen Feiern des Papstes Erzbischof Wilhelm Mandorff auf der Schwelle der Sixtinischen Kapelle. Die wahlberechtigten Kardinäle würden noch am heutigen Abend im Vatikan eingeschlossen werden, und morgen würde die Wahl beginnen.

Es war kurz nach Mittag, und die drei Prälaten standen gleich innerhalb der Gitterwand aus Marmor und Schmiedeeisen, die den Hauptraum der Sixtinischen Kapelle vom Vorraum trennte. Zusammen begutachteten sie die Arbeiten. Der provisorische Holzboden war fast fertig. Es wurde gerade der beige Teppich darauf festgenagelt. Fernsehscheinwerfer wurden aufgestellt, Stühle hereingetragen, Tische zusammengeschraubt. Wohin man auch schaute, alles und alle waren in Bewegung. Plötzlich kam Lomeli der Gedanke, dass die wuselnde Geschäftigkeit auf Michelangelos Decke – das halb nackte, graurosa Fleisch, das sich reckte und krümmte, das gestikulierte und sich mühte – hier unten auf Erden ihre ungelenke Entsprechung fand. Am anderen Ende der Sixtinischen Kapelle schwebte im gewaltigen Fresko von Michelangelos *Jüngstem Gericht* zur hallenden Begleitmusik von Hämmern, Bohrmaschinen und Kreissägen die Menschheit in azurblauem Himmel um den himmlischen Thron herum.

»Tja, Eminenz, das ist der Anblick der Hölle«, sagte der Sekretär des Kollegiums O'Malley mit seinem breiten irischen Akzent.

»Ihre Blasphemie, Ray, können Sie sich für morgen aufsparen«, sagte Lomeli. »Dann lassen wir die Kardinäle rein.«

Erzbischof Mandorff lachte ein bisschen lauter als sonst. »Der ist gut. Exzellent, Eure Eminenz.«

Lomeli wandte sich an O'Malley. »Er glaubt, ich mache Witze.«

O'Malley, der ein Klemmbrett in der Hand hielt, war Ende vierzig, groß, neigte aber schon zum Fettansatz. Das zerklüftete, rote Gesicht ließ zwar auf ein Leben im Freien schließen, auf Fuchsjagd zu Pferde vielleicht, hatte damit aber nichts zu tun. Sein Aussehen verdankte er der Herkunft aus Kildare und der Vorliebe für Whiskey. Der Rheinländer

Mandorff war älter, um die sechzig, ebenfalls groß, mit einem Kopf so glatt, gewölbt und haarlos wie ein Ei. Sein Renommee hatte er sich an der Katholischen Universität Eichstätt-Ingolstadt mit einer Abhandlung über die Ursprünge und theologischen Grundlagen des klerikalen Zölibats erworben.

Getrennt durch einen langen Mittelgang, waren an beiden Seiten der Kapelle zwei Dutzend schlichte Holztische zu vier Reihen zusammengeschoben worden. Nur der Tisch, der der Trennwand am nächsten stand, war zur Begutachtung durch Lomeli schon hergerichtet worden. Er trat einen Schritt vor und fuhr mit der Hand über die zwei Lagen Stoff: einen weichen, purpurfarbenen Filz, der bis hinunter zum Boden reichte, und einen aus dickerem, glatterem Material – beige, passend zum Teppich –, der die Tischplatte bis zum Rand bedeckte und so fest war, dass man darauf schreiben konnte. Auf dem Tisch lagen eine Bibel, ein Gebetbuch, Füllfederhalter und Bleistifte, ein kleiner Abstimmzettel und ein langer Papierbogen, auf dem die Namen aller 117 wahlberechtigten Kardinäle aufgelistet waren.

Lomeli nahm das Namensschild in die Hand, das neben alledem stand: XALXO, SAVERIO. Wer war das? Ein Anflug von Panik erfasste ihn. In den Tagen seit der Beisetzung hatte er versucht, jeden einzelnen Kardinal zu sprechen und sich ein paar persönliche Merkmale einzuprägen. Aber es gab so viele neue Gesichter. Der verstorbene Papst hatte mehr als sechzig rote Hüte vergeben, allein fünfzehn im letzten Jahr. Die Aufgabe war Lomeli über den Kopf gewachsen.

»Wie um alles in der Welt spricht man das aus? *Ksalkso?*«

»*Chalcho*, Eminenz«, sagte Mandorff. »Er ist Inder.«

»*Chalcho* also. Sehr verbunden, Wilhelm. Danke.«

Lomeli setzte sich probehalber auf den Stuhl. Er war froh, dass er gepolstert war. Und dass ausreichend Platz vorhanden war, die Beine ausstrecken zu können. Er kippte die Lehne zurück. Ja, das war bequem. Angesichts der Zeit, die sie hier wahrscheinlich eingesperrt waren, war das auch nötig. Er hatte beim Frühstück die italienischen Zeitungen gelesen. Zum letzten Mal, bis die Wahl vorüber war. Die Vatikanbeobachter waren sich in ihrer Voraussage eines langen und kontroversen Konklaves einig. Er betete, dass es nicht so kommen, dass der Heilige Geist sich früh in der Sixtinischen Kapelle einfinden und ihnen einen Namen eingeben möge. Wenn der Heilige Geist jedoch ausbleiben sollte, dann könnten sie hier tagelang festsitzen. Bei den vierzehn Generalkongregationen war jedenfalls noch kein Hinweis auf seine Anwesenheit erkennbar gewesen.

Er schaute an den Tischen entlang in die Sixtinische Kapelle. Seltsam, wie eine nur um einen Meter über dem Mosaikboden erhöhte Sitzposition die Perspektive des Ortes veränderte. In dem Hohlraum unter ihren Füßen hatten die Sicherheitsexperten Störgeräte installiert, die jeden elektronischen Lauschangriff abwehren sollten. Eine konkurrierende Beraterfirma hatte allerdings behauptet, die Vorkehrungen seien unzureichend. Laserstrahlen, die auf die sechs Fenster in der oberen Galerie zielten, könnten die durch gesprochene Worte ausgelösten Vibrationen im Glas abtasten, die dann wieder in Sprache übertragen werden könnten. Sie hatten empfohlen, jedes Fenster zu verbarrikadieren, aber Lomeli hatte dagegen entschieden. Der Mangel an Sonnenlicht und die klaustrophobische Atmosphäre wären unerträglich geworden.

Mit einer höflichen Handbewegung lehnte er Mandorffs Angebot ab, ihm beim Aufstehen zu helfen. Er erhob sich und ging weiter in die Kapelle hinein. Der frisch verlegte Teppich roch wie Gerste auf einem Dreschboden. Die Arbeiter traten zur Seite, um ihn durchzulassen. Der Sekretär des Kollegiums und der Zeremonienmeister folgten ihm. Er konnte immer noch kaum glauben, was hier geschah und dass er der verantwortliche Mann war. Es war wie ein Traum.

»Achtundfünfzig«, sagte er und musste fast brüllen, um sich gegen den Lärm einer Bohrmaschine Gehör zu verschaffen. »Da war ich noch ein junger Bursche, im Priesterseminar in Genua, und dann wieder dreiundsechzig, noch vor der Priesterweihe, da habe ich mir gern die Bilder von den beiden Konklaven damals angeschaut. In allen Zeitungen waren künstlerische Zeichnungen abgedruckt. Ich erinnere mich, dass die Kardinäle die Wände entlang auf kleinen Thronsesseln mit Baldachinen saßen. Und nach der Wahl zog einer nach dem anderen an einem Hebel und klappte so seinen Baldachin nach unten, nur der gewählte Kardinal nicht. Können Sie sich das vorstellen? Der alte Kardinal Roncalli, der sich nie erträumt hatte, Kardinal geschweige denn Papst zu werden. Und Montini, der in der alten Garde so verhasst war, dass man sich während der Abstimmung in der Kapelle tatsächlich angebrüllt hatte. Stellen Sie sich das vor: Die auf ihren Sesseln thronenden Männer, die noch wenige Minuten zuvor alle gleichgestellt waren, standen dann Schlange, um sich vor einem zu verbeugen!«

Lomeli war sich bewusst, dass O'Malley und Mandorff artig zuhörten. Er machte sich Vorwürfe. Er redete wie ein alter Mann. Und dennoch rührten ihn die Erinnerungen. Die Thronsessel waren wie so vieles andere der alten Kirchentradition nach dem Zweiten Vatikanischen Konzil 1965 abgeschafft worden. Man war der Meinung gewesen, das Kardinalskollegium

sei zu groß und zu international geworden für solchen Renaissancefirlefanz. Trotzdem sehnte er sich irgendwie nach diesem
Renaissancefirlefanz. Insgeheim dachte er, dass der verstorbene Papst mit seiner ewigen Leier von Einfachheit und Demut
gelegentlich zu weit gegangen sei. Exzessive Einfachheit war
schließlich auch nur eine Form von Pomp, und Stolz auf die
eigene Demut Sünde.

Lomeli stieg über die Stromkabel und stand dann mit in
die Hüften gestemmten Armen unter dem *Jüngsten Gericht*.
Er betrachtete das Durcheinander. Hobelspäne, Sägemehl,
Kisten, Kartons, Teppichstreifen. Der süße Geruch nach frisch
gesägtem Holz und der nach Getreide riechende Teppichboden. In den Lichtstrahlen herumwirbelnde Holz- und Stoff-
partikel. Hämmern. Sägen. Bohren.

Chaos. Gottloses Chaos. Wie auf einem Bauplatz. Und das
in der Sixtinischen Kapelle!

Wieder musste er brüllen, um den Heidenlärm zu über-
tönen: »Wir sind doch in der Zeit, oder?«

»Wenn es sein muss, wird die Nacht durchgearbeitet«, sagte
O'Malley. »Das klappt schon, Eminenz, wie immer.« Er zuckte
die Achseln. »Italien eben.«

»Ach ja, Italien! Wohl wahr.« Er ging die Altarstufen hinunter und dann nach links zu der Tür, hinter der sich die kleine
Sakristei befand, die Raum der Tränen genannt wurde. Dorthin würde der neue Papst sofort nach seiner Wahl gehen,
um sich umkleiden zu lassen. Es handelte sich um eine merk-
würdige kleine Kammer mit niedriger gewölbter Decke und
schlichten weißen Wänden, fast wie ein Verlies, das mit Mö-
beln vollgestellt war – einem Tisch, drei Stühlen, einem Sofa
und dem Thron, der nach der Wahl in die Kapelle getragen
wurde und auf dem der neue Papst die Huldigung des Wahlkollegiums entgegennahm. In der Mitte stand ein Garde-

robenständer mit Kleiderstange, an der in Zellophanhüllen drei weiße Papstsoutanen hingen – klein, mittel, groß – sowie drei Rochetts und drei Mozzetten. In einem Dutzend Schachteln befanden sich rote Papstschuhe in verschiedenen Größen. Lomeli nahm ein Paar heraus. In beiden Schuhen steckte Seidenpapier. Er betrachtete sie von allen Seiten. Es waren schlichte Slipper aus rotem marokkanischem Leder. Er hob einen an die Nase und schnüffelte. »Auf jede Eventualität vorbereitet, trotzdem kann man nie wissen. Papst Johannes XXIII. beispielsweise war selbst für die größte Soutane zu groß. Sie haben sie vorn zugeknöpft und am Rücken die Naht aufgetrennt. Es heißt, er habe wie ein Chirurg in seinen OP-Kittel zuerst die Arme hineingesteckt, und dann habe ihn der päpstliche Schneider hinten wieder zugenäht.« Er legte die Schuhe zurück in die Schachtel und bekreuzigte sich. »Möge Gott den segnen, der sie tragen wird.«

Die drei Männer gingen langsam den Weg zurück, den sie gekommen waren, durch den Gang in der Mitte, dann durch die marmorne Gitterwand und die Holzrampe hinunter in den Vorraum. Die zwei klobigen, grauen Metallöfen, die nebeneinander in der Ecke standen, wirkten fehl am Platz. Beide waren etwa hüfthoch, der eine rund, der andere viereckig, jeder mit einem Ofenrohr aus Kupfer. Die beiden Rohre waren zu einem einzigen Rauchabzug zusammengelötet worden. Lomeli betrachtete den Abzug skeptisch. Er sah sehr klapperig aus. Gestützt von einem Gerüstturm reichte er fast zwanzig Meter in die Höhe und verschwand dann durch das Loch, das man aus dem Fenster dort oben herausgeschnitten hatte. In dem runden Ofen wurden, um die Geheimhaltung zu wahren, nach jedem Wahlgang die Stimmzettel verbrannt. In dem viereckigen zündete man dann Rauchkartuschen – schwarz, um eine ergebnislose Wahl anzuzeigen, weiß, um die Wahl des neuen Papstes zu verkünden. Der gesamte Apparat war archaisch, absurd und herrlich schräg.

»Ist das getestet worden?«, fragte Lomeli.

»Ja, Eminenz«, sagte O'Malley. »Mehrere Male.«

»Natürlich haben Sie es getestet«, sagte er und klopfte dem Iren auf den Arm. »Entschuldigung, ich bin eine Nervensäge.«

Sie gingen über den Marmorboden der Sala Regia und dann die Treppe hinunter auf den mit Kopfstein gepflasterten Parkplatz des Cortile del Maresciallo. Die großen Müllcontainer quollen vor Abfall über.

»Die werden ja wohl bis morgen verschwunden sein, oder?«, sagte Lomeli.

»Ja, Eminenz.«

Sie gingen unter einem Torbogen hindurch in den nächsten Innenhof und dann in noch einen und noch einen – ein Labyrinth geheimer Kreuzgänge, alle auf der rechten Seite der Sixtinischen Kapelle, deren stumpfe, graubraune Außenmauern Lomeli immer wieder aufs Neue erstaunten. Warum nur hatte man jedes Gran menschlicher Genialität auf diesen erlesenen Innenraum verwandt – fast zu viel Genialität, seiner Meinung nach: Sie verursachte eine Art ästhetische Verstopfung. Aber nicht den geringsten Gedanken hatte man anscheinend an das Äußere verschwendet, das wie das einer Lagerhalle oder Fabrik aussah. Oder war das vielleicht der springende Punkt? *Alle Schätze der Weisheit und Erkenntnis sind verborgen im Geheimnis Gottes …*

Der neben ihm gehende O'Malley unterbrach seine Gedankengänge. »Übrigens, Eminenz, Erzbischof Woźniak möchte Sie sprechen.«

»Wie soll das gehen? In einer Stunde treffen die ersten Kardinäle ein.«

»Das habe ich ihm auch gesagt. Allerdings hat er einen ziemlich aufgewühlten Eindruck gemacht.«

»Um was geht es?«

»Das wollte er mir nicht sagen.«

»Also wirklich, das ist doch lächerlich.« Hilfe suchend wandte er sich an Mandorff. »Um sechs wird die Casa Santa Marta verschlossen. Er hätte sich früher melden sollen. Ich habe jetzt einfach keine Zeit.«

»Das ist gedankenlos, um das Mindeste zu sagen.«

»Ich werde es ihm ausrichten«, sagte O'Malley.

Sie gingen weiter, vorbei an den salutierenden Schweizergardisten im Cortile della Sentinella und dann hinaus auf die Straße. Doch kaum waren sie zwanzig Schritte gegangen, da machte Lomeli sich schon Vorwürfe. Er war zu grob gewesen. Er hatte sich aufgeblasen, war herzlos gewesen. Er nahm sich allmählich selbst zu wichtig. Er täte gut daran, nicht zu vergessen, dass in wenigen Tagen das Konklave vorüber war und sich niemand mehr für ihn interessieren würde. Dann müsste niemand mehr so tun, als wollte er sich seine Geschichten über Baldachine und dicke Päpste anhören. Dann würde er wissen, wie sich Woźniak jetzt fühlte, der nicht nur seinen geliebten Heiligen Vater verloren hatte, sondern auch seinen Posten, sein Zuhause und seine Karriereaussichten, alles auf einmal. *Verzeih mir, o Herr.*

»Das war kleinlich von mir«, sagte Lomeli. »Der Arme macht sich bestimmt Sorgen um seine Zukunft. Sagen Sie ihm, ich werde zur Begrüßung der Kardinäle in der Casa Santa Marta sein und versuchen, danach ein paar Minuten zu erübrigen.«

»Ja, Eminenz«, sagte O'Malley und machte sich auf seinem Klemmbrett eine Notiz.

*

Bis zur Fertigstellung der Casa Santa Marta vor über zwanzig Jahren waren die wahlberechtigten Kardinäle für die Dauer des Konklaves im Apostolischen Palast untergebracht worden. Der mächtige Erzbischof von Genua, Kardinal Siri, der Lomeli Mitte der Sechzigerjahre zum Priester geweiht hatte und mit vier Teilnahmen ein richtiger Konklavenveteran gewesen war, pflegte zu klagen, dass man sich dort wie lebendig begraben fühle. In Schreibkammern und Empfangsräume aus dem 15. Jahrhundert wurden dicht an dicht Betten gestellt, mit Vorhängen dazwischen, damit wenigstens ein Rest an Privatsphäre gewährleistet war. Die Waschgelegenheit für jeden Kardinal bestand aus einer Wasserkanne und einer Waschschüssel, die sanitäre Einrichtung aus einem Toilettenstuhl. Es war Johannes Paul II. gewesen, der entschieden hatte, dass derart erbärmliche, altertümliche Zustände am Vorabend des 21. Jahrhunderts nicht mehr vertretbar seien, und den Bau des damals umgerechnet zwanzig Millionen Dollar teuren Kardinalshotels im südwestlichen Eck der Vatikanstadt in Auftrag gegeben hatte.

Die Casa Santa Marta erinnerte Lomeli an eine Mietskaserne aus Sowjetzeiten: ein grauer, auf der Seite liegender Steinquader, sechs Stockwerke hoch. Das Gebäude bestand aus zwei Blöcken, jeder vierzehn Fenster breit, verbunden durch einen schmalen Mitteltrakt. Auf den Luftaufnahmen, die am Morgen in den Zeitungen abgedruckt waren, ähnelte es einem lang gestreckten H, dessen nördlicher Teil, Block A, auf die Piazza Santa Marta schaute, und von dessen südlichem Teil, Block B, man über die Mauer des Vatikans in die Stadt schauen konnte. Es hatte 128 Gästezimmer mit Bad und wurde von den in Blau gewandeten Barmherzigen Schwestern vom heiligen Vinzenz von Paul geleitet. Wenn keine Papstwahlen stattfanden, also fast immer, wurde es als Hotel für durchreisende Prälaten genutzt und als Unterkunft für einige in der Verwaltung der Kurie beschäftigte Priester. Die letzten derartigen Bewohner hatten früh am Morgen ihre Zimmer verlassen müssen und waren in ein anderes Gästehaus umquartiert worden, in die einen halben Kilometer vom Vatikan entfernte Domus Romana Sacerdotalis in der Via della Traspontina. Als Kardinal Lomeli nach seiner Inspektion der Sixtinischen Kapelle die Casa betrat, mutete sie gespenstisch und wie ausgestorben an. Er ging durch den Scanner, der in der Eingangshalle installiert worden war, und nahm danach von der Schwester am Empfang seine Schlüssel entgegen.

Die Zimmer waren schon in der Woche zuvor per Losentscheid zugewiesen worden. Lomeli hatte eines im zweiten Stock von Block A gezogen. Auf dem Weg dorthin kam er an der Wohnung des verstorbenen Papstes vorbei. Gemäß den Gesetzen des Heiligen Stuhls war sie seit dem Morgen nach seinem Tod versiegelt. Für Lomeli, dessen heimliches Laster Kriminalromane waren, sah alles beunruhigenderweise wie einer der Tatorte aus, über die er so oft gelesen hatte. Über Tür und Türrahmen verlief kreuz und quer ein rotes Band, das von Wachsklumpen mit dem Wappen des Camerlengos festgehalten wurde. Vor der Tür stand eine große Vase mit frischen weißen Lilien, die einen ekligen Duft verströmten. Auf den Tischen zu beiden Seiten flackerten im winterlichen Halbdunkel zwei Dutzend rote Opferlichte. Der einst als Sitz des Kirchenoberhaupts so belebte Flur lag verlassen da. Lomeli kniete sich auf den Boden und zog seinen Rosenkranz hervor. Er versuchte zu beten, aber seine Gedanken kehrten immer wieder zu seinem letzten Gespräch mit dem Heiligen Vater zurück.

Du hast von meinen Schwierigkeiten gewusst, sagte er zu der geschlossenen Tür. *Hast meinen Rücktritt aber abgelehnt. Gut.*

Das verstehe ich. Du hattest sicherlich deine Gründe. Jetzt gib mir aber wenigstens die Kraft und die Weisheit, die Prüfung irgendwie zu bestehen.

Er hörte, wie hinter ihm der Aufzug zum Stehen kam und sich die Tür öffnete, aber als er sich umdrehte, war niemand da. Die Tür schloss sich wieder, und der Lift setzte seine Fahrt nach oben fort. Er steckte den Rosenkranz wieder ein und erhob sich mühsam.

Sein Zimmer lag rechter Hand auf halbem Weg den Gang hinunter. Er schloss die Tür auf, öffnete sie und schaute in die Dunkelheit. Dann tastete er an der Wand nach dem Lichtschalter und knipste die Lampe an. Er war enttäuscht, dass es keine Suite war, sondern nur ein Zimmer mit schlichten weißen Wänden, einem polierten Parkettboden und einem Bett mit eisernem Gestell. Aber dann dachte er, dass es so besser war. Im Palast des Heiligen Offiziums hatte er eine 400-Quadratmeter-Wohnung und jede Menge Platz für einen Konzertflügel. Die Erinnerung an ein einfacheres Leben würde ihm guttun. Er öffnete das Fenster und probierte den Griff des Fensterladens. Er hatte vergessen, dass er wie alle anderen im Haus verriegelt war. Alle Fernseh- und Radiogeräte waren aus den Zimmern entfernt worden. Die Kardinäle sollten für die Dauer der Wahl gänzlich von der Welt abgeschottet sein, damit niemand – eben auch keine Nachrichtensendung – ihre Gedanken beeinflussen konnte. Er fragte sich, welchen Blick er wohl von seinem Fenster aus hätte. Zum Petersdom oder zur Stadt? Er hatte längst die Orientierung verloren.

Er warf einen Blick in den Schrank und stellte befriedigt fest, dass Don Zanetti, sein tüchtiger junger Kaplan, bereits seinen Koffer aus der Wohnung hergebracht und sogar schon ausgepackt hatte. Das Chorgewand hing auf einem Bügel.

Das rote Birett lag im obersten Fach, die Unterwäsche in den Schubladen. Er zählte die Sockenpaare und lächelte. Genug für eine Woche. Zanetti war Pessimist. Im Bad fand er Zahnbürste, Rasierer, Rasierpinsel und eine Packung Schlaftabletten. Auf dem Schreibtisch lagen sein Stundenbuch, seine Bibel, eine Ausgabe der apostolischen Konstitution *Universi Dominici Gregis* mit den Regelungen für die Papstwahl und ein von O'Malley zusammengestellter dicker Ordner, der Angaben zu jedem wahlberechtigten Kardinal sowie von jedem ein Foto enthielt. Außerdem lag auf dem Schreibtisch eine Ledermappe mit der Predigt, die er morgen während der vom Fernsehen übertragenen Messe im Petersdom zu halten hatte. Allein der Anblick verursachte ihm Magenkrämpfe, und er musste schnell ins Bad. Danach saß er mit gesenktem Kopf auf der Bettkante.

Er versuchte sich einzureden, das Gefühl der Unzulänglichkeit sei lediglich Zeugnis gebührender Demut. Er war Kardinalbischof von Ostia. Davor war er Kardinalpriester von San Marcello al Corso in Rom und davor Titularerzbischof von Aquileia gewesen. In all diesen Positionen hatte er, wenn auch selten, eine aktive Rolle gespielt. Er hatte gepredigt, die Messe gehalten, die Beichte abgenommen. Aber man konnte der großartigste Fürst der Universalkirche sein und es dennoch an den grundlegendsten Qualitäten des einfachsten Landpfarrers fehlen lassen. Wenn er doch nur das Leben in einer gewöhnlichen Pfarrei kennengelernt hätte, wenigstens für ein oder zwei Jahre. Stattdessen hatte er sich seit der Ordination auf seinem Weg – erst als Professor für kanonisches Recht, dann als Diplomat des Vatikans und schließlich, kurz, als Kardinalstaatssekretär – nur immer weiter von Gott entfernt, anstatt sich ihm zu nähern. Je höher er aufgestiegen war, desto mehr war das Himmelreich vor ihm zurückgewichen.

Und nun fiel es von allen unwürdigen Kreaturen ausgerechnet ihm zu, seine Kardinalskollegen anzuleiten, den richtigen Mann für die Schlüssel Petri auszuwählen.

Servus fidelis. Getreuer Diener. Das stand auf seinem Wappen. Ein prosaisches Motto für einen prosaischen Mann.

Ein Manager.

Schließlich stand er auf, ging ins Bad und holte sich ein Glas Wasser.

Also dann, dachte er. *Manage die Sache.*

*

Die Türen der Casa Santa Marta würden um sechs Uhr geschlossen werden. Danach hatte niemand mehr Zutritt. »Kommt früh«, hatte Lomeli den Kardinälen bei der letzten Generalkongregation geraten. »Und vergesst nicht, dass nach dem Einchecken jeglicher Kontakt mit der Außenwelt verboten sein wird. Alle Mobiltelefone und Computer sind am Empfang abzugeben. Zur Sicherheit müsst ihr durch einen Scanner gehen, damit ihr auch wirklich nichts vergessen habt. Es würde die Anmeldung erheblich beschleunigen, wenn ihr das alles gar nicht erst mitbrächtet.«

Um fünf vor drei stand er draußen vor dem Eingang. Über der Soutane trug er einen Wintermantel. Er wurde wieder vom Kollegiumssekretär Monsignore O'Malley und dem Päpstlichen Zeremonienmeister Erzbischof Mandorff begleitet. Der wiederum hatte seine vier Assistenten dabei: zwei Zeremoniäre – der eine ein Monsignore, der andere ein Priester – sowie zwei Brüder des Augustinerordens, die an die Päpstliche Sakristei abgeordnet worden waren. Lomeli war es außerdem gestattet, die Dienste seines jungen Kaplans Zanetti in Anspruch zu nehmen. Das – plus zwei Ärzte, die für medizinische Notfälle bereitstanden – waren alle Personen, die die Wahl der mächtigsten spirituellen Figur der Welt zu beaufsichtigen hatten.

Es wurde kalt. In ein paar Hundert Metern Höhe hing ein Hubschrauber unsichtbar im dunklen Novemberhimmel. Das Brummen der Rotoren schien in Wellen zum Boden vorzudringen, mal lauter, mal leiser, entweder weil der Wind oder der Hubschrauber seine Richtung änderte. Lomeli schaute hinauf zu den Wolken und versuchte auszumachen, wo er sein könnte. Zweifellos war er für einen der Fernsehsender unterwegs, die an den Außentoren die Ankunft der Kardinäle filmen wollten. Oder er gehörte zu den Sicherheitskräften. Lomeli war über die Sicherheitslage vom italienischen Innenminister unterrichtet worden, einem frischen, jugendlichen Ökonomen aus einer bekannten katholischen Familie, der nie etwas anderes als Politiker gewesen war und dessen Hände beim Durchblättern seiner Notizen gezittert hatten. Den Terrorismus, hatte der Minister gesagt, betrachte man als ernste und unmittelbare Gefahr. Auf den Dächern der Gebäude rund um den Vatikan würden Boden-Luft-Raketen und Scharfschützen in Stellung gebracht. Fünftausend in den umliegenden Straßen patrouillierende Polizisten und Soldaten in Uniform würden Stärke demonstrieren, während Hunderte von zivilen Polizeibeamten sich unter die Menschen mischen würden. Zum Abschluss ihrer kurzen Unterredung hatte der Minister Lomeli um seinen Segen gebeten.

Gelegentlich wurden die Rotorengeräusche von weit entferntem Demonstrantenlärm übertönt. Tausende Stimmen im Gleichklang, durchsetzt von Hupen, Trommeln und Pfeifen. Lomeli versuchte die Protestgesänge zu verstehen. Es war unmöglich. Unterstützer der Schwulenehe oder Gegner von eingetragenen Partnerschaften, Scheidungsbefürworter oder *Familien für die Unauflöslichkeit der Ehe*, Frauen, die die Priesterweihe für Frauen forderten, oder Frauen, die das Recht auf Abtreibung und Verhütung forderten, Muslime oder Islamgegner, Einwanderer oder Einwanderungsgegner … Alles vermischte sich zu einer einzigen ununterscheidbaren Kakofonie des Zorns. Irgendwo heulten Polizeisirenen auf, eine erste, eine zweite, dann noch eine, als würden sie sich quer durch die Stadt den Hof machen. Die nervösen Sicherheitsleute in ihren schwarzen Mänteln stolzierten auf und ab wie flatterige Krähen.

Wir sind eine Arche, dachte er, eine Arche inmitten einer ansteigenden Flut aus Zwietracht.

Auf der anderen Seite der Piazza, in der nächstgelegenen Ecke des Petersdoms, läutete die klangvolle Uhr in schneller Folge die vier Viertelstunden, dann schlug die große Glocke drei Uhr.

Wenige Minuten später trafen die ersten Kardinäle ein. Sie trugen ihre lange, schwarze Alltagssoutane mit roter Paspelierung und breiter, an der Hüfte gebundener Bauchbinde aus roter Seide und auf dem Kopf den roten Pileolus. Sie kamen aus der Richtung des Palastes des Heiligen Offiziums und gingen zu Fuß den Anstieg herauf. Ein Schweizergardist, auf dem Kopf den Helm mit dem roten Federschmuck, in einer Hand die Hellebarde, begleitete sie. Ohne die ratternden Rollkoffer auf dem Kopfsteinpflaster hätte die Szene auch im 16. Jahrhundert spielen können.

Die Prälaten näherten sich. Lomeli drückte die Schultern durch. Zwei erkannte er aus seinem Vorbereitungsordner wieder. Der links war der brasilianische Kardinal Sá, Erzbischof von São Salvador da Bahia *(60 Jahre, Befreiungstheologe, möglicher Papst, aber noch nicht diesmal)*, rechts der betagte chilenische Kardinal Contreras, Alterzbischof von Santiago (*77 Jahre, erzkonservativ, einst Beichtvater von Augusto Pinochet*). Zwischen den beiden ging eine kleine, würdevolle Gestalt, die er nicht so schnell einordnen konnte. Außer Namen und Herkunft, Kardinal Hierra, Erzbischof von Mexiko-Stadt, konnte sich Lomeli an nichts erinnern. Er vermutete sofort, dass die drei zusammen zu Mittag gegessen hatten, zweifellos, um sich auf einen gemeinsamen Kandidaten zu einigen. Neunzehn wahlberechtigte Kardinäle kamen aus Lateinamerika, und wenn sie im Block abstimmen würden, wäre ihr Einfluss beachtlich. Aber allein die Körpersprache des Brasilianers und des Chilenen, wie sie es vermieden, sich auch nur anzuschauen, sagte ihm, dass eine gemeinsame Front unmöglich war. Sie hatten sich wahrscheinlich sogar nur unter größten Mühen auf das Restaurant einigen können, wo sie ihre Vorbesprechung abgehalten hatten.

»Meine Brüder«, sagte er und breitete die Arme aus. »Willkommen.« Sofort begann der mexikanische Erzbischof sich in einer Mischung aus Spanisch und Italienisch wütend zu beschweren: über ihren Spaziergang durch Rom – er zeigte seinen Arm, auf dessen dunklem Stoff Spucke klebte – und auch über ihre Behandlung am Eingang zum Vatikan, die kaum besser gewesen sei. Sie hätten ihre Pässe vorzeigen, sich einer Leibesvisitation unterziehen und ihr Gepäck durchsuchen lassen müssen: »Sind wir etwa gemeine Verbrecher, Dekan, oder was soll das?«

Lomeli umschloss die gestikulierende Hand des Mexikaners mit beiden Händen. »Ich hoffe, Eminenz, Sie waren wenigstens mit dem Mittagessen zufrieden. Es könnte für einige Zeit das letzte gewesen sein. Und wenn Sie der Meinung sind, dass man Sie herablassend behandelt hat, so tut mir das leid. Aber wir müssen unser Bestes tun, damit das

Konklave in Sicherheit stattfinden kann, und gewisse Unannehmlichkeiten sind leider der Preis, den wir dafür zahlen müssen. Don Zanetti wird Sie zum Empfang begleiten.«

Ohne ihn loszulassen, bugsierte er Hierra sanft in Richtung des Eingangs der Casa Santa Marta und gab dann die Hand frei. O'Malley schaute ihnen hinterher, hakte die Namen auf seiner Liste ab und wandte sich wieder zu Lomeli um. Er hob die Augenbrauen, worauf Lomeli ihn so tadelnd ansah, dass des Monsignores Backen sofort rosa anliefen. Er mochte den Humor des Iren. Aber Spott über seine Kardinäle würde er nicht dulden.

In der Zwischenzeit kam ein weiteres Trio den Hügel herauf. Amerikaner, dachte Lomeli, die hängen immer zusammen. Sie hatten sogar täglich gemeinsame Pressekonferenzen gegeben, bis er dem einen Riegel vorgeschoben hatte. Wahrscheinlich, so seine Vermutung, hatten sie sich von der Villa Stritch, dem Gästehaus des amerikanischen Klerus, zusammen ein Taxi genommen. Er erkannte den Erzbischof von Boston Willard Fitzgerald *(68 Jahre, auf seelsorgerische Aufgaben konzentriert, immer noch mit den Aufräumarbeiten des Missbrauchsskandals beschäftigt, medienerfahren);* Mario Santos SJ, Erzbischof von Galveston-Houston *(70 Jahre, Vorsitzender der US-amerikanischen Bischofskonferenz, behutsamer Reformer)* und Paul Krasinski *(79 Jahre, Alterzbischof von Chicago, Präfekt emeritus der Apostolischen Signatur, Traditionalist, starker Unterstützer der Legionäre Christi).* Wie die Lateinamerikaner verfügten auch die Nordamerikaner über neunzehn Stimmen, und es herrschte die allgemeine Meinung, dass Tremblay als Alterzbischof von Quebec die meisten auf sich vereinigen würde. Krasinskis Stimme würde er allerdings nicht bekommen. Der Chicagoer hatte sich schon für Tedesco starkgemacht, indem er in bewusst unverschämten Worten den verschiedenen Papst angegriffen hatte: »Wir benötigen einen Heiligen Vater, der die Kirche nach einer langen Zeit der Orientierungslosigkeit auf den rechten Weg zurückführen kann.« Er stützte sich auf zwei Gehstöcke. Einen hob er jetzt hoch und winkte Lomeli damit zu. Ein Schweizergardist trug seinen großen Lederkoffer.

»Guten Tag, Dekan.« Er freute sich sichtlich, wieder in Rom zu sein. »Ich wette, Sie haben nicht damit gerechnet, mich wiederzusehen.«

Er war der älteste Teilnehmer des Konklaves. Einen Monat später, und er würde die achtzig überschritten haben, das allgemeine Höchstalter für die Wahlberechtigung. Außerdem litt er an Parkinson, und man hatte bis zur letzten Minute bezweifelt, dass er die Reise würde antreten können. Aber er hatte es geschafft, dachte Lomeli grimmig, daran war nun nichts zu ändern.

»Ganz im Gegenteil, Eure Eminenz«, sagte Lomeli. »Wir hätten es gar nicht gewagt, ein Konklave ohne Sie abzuhalten.«

Krasinski schaute zur Casa Santa Marta. »Also dann. Wo haben Sie mich untergebracht?«

»Ich habe veranlasst, dass Sie eine Suite im Erdgeschoss bekommen.«

»Eine Suite! Das ist anständig von Ihnen, Dekan. Und ich dachte, die Zimmer würden per Los verteilt.«

Lomeli beugte sich zu ihm vor und flüsterte: »Ich habe die Ziehung manipuliert.«

»Ha!« Krasinski stampfte mit dem Stock auf das Pflaster. »Euch Italienern traue ich glatt zu, noch ganz anderes zu manipulieren.«

Er humpelte davon. Seine Begleiter folgten peinlich berührt mit etwas Abstand. Als hätte man sie genötigt, zur Familienhochzeit einen betagten Verwandten mitzubringen, für dessen Benehmen sie nicht bürgen konnten.

Santos zuckte die Achseln. »Der gleiche alte Paul, leider.«

»Ach, ich habe nichts gegen ihn. Wir befrotzeln uns schon seit Jahren.«

Komischerweise hegte Lomeli irgendwie ein wehmütiges Gefühl für den alten Wüstling. Sie waren beide Überlebende. Das hier würde ihre dritte gemeinsame Papstwahl werden. Nur eine Handvoll andere Kardinäle konnten das von sich sagen. Die meisten Ankömmlinge hatten noch nie an einem Konklave teilgenommen, und wenn das Kollegium einen einigermaßen jungen Mann wählte, dann würden sie auch nie wieder an einem teilnehmen. Sie schrieben Geschichte. Während sie im Lauf des Nachmittags mit ihren Koffern die leichte Steigung heraufkamen, manche allein, die meisten aber in Dreier- oder Vierergruppen, war Lomeli angerührt von der Tatsache, wie unübersehbar beeindruckt viele waren, auch jene, die sich bemüht locker gaben.

Welch außergewöhnliche Völkervielfalt sie doch darstellten. Welch ein Beweis für die Größe der Universalkirche, dass Menschen so unterschiedlicher Herkunft durch ihren Glauben an Gott miteinander verbunden waren. Für die maronitischen und koptischen Katholiken des Nahen Ostens kamen die Patriarchen aus dem Libanon, aus Antiochien und Alexandria, aus Indien die Großerzbischöfe von Trivandrum und Ernakulam-Angamaly und auch der Erzbischof von Ranchi Saverio Xalxo, dessen Namen Lomeli voller Freude korrekt aussprach: »Kardinal *Chalcho*, herzlich willkommen zum Konklave.«

Aus dem Fernen Osten reisten nicht weniger als dreizehn asiatische Erzbischöfe an – aus Jakarta und Cebu, Bangkok und Manila, Seoul und Tokio, Ho-Chi-Minh-Stadt und Hongkong … Und aus Afrika weitere dreizehn – aus Maputo, Kampala, Daressalam, Khartum, Addis Abeba … Lomeli war davon überzeugt, dass die Afrikaner geschlossen für Kardinal Adeyemi stimmen würden. Um die Mitte des Nachmittags sah er den Nigerianer über die Piazza in Richtung Palast des Heiligen Offiziums spazieren. Wenige Minuten später kehrte er mit einer Gruppe afrikanischer Kardinäle wieder zurück. Wahrscheinlich hatte er sie vom Tor abgeholt. Adeyemi begleitete sie zu ihrer offiziellen Begrüßung durch Lomeli, der überrascht war, wie sehr sie sich Adeyemi fügten, sogar die älteren, grauhaarigen Eminenzen wie Zucula aus Mosambik und der Kenianer Mwangale, die schon viel länger Kardinal waren.

Aber für den Sieg würde es für Adeyemi ohne Unterstützung von außerhalb Afrikas und der Dritten Welt nicht reichen. Und das war sein Problem. Mit seinen zahlreichen Attacken auf den »Satan des globalen Kapitalismus« und das »abscheuliche Laster der Homosexualität« konnte er vielleicht Stimmen in Afrika einsammeln, Stimmen, die er aber in Amerika und Europa verlieren würde. Und die europäischen Kardinäle mit ihren insgesamt sechsundfünfzig Stimmen beherrschten das Konklave immer noch. Diese Männer kannte Lomeli am besten. Manche, darunter der Erzbischof von Genua Ugo De Luca, mit dem zusammen er das Diözesanseminar besucht hatte, waren schon seit einem halben Jahrhundert seine Freunde. Andere traf er seit über dreißig Jahren immer wieder auf Konferenzen. Arm in Arm kamen jetzt die beiden großen liberalen Theologen Westeuropas den Hügel herauf. Den einstigen Außenseitern hatte der Heilige Vater erst kürzlich als demonstrative Provokation den roten Hut verliehen: dem belgischen Kardinal Vandroogenbroek *(68 Jahre, ehemaliger Professor für Theologie an der*

Katholischen Universität Löwen, Befürworter der Berufung von Frauen in die Kurie, chancenlos) und dem deutschen Kardinal Löwenstein *(77 Jahre, Altbischof von Rottenburg-Stuttgart, 1997 Untersuchung seitens Glaubenskongregation wegen Häresie).* Der Patriarch von Lissabon Rui Brandão da Cruz paffte bei der Ankunft Zigarre und blieb noch eine Zeit lang unschlüssig vor der Casa Santa Marta stehen, bis er sie schließlich ausdrückte. Der Erzbischof von Prag Jan Jandaček überquerte die Piazza. Er humpelte, eine Folge der Folterungen durch die tschechische Geheimpolizei in den Sechzigern, wo der junge Priester in den Untergrund gegangen war. Es kam der Alterzbischof von Palermo Valogero Scozzazi, gegen den dreimal wegen Geldwäsche ermittelt worden war, der aber nie angeklagt wurde. Es kam der Erzbischof von Riga Gatis Brotzkus, dessen Familie nach dem Krieg zum Katholizismus konvertiert war und dessen jüdische Mutter von den Nazis ermordet worden war. Es kam der Franzose Jean-Baptiste Courtemarche, Erzbischof von Bordeaux, der einst als Anhänger des Häretikers Marcel Lefebvre exkommuniziert worden war und später in einem heimlich aufgenommenen Gespräch behauptet hatte, den Holocaust habe es nie gegeben. Es kam der spanische Erzbischof von Toledo Modesto Villanueva, mit vierundfünfzig Jahren der jüngste Teilnehmer am Konklave, ein Organisator der Katholischen Jugend, der behauptete, die Schönheit der Kultur weise den Weg zu Gott.

Und endlich – auch im übertragenen Sinne *endlich!* – kam die abgesonderte, höchst exklusive Spezies der zwei Dutzend Kurienkardinäle, die dauerhaft in Rom lebten und die großen Verwaltungsbehörden der Kirche leiteten. Faktisch bildeten sie ein eigenes Kapitel innerhalb des Kollegiums, die Klasse der Kardinaldiakone. Viele, darunter eben auch Lomeli, bewohnten Dienstwohnungen innerhalb der Mauern des Vatikans. Die meisten waren Italiener. Sie brauchten mit ihren Koffern nur über die Piazza Santa Marta zu spazieren, konnten sich folglich mit dem Mittagessen Zeit lassen und gehörten somit zu den letzten Ankömmlingen. Und obwohl Lomeli sie so herzlich begrüßte wie alle anderen – schließlich waren sie seine Nachbarn –, so musste er unwillkürlich feststellen, dass sie das kostbare Geschenk der Ehrfurcht vermissen ließen, das er bei denen wahrgenommen hatte, die um die ganze Welt angereist waren. Gute Männer, gewiss, aber es umgab sie etwas Wissendes: Sie waren blasiert. Lomeli hatte diese spirituelle Deformierung auch an sich bemerkt, und er hatte um die Kraft gebetet, sich dagegen wehren zu können. Der verstorbene Papst hatte in ihrer Anwesenheit dagegen gewettert: »Seid auf der Hut, meine Brüder, vor all den Lastern, die Höflinge zu allen Zeiten befallen haben – den Sünden der Intrige und Selbstgefälligkeit, des Klatsches und der Böswilligkeit.« Als Bellini ihm am Todestag des Heiligen Vaters anvertraut hatte, dass der Papst den Glauben an die Kirche verloren habe – eine so schockierende Enthüllung, dass Lomeli sie am liebsten aus seinem Gedächtnis gestrichen hätte –, hatte er damit sicher diese Bürokraten gemeint.

Und doch hatte der Papst sie alle ernannt. Niemand hatte ihn gezwungen, sie auszusuchen. Zum Beispiel den Kardinalpräfekten der Kongregation für die Glaubenslehre Simo Guttuso. Die Liberalen hatten sehr große Hoffnungen in den leutseligen Erzbischof von Florenz gesetzt. Einen »zweiten Papst Johannes XXIII.« hatten sie ihn genannt. Doch anstatt den Bischöfen zu mehr Autonomie zu verhelfen, wie er es sich vor seinem Eintritt in die Kurie auf die Fahne geschrieben hatte, entpuppte sich Guttuso nach seinem Amtsantritt nach und nach als in jeder Hinsicht genauso autoritär wie seine Vorgänger – nur dass er fauler war. Inzwischen war er sehr korpulent, sah aus wie eine Renaissancegestalt und bewältigte die wenigen Meter von seiner riesigen Wohnung im Palazzo San Carlo zur praktisch nebenan gelegenen Casa Santa Marta nur mit Mühe. Sein persönlicher Kaplan plagte sich in seinem Schlepptau mit den drei Koffern ab.

»Mein lieber Simo«, sagte Lomeli mit Blick auf die Koffer. »Haben Sie vor, Ihren Leibkoch einzuschmuggeln?«

»Nun, Dekan, man weiß nie, wann man wieder nach Hause kommt, oder?« Guttuso packte mit seinen beiden fetten, feuchten Pranken Lomelis Hand und fügte mit heiserer Stimme hinzu: »Eigentlich sogar, *ob* man überhaupt wieder nach Hause kommt.« Der Satz hing mehrere Sekunden in der Luft, und Lomeli dachte, mein Gott, er glaubt tatsächlich, er könnte gewählt werden. Doch dann zwinkerte Guttuso ihm zu. »Herrlich, Lomeli, Ihr Gesicht! Keine Sorge, es war nur ein Witz. Ich bin jemand, der seine Grenzen kennt. Im Gegensatz zu gewissen Kollegen.« Er küsste Lomeli auf beiden Wangen und watschelte dann weiter. Lomeli sah, wie er in der Tür kurz zum Luftholen stehen blieb und schließlich in der Casa Santa Marta verschwand.

Der Tod des Heiligen Vaters gerade zu diesem Zeitpunkt, dachte Lomeli, war für Guttuso ein glücklicher Zufall. Noch ein paar Monate, und der Papst hätte Guttuso um seinen Rücktritt gebeten. »Ich will eine Kirche, die arm ist«, hatte Lomeli den Papst mehr als einmal klagen hören. »Ich will eine Kirche, die näher bei den Menschen ist. Guttuso hat ein gutes Herz, aber er hat vergessen, wo er herkommt.« Er zitierte Matthäus: »Wenn du vollkommen sein willst, geh, verkauf deinen Besitz und gib ihn den Armen; und du wirst einen Schatz im Himmel haben; und komm, folge mir nach!«

Lomeli ging davon aus, dass der Heilige Vater beabsichtigt hatte, annähernd die Hälfte der von ihm ernannten hochrangigen Kurienmitglieder wieder zu entlassen. Kardinal Rudgard zum Beispiel, der kurz nach Guttuso eintraf: Er mochte aus New York stammen und wie ein Wall-Street-Banker aussehen, aber bei der Aufgabe, die Finanzverwaltung der Kongregation für die Selig- und Heiligsprechungsprozesse in den Griff zu bekommen, hatte er komplett versagt. (»Nur unter uns, ich hätte das nie einem Amerikaner übertragen dürfen. Die sind völlig ahnungslos und haben keinen Schimmer, wie Bestechung funktioniert. Wusstest du, dass der aktuelle Kurs für eine Seligsprechung bei einer Dreiviertelmillion Euro liegt? Das Wunder allerdings ist, dass überhaupt einer so viel zahlt!«)

Was den nächsten Ankömmling in der Casa Santa Marta anging, den Kardinalpräfekten der Kongregation für die Bischöfe Tutino, der hätte im neuen Jahr mit Bestimmtheit abdanken müssen. Die Presse hatte aufgedeckt, dass er eine halbe Million Euro dafür ausgegeben hatte, zwei Wohnungen zu einer zusammenzulegen, um Platz für die drei Nonnen und den einen Kaplan zu schaffen, die er zu seiner Bedienung benötigte. Tutino war von der Presse derart durch den Wolf gedreht worden, dass er einem nun wie der Überlebende einer Massenschlägerei vorkam. Jemand hatte der Presse seine privaten E-Mails durchgestochen. Wie ein Besessener suchte er jetzt nach dem Schuldigen. Er bewegte sich verstohlen, schaute sich immer wieder um, konnte Lomeli kaum in die Augen schauen und verschwand nach oberflächlichster Begrüßung gleich in die Casa. Für seine Habseligkeiten benutzte er demonstrativ eine billige Plastikreisetasche.

*

Gegen fünf Uhr wurde es langsam dunkel. Nachdem die Sonne untergegangen war, kühlte es schnell ab. Lomeli fragte, wie viele Kardinäle noch fehlten. O'Malley schaute auf seine Liste. »Vierzehn, Eure Eminenz.«

»Dann haben wir also vor Einbruch der Nacht schon einhundertdrei von unseren Schäfchen sicher im Stall«, sagte er und drehte sich zu seinem Kaplan um. »Don Zanetti, bringen Sie mir doch bitte meinen Schal.«

Der Hubschrauber war verschwunden, aber die letzten Demonstranten machten sich immer noch bemerkbar. Ein stetes, rhythmisches Trommeln war zu hören.

»Ich frage mich, wo Kardinal Tedesco bleibt«, sagte Lomeli.

»Vielleicht kommt er gar nicht«, sagte O'Malley.

»Das wäre wohl zu viel der Hoffnung! Verzeiht, das war herzlos.« Er durfte nicht vergessen, seine Sünde zu beichten. Er konnte dem Kollegiumssekretär kaum mangelnden Respekt vorhalten, wenn er ihn selbst nicht zeigte.

Don Zanetti kehrte genau in dem Moment mit dem Schal zurück, wo Kardinal Tremblay auftauchte. Er näherte sich vom Apostolischen Palast kommend der Casa. Über der Schulter trug er in der Plastikhülle einer Trockenreinigung sein Chorgewand. An der rechten Hand schwang eine modische Nike-Sporttasche hin und her. Das war das Image, das er seit der Beisetzung des Heiligen Vaters von sich vermittelte. Ein Papst für moderne Zeiten – bescheiden, zwanglos, zugänglich. Und trotzdem befand sich kein einziges Haar des prachtvollen, silbrigen Helms unter seinem roten Pileolus nicht an seinem Platz. Lomeli hatte erwartet, dass eine Kandidatur des Kanadiers nach den ersten paar Tagen kein Thema mehr sein würde. Aber Tremblay wusste, wie er seinen Namen im Gespräch halten konnte. Bis zur Wahl des neuen Pontifex war er als Camerlengo für das Tagesgeschäft der Kirche verantwortlich. Es gab zwar nicht viel zu tun, aber trotzdem rief er die Kardinäle jeden Tag zu Besprechungen in die Synodenhalle und hielt danach Pressekonferenzen ab. Schon bald erschienen Artikel, dass laut »Quellen aus dem Vatikan« sein gekonnter Führungsstil bei den Kardinalskollegen Eindruck mache. Und er hatte noch ein weiteres, konkreteres Werkzeug, sich beliebt zu machen. Als Kardinalpräfekt der Kongregation für die Evangelisierung der Völker war er es, den die Kardinäle aus den Entwicklungsländern, besonderes den ärmeren, um finanzielle Unterstützung baten. Und zwar nicht nur für ihre Missionsarbeit, sondern auch für ihre Unkosten in Rom während der Zeit zwischen der Beisetzung des Papstes und dem Konklave. Es fiel schwer, nicht von ihm beeindruckt zu sein. Wenn jemand einen derart starken Glauben an die eigene Bestimmung hatte, vielleicht war er dann tatsächlich auserkoren? Vielleicht war ihm ein Zeichen zuteilgeworden, das den anderen verborgen geblieben war? Lomeli jedenfalls war es verborgen geblieben.

»Willkommen, Joseph.«

»Jacopo«, sagte Tremblay liebenswürdig und hob zum Zeichen, dass er ihm nicht die Hand schütteln könne, mit einem entschuldigenden Lächeln die Arme in die Höhe.

Wenn er gewinnt, schwor sich Lomeli, nachdem der Kanadier an ihm vorbeigegangen war, dann verlasse ich Rom gleich am nächsten Tag.

Er band sich den schwarzen Wollschal um den Hals und vergrub die Hände tief in den Manteltaschen. Er stampfte mit den Beinen auf das Kopfsteinpflaster.

»Wir können auch drinnen warten, Eure Eminenz«, sagte Don Zanetti.

»Nein. Ich möchte noch so viel frische Luft wie möglich abbekommen.«

Kardinal Bellini tauchte erst um halb sechs auf. Lomeli machte im Halbdunkel am Rand der Piazza seine große, schmale Gestalt aus. Mit einer Hand zog er einen Rollkoffer, mit der anderen trug er eine schwarze Aktentasche, die er so mit Büchern und Papieren vollgestopft hatte, dass sie oben herausschauten. Gedankenverloren und mit gesenktem Kopf näherte er sich der Casa Santa Marta. Nach allgemeiner Meinung galt Bellini inzwischen als Favorit für die Anwartschaft auf den Stuhl Petri. Bei seinem Anblick fragte sich Lomeli, was für Gedanken ihm wohl durch den Kopf gingen. Für Klatsch oder Intrigen war er viel zu stolz. Die scharfe Kritik des Papstes an der Kurie hatte nicht ihm gegolten. Er hatte als Kardinalstaatssekretär so hart gearbeitet, dass seine Beamten ihm eine zweite Schicht Assistenten zuteilen mussten, die jeden Abend um sechs zur Arbeit erschien und ihm bis in die frühen Morgenstunden zur Hand ging. Mehr als jedes andere Kollegiumsmitglied verfügte er über die für einen Papst notwendige physische und mentale Leistungsfähigkeit. Und er war ein Mann des Gebets. Er hatte sich gehütet, es ihm zu sagen, und Bellini war zu taktvoll gewesen, ihn zu fragen, aber Lomeli hatte sich entschlossen, ihm seine Stimme zu geben. Der Exstaatssekretär war so in Gedanken versunken, dass es den Anschein hatte, er würde schnurstracks an seinem Begrüßungskomitee vorbeilaufen. In letzter Sekunde erinnerte er sich offenbar, wo er war, hob den Kopf und wünschte allen einen guten Abend. Sein Gesicht war blasser und abgespannter als sonst. »Bin ich der Letzte?«

»Nicht ganz. Wie geht es Ihnen, Aldo?«

»Ziemlich elend.« Er rang sich ein schmallippiges Lächeln ab und zog Lomeli beiseite. »Sie haben doch die Zeitungen gelesen, wie soll es mir da schon gehen? Ich habe mich zweimal in die *Ignatianischen Exerzitien* vertieft, nur damit ich nicht den festen Boden unter den Füßen verliere.«

»Ja, ich habe die Zeitungen gesehen. Wenn Sie meinen Rat hören wollen, dann täten Sie gut daran, diese selbst ernannten Experten einfach zu ignorieren. Überlassen Sie es Gott, mein Freund. Wenn es sein Wille ist, dann wird es geschehen. Wenn nicht, dann nicht.«

»Aber ich bin nicht nur Gottes passives Werkzeug, Jacopo. Ich habe da auch mitzureden. Er hat uns den freien Willen geschenkt.« Er senkte die Stimme, sodass nur Lomeli ihn verstehen konnte. »Es ist nämlich so, dass ich es gar nicht will. Niemand von Verstand kann das Papstamt wollen.«

»Einige unserer Kollegen anscheinend sehr wohl.«

»Dann sind sie Idioten oder Schlimmeres. Wir beide haben doch gesehen, was es mit dem Heiligen Vater gemacht hat. Das ist ein Martyrium.«

»Trotzdem, Sie sollten vorbereitet sein. So wie die Dinge gerade laufen, könnte es durchaus Sie treffen.«

»Aber was, wenn ich nicht will? Wenn ich in meinem Herzen weiß, dass ich nicht würdig bin?«

»Unfug. Sie sind würdiger als jeder andere von uns.«

»Das bin ich nicht.«

»Dann sagen Sie Ihren Anhängern, dass sie nicht für Sie stimmen sollen. Reichen Sie den Kelch an jemand anderes weiter.«

Bellinis Gesicht nahm einen gequälten Ausdruck an. »Etwa an *ihn?*« Er nickte den Hügel hinunter zu einer untersetzten, massigen, fast quadratischen Gestalt, die jetzt die leichte Steigung heraufkam. Sie reizte einen umso mehr zum Lachen, als sie von zwei hochgewachsenen Schweizergardisten mit Helm und Federschmuck flankiert wurde. »*Ihn* plagen keine Zweifel. Er würde nur allzu gern unsere Fortschritte der vergangenen sechzig Jahre wieder rückgängig machen. Wie soll ich im Einklang mit mir selbst leben, wenn ich nicht alles daransetze, ihn aufzuhalten?« Ohne eine Antwort abzuwarten, verschwand Bellini schnell in der Casa Santa Marta und überließ es Lomeli, dem Patriarchen von Venedig allein gegenüberzutreten.

Goffredo Kardinal Tedesco war der am wenigsten klerikal wirkende Kleriker, den Lomeli je gesehen hatte. Wenn man jemand sein Foto zeigen würde, der ihn nicht kannte, würde der vielleicht auf einen Metzger im Ruhestand oder einen Busfahrer tippen. Er stammte aus dem tiefen Süden, aus der Basilikata. Er war das jüngste von zwölf Kindern einer Bauernfamilie, jener Art von riesiger Familie, die in Italien normal gewesen, seit dem Ende des Zweiten Weltkriegs aber fast völlig verschwunden war. In seiner Jugend hatte er sich die Nase gebrochen, sie sah knollenförmig und leicht gebogen aus. Das Haar war zu lang und zudem schlampig gescheitelt. Er rasierte sich nachlässig. Im verblassenden Abendlicht erinnerte er Lomeli an eine Gestalt aus einem anderen Jahrhundert, an Gioachino Rossini vielleicht. Aber das bäurische Auftreten war nur Show. Er hatte zwei Abschlüsse in Theologie und sprach fünf Sprachen fließend. In der Glaubenskongregation war er ein Protegé Ratzingers gewesen und hatte sich als der »Vollstrecker des Panzerkardinals« einen Namen gemacht. Tedesco hatte sich seit der Beisetzung aus Rom ferngehalten. Er hatte sich mit einer starken Erkältung entschuldigt. Natürlich glaubte ihm niemand. Publicity hatte er kaum noch nötig, die Abwesenheit verstärkte seinen geheimnisvollen Nimbus nur.

»Tut mir leid, Dekan. Der Zug aus Venedig hatte wieder mal Verspätung.«

»Ich hoffe, es geht Ihnen gut.«

»Na ja, geht so. Kann es jemand in unserem Alter wirklich gut gehen?«

»Wir haben Sie schon vermisst, Goffredo.«

»Gewiss doch.« Er lachte. »Da war nichts zu machen, leider Gottes. Aber Freunde haben mich auf dem Laufenden gehalten. Bis dann, Dekan.« Er wandte sich zu dem Schweizergardisten. »Nein, nein, mein Lieber. Geben Sie her.« Er bestand darauf, seine Tasche selbst ins Haus zu tragen. Ein Mann des Volkes bis zuletzt.

3

OFFENBARUNGEN

Um Viertel vor sechs wurde der Alterzbischof von Kiew Wadim Jatschenko in einem Rollstuhl den Hügel heraufgeschoben. O'Malley machte einen übertrieben großen Haken neben seine Namensliste und verkündete, dass nun alle einhundertsiebzehn Kardinäle sicher angekommen seien.

Erleichtert und bewegt, neigte Lomeli den Kopf und schloss die Augen. Die sieben Konklavebeamten taten es ihm sofort gleich. »Himmlischer Vater«, sagte er leise. »Schöpfer des Himmels und der Erde, Du hast uns zu Deinem Volk erwählt. Hilf uns, Deinen Ruhm mit unseren Taten zu mehren. Segne dieses Konklave, und leite es in Weisheit. Führe uns, Deine Diener, zusammen, und hilf uns, dass wir uns in Liebe und Freude begegnen. Gott Vater, wir preisen Deinen Namen jetzt und in alle Ewigkeit. Amen.«

»Amen.«

Er drehte sich zur Casa Santa Marta um. Da jetzt alle Fensterläden verschlossen waren, drang aus den oberen Stockwerken nicht ein einziger Lichtschimmer mehr nach draußen. Das Haus hatte sich in einen dunklen Bunker verwandelt. Nur der Eingang war beleuchtet. In dem gelblichen Glanz hinter dem dicken kugelsicheren Glas bewegten sich Priester und Sicherheitsleute wie stumme Wesen in einem Aquarium.

Als Lomeli die Tür fast erreicht hatte, berührte ihn jemand am Arm. »Darf ich Sie daran erinnern, Eminenz, dass Erzbischof Woźniak Sie erwartet«, sagte Zanetti.

»Ach ja, Janusz. Ich hatte ihn ganz vergessen. Ein bisschen knapp jetzt, oder?«

»Er weiß, dass er nur bis sechs Zeit hat, Eminenz.«

»Wo ist er?«

»Ich habe ihn gebeten, unten in einem der Konferenzräume zu warten.«

Lomeli erwiderte den Salut des Schweizergardisten mit einem Nicken und trat in die Wärme des Gästehauses. Er folgte Zanetti durch die Eingangshalle und knöpfte im Gehen seinen Mantel auf. Nach der gesunden Kälte der Piazza war es nun unangenehm warm. Zwischen den Marmorsäulen standen Kardinäle in kleinen Gruppen zusammen und unterhielten sich. Er lächelte beim Vorbeigehen. Wer waren sie? Sein Gedächtnis ließ nach. In seiner Zeit als Apostolischer Nuntius hatte er immer alle Namen seiner Kollegen im diplomatischen Corps parat gehabt. Sogar die ihrer Frauen und Kinder. Nun lastete auf jeder Unterhaltung die Gefahr von Peinlichkeiten.

Am Eingang zum Konferenzraum gegenüber der Kapelle reichte er Zanetti seinen Mantel und Schal. »Würden Sie das bitte nach oben bringen?«

»Soll ich Sie begleiten?«

»Nein, ich komme schon klar.« Er legte die Hand auf den Türgriff. »Wann ist noch mal die Vesper?«

»Um halb sieben, Eminenz.«

Lomeli öffnete die Tür. Erzbischof Woźniak stand mit dem Rücken zu ihm am anderen Ende des Raums. Es sah aus, als starrte er die kahle Wand an. Ein schwacher, aber unverkennbarer Geruch nach Alkohol hing in der Luft. Wieder musste Lomeli seine Verärgerung unterdrücken. Als hätte er nicht genug am Hals!

»Janusz?« Er ging auf Woźniak zu und wollte ihn umarmen, aber zu seinem Ärger sank der ehemalige Präfekt des Päpstlichen Hauses auf die Knie und bekreuzigte sich.

»Eure Eminenz, im Namen des Vaters, des Sohnes und des Heiligen Geistes. Meine letzte Beichte liegt schon vier Wochen zurück.«

Lomeli streckte die Hand aus. »Janusz, Janusz, verzeihen Sie mir, aber ich habe einfach nicht die Zeit, Ihnen jetzt die Beichte abzunehmen. Die Türen werden in ein paar Minuten geschlossen, Sie müssen gleich gehen. Setzen Sie sich, und erzählen Sie mir schnell, was Sie bedrückt.« Er half dem Erzbischof auf die Beine, führte ihn zu einem Stuhl und setzte sich neben ihn. Er lächelte ihm aufmunternd zu und klopfte ihm aufs Knie. »Also los.«

Woźniaks rundliches Gesicht war schweißnass. Lomeli saß so dicht neben ihm, dass er die Staubschicht auf seiner Brille sehen konnte.

»Ich hätte früher zu Ihnen kommen sollen, Eminenz. Aber ich habe versprochen, nichts zu sagen.«

»Ich verstehe. Machen Sie sich keine Sorgen.« Der Mann schien Wodka auszuschwitzen. Woher stammte bloß das Märchen, Wodka sei geruchlos? Seine Hände zitterten. Er stank nach Alkohol. »Sie haben also jemand versprochen, nichts zu sagen. Und wer ist dieser Jemand?«

»Kardinal Tremblay.«

»Verstehe.« Lomeli wich leicht zurück. Nach all den Geheimnissen, die ihm sein Lebtag ans Ohr gedrungen waren, hatte er einen Instinkt für solche Angelegenheiten entwickelt. Der Dummkopf mochte es für das Beste halten, möglichst immer alles zu wissen, seiner Erfahrung nach war es aber oft besser, so wenig wie möglich zu wissen. »Bevor Sie weiterreden, möchte ich, dass Sie sich einen Augenblick Zeit nehmen und Gott befragen, ob es recht ist, Euer Versprechen an Kardinal Tremblay zu brechen.«

»Ich habe ihn schon viele Male befragt, Eure Eminenz, deshalb bin ich hier.« Woźniaks Lippen zitterten. »Aber wenn es Ihnen peinlich ist, dann …«

»Nein, nein, natürlich nicht. Aber nur die nüchternen Fakten. Wir haben wenig Zeit.«

»Gut.« Er holte Luft. »Sie erinnern sich, dass an dem Tag, an dem der Heilige Vater starb, die letzte Person mit einem offiziellen Termin bei ihm, um vier Uhr, Kardinal Tremblay war?«

»Ja.«

»Bei dem Gespräch hat der Heilige Vater Kardinal Tremblay all seiner Ämter in der Kirche enthoben.«

»*Was?*«

»Er hat ihn entlassen.«

»Warum?«

»Der Grund war grobes Fehlverhalten.«

Lomeli brachte zunächst kein Wort heraus. »Also wirklich, Erzbischof, mir so etwas zu erzählen, hätten Sie sich auch einen besseren Zeitpunkt aussuchen können.«

Woźniak ließ den Kopf sinken. »Ich weiß, Eure Eminenz, verzeihen Sie.«

»Genau genommen hätten Sie jederzeit in den letzten drei Wochen zu mir kommen können.«

»Ich verstehe, dass Sie wütend sind, Eminenz. Aber ich habe erst in den letzten ein, zwei Tagen von all den Gerüchten über Kardinal Tremblay gehört.«

»Welchen Gerüchten?«

»Dass er zum Papst gewählt werden könnte.«

Lomeli schwieg zunächst bedächtig, um seinem Missfallen über eine derartige Freimütigkeit gebührend Ausdruck zu verleihen. »Und Sie betrachten es nun als Ihre Pflicht, das zu verhindern?«

»Ich weiß nicht mehr, was meine Pflicht ist. Ich habe immer wieder um Führung gebetet. Ich finde, Sie sollten die Fakten erfahren und dann entscheiden, ob Sie es den anderen Kardinälen erzählen oder nicht.«

»Aber was sind die Fakten, Janusz? Sie haben mir noch keine Fakten gegeben. Waren Sie bei dem Gespräch zwischen den beiden dabei?«

»Nein, Eminenz. Der Heilige Vater hat es mir danach erzählt, als wir zusammen zu Abend gegessen haben.«

»Hat er Ihnen auch erzählt, warum er Kardinal Tremblay entlassen hat?«

»Nein. Die Gründe würden schon bald klar werden, meinte er. Aber er war äußerst erregt und sehr wütend.«

Lomeli dachte nach. Könnte er lügen? Nein. Der Pole war eine arglose Seele, herausgerissen aus einer kleinen Stadt in Polen, um Johannes Paul II. an seinem Lebensabend als Seelsorger und Begleiter zu dienen. Er sagte sicher die Wahrheit. »Weiß außer Ihnen und Kardinal Tremblay sonst noch jemand davon?«

»Monsignore Morales. Er hat an dem Gespräch zwischen dem Heiligen Vater und Kardinal Tremblay teilgenommen.«

Lomeli kannte ihn, allerdings nicht gut. Er war einer der Privatsekretäre des Papstes gewesen. Hector Morales. Ein Uruguayer.

»Hören Sie mir genau zu«, sagte Lomeli. »Sind Sie sich absolut sicher, dass das alles genau so war, Janusz? Ich sehe ja, wie durcheinander Sie sind. Warum hat zum Beispiel Monsignore Morales nie ein Wort gesagt? In der Nacht, wo der

Heilige Vater gestorben ist, war er mit uns zusammen in der Wohnung. Er hätte das da erwähnen können. Oder er hätte es einem der anderen Privatsekretäre erzählen können.«

»Sie haben gesagt, Sie wollten die einfachen Fakten, Eminenz. Das sind die einfachen Fakten. Ich habe sie im Kopf tausendmal hin und her gewälzt. Ich habe den Heiligen Vater gefunden. Tot. Ich habe den Arzt gerufen. Der Arzt hat Kardinal Tremblay gerufen. So sind die Vorschriften, wie Sie wissen: ›Das erste Mitglied der Kurie, das im Falle des Todes des Papstes offiziell zu benachrichtigen ist, ist der Camerlengo.‹ Kardinal Tremblay traf ein und übernahm das Kommando. Natürlich stand es mir in meiner Position nicht zu, Einspruch zu erheben. Außerdem stand ich noch unter Schock. Aber dann, nach etwa einer Stunde, nahm er mich beiseite und fragte, ob den Heiligen Vater beim Abendessen irgendetwas besonders beschäftigt habe. Da hätte ich etwas sagen sollen. Aber ich hatte Angst, Eure Eminenz. Ich sollte über solche Dinge nichts wissen. Also habe ich gesagt, dass er sich über irgendetwas aufgeregt hat, habe aber keine Einzelheiten genannt. Danach habe ich den Kardinal und Monsignore Morales gesehen, wie sie die Köpfe zusammengesteckt und sich flüsternd unterhalten haben. Ich nehme an, da hat er ihn dazu überredet, nichts über sein Gespräch mit dem Papst zu sagen.«

»Wie kommen Sie darauf?«

»Weil ich später mit dem Monsignore darüber reden wollte, was der Papst zu mir gesagt hat. Aber er hat eisern behauptet, dass es keine Entlassung gegeben habe, dass der Heilige Vater schon seit mehreren Wochen nicht mehr ganz er selbst gewesen sei und dass ich zum Wohle der Kirche das Thema nie mehr ansprechen solle. Daran habe ich mich gehalten. Aber das ist nicht recht, Eminenz. Gott sagt mir, dass es nicht recht ist.«

»So ist es«, sagte Lomeli. »Es ist nicht recht.« Er versuchte eventuelle Folgen abzuschätzen. Gut möglich, dass absolut nichts passieren würde: Woźniak war überreizt. Andererseits: Wenn Tremblay zum Papst gewählt würde, und später käme ein Skandal ans Licht, könnte das fürchterliche Konsequenzen für die Gesamtheit der Kirche haben.

Jemand klopfte laut an die Tür. »Nicht jetzt«, rief Lomeli.

Die Tür flog auf. O'Malley beugte sich weit in den Raum. Er balancierte seinen schwergewichtigen Leib wie ein Schlittschuhläufer auf dem rechten Bein. Mit der linken Hand hielt er sich am Türstock fest. »Ich bitte vielmals um Entschuldigung, aber Sie werden dringend gebraucht, Eminenz.«

»Großer Gott, was ist denn?«

O'Malley schaute kurz zu Woźniak. »Tut mir leid, Eminenz. Das möchte ich lieber nicht sagen. Würden Sie bitte sofort kommen?« Er trat einen Schritt zurück und deutete in Richtung Eingangshalle.

Widerwillig stand Lomeli auf. »Überlassen Sie die Angelegenheit von jetzt an mir«, sagte er zu Woźniak. »Aber Sie haben richtig gehandelt.«

»Danke. Ich wusste, dass ich mich immer an Sie wenden kann. Würden Sie mir den Segen erteilen, Eminenz?«

Lomeli legte ihm die Hand auf den Kopf. »Gehe in Frieden und diene dem Herrn.« An der Tür drehte er sich noch einmal um und sagte: »Seien Sie so freundlich, Janusz, und schließen Sie mich heute Abend in Ihre Gebete ein. Ich befürchte, mein Bedarf an Fürbitte ist größer als der Ihre.«

*

In den letzten paar Minuten war es in der Eingangshalle voller geworden. Die Kardinäle kamen aus ihren Zimmern, um an der Messe in der Kapelle des Gästehauses teilzunehmen. Tedesco redete auf eine Gruppe am Fuß der Treppe ein. Lomeli sah ihn aus den Augenwinkeln, als er zusammen mit O'Malley zur Rezeption ging. An dem langen polierten Holztresen standen ein Schweizergardist, der seinen Helm unter dem Arm trug, zwei Sicherheitsleute und Erzbischof Mandorff. Es lag etwas Unheilvolles in der Art, wie sie stumm geradeaus schauten. Plötzlich war sich Lomeli absolut sicher, dass ein Kardinal gestorben sein musste.

»Tut mir leid wegen der Geheimnistuerei, Eminenz«, sagte O'Malley. »Aber ich wollte in Anwesenheit des Erzbischofs nichts sagen.«

»Ich weiß genau, was Sie mir sagen wollen. Wir haben einen Kardinal verloren.«

»Ganz im Gegenteil, Dekan, anscheinend haben wir einen neuen hinzugewonnen.« Der Ire kicherte nervös.

»Soll das ein Witz sein?«

»Nein, Eminenz.« O'Malley wurde wieder ernst. »Ich meine das wörtlich. Ein neuer Kardinal ist aufgetaucht.«

»Wie ist das möglich? Haben wir auf unserer Liste jemand übersehen?«

»Nein, sein Name stand nicht auf der Liste. Er sagt, er sei *in pectore* ernannt worden.«

Lomeli fühlte sich, als wäre er gegen eine unsichtbare Wand gelaufen. Mitten in der Eingangshalle blieb er kurz stehen. »Das kann doch nur ein Hochstapler sein, oder?«

»Das war auch meine erste Reaktion, Eminenz. Aber Erzbischof Mandorff hat mit ihm gesprochen. Er glaubt nicht.«

Lomeli ging schnell zu Mandorff. »Was höre ich da?«

Hinter dem Empfangstresen beugten sich zwei Nonnen über ihre Computertastaturen und taten so, als hörten sie nicht zu.

»Er heißt Vincent Benítez, Eminenz. Es ist der Erzbischof von Bagdad.«

»Bagdad? Ist er Iraker?«

»Das nicht. Er ist Philippiner. Der Heilige Vater hat ihn letztes Jahr ernannt.«

»Ja, ich glaube, jetzt weiß ich wieder.« Er erinnerte sich verschwommen an ein Zeitschriftenfoto. Ein katholischer Prälat im ausgebrannten Skelett einer Kirche. War er jetzt wirklich Kardinal?

»Gerade Sie müssten doch von seiner Erhebung gewusst haben«, sagte Mandorff.

»Habe ich nicht. Warum schauen Sie so überrascht?«

»Na ja, ich bin davon ausgegangen, dass der Heilige Vater, wenn er einen Kardinal ernennt, auch den Dekan des Kardinalskollegiums davon unterrichtet.«

»Nicht unbedingt. Sie erinnern sich sicher, dass er die entsprechenden Bestimmungen im Kodex des kanonischen Rechts noch kurz vor seinem Tod abgeändert hat.«

Lomeli bemühte sich um einen unbekümmerten Ton, aber in Wahrheit traf ihn diese neueste Kränkung sogar härter als die davor. *In pectore* (»im Herzen«) hieß die alte Regelung, nach der ein Papst einen Kardinal kreieren konnte, ohne selbst seinen engsten Mitarbeitern den Namen zu nennen: Außer dem Begünstigten wusste nur Gott davon. In all seinen Jahren in der Kurie hatte er nur ein einziges Mal einen *in pectore* kreierten Kardinal mitbekommen, dessen Name später nicht publik gemacht worden war, auch nicht nach dem Tod des damaligen Papstes. Das war 2003 unter Johannes Paul II. gewesen. Bis zum heutigen Tag wusste niemand, um wen es sich handelte. Man hatte angenommen, er sei wie in einem anderen Fall zuvor ein Chinese, der anonym bleiben müsse, um nicht der Verfolgung ausgesetzt zu werden. Wahrscheinlich könnten die gleichen Sicherheitsüberlegungen auch auf den höchsten Repräsentanten der Kirche in Bagdad zutreffen. War das die Erklärung?

Ihm war bewusst, dass Mandorff ihn immer noch ansah. Der Deutsche schwitzte deutlich sichtbar. Das Licht des Kronleuchters glänzte auf seinem feuchten Kahlschädel. »Aber ich bin mir sicher, dass der Heilige Vater eine derart heikle Entscheidung nicht getroffen hätte, ohne vorher wenigstens den Kardinalstaatssekretär zu konsultieren«, sagte Lomeli. »Ray, seien Sie doch so freundlich, und suchen Sie Kardinal Bellini. Bitten Sie ihn, zu uns zu kommen.«

Nachdem O'Malley gegangen war, fragte Lomeli: »Und Sie glauben wirklich, dass er Kardinal ist?«

»Er hat die an die Erzdiözese Bagdad adressierte Urkunde mit seiner Ernennung durch den Papst. Sie wurde auf Wunsch des Heiligen Vaters geheim gehalten und trägt das päpstliche Siegel.« Er zeigte Lomeli das Dokumentenpaket. »Und er ist tatsächlich Erzbischof und erfüllt eine Mission in einer der gefährlichsten Gegenden der Welt. Ich kann mir nicht vorstellen, warum er seine Legitimation fälschen sollte. Sie?«

»Nein.« Die Dokumente erschienen auch Lomeli echt. Er gab sie zurück. »Wo ist er jetzt?«

»Ich habe ihn gebeten, hinten im Büro zu warten.«

Mandorff führte Lomeli hinter den Empfangstresen. Durch die Glaswand konnte er eine schlanke Gestalt sehen, die auf einem orangefarbenen Plastikstuhl zwischen einem Drucker und Kartons mit Kopierpapier saß. Der Mann trug eine schlichte schwarze Soutane. Er war barhäuptig. Kein Pileolus. Er saß vorgebeugt da, die Ellbogen auf den Knien, in den Händen den Rosenkranz, den Blick gesenkt. Anscheinend betete er. Von der Stirn hing eine dunkle Haartolle herunter und verdeckte das Gesicht.

»Er hat sich am Eingang gemeldet, gerade als die Türen geschlossen wurden«, sagte Mandorff leise, als würden sie einen Schlafenden beobachten. »Sein Name stand natürlich nicht auf der Liste. Und weil er auch nicht wie ein Kardinal gekleidet ist, hat die Schweizergarde mich gerufen. Ich habe ihnen gesagt, sie sollten ihn hier drinnen warten lassen, bis wir ihn überprüft hätten. Ich habe mich hoffentlich korrekt verhalten?«

»Natürlich.«

Der Rosenkranz glitt durch die Finger des Philippiners, der offenbar völlig im Gebet versunken war. Allein durch sein Zuschauen kam Lomeli sich aufdringlich vor. Und dennoch fiel es ihm schwer, den Blick abzuwenden. Er beneidete den Mann. Es war schon sehr lange her, dass es ihm gelungen war, die nötige Konzentration aufzubringen, sich gänzlich von der Welt abzuschotten. In seinem eigenen Kopf war in letzter Zeit nichts als Lärm. Erst Tremblay, dachte er, jetzt das. Er fragte sich, welche Erschütterungen wohl noch auf ihn warteten.

»Kardinal Bellini kann die Geschichte bestimmt aufklären«, sagte Mandorff.

Lomeli schaute sich um und sah Bellini und O'Malley auf sie zukommen. Aus dem Gesichtsausdruck des ehemaligen Kardinalstaatssekretärs sprach Beunruhigung und Verwirrung.

»Aldo, haben Sie davon gewusst?«, fragte Lomeli.

»Ich wusste nicht, dass der Heilige Vater es tatsächlich in die Tat umgesetzt hat, nein.« Er sah verwundert durch die Glasscheibe zu Benítez, als starrte er auf ein mythisches Wesen. »Tatsächlich, da ist er ...«

»Also hat der Papst davon gesprochen, dass er darüber nachgedacht hat.«

»Ja. Er hat vor ein paar Monaten von der Möglichkeit gesprochen. Ich habe ihm dringend abgeraten. In dem Teil der Welt haben die Christen schon genug gelitten. Wir sollten die militante islamistische Stimmung nicht noch weiter anheizen. Ein Kardinal im Irak! Die Amerikaner wären entsetzt. Wie könnten wir seine Sicherheit garantieren?«

»Wahrscheinlich wollte es der Heilige Vater deshalb geheim halten.«

»Die Menschen finden es immer heraus. Am Ende sickert alles durch, besonders hier, im Vatikan. Das hat er besser gewusst als jeder andere.«

»Jedenfalls bleibt es jetzt kein Geheimnis mehr. Egal was passiert.« Jenseits der Scheibe glitten die Rosenkranzperlen weiter durch die Finger des stummen Philippiners. »Da Sie die Absicht des Papstes bestätigen, ihn zum Kardinal zu machen, ist die Annahme logisch, dass seine Legitimation echt ist«, sagte Lomeli. »Wir haben deshalb keine andere Wahl, als ihn zum Konklave zuzulassen.«

Er ging zur Tür. Zu seiner Verwunderung hielt Bellini ihn am Arm fest und flüsterte: »Moment, Dekan. Müssen wir das wirklich?«

»Was spricht dagegen?«

»Können wir sichergehen, dass der Heilige Vater überhaupt in der Lage war, eine derartige Entscheidung zu treffen?«

»Vorsichtig, mein Freund, ganz vorsichtig. Das klingt nach Häresie.« Auch Lomeli sprach leise. Er wollte nicht, dass die anderen mithörten. »Es ist nicht an uns zu entscheiden, ob der Heilige Vater recht oder unrecht hatte. Unsere Aufgabe ist es, dafür zu sorgen, dass seine Wünsche erfüllt werden.«

»Die Unfehlbarkeit des Papstes gilt für die Glaubenslehre. Nicht für Ernennungen.«

»Ich bin mir der Grenzen der päpstlichen Unfehlbarkeit durchaus bewusst. Aber das hier ist eine Sache des kanonischen Rechts. Ein Gebiet, auf dem ich so qualifiziert bin wie Sie. Nummer 39 in Kapitel I der apostolischen Konstitution über die Papstwahl ist da ziemlich eindeutig: ›Treffen noch wahlberechtigte Kardinäle *re integra* ein, das heißt vor Beginn der Wahl des Oberhirten der Kirche, werden sie zum Wahlvorgang in dem Stadium zugelassen, in dem er sich befindet.‹ Der Mann ist ein rechtmäßiger Kardinal.«

Er entzog Bellini seinen Arm und öffnete die Tür.

Benítez schaute auf und erhob sich langsam. Er war mittelgroß und hatte ein fein geschnittenes, ansehnliches Gesicht. Das Alter war schwer zu schätzen. Glatte Haut, spitze Wangenknochen, schmaler, fast abgemagerter Körper. Der Händedruck federweich. Er machte einen völlig erschöpften Eindruck.

»Willkommen im Vatikan, Erzbischof«, sagte Lomeli. »Entschuldigen Sie, dass Sie in dem Raum hier warten mussten. Aber wir hatten erst ein paar Dinge zu überprüfen. Ich hoffe, Sie verstehen das. Ich bin Kardinal Lomeli, Dekan des Kardinalskollegiums.«

»Ich bitte meinerseits um Entschuldigung, Dekan, für meinen unorthodoxen Auftritt.« Er sprach mit leiser, präziser Stimme. »Es ist höchst freundlich von Ihnen, mich überhaupt einzulassen.«

»Schon gut. Sie hatten sicherlich gute Gründe. Das hier ist Kardinal Bellini, den Sie vielleicht schon kennen.«

»Kardinal Bellini? Nein, ich glaube nicht.«

Benítez streckte die Hand aus. Für einen Augenblick glaubte Lomeli, Bellini würde ihm den Handschlag verweigern. Schließlich nahm er sie doch. »Es tut mir leid, Erzbischof«, sagte er. »Aber ich muss Ihnen sagen, dass ich Ihre Reise für einen schweren Fehler halte.«

»Warum, Eure Eminenz?«

»Weil die Lage der Christen im Nahen Osten schon jetzt gefährlich genug ist, auch ohne die Provokation Ihrer Ernennung zum Kardinal und Ihr Erscheinen hier in Rom.«

»Ich bin mir der Risiken selbstverständlich bewusst. Das ist auch einer der Gründe, warum ich gezögert habe, die Reise anzutreten. Aber ich kann Ihnen versichern, dass ich vor meiner Entscheidung lange im Gebet mit mir gerungen habe.«

»Nun ja, Sie haben Ihre Entscheidung getroffen, und die Sache ist damit abgeschlossen. Allerdings muss ich Ihnen sagen, dass Sie kaum darauf hoffen dürfen, wieder nach Bagdad zurückkehren zu können.«

»Natürlich werde ich zurückgehen und wie so viele Tausend andere die Konsequenzen meines Glaubens auf mich nehmen.«

»Ich zweifle weder an Ihrem Mut noch an Ihrem Glauben, Erzbischof«, sagte Bellini kühl. »Aber Ihre Rückkehr würde diplomatische Auswirkungen haben, die Entscheidung darüber liegt deshalb nicht zwingend bei Ihnen.«

»Und auch nicht zwingend bei Ihnen, Eminenz. Die Entscheidung trifft der nächste Papst.«

Er war härter, als er aussah, dachte Lomeli. Ausnahmsweise hatte Bellini darauf keine Antwort. »Eins nach dem anderen, meine Brüder«, sagte Lomeli. »Jetzt sind Sie erst mal da, und es gilt, Praktisches zu bedenken. Wir müssen ein Zimmer für Sie finden. Wo ist Ihr Gepäck?«

»Ich habe kein Gepäck.«

»Was? Gar nichts?«

»Um keinen Verdacht zu erregen, habe ich es für besser gehalten, ohne jedes Gepäck zum Flughafen in Bagdad zu fahren. Die Regierung überwacht jeden meiner Schritte. Ich habe die Nacht in der Ankunftslounge in Beirut verbracht und bin erst vor zwei Stunden in Rom gelandet.«

»Du meine Güte. Mal sehen, was wir für Sie tun können.« Lomeli führte ihn aus dem Büro und blieb vor dem Empfangstresen stehen. »Monsignore O'Malley ist der Sekretär des Kardinalskollegiums. Er wird Sie mit dem Nötigen versorgen.« Er wandte sich an O'Malley. »Monsignore, Seine Eminenz braucht Toilettenartikel, ein paar frische Sachen zum Anziehen und natürlich ein Chorgewand.«

»Ein Chorgewand?«, sagte Benítez.

»Wenn wir zur Stimmabgabe in der Sixtinischen Kapelle schreiten, wird von uns verlangt, in vollem Ornat zu erscheinen. Bestimmt lässt sich irgendwo im Vatikan noch ein Chorgewand auftreiben.«

»Wenn wir zur Stimmabgabe in der Sixtinischen Kapelle schreiten«, wiederholte Benítez. Plötzlich sah er angeschlagen aus. »Verzeihen Sie, Dekan, das alles ist ziemlich überwältigend für mich. Wie kann ich mit der angemessenen Ernsthaftigkeit abstimmen, wenn ich keinen einzigen Kandidaten kenne? Kardinal Bellini hat recht. Ich hätte nicht kommen dürfen.«

»Unfug!« Lomeli umfasste seine beiden Arme. Sie waren knochendürr. Trotzdem spürte er, dass der Mann eine gewisse innere Kraft besaß. Zähigkeit. »Hören Sie mir zu, Eminenz. Sie werden heute Abend mit uns allen essen. Ich werde Sie vorstellen, und beim Essen können Sie sich mit Ihren Kardinalsbrüdern unterhalten. Zumindest einige werden Ihnen bekannt sein, wenigstens vom Hörensagen. Sie werden beten wie wir alle. Und zu gegebener Zeit wird der Heilige Geist uns einen Namen eingeben. Es wird ein wunderbares spirituelles Erlebnis für uns alle werden.«

*

In der Kapelle im Erdgeschoss hatte die Abendmesse begonnen. Der Cantus planus schwebte durch die Eingangshalle. Lomeli fühlte sich plötzlich sehr müde. Er beauftragte O'Malley, ein Auge auf Benítez zu haben, fuhr mit dem Aufzug nach oben und ging in sein Zimmer. Es war höllisch heiß. Anscheinend funktionierte der Temperaturregler nicht richtig. Er dachte nicht daran, dass die Läden zugeschweißt waren, und versuchte das Fenster zu öffnen. Geschlagen schaute er sich in seiner Zelle um. Das Licht der Lampen war grell. Durch die weiß getünchten Wände und den polierten Boden erschien es ihm noch blendender. Er spürte aufkommende Kopfschmerzen und schaltete das Licht im Zimmer aus. Dann tastete er sich ins Bad und zog an der Schnur, mit der man die Neonröhre über dem Spiegel anknipste. Er ließ die Tür halb offen und legte sich mit der Absicht zu beten aufs Bett, war jedoch in dem bläulichen Zwielicht binnen einer Minute eingeschlafen.

Er träumte, dass er in der Sixtinischen Kapelle war, wo der Heilige Vater am Altar betete, sich aber jedes Mal abwandte, wenn er sich dem alten Mann nähern wollte. Schließlich ging der Heilige Vater zur Tür der Sakristei. Er drehte sich um, lächelte Lomeli an, öffnete die Tür zum Raum der Tränen und fiel aus seinem Blickfeld.

Lomeli wachte mit einem Schrei auf und biss sich schnell auf die Fingerknöchel, um ihn zu ersticken. Für einige Sekunden lag er mit aufgerissenen Augen da und hatte keine Ahnung, wo er war. Alle vertrauten Gegenstände seines Lebens waren verschwunden. Er blieb liegen und wartete darauf, dass sich sein Herzschlag beruhigte. Dann versuchte er sich zu erinnern, was er sonst noch geträumt hatte. Er hatte viele, viele Bilder gesehen, das wusste er. Er erahnte sie. Aber wenn er daranging, sie in Gedanken zu fassen, flackerten sie kurz und zerplatzten dann wie Seifenblasen. Nur das schreckliche Bild des stürzenden Heiligen Vaters blieb ihm im Gedächtnis haften.

Er hörte aus dem Gang zwei männliche Stimmen, die englisch sprachen. Anscheinend Afrikaner. Dann das ausgiebige Schlüsselgeklimper. Schließlich eine Tür, die geöffnet und geschlossen wurde. Einer der Kardinäle ging weiter den Flur hinunter, während der andere im Nebenraum das Licht anknipste. Die Wand war wie aus Pappe. Lomeli hörte, wie sein Nachbar hin und her ging, hörte ihn mit sich selbst reden – er glaubte, Adeyemi an der Stimme zu erkennen. Dann hörte er Husten und Räuspern, schließlich die Toilettenspülung.

Er schaute auf die Uhr. Es war fast acht. Er hatte über eine Stunde geschlafen. Und doch fühlte er sich ganz und gar nicht erfrischt. Als wäre die bewusstlose Zeit anstrengender gewesen als der Wachzustand davor. Er dachte an all die Aufgaben, die vor ihm lagen. *Gib mir die Kraft, o Herr, mich dieser Prüfung zu stellen.* Er drehte sich vorsichtig um, setzte sich auf und stellte die Beine auf den Boden. Dann wippte er ein paarmal vor und zurück und nahm Schwung zum Aufstehen. So war das mit dem Alter. All die einst selbstverständlichen Bewegungen – beispielsweise die simple Tätigkeit, aus dem Bett zu steigen – erforderten nun eine präzise Abfolge geplanter Manöver. Beim dritten Versuch schaffte er es und ging dann steif den kurzen Weg bis zum Schreibtisch.

Er setzte sich, schaltete die Schreibtischlampe ein und schwenkte sie über seine braune Ledermappe. Er nahm zwölf A5-Blätter heraus: dickes, cremefarbenes, handgeschöpftes Papier mit Wasserzeichen von einer Qualität, die dem historischen Anlass für angemessen erachtet wurde. Die Schrift war groß, gestochen scharf, doppelzeilig. Hinterher würde das Schriftstück für alle Zeiten im Vatikanarchiv aufbewahrt werden.

Es war die Predigt für die *missa pro eligendo Romano Pontifice* – die Messe für die Wahl des Bischofs von Rom. Getreu der Tradition bestand ihr Zweck darin, die Eigenschaften darzulegen, die vom neuen Papst verlangt würden. Seit Menschengedenken hatten diese Predigten einen entscheidenden Einfluss auf die Wahl des Papstes gehabt. 1958 hatte Antonio Kardinal Bacci den perfekten Papst als einen Liberalen beschrieben (»möge der Stellvertreter Christi eine Brücke bilden zwischen allen Schichten der Gesellschaft, zwischen allen Völkern ...«) und damit praktisch ein Porträt von Kardinal Roncalli aus Venedig gezeichnet, der prompt Papst Johannes XXIII. wurde. Fünf Jahre später verfolgten die Konservativen mit der Predigt von Monsignore Amleto Tondini die gleiche Taktik (»Misstrauen ist angebracht ob des begeisterten Beifalls, der dem ›Papst des Friedens‹ zuteilwurde«). Damit provozierten sie jedoch eine Gegenreaktion der Moderaten, die die Rede als Geschmacklosigkeit empfanden, was letztlich den Weg zum Sieg von Kardinal Montini bereitete.

Lomelis Ansprache war ganz im Gegenteil so sorgfältig auf Neutralität getrimmt, dass sie schon wieder nichtssagend war. »Die Päpste der jüngsten Vergangenheit waren alle unermüdliche Förderer des Friedens und der Zusammenarbeit auf internationaler Ebene. Lassen Sie uns beten, dass der zukünftige Papst das nicht endende Werk der Barmherzigkeit und Liebe fortsetzen wird ...« Dem konnte niemand widersprechen, nicht einmal Tedesco, der Relativismus so schnell erschnüffelte wie ein Trüffelhund einen Trüffelpilz. Es war der Ausblick auf die Messe selbst, die ihn beunruhigte, auf seine spirituelle Kraft. Er würde unter scharfer Beobachtung stehen, die Fernsehkameras würden sein Gesicht im Fokus haben.

Er legte die Rede beiseite, stand auf und ging zum Betpult. Es war aus einfachem Holz gefertigt. Es war genau das gleiche Pult wie das, das der Heilige Vater in seinem Zimmer gehabt hatte. Er ließ sich auf die Knie nieder, umfasste es an beiden Seiten, senkte den Kopf und verharrte in dieser Haltung fast eine halbe Stunde lang, bis es an der Zeit war, zum Abendessen hinunterzugehen.

4

IN PECTORE

Der Speisesaal war der größte Raum in der Casa Santa Marta. Er befand sich rechts neben der Eingangshalle und öffnete sich ihr fast über die gesamte Länge. Der Boden war aus weißem Marmor, in die Decke war eine Atriumkuppel aus Glas eingelassen. Die Topfpflanzen, die den Essbereich des Heiligen Vaters abgetrennt hatten, waren entfernt worden. Die fünfzehn runden Tische waren für je acht Personen eingedeckt. In der Mitte der Tische standen Wein- und Wasserflaschen auf den weißen Spitzentischtüchern. Als Lomeli aus dem Aufzug trat, war der Saal schon voll. Das Stimmengewirr, das von den harten Oberflächen widerhallte, war laut, heiter und erwartungsvoll, wie am ersten Abend einer Firmentagung. Vielen Kardinälen hatten die Barmherzigen Schwestern schon einen Aperitif serviert.

Lomeli schaute sich nach Benítez um und sah ihn am Rand des Speisesaals hinter einer Säule stehen. O'Malley hatte eine Kardinalssoutane mit der roten Paspelierung und Schärpe für ihn auftreiben können. Allerdings war sie ihm ein bisschen zu groß. Er machte einen verlorenen Eindruck.

Lomeli ging zu ihm. »Haben Sie sich schon etwas eingewöhnt, Eminenz? Und hat Monsignore O'Malley Ihnen ein Zimmer besorgt?«

»Ja, Dekan, danke. Im obersten Stock.« Er zeigte ihm den Schlüssel und schien sich immer noch darüber zu wundern, dass er hier gelandet war. »Es heißt, man hätte von dort einen herrlichen Blick über die Stadt. Aber leider kann man die Fensterläden nicht öffnen.«

»Damit Sie keine Geheimnisse verraten oder sich Informationen aus der Außenwelt besorgen«, sagte Lomeli und fügte, als er Benítez' verdutztes Gesicht sah, schnell hinzu: »Ein Witz, Eure Eminenz. In allen unseren Zimmern sind die Fenster verriegelt. Also, Sie können hier nicht den ganzen Abend allein herumstehen. Kommen Sie.«

»Ich fühle mich rundum wohl hier, Dekan. Ich schaue mich um.«

»Unfug. Ich werde Sie vorstellen.«

»Muss das sein? Alle unterhalten sich …«

»Sie sind jetzt Kardinal. Das erfordert ein gewisses Selbstbewusstsein.«

Er packte den Philippiner am Arm und führte ihn in die Mitte des Speisesaals. Dabei nickte er den Nonnen freundlich zu, die schon darauf warteten, mit dem Servieren des Essens zu beginnen, und drängte sich zwischen den Tischen hindurch, bis er eine freie Stelle für sie beide gefunden hatte. Er nahm ein Messer von dem Tisch dort und klopfte gegen ein Weinglas. Es wurde still im Saal. Nur der Alterzbischof von Caracas redete weiter laut auf seinen Gesprächspartner ein, bis der auf Lomeli zeigte. Der Venezolaner schaute sich um und fummelte an seinem Hörgerät. Ein scharfes Pfeifen ertönte, worauf die neben ihm Stehenden zusammenzuckten und die Schultern hochzogen. Er hob entschuldigend die Hand.

Lomeli verbeugte sich in seine Richtung. »Danke, Eminenz«, sagte er. »Meine Brüder, nehmen Sie bitte Platz.«

Er wartete, bis alle sich gesetzt hatten.

»Bevor wir uns dem Essen zuwenden, Eure Eminenzen, möchte ich Ihnen ein neues Mitglied in unseren Reihen vorstellen, das erst vor wenigen Stunden im Vatikan eingetroffen ist und von dessen Existenz keiner von uns etwas wusste.« Ein Raunen. »Dem liegt das vollkommen legitime Prozedere zugrunde, das wir alle als Kreierung *in pectore* kennen. Der Grund hierfür ist nur Gott und dem verstorbenen Heiligen Vater bekannt. Aber ich denke, wir können uns den Grund vorstellen. Die Pfarrei unseres neuen Bruders ist eine höchst gefährliche. Er hat eine beschwerliche Reise hinter sich. Er hat lange im Gebet mit sich gerungen, bevor er sich auf den Weg gemacht hat. Umso mehr ein Grund, ihn herzlich willkommen zu heißen.« Er schaute kurz zu Bellini, der starr auf das Tischtuch vor sich blickte. »Durch die Gnade Gottes ist aus einer Bruderschaft von einhundertsiebzehn eine von einhundertachtzehn geworden. Willkommen, Vincent Benítez, Kardinalerzbischof von Bagdad.«

Er drehte sich zu Benítez um und begann zu klatschen. Für einige peinliche Sekunden waren es die einzigen Hände, die klatschten. Doch nach und nach rührten sich immer mehr, bis die Begrüßung zu einem herzlichen Applaus angeschwollen war. Benítez blickte verwundert in die ringsum lächelnden Gesichter.

Nachdem der Applaus verebbt war, machte Lomeli eine Geste zum Saal hin und sagte: »Wären Sie so freundlich, unser Mahl zu segnen?«

Benítez schaute so entsetzt, dass Lomeli einen absurden Augenblick lang der Gedanke durch den Kopf schoss, dass der Mann vielleicht nie zuvor das Tischgebet gesprochen hatte. Doch dann murmelte er: »Natürlich, Dekan. Es ist mir eine Ehre.« Er bekreuzigte sich und senkte den Kopf. Die

Kardinäle taten es ihm gleich. Lomeli schloss die Augen und wartete. Lange Zeit herrschte Stille. Und dann, gerade als Lomeli schon wieder unruhig wurde, hob Benítez zu sprechen an. »Segne uns, o Herr, und diese Deine Gaben, die wir von Deiner Güte nun empfangen werden. Segne auch all die, die nicht an diesem Mahl teilnehmen können. Während wir essen und trinken, o Herr, hilf uns, an die Hungrigen und Durstigen zu denken, an die Kranken und Einsamen sowie an die Schwestern, die uns dieses Mahl bereitet haben und die es uns bringen werden. Durch Christus, unseren Herrn, Amen.«

»Amen.«

Lomeli bekreuzigte sich.

Die Kardinäle sahen auf und entfalteten die Servietten. Die wartenden Schwestern in ihrer blauen Tracht trugen nun die Suppe aus der Küche herein. Lomeli nahm Benítez am Arm und schaute sich nach zwei freien Plätzen um, wo sie auf freundliche Gesellschaft hoffen durften.

*

Er führte den Philippiner zu dessen Landsleuten Kardinal Mendoza und Kardinal Ramos, den Erzbischöfen von Manila und Cotabato, die mit einigen anderen Kardinälen aus Asien und Ozeanien an einem Tisch saßen. Die beiden Männer erhoben sich zu Benítez' Ehren. Vor allem Mendoza begrüßte ihn überschwänglich. Er kam um den Tisch herum und umfasste seine Hände. »Ich bin so stolz. *Wir* sind stolz. Das *ganze Land* wird stolz sein, wenn es von Ihrer Ernennung erfährt. Wissen Sie, Dekan, dass dieser Mann bei uns in der Diözese von Manila eine Legende ist? Wissen Sie, was er alles geleistet hat?« Er wandte sich wieder an Benítez. »Wie lange ist das jetzt her? Zwanzig Jahre?«

»Eher dreißig, Eure Eminenz«, sagte Benítez.

»Dreißig!« Mendoza begann in Erinnerungen zu schwelgen: Tondo und San Andres, Bahala Na und Kuratong Baleleng, Payatas und Bagong Silangan … Anfangs sagten Lomeli die Namen nichts. Dann begriff er nach und nach, dass es sich dabei entweder um Slumbezirke handelte, in denen Benítez als Priester gewirkt hatte, oder um Straßengangs, denen er ins Gehege gekommen war, weil er kirchliche Missionsstationen für deren Opfer gebaut hatte, Zufluchtsorte hauptsächlich für Kinderprostituierte und Drogenabhängige. Die Missionsstationen existierten noch heute, und die Menschen sprachen immer noch von dem »Priester mit der sanften Stimme«, der sie errichtet hatte. »Es ist wirklich eine große Freude für uns beide, Sie endlich kennenzulernen«, sagte Mendoza und schloss dabei Ramos mit einer Geste ein. Ramos nickte begeistert.

»Moment«, sagte Lomeli. Er runzelte die Stirn. Er wollte sichergehen, dass er auch alles richtig verstanden hatte. »Sie drei sind sich vorher nie persönlich begegnet?«

»Nein.« Die Kardinäle schüttelten den Kopf, und Benítez fügte hinzu: »Ich habe die Philippinen schon vor vielen Jahren verlassen.«

»Sie haben also seither die ganze Zeit im Nahen Osten gelebt?«

»Nein, Dekan«, rief jemand laut vom Nachbartisch. »Er war lange Zeit bei uns in Afrika.«

Neben ihnen saßen acht afrikanische Kardinäle. Bei dem Kardinal, der sich in das Gespräch eingeschaltet hatte, handelte es sich um den betagten Alterzbischof von Kinshasa Beaufret Muamba, der jetzt aufstand und Benítez mit dem Zeigefinger zu sich lockte, ihn umarmte und an die Brust drückte. »Willkommen! Herzlich willkommen!« Er führte ihn um den Tisch herum. Einer nach dem anderen legten die Kardinäle den Suppenlöffel beiseite, erhoben sich und schüttelten ihm die Hand. Lomeli begriff, dass auch von diesen Männern keiner Benítez jemals zuvor getroffen hatte. Sie hatten aber alle von ihm gehört und verehrten ihn offensichtlich sogar. Er hatte seine Arbeit wohl an eher abgelegenen Orten verrichtet und oft außerhalb der traditionellen Strukturen der Kirche. Wie Lomeli es in seiner Zeit als Diplomat gelernt hatte, stand er einfach nur da, lächelte, nickte und hörte genau zu. Nach allem, was er aufschnappte, hatte Benítez in Afrika ähnlich engagierte und gefährliche Streetworkerdienste geleistet wie in Manila. Er hatte am Aufbau von Kliniken und Zufluchtsorten für Frauen und Mädchen mitgewirkt, die in den Bürgerkriegen des Kontinents vergewaltigt worden waren.

Lomeli sah die ganze Geschichte nun klarer. Er erkannte genau, warum dieser missionarische Priester Eindruck auf den Heiligen Vater gemacht hatte, der so oft die Überzeugung geäußert hatte, dass Gott am ehesten an den ärmsten und hoffnungslosesten Orten der Erde anzutreffen sei, nicht in den komfortablen Kirchengemeinden der Ersten Welt, und dass es Mut brauche, loszuziehen und ihn zu finden. *Wenn einer hinter mir hergehen will, verleugne er sich selbst, nehme sein Kreuz auf sich und folge mir nach. Denn wer sein Leben retten will, wird es verlieren; wer aber sein Leben um meinetwillen verliert, wird es finden.* Benítez war genau die Sorte Mann, die nie über die Leiter der kirchlichen Ernennungen aufsteigen würde, die an einen Versuch nicht einmal im Traum dächte, die auf gesellschaftlichem Parkett immer eine ungelenke Figur abgeben würde. Wie sonst hätte er ins Kardinalskollegium katapultiert werden können, wenn nicht durch einen außergewöhnlichen Akt der Protektion? All das verstand Lomeli.

Der einzige Aspekt, der ihm ein Rätsel aufgab, war die Geheimhaltung. Wäre ein allseits bekannter Kardinal Benítez wirklich so viel größerer Gefahr ausgesetzt gewesen als der Erzbischof Benítez? Und warum hatte der Heilige Vater niemand ins Vertrauen gezogen?

Hinter ihm bat jemand Lomeli höflich, etwas zur Seite zu treten. Der Erzbischof von Kampala Oliver Nakitanda hielt einen Stuhl und ein Gedeck in den Händen, die an einem anderen Tisch nicht gebraucht wurden. Die Kardinäle rückten zusammen, damit Benítez an ihrem Tisch Platz nehmen konnte. Der neue Erzbischof von Maputo, dessen Namen Lomeli vergessen hatte, machte den Schwestern ein Zeichen, noch Suppe zu bringen. Ein Glas Wein lehnte Benítez ab.

Lomeli wünschte *bon appetit* und drehte sich um. Zwei Tische weiter unterhielt Kardinal Adeyemi seine Tischgenossen. Die Afrikaner lachten über eine seiner berühmten Geschichten. Trotzdem machte der Nigerianer einen etwas fahrigen Eindruck. Lomeli fiel auf, dass er hin und wieder zu Benítez hinüberlinste und dabei ein ratloses, gereiztes Gesicht machte.

*

Das Übergewicht italienischer Kardinäle im Konklave war so groß, dass sie sich auf drei Tische verteilten. Einen belegten Bellini und seine liberalen Anhänger. Am zweiten präsidierte Tedesco den Traditionalisten. Und am dritten saßen die, die sich entweder noch nicht für eines der beiden Lager entschieden hatten oder insgeheim eigene Ziele verfolgten. Lomeli stellte bestürzt fest, dass man an allen drei Tischen einen Platz für ihn frei gehalten hatte. Tedesco sah ihn als Erster. »Dekan!« Er winkte ihn mit derart entschiedener Geste zu sich, dass ihm keine Wahl blieb.

Sie hatten die Suppe gegessen und widmeten sich jetzt den Antipasti. Lomeli nahm gegenüber dem Patriarchen von Venedig Platz und ließ sich ein halbes Glas Wein einschenken. Er hatte zwar keinen Appetit, nahm aber aus Höflichkeit ein wenig von dem Schinken und dem Mozzarella. Außer den konservativen Erzbischöfen von Agrigent, Florenz, Palermo und Perugia saß auch Tutino mit am Tisch, der in Ungnade gefallene Präfekt der Bischofskongregation, den man immer für einen Liberalen gehalten hatte, der aber zweifellos hoffte, durch ein Pontifikat Tedescos seine Karriere retten zu können.

Tedesco hatte eine seltsame Art zu essen. Er hielt den Teller in der Linken und leerte ihn in rasantem Tempo mit der Gabel in der Rechten. Gleichzeitig ließ er den Blick ständig hin und her wandern, als hätte er Angst, jemand könnte ihm das Essen unter der Nase wegschnappen. Lomeli nahm an, dass die Marotte aus der Kindheit herrührte, wo er in einer großen, hungrigen Familie der Kleinste gewesen war.

»Na, Dekan«, sagte Tedesco mit vollem Mund. »Die Predigt fertig?«

»Ja.«

»Und Sie werden sie doch hoffentlich auf lateinisch halten, oder?«

»Auf italienisch, Goffredo, wie Sie sehr wohl wissen.«

Die anderen Kardinäle hatten die Mahlzeit unterbrochen und hörten zu. Man wusste nie, was Tedesco noch von sich geben würde.

»Jammerschade! Also für *mich*, wenn *ich* sie halten würde, käme nur Latein infrage.«

»Aber dann würde sie niemand verstehen, Eure Eminenz. Und das wäre doch wirklich eine Tragödie.«

Tedesco war der Einzige, der lachte. »Na ja, ich gestehe, dass mein Latein nicht das Beste ist, aber um meinen Standpunkt klarzumachen, würde ich es trotzdem allen zumuten. Mit meinem simplen Bauernlatein würde ich nämlich Folgendes zu sagen versuchen: Veränderung bringt fast immer das Gegenteil des beabsichtigten Fortschritts hervor, und das sollten wir im Auge behalten, wenn wir unsere Wahl für einen Papst treffen. Die Abschaffung des Lateinischen, zum Beispiel …« Er wischte sich mit der Serviette einen Fettkrümel von den dicken Lippen und betrachtete ihn. Er schien einen Augenblick lang abgelenkt zu sein, aber dann fuhr er fort. »Schauen Sie sich um, Dekan. Wie wir uns unbewusst, wie wir uns instinktiv je nach unserer Muttersprache auf die Tische im Saal verteilt haben. Wir Italiener hier – schlauerweise so nah wie möglich an der Küche. Die spanisch sprechenden Brüder dort. Die aus den englischsprachigen Ländern in der Nähe der Rezeption. Als wir zwei noch kleine Jungs waren, Dekan, und die ›tridentinische‹ Messe noch die Liturgieform der ganzen Welt war, konnten sich die Kardinäle im Konklave noch auf lateinisch unterhalten. Aber 1962 haben die Liberalen darauf bestanden, die in ihren Augen tote Sprache loszuwerden, um die Kommunikation zu erleichtern. Und was sehen wir jetzt? Die Kommunikation ist schwieriger geworden.«

»Das mag für das begrenzte Beispiel vom Konklave zutreffen. Das trifft aber wohl kaum auf die Mission der Universalkirche zu.«

»Universalkirche? Wie kann man eine Kirche Universalkirche nennen, wenn sie fünfzig verschiedene Sprachen spricht? Sprache ist lebenswichtig. Weil sich mit der Zeit aus der Sprache Gedanken entwickeln und aus Gedanken Philosophie und Kultur. Seit dem Zweiten Vatikanischen Konzil sind fünfzig Jahre vergangen, aber schon jetzt bedeutet es etwas anderes, ein Katholik in Europa zu sein als einer in Afrika, Asien oder

Südamerika. Aus uns ist eine Konföderation geworden, bestenfalls. Schauen Sie sich nur um, Dekan. Selbst bei so etwas Simplem wie einer gemeinsamen Mahlzeit trennt uns die Sprache. Und jetzt sagen Sie mir, dass das nicht die Wahrheit ist.«

Lomeli weigerte sich zu antworten. Er hielt Tedescos Argumentation für widersinnig. Aber er war entschlossen, neutral zu bleiben. Er würde sich auf keine Diskussion einlassen. Außerdem wusste man nie genau, ob Tedesco einen aufzog oder es ernst meinte. »Dazu kann ich nur eins sagen, Goffredo: Sollte das Ihre Ansicht sein, werden Sie meine Predigt als eine schwere Enttäuschung empfinden.«

»Die Abschaffung des Lateinischen wird letztlich zur Abschaffung Roms führen«, setzte Tedesco nach. »Denken Sie an meine Worte.«

»Goffredo, das können selbst Sie nicht ernst meinen.«

»Das meine ich sehr wohl ernst, Dekan. Die Menschen werden schon bald offen fragen: *Warum Rom?* Getuschelt wird schon. Es gibt keine Vorschrift in der Glaubenslehre oder der Heiligen Schrift, die festlegt, dass der Papst der Kirche von Rom vorstehen muss. Er könnte den Stuhl Petri überall in der Welt aufstellen. Unser geheimnisvoller neuer Kardinal stammt von den Philippinen?«

»Ja, wie Sie sehr wohl wissen.«

»Wir haben also jetzt drei wahlberechtigte Kardinäle aus diesem Land, einem Land mit – wie vielen? – vielleicht vierundachtzig Millionen Katholiken. In Italien sind es siebenundfünfzig Millionen, von denen ohnehin die große Mehrheit nie zur Kommunion geht. Und doch haben wir *sechsundzwanzig* wahlberechtigte Kardinäle. Glauben Sie, dass diese Anomalie sich noch lange halten wird? Wenn ja, sind Sie ein Narr.« Er warf die Serviette auf den Tisch. »Entschuldigen

Sie meine harschen Worte. Aber ich befürchte, das Konklave könnte die letzte Chance sein, unsere Mutter Kirche zu bewahren. Noch einmal zehn Jahre wie die letzten zehn, und noch einmal ein Heiliger Vater wie der letzte, und sie wird in der Form, wie wir sie kennen, aufhören zu existieren.«

»Im Grunde wollen Sie uns also sagen, dass der nächste Papst Italiener sein muss.«

»Ja. Warum auch nicht: Wir hatten seit über vierzig Jahren keinen italienischen Papst mehr. Das längste Interregnum der Geschichte. Um die römisch-katholische Kirche zu retten, Dekan, müssen wir das Papstamt zurückgewinnen. Darauf können sich alle Italiener sicher einigen, oder?«

»Darauf könnten wir Italiener uns vielleicht noch einigen, Eure Eminenz. Aber da wir uns auf sonst nichts einigen können, dürften unsere Chancen wohl ziemlich schlecht stehen. Wie auch immer, ich muss jetzt weiter meine Runde drehen. Ich wünsche Ihnen einen schönen Abend.«

Damit stand Lomeli auf, verbeugte sich und ging zu Bellinis Tisch, um dort Platz zu nehmen.

*

»Wir werden nicht fragen, wie Ihnen das Abendmahl mit dem Patriarchen von Venedig geschmeckt hat. Ihr Gesicht sagt alles.«

Der ehemalige Kardinalstaatssekretär war umgeben von seiner Prätorianergarde: den Erzbischöfen Sabbadin, Landolfi und Dell'Acqua aus Mailand, Turin und Bologna sowie den beiden Kurienkardinälen Panzavecchia, Präsident des Päpstlichen Rates für die Kultur, und Santini, der nicht nur Kardinalspräfekt der Kongregation für das Katholische Bildungswesen war, sondern auch der dienstälteste Kardinaldiakon, was hieß, dass er vom Balkon des Petersdoms den Namen des neuen Papstes verkünden würde.

»Eins will ich ihm wenigstens zugutehalten«, sagte Lomeli, der noch ein Glas nahm, um seinen Ärger zu bezähmen. »Er hat nicht vor, seine Ansichten zwecks Stimmenfang auch nur ansatzweise zu mäßigen.«

»Das hat er noch nie. Dafür habe ich ihn eigentlich immer bewundert.«

Sabbadin hatte einen Ruf als Zyniker und war noch am ehesten das, was man als Wahlkampfmanager Bellinis bezeichnen konnte. »Sehr schlau von ihm, sich bis heute aus Rom fernzuhalten«, sagte er. »Bei Tedesco ist weniger immer mehr. Schon ein offenherziges Zeitungsinterview hätte ihn erledigen können. Aber so wird er morgen gut abschneiden, glaube ich.«

»Was verstehen Sie unter *gut?*«, fragte Lomeli.

Sabbadin schaute hinüber zu Tedesco. Wie bei einem Bauern, der auf dem Markt einen Ochsen taxierte, bewegte sich sein Kopf leicht von einer Seite zur anderen. »Ich würde sagen, er könnte es beim ersten Durchgang auf fünfzehn Stimmen bringen.«

»Und Ihr Mann?«

Bellini hielt sich die Ohren zu. »Ich will nichts hören. Ich will es nicht wissen.«

»Zwischen zwanzig und fünfundzwanzig. Sicherlich die meisten im ersten Wahlgang. Morgen Abend, da fängt die harte Arbeit an. Wir müssen ihn irgendwie auf die Zweidrittelmehrheit hieven. Dafür braucht er neunundsiebzig Stimmen.«

Bellinis langes, blasses Gesicht machte einen gequälten Eindruck. Mehr als je zuvor, dachte Lomeli, sah er aus wie ein heiliger Märtyrer. »Reden wir nicht davon. Nicht um eine einzige Stimme werde ich bitten. Wenn unsere Kollegen mich bis jetzt nicht kennen, nach all den Jahren, dann gibt es nichts, was ich im Lauf eines einzigen Abends sagen könnte, das sie überzeugen würde.«

Sie verstummten, während die Nonnen den Tisch umkreisten und den Hauptgang servierten. Scaloppine vom Kalb. Das Fleisch sah aus wie Gummi, die Soße wie geronnen. Wenn etwas in diesem Konklave eine schnelle Entscheidung erzwingen konnte, dachte Lomeli, dann das Essen.

Als die Schwestern den letzten Teller abgestellt hatten, sagte Landolfi – der mit zweiundsechzig Jüngste am Tisch – auf seine gewohnt beflissene Art: »Sie brauchen nichts zu sagen, Eminenz. Das dürfen Sie natürlich alles uns überlassen. Aber wenn uns die Unentschlossenen fragen, wofür Sie stehen, was sagen wir dann?«

Bellini nickte zu Tedesco hinüber. »Sagen Sie, ich stünde für alles, wofür er nicht stehe. Er glaubt aufrichtig, was er sagt, aber das ist alles aufrichtiger Blödsinn. Wir kehren nie in die Zeiten der lateinischen Liturgie zurück, zu den Priestern, die die Messe mit dem Rücken zur Kirchengemeinde feiern, zu den Familien mit zehn Kindern, weil Mama und Papa es nicht besser wissen. Das war eine hässliche, repressive Zeit, und wir sollten froh sein, dass sie vorüber ist. Sagen Sie, ich stünde für die Achtung anderer Religionen und für die Toleranz gegenüber abweichenden Meinungen innerhalb unserer Kirche. Sagen Sie, ich glaubte, dass Bischöfe mehr Einfluss erhalten und Frauen innerhalb der Kurie eine größere Rolle spielen ...«

»Moment«, fiel Sabbadin ihm ins Wort. »Wirklich?« Er verzog das Gesicht und lutschte an seinen Zähnen. »Ich glaube, wir sollten das Thema Frauen komplett ausklammern. Das eröffnet Tedesco nur die Möglichkeit zu irgendwelchen Attacken. Er wird sagen, dass Sie insgeheim die Frauenordination befürworten ... was Sie ja nicht tun.«

Vielleicht bildete Lomeli sich das nur ein, aber er meinte ein winzig kleines Zögern wahrzunehmen, bevor Bellini antwortete. »Ich akzeptiere, dass das Thema Frauenordination für meine Lebzeiten abgeschlossen ist und wahrscheinlich noch für mehrere Lebzeiten in der Zukunft.«

»Nein, Aldo«, sagte Sabbadin entschieden. »Es ist für *alle* Zeiten abgeschlossen. Es ist durch päpstliche Autorität verfügt: Das Prinzip der ausschließlich männlichen Priesterschaft ist gegründet auf dem geschriebenen Wort Gottes ...«

»›Unfehlbar vorgetragen vom ordentlichen und universalen Lehramt.‹ Ich kenne die Vorschrift. Vielleicht nicht die klügste der vielen Erklärungen des heiligen Johannes Paul, aber es gibt sie nun mal. Nein, natürlich schlage ich nicht die Frauenordination vor. Aber nichts kann uns daran hindern, selbst die höchsten Ämter der Kurie für Frauen zu öffnen. Das ist administrative Arbeit, keine priesterliche. Der verstorbene Heilige Vater hat oft davon gesprochen.«

»Stimmt, aber er hat es nie *in die Tat* umgesetzt. Wie kann eine Frau einem Bischof Anweisungen erteilen, geschweige denn einen Bischof *auswählen*, wenn ihr nicht erlaubt ist, die heilige Kommunion zu spenden? Das Kollegium wird das als Ordination durch die Hintertür auffassen.«

Bellini pikte ein paarmal in sein Stück Kalbfleisch und legte dann die Gabel beiseite. Er stützte sich mit den Ellbogen auf den Tisch, beugte sich vor und blickte einem nach dem anderen in die Augen. »Meine Brüder, hören Sie mir jetzt bitte genau zu. Damit da erst gar keine Zweifel aufkommen. Ich strebe das Papstamt nicht an. Mir graut davor. Deshalb habe ich nicht die Absicht, meine Überzeugungen zu verhehlen oder als jemand aufzutreten, der ich nicht bin. Ich bitte Sie inständig, ich flehe Sie an, gehen Sie nicht für mich auf Stimmenfang. Mit keinem Wort. Ist das klar? Leider ist mir jetzt der Appetit vergangen. Wenn Sie mich entschuldigen würden, ich ziehe mich auf mein Zimmer zurück.«

Sie schauten der storchenartigen Gestalt hinterher, die steif zwischen den Tischen hindurchstakste, die Eingangshalle durchquerte und auf der Treppe nach oben aus ihrem Blickfeld verschwand.

Sabbadin nahm seine Brille ab, hauchte auf die Gläser, polierte sie mit einer Serviette und setzte sie wieder auf. Er öffnete ein kleines, schwarzes Notizbuch. »Nun, meine Freunde«, sagte er. »Ihr habt ihn gehört. Ich schlage vor, wir teilen uns die Arbeit.« Er wandte sich Dell'Acqua zu. »Rocco, Ihr Englisch ist das beste, Sie reden mit den Nordamerikanern und unseren Kollegen aus Großbritannien und Irland. Wer spricht gut spanisch?« Panzavecchia hob die Hand. »Sehr gut. Dann kümmern Sie sich um die Südamerikaner. Ich werde mit allen Italienern sprechen, die Angst vor Tedesco haben. Das sind die meisten.« Er drehte sich zu Santini. »Gianmarco, als Präfekt der Bildungskongregation kennen Sie ja jede Menge Afrikaner. Können Sie die übernehmen? Selbstredend verlieren wir über das Thema Frauen in der Kurie kein Wort.«

Lomeli schnitt sein Kalbfleisch in winzige Stücke und aß sie eines nach dem anderen. Er hörte zu, während Sabbadin reihum mit jedem sprach. Der Vater des Erzbischofs von Mailand war ein prominenter Senator der Christdemokraten gewesen. Er hatte schon in frühester Jugend gelernt, wie man Stimmen zählte. Lomeli tippte auf ihn als Staatssekretär in einem Bellini-Pontifikat. Nachdem er alle Aufgaben verteilt hatte, klappte Sabbadin sein Notizbuch wieder zu, schenkte sich ein Glas Wein ein und lehnte sich mit zufriedenem Gesichtsausdruck zurück.

Lomeli hob den Blick von seinem Teller. »Dann gehen Sie also davon aus, dass unser Freund in der Ablehnung des Petrusstuhls nicht ganz aufrichtig war.«

»Doch, doch, ich halte ihn für absolut aufrichtig. Genau das ist einer der Gründe, warum ich ihn unterstütze. Die gefährlichen Männer, die man aufhalten muss, das sind die, die das Amt aktiv anstreben.«

*

Lomeli hatte Tremblay den ganzen Abend im Auge behalten. Doch erst als die Kardinäle nach dem Essen in der Eingangshalle um Kaffee anstanden, ergab sich die Gelegenheit, ihn anzusprechen. Der Kanadier stand mit Tasse und Untertasse in der Ecke und hörte dem Erzbischof von Colombo Asanka Rajapakse zu, der allgemein als der größte Langeweiler des Konklaves galt. Tremblay stand ihm leicht vorgebeugt gegenüber, schaute ihn an und nickte immer wieder nachdrücklich. Gelegentlich hörte Lomeli ihn etwas sagen: »… absolut … absolut …« Er wartete etwas abseits. Er spürte, dass Tremblay sich seiner Anwesenheit bewusst war, dass er ihn aber ignorierte und damit hoffte, er werde schon irgendwann aufgeben und wieder gehen. Aber Lomeli blieb eisern stehen, und schließlich war es Rajapakse, der immer wieder kurz zu ihm herübersah und schließlich widerwillig seinen Monolog unterbrach. »Ich glaube, der Dekan möchte Sie sprechen«, sagte er.

Tremblay wandte sich um und lächelte. »Hallo, Jacopo!«, sagte er laut. »Ist das nicht ein herrlicher Abend?« Seine unnatürlich weißen Zähne strahlten. Lomeli hatte den Verdacht, dass er sie eigens für den Anlass hatte polieren lassen.

»Joseph, dürfte ich Sie wohl für einen kurzen Augenblick entführen?«, sagte Lomeli.

»Natürlich.« Tremblay drehte sich zu Rajapakse um. »Vielleicht können wir unsere Unterhaltung später fortsetzen?« Der Erzbischof aus Sri Lanka nickte beiden Männern zu und entfernte sich. Tremblay schien ihn nur ungern gehen zu sehen, und als er seine Aufmerksamkeit wieder Lomeli zuwandte, klang seine Stimme leicht verärgert. »Und, worum geht es?«

»Könnten wir uns irgendwo unterhalten, wo wir ungestört sind? Auf Ihrem Zimmer vielleicht?«

Tremblays strahlend weiße Zähne verschwanden. Die Mundwinkel bewegten sich abwärts. Lomeli ging davon aus, dass er gleich ablehnte. »Warum nicht, wenn's sein muss. Aber bitte nur kurz. Ich wollte mich noch mit einigen Kollegen unterhalten.«

Sein Zimmer befand sich im ersten Stock. Er ging Lomeli voraus die Treppe hinauf und führte ihn oben durch den Gang. Er ging schnell, als wollte er die Sache so rasch wie möglich hinter sich bringen. Seine Suite glich exakt der, die der Heilige Vater bewohnt hatte. Alle Lichter brannten, als sie eintraten – der Kronleuchter an der Decke, die Lampen auf Nacht- und Schreibtisch, sogar die Beleuchtung im Bad. Die Suite wirkte wie ein antiseptischer, blitzender Operationssaal. Bis auf eine Dose Haarspray auf dem Nachttisch war nirgends etwas Persönliches zu sehen. Tremblay bot Lomeli keinen Platz an. »Also, worum geht es?«

»Um Ihr letztes Gespräch mit dem Heiligen Vater.«

»Was ist damit?«

»Ich habe gehört, es sei problematisch gewesen. Stimmt das?«

Tremblay rieb sich die Stirn und verzog das Gesicht, als zermarterte er sich das Gehirn. »Nein, nicht dass ich wüsste.«

»Nun, genauer gesagt habe ich gehört, der Heilige Vater habe Sie aufgefordert, von all Ihren Ämtern zurückzutreten.«

»Ach das!« Sein Gesichtsausdruck hellte sich auf. »Der Unsinn. Das kommt von Erzbischof Woźniak, nehme ich an.«

»Darüber kann ich nichts sagen.«

»Der arme Woźniak. Sie wissen, wie es um ihn steht?« Er schwenkte ein imaginäres Glas. »Wir müssen dafür Sorge tragen, dass ihm nach dem Konklave die geeignete Behandlung zuteil wird.«

»Dann entspricht also die Behauptung, dass Sie bei dem Treffen entlassen wurden, nicht der Wahrheit?«

»In keiner Weise. Das ist doch völlig absurd. Fragen Sie Monsignore Morales. Der war dabei.«

»Das würde ich, wenn ich könnte. Nur dass mir das im Augenblick aus naheliegenden Gründen nicht möglich ist. Wir sind abgeschottet.«

»Ich kann Ihnen versichern, dass er nur bestätigen wird, was ich gesagt habe.«

»Zweifellos. Aber es ist doch eigenartig. Können Sie sich irgendeinen Grund vorstellen, warum eine derartige Geschichte im Umlauf sein könnte?«

»Das liegt doch auf der Hand, würde ich meinen. Mein Name, Dekan, wird als der des möglichen zukünftigen Papstes genannt. Ein lächerlicher Gedanke, wie ich wohl kaum hinzufügen muss. Von den Gerüchten müssen Sie doch auch gehört haben. Da will jemand mit Verleumdungen meinen Namen beschmutzen.«

»Und Sie glauben, das ist Woźniak?«

»Wer sonst könnte es sein? Ich weiß ganz sicher, dass er Morales etwas darüber erzählt hat, was der Heilige Vater zu ihm gesagt haben soll. Ich weiß das von Morales. Woźniak hatte wohl nicht den Mumm, mich selbst darauf anzusprechen.«

»Und das halten Sie alles für ein bösartiges Komplott, das Sie in Verruf bringen soll?«

»Ich befürchte, darauf läuft es hinaus. Das ist sehr traurig.« Tremblay faltete die Hände. »Ich werde den Erzbischof in mein Abendgebet einschließen und Gott bitten, ihm bei der Lösung seiner Probleme beizustehen. Wenn Sie mich jetzt entschuldigen wollen, ich würde gern wieder nach unten gehen.«

Er machte einen Schritt zur Tür hin, aber Lomeli verstellte ihm den Weg.

»Noch eine letzte Frage, wenn Sie erlauben. Nur um mich selbst zu beruhigen. Können Sie mir sagen, worum es bei dem letzten Gespräch mit dem Heiligen Vater ging?«

Empörung konnte Tremblay so leicht abrufen wie Frömmigkeit und ein Lächeln. Seine Stimme wurde metallisch. »Nein, Dekan, das kann ich nicht. Und um ehrlich zu sein, ich bin entsetzt, dass Sie von mir erwarten, den Inhalt einer privaten Unterhaltung preiszugeben – einer sehr kostbaren privaten Unterhaltung angesichts der Tatsache, dass es die letzten Worte waren, die ich mit dem Heiligen Vater wechseln konnte.«

Lomeli legte die Hand auf sein Herz und senkte zur Entschuldigung leicht den Kopf. »Ich verstehe. Verzeihung.«

Natürlich log der Kanadier. Und sie beide wussten es. Lomeli trat zur Seite. Tremblay öffnete die Tür. Schweigend gingen sie zusammen durch den langen Korridor und schlugen dann an der Treppe getrennte Wege ein. Der Kanadier ging wieder hinunter in die Eingangshalle, um Konversation zu machen, und der müde Dekan noch eine Treppe weiter nach oben zu seinem Zimmer und seinen Zweifeln.

5

PRO ELIGENDO ROMANO
PONTIFICE

In jener Nacht lag er mit dem Rosenkranz der Jungfrau Maria um den Hals und verschränkten Armen auf der Brust im Dunkeln. Eine Haltung, die er sich in der Pubertät angewöhnt hatte, um den Versuchungen des Fleisches zu widerstehen. Das Ziel war gewesen, es bis zum Morgen durchzuhalten. Heute, fast sechzig Jahre später, stellten solche Versuchungen keine Gefahr mehr dar, trotzdem war ihm diese Schlafstellung – wie eine liegende Statue auf einem Grabmal – zur Gewohnheit geworden.

Das Zölibat hatte ihn weder so geschwächt noch eingeengt, wie sich die säkulare Welt das im Allgemeinen bei einem Priester vorstellte, sondern gestärkt und erfüllt. Er hatte sich als Krieger einer Ritterkaste gesehen, als einsamen und unantastbaren Helden, der über der breiten Masse stand. *Wenn jemand zu mir kommt und nicht Vater und Mutter, Frau und Kinder, Brüder und Schwestern, ja sogar sein Leben gering achtet, dann kann er nicht mein Jünger sein.* Er war nicht völlig weltfremd. Er hatte erlebt, wie es war, zu begehren und auch begehrt zu werden, von Frauen wie von Männern. Und doch war er der physischen Anziehungskraft nie erlegen. Er hatte in seiner Einsamkeit geschwelgt. Erst seit der Diagnose Prostatakrebs hatte er angefangen, darüber nachzugrübeln, was er verpasst hatte. Was war er heute? Nicht mehr der edle Ritter, sondern nur noch ein alter, impotenter Mann, nicht heldenhafter als jeder normale Patient in einem Pflegeheim. Manchmal fragte er sich, was der Sinn all dessen gewesen war. Er hatte jetzt keine nächtlichen Anwandlungen der Lust mehr, sondern der Reue.

Er konnte das Schnarchen des afrikanischen Kardinals nebenan hören. Die dünnen Wände schienen bei jedem röchelnden Atemzug wie eine Membran zu vibrieren. Er war sich sicher, dass es Adeyemi war. Niemand sonst konnte selbst im Schlaf so laut sein. In der Hoffnung, es werde ihn einschläfern, versuchte er die Schnarcher mitzuzählen. Bei fünfhundert hörte er auf.

Er hätte gern die Fensterläden geöffnet, um etwas frische Luft hereinzulassen. Er fühlte sich klaustrophobisch. Die große Glocke des Petersdoms hatte um Mitternacht aufgehört zu schlagen. In der versiegelten Kammer wurden die dunklen Stunden des frühen Morgens lang und ziellos.

Er schaltete die Nachttischlampe an und las ein paar Seiten aus Guardinis *Besinnung vor der Feier der heiligen Messe.*

> *... wenn mich aber jemand fragte, womit liturgisches Leben anfange, würde ich antworten: dass man die Stille lernt ... Dazu braucht es eine innere Stille, worin das Wort Gottes seine Stätte findet. Die muss zum mindesten kurz vor dem Gottesdienst hergestellt werden, wenn möglich schon durch das Schweigen auf dem Wege oder, noch besser, durch eine Zeit der Sammlung am Abend vorher.*

Aber wie war diese Stille zu erreichen? Auf die Frage lieferte Guardini keine Antwort. Stattdessen wurde im Lauf der Nacht der Lärm in Lomelis Kopf sogar noch schriller als sonst.

Andere hat er gerettet, sich selbst kann er nicht retten – der höhnische Kommentar der Schriftgelehrten und Ältesten am Fuß des Kreuzes. Das zentrale Paradox des Evangeliums. Der Priester, der die heilige Messe feiert, ist dennoch nicht imstande, selbst die Kommunion zu empfangen.

Er stellte sich eine gewaltige Lawine kakofoner Dunkelheit vor, angefüllt mit höhnischen Stimmen, die aus dem Himmel auf ihn herabstürzte. Eine göttliche Offenbarung des Zweifels.

In seiner Verzweiflung nahm er Guardinis *Besinnung* und schleuderte das Buch ins Zimmer. Mit einem dumpfen Schlag prallte es gegen die Wand. Das Schnarchen verstummte kurz, dann setzte es wieder ein.

*

Um 6.30 Uhr hallte das Signal zum Wecken durch die Casa Santa Marta – das dröhnende Klingeln einer Schulglocke. Lomeli öffnete die Augen. Er lag zusammengerollt auf der Seite. Er fühlte sich angeschlagen und wund. Er hatte keine Ahnung, wie lange er geschlafen hatte, nur dass es nicht länger als ein oder zwei Stunden gewesen sein konnte. Die plötzliche Erinnerung daran, was er heute alles zu erledigen hatte, überkam ihn wie eine Woge des Ekels. Wie erstarrt blieb er noch eine Zeit lang liegen. Normalerweise verharrte er nach dem Aufwachen eine Viertelstunde in Andacht, stand dann auf und sprach seine Morgengebete. Diesmal ging er, nachdem er sich schließlich hatte aufraffen können, die Beine aus dem Bett zu schwingen und aufzustehen, sofort ins Bad und drehte die Dusche so heiß auf, wie er es gerade noch ertragen konnte. Das Wasser geißelte seinen Rücken und seine Schultern. Er wand und krümmte sich und stöhnte vor Schmerz.

Hinterher wischte er den Wasserdampf vom Spiegel und begutachtete angewidert sein rohes, verbrühtes Fleisch. *Der Leib vergeht, Ansehen verweht, und der Rest ist Asche.*

*

Er fühlte sich zu angespannt, als dass er das Frühstück mit den anderen einnehmen wollte. Er blieb auf seinem Zimmer, übte seine Predigt ein und versuchte zu beten. Erst in allerletzter Minute ging er nach unten.

Die Eingangshalle war ein Meer aus rotes Roben. Die Kardinäle hielten sich für die kurze Prozession zum Petersdom bereit. Die Beamten des Konklaves, angeführt von Erzbischof Mandorff und Monsignore O'Malley, waren zur Unterstützung Lomelis wieder in das Gästehaus eingelassen worden. Don Zanetti wartete am Fuß der Treppe, um Lomeli beim Ankleiden zu helfen. Sie gingen in den gleichen Raum gegenüber der Kapelle, in dem er am Abend zuvor mit Woźniak gesprochen hatte. Als Zanetti ihn fragte, wie er geschlafen habe, antwortete er: »Sehr gut, danke«, und hoffte, dem jungen Kaplan würde nicht auffallen, dass er dunkle Ringe unter den Augen hatte und seine Hände beim Übergeben der Predigt zur sicheren Aufbewahrung zitterten. Er steckte den Kopf durch die Öffnung des dicken, roten Messgewands, das in den letzten zwanzig Jahren alle Dekane des Kardinalskollegiums getragen hatten, und streckte die Arme aus, während Zanetti um ihn herumwuselte und wie ein Schneider hier und da etwas glatt strich oder gerade zupfte. Das Messgewand lag schwer auf seinen Schultern. Er betete still: *O Herr, der Du gesagt hast: »Mein Joch ist sanft, und meine Last ist leicht«, gewähre mir, dass ich es so zu tragen vermag, dass ich Deine Gnade erlange. Amen.*

Zanetti stand vor ihm und setzte ihm die Mitra aus weißer Moiréseide auf den Kopf. Der Kaplan trat einen Schritt zurück, überprüfte mit zusammengekniffenen Augen den korrekten Sitz, trat wieder vor, verrückte sie um einen Millimeter, trat dann hinter Lomeli, zog die Bänder an der Rückseite der Mitra nach unten und strich sie glatt. Es fühlte sich alles beunruhigend instabil an. Schließlich gab er ihm den goldenen Hirtenstab. Lomeli hob ihn ein paarmal mit der linken Hand hoch, um sich an das Gewicht zu gewöhnen. *Du bist kein Hirte*, flüsterte eine vertraute Stimme in seinem Kopf. *Du bist ein Manager.* Plötzlich verspürte er den Drang, den Stab wegzuwerfen, sich die Robe vom Leib zu reißen, sich als Scharlatan zu bekennen und davonzulaufen. Er lächelte und nickte. »Gut so«, sagte er. »Danke.«

Kurz vor 10.00 Uhr setzten sich die Kardinäle in Bewegung. In Zweierreihen, die ranghöchsten zuerst, verließen sie die Casa Santa Marta. O'Malley hakte jeden einzelnen auf seinem Klemmbrett ab. Lomeli wartete mit Zanetti und Mandorff neben der Rezeption. Ebenfalls bei ihnen stand Mandorffs Stellvertreter im Amt für die liturgischen Feiern des Papstes, Monsignore Epifano, ein fröhlicher, rundlicher Italiener, der während der Messe sein wichtigster Assistent sein würde. Lomeli stützte sich auf den Hirtenstab, sprach mit niemand, schaute niemand an. Er versuchte immer noch vergeblich, in seinem Geist Raum für Gott zu schaffen. *Heiligste Dreifaltigkeit, durch Deine Gnade und zu Deinem Ruhm will ich die heilige Messe feiern, für alle Lebenden und Toten, für die Jesus Christus gestorben ist, und für die geistliche Erleuchtung, einen neuen Papst wählen zu können.*

Schließlich schritten sie hinaus in den blassen Novembermorgen. Die Doppelreihe scharlachrot gekleideter Kardinäle erstreckte sich über das Kopfsteinpflaster bis zum Glockenbogen, wo sie im Petersdom verschwand. Wieder schwebte irgendwo über ihnen ein Hubschrauber, wieder hörte er schwach die Geräusche der Demonstranten, die die kalte Luft zu ihnen herübertrug. Lomeli versuchte alle Ablenkungen auszusperren, aber es war unmöglich. Alle zwanzig Schritte standen Leute vom Sicherheitsdienst, die den Kopf senkten, wenn er an ihnen vorbeikam und sie segnete. Er ging mit seinen Assistenten durch den Bogen, weiter über die den frühen Märtyrern geweihte Piazza, dann an der Portikus des Petersdoms entlang und schließlich durch die massive Bronzetür in das für die Fernsehkameras hell erleuchtete Innere des Doms, wo zwanzigtausend Menschen auf sie warteten. Er konnte den Chorgesang unter der Kuppel hören und das gewaltige Echo der Gläubigen. Die Prozession blieb stehen. Er blickte weiter geradeaus, bemüht, mit nichts als seiner Willenskraft Stille zu erzwingen, obwohl er sich der dicht gedrängten Menschenmasse bewusst war, die ihn von allen Seiten umschloss – Nonnen, Priester und Laien, die ihn beäugten, die flüsterten, lächelten.

Heiligste Dreifaltigkeit, durch Deine Gnade und zu Deinem Ruhm will ich die heilige Messe feiern ...

Ein paar Minuten später bewegten sie sich weiter durch den breiten Mittelgang des Kirchenschiffs. Er blickte von Seite zu Seite und segnete mit flüchtigen Bewegungen der rechten Hand die verschwommene Masse der Gesichter, während er sich mit der linken Hand auf den Hirtenstab stützte. Er sah sich selbst auf einem TV-Monitor – eine kerzengerade, üppig kostümierte, ausdruckslose Gestalt, die wie in Trance vorwärtsschritt. *Wer war die Marionette, dieser hohlwangige Mann?* Er fühlte sich vollends körperlos, so als schwebte er neben sich.

Am Ende des Gangs, wo die Apsis in das Kuppelgewölbe überging, mussten sie vor Berninis Statue des heiligen Longinus warten, nahe dem singenden Chor, während das letzte Paar Kardinäle die Stufen hinaufging, den Mittelaltar küsste und wieder zurückkam. Erst als dieses komplizierte Manöver beendet war, konnte Lomeli selbst um den Altar herum zu dessen Rückseite gehen. Er senkte den Kopf. Epifano trat vor, nahm ihm den Hirtenstab ab und gab ihn einem Ministranten. Dann hob er Lomeli die Mitra vom Kopf, faltete sie zusammen und übergab sie einem zweiten Messdiener. Aus Gewohnheit fasste sich Lomeli an die Kappe, ob sie korrekt saß.

Zusammen mit Epifano ging er die sieben breiten Stufen, die von einem Teppich bedeckt waren, zum Altar hinauf. Lomeli verbeugte sich erneut und küsste das weiße Altartuch. Er richtete sich auf und schob die Ärmel des Messgewands zurück, als wollte er sich die Hände waschen. Dann hob er das Turibulum mit dem Weihrauch aus den glühenden Kohlen des Ständers und schwenkte es an der Kette siebenmal zum Altar hin. Dann ging er ganz um den Altar herum und schwenkte den Weihrauch auch an jeder der drei anderen Seiten. Der süßliche Rauch rief in ihm Gefühle jenseits aller Erinnerung hervor. Aus den Augenwinkeln sah er dunkel gekleidete Gestalten, die seinen Thron auf seine Position schoben. Er gab das Weihrauchfass ab, verbeugte sich abermals und ließ sich dann zur Vorderseite des Altars führen. Ein Ministrant hielt das an der richtigen Seite aufgeschlagene Messbuch in die Höhe. Ein anderer stellte einen Ständer mit einem Mikrofon vor ihm auf.

Sein voller Bariton hatte Lomeli in der Jugend zu bescheidenem Ruhm verholfen. Aber mit dem Alter war seine Stimme flach geworden wie ein zu lange geöffneter Wein. Er faltete die Hände, schloss für einen Moment die Augen, holte Luft und stimmte dann einen zitternden Cantus planus an, der per Verstärker in die Basilika übertragen wurde:

»*In nomine Patris et Filii et Spiritus Sancti* …«
Darauf die Menge der Gläubigen in leisem Singsang:
»*Amen.*«
Er hob die Hände zum Segen und begann wieder zu singen,
wobei er die drei Silben zu einem halben Dutzend dehnte:
»*Pa-a-x vobi-i-s.*«
Die Gläubigen antworteten:
»*Et cum spiritu tuo.*«
Er hatte begonnen.

*

Niemand, der sich später die Aufzeichnung der Messe anschaute, hätte geahnt, wie innerlich zerrissen der Zelebrant
gewesen war, zumindest bis zum Beginn der Predigt. Gewiss, während des allgemeinen Schuldbekenntnisses zitterten seine Hände gelegentlich, allerdings nicht mehr, als man
es von jemand mit fünfundsiebzig erwarten würde. Gewiss,
das ein oder andere Mal wirkte er unsicher, was das Prozedere als Nächstes von ihm verlangte, zum Beispiel vor dem
Evangelium, wo er einen Löffel Weihrauch auf die glü-
hende Kohle im Turibulum zu streuen hatte. Dennoch hin-
terließ er fast durchgehend einen selbstsicheren Eindruck.
Jacopo Lomeli aus der Diözese Genua war bis in die höchsten Ränge der römisch-katholischen Kirche aufgestiegen
aufgrund genau der Eigenschaften, die er an jenem Tag offen-
barte: Gleichmut, Feierlichkeit, Zurückhaltung, Würde, Zu-
verlässigkeit.

Die erste Lesung stammte aus dem Buch des Propheten
Jesaja *(der Geist Gottes, des Herrn, ruht auf mir)* und wurde von
einem amerikanischen Jesuitenpriester auf englisch gehalten.
Die zweite wurde von einer aus der Fokolarbewegung be-

kannten Frau auf spanisch gehalten, war dem Paulusbrief an die Epheser entnommen und schilderte, wie Gott die Kirche gründete *(so wächst der Leib und baut sich selbst in Liebe auf)*. Sie hatte eine monotone Stimme. Lomeli saß auf seinem Thron und versuchte sich zu konzentrieren, indem er die vertrauten Worte im Stillen übersetzte.

Und er setzte die einen als Apostel ein, andere als Propheten, andere als Evangelisten, andere als Hirten und Lehrer ...

Vor ihm saß im Halbkreis das gesamte Kardinalskollegium. Beide Hälften: jene, die berechtigt waren, am Konklave teilzunehmen, und jene, etwa genauso viele, die schon älter als achtzig waren und deshalb nicht mehr wählen durften. (Papst Paul VI. hatte die Altersgrenze fünfzig Jahre zuvor eingeführt, und die ständige Fluktuation hatte die Macht des Heiligen Vaters, das Konklave nach seinen Vorstellungen zu formen, enorm gestärkt.) Wie verbittert einige der klapprigen Männer über den Machtverlust waren! Wie eifersüchtig auf die jüngeren Männer! Fast glaubte er, ihre finsteren Blicke erkennen zu können.

... um die Heiligen für die Erfüllung ihres Dienstes zuzurüsten, für den Aufbau des Leibes Christi ...

Sein Blick wanderte über die vier weit auseinanderstehenden Sitzreihen. Verschlagene Gesichter, gelangweilte Gesichter, von religiöser Ekstase durchdrungene Gesichter. Ein Kardinal schlief. So, stellte er sich vor, könnte es im Senat des antiken Roms zu Zeiten der Republik ausgesehen haben. Hier und da erkannte er einen der favorisierten Kandidaten – Bellini, Tedesco, Adeyemi, Tremblay. Sie saßen alle weit voneinander entfernt, jeder in Gedanken versunken. Plötzlich kam ihm in den Sinn, was für ein unvollkommenes, willkürliches, von Menschen konstruiertes Werkzeug das Konklave doch war. Es hatte keinerlei Fundament in der

Heiligen Schrift. Nichts stand in den Paulusbriefen davon, dass Gott Kardinäle erschaffen habe. Wie passten sie in das Bild des Apostels Paulus von der Kirche als einem lebendigen Leib?

... Wir aber wollen, von der Liebe geleitet, die Wahrheit bezeugen und in allem auf ihn hin wachsen. Er, Christus, ist das Haupt. Von ihm her wird der ganze Leib zusammengefügt und gefestigt durch jedes Gelenk. Jedes versorgt ihn mit der Kraft ...

Die Lesung endete. Das Evangelium wurde verkündet. Lomeli saß regungslos auf seinem Thron. Er fühlte, dass ihm gerade Einblick in etwas gewährt wurde, aber er war sich nicht sicher, was es war. Das schwelende Turibulum sowie eine Schale mit Weihrauch und einer winzigen silbernen Schöpfkelle wurden vor ihm auf den Boden gestellt. Epifano musste seine Hand nehmen und führen, damit er den Weihrauch über die Kohlen streute. Nachdem der rauchende Kessel zur Seite gestellt war, gab ihm Epifano das Zeichen zum Aufstehen, wobei er ihm besorgt ins Gesicht schaute und flüsterte: »Alles in Ordnung, Eminenz?«

»Ja, bestens.«

»Es ist gleich an der Zeit für Ihre Predigt.«

»Ich verstehe.«

Während einer gesungenen Passage aus dem Johannesevangelium (*... ich habe euch erwählt und dazu bestimmt, dass ihr euch aufmacht und Frucht bringt ...*) versuchte er sich zu sammeln. Und dann – sehr schnell – war das Evangelium vorüber. Nun hätte er sich setzen sollen, damit Epifano ihm die Mitra wieder aufsetzen konnte. Er vergaß es jedoch und blieb stehen. Epifano mit seinen kurzen Armen musste sich ungelenk verrenken, um sie ihm auf den Kopf setzen zu können. Ein Ministrant reichte ihm das Manuskript seiner Predigt, das an der linken oberen Ecke mit einer Schleife zusammengebunden war. Das Mikrofon wurde ausgerichtet. Die Messdiener verschwanden.

Plötzlich blickte er in die toten Augen der Fernsehkameras und auf eine gewaltige, zu große Gemeinde, als dass er sie mit einem Blick erfassen konnte. Er konnte sie nur grob nach Farben unterscheiden: das Schwarz der Nonnen und Laien vor der bronzenen Eingangstür, das Weiß der Priester in der Mitte des Kirchenschiffs, das Violett der Bischöfe ganz vorn im Mittelgang und das Scharlachrot der Kardinäle unter der Kuppel zu seinen Füßen. Eine gespannte Stille erfüllte die Basilika.

Er schaute auf seinen Text. Noch am Morgen war er ihn stundenlang durchgegangen. Doch jetzt erschien er ihm ganz und gar fremd. Er schaute ihn an, bis er um sich herum eine leichte Unruhe bemerkte und erkannte, dass er lieber anfangen sollte.

»Liebe Brüder und Schwestern in Christo …«

*

Zunächst las er roboterhaft seinen Text ab. »In diesem Augenblick großer Verantwortung in der Geschichte der heiligen Kirche Christi …«

Die Worte kamen aus seinem Mund und verloren sich im Nichts, schienen auf halbem Weg durch das Kirchenschiff von der Luft verschluckt zu werden. Erst als er den verstorbenen Heiligen Vater erwähnte, dessen herausragendes Pontifikat ein Geschenk Gottes gewesen sei, war langsam anschwellender Applaus zu hören, der seinen Ausgang unter den Laien am anderen Ende der Basilika nahm und auf den Altar zuwogte, bis er schließlich mit geringerer Begeisterung von den Kardinälen aufgenommen wurde. Er musste kurz innehalten, bis der Beifall verebbte.

»Wir müssen nun unseren Herrn bitten, uns durch die pastorale Sorge der Kardinäle einen neuen Heiligen Vater zu schicken. Und zuallererst müssen wir uns in dieser Stunde an den Glauben und das Versprechen von Jesus Christus erinnern, als er zu dem von ihm Erwählten sagte: ›Du bist Petrus, und auf diesen Felsen werde ich meine Kirche bauen, und die Pforten der Unterwelt werden sie nicht überwältigen. Ich werde dir die Schlüssel des Himmelsreichs geben.‹

Bis zum heutigen Tag verkörpert ein Paar Schlüssel das Symbol für die päpstliche Autorität. Doch wem sollen diese Schlüssel anvertraut werden? Es ist die in unserem Leben ehrwürdigste und heiligste Verantwortung, der gerecht zu werden wir aufgerufen sind. Wir müssen zu Gott beten um den liebenden Beistand, den er für seine heilige Kirche immer bereithält, und ihn bitten, uns zur rechten Entscheidung zu führen.«

Lomeli blätterte um und überflog die Seite. Nahtlos ineinandergreifend folgte eine Plattitüde auf die andere. Er blätterte zur dritten, dann zur vierten Seite. Sie waren nicht besser. Spontan drehte er sich um, legte das Manuskript auf den Sitz des Throns und wandte sich wieder dem Mikrofon zu.

»Aber das wisst ihr ja alles.« Vereinzelte Lacher. Er sah, wie die Kardinäle sich beunruhigt anschauten. »Lasst mich kurz mit dem Herzen zu euch sprechen.« Er hielt inne, um seine Gedanken zu sortieren. Er war vollkommen gelassen.

»Etwa dreißig Jahre nachdem Jesus die Schlüssel seiner Kirche Petrus anvertraut hatte, reiste der Apostel Paulus nach Rom. Er hatte überall im östlichen Mittelmeerraum gepredigt und so das Fundament für unsere Mutter Kirche gelegt.

In Rom aber wurde er ins Gefängnis geworfen, weil die Obrigkeit Angst vor ihm hatte. In ihren Augen war er ein Revolutionär. Und wie ein Revolutionär blieb er ein Organisator, sogar aus seiner Zelle heraus. Im Jahr 62 oder 63 schickte er einen seiner Prediger, Tychicus, zurück nach Ephesus, wo er drei Jahre gelebt hatte, um den außergewöhnlichen Brief zu überbringen, aus dem wir gerade eben gehört haben.

Denken wir über das Gehörte nach. Den Ephesern – die sich damals, das dürfen wir nicht vergessen, aus Heiden und Juden zusammensetzten – erzählte Paulus, dass Gottes Geschenk an die Kirche ihre Vielfältigkeit sei, dass er manche zu Aposteln bestimmt habe, manche zu Propheten, manche zu Evangelisten, manche zu Hirten und Lehrern, um sie ›für die Erfüllung ihres Dienstes zuzurüsten, für den Aufbau des Leibes Christi‹. Sie erfüllen *miteinander* ihren Dienst. Sie sind unterschiedliche Menschen, die der Kirche auf unterschiedliche Weise dienen – sicher starke Menschen mit starken Persönlichkeiten, ohne Angst vor Verfolgung. Es ist der *gemeinsame Dienst*, der sie verbindet und der die Kirche baut. Für diesen Dienst hätte Gott auch einen einzigen Archetypus erschaffen können. Stattdessen schuf er, was ein Naturforscher als ein ganzes Ökosystem aus Mystikern, Träumern, praktischen Baumeistern, ja sogar Managern bezeichnen würde, die unterschiedliche Stärken und Beweggründe hatten. Und daraus modellierte er den Leib Christi.«

In der Basilika herrschte absolute Stille. Nur ein einsamer Kameramann umkreiste den Altar und filmte ihn. Lomelis Geist arbeitete mit Hochdruck. Nie zuvor war er sich dessen, was er sagen wollte, so sicher gewesen.

»Im zweiten Teil der Lesung haben wir gehört, wie Paulus das Bild von der Kirche als einem lebendigen Leib bekräftigt. ›Wir aber wollen, von der Liebe geleitet, die Wahrheit bezeugen und in allem auf ihn hin wachsen‹, sagt er. ›Er, Christus, ist das Haupt. Von ihm her wird der ganze Leib zusammengefügt und gefestigt durch jedes Gelenk.‹ Hände sind Hände, so wie Füße Füße sind, und sie dienen dem Herrn auf unterschiedliche Weise. Mit anderen Worten, wir sollten keine Angst vor Vielfalt haben, denn diese Verschiedenartigkeit verleiht unserer Kirche ihre Kraft. Und dann, sagt Paulus, wenn wir Vollkommenheit in Wahrheit und Liebe erlangt haben, dann werden wir ›nicht mehr unmündige Kinder sein, ein Spiel der Wellen, geschaukelt und getrieben von jedem Widerstreit der Lehrmeinungen, im Würfelspiel der Menschen, in Verschlagenheit, die in die Irre führt‹.

Dieses Konzept vom Leib und vom Kopf halte ich für eine wunderschöne Metapher für kollektive Weisheit, für eine religiöse Gemeinschaft, die in der Zusammenarbeit wächst, um ihn, Christus, zu erreichen. Um zusammen arbeiten und zusammen wachsen zu können, müssen wir tolerant sein, weil alle Glieder des Leibes gebraucht werden. Keine Person oder Gruppe sollte nach Herrschaft über eine andere streben. ›Einer ordne sich dem andern unter in der gemeinsamen Furcht Christi!‹, sagt Paulus an anderer Stelle im gleichen Brief.

Brüder und Schwestern, im Lauf eines langen Lebens im Dienste unserer Mutter Kirche habe ich gelernt, eine Sünde mehr zu fürchten als alle anderen – die Gewissheit. Gewissheit ist der große Feind der Einheit. Gewissheit ist der tödliche Feind der Toleranz. Selbst Christus war sich am Ende nicht gewiss. ›*Eloï, Eloï, lema sabachtani?*‹, hat er in seiner Qual in der neunten Stunde am Kreuz ausgerufen. ›Mein Gott, mein Gott, warum hast du mich verlassen?‹ Unser Glaube ist genau deshalb etwas Lebendiges, weil er Hand in Hand geht mit dem Zweifel. Gäbe es nur Gewissheit und keinen Zweifel, dann gäbe es kein Geheimnis und wir brauchten den Glauben nicht.

Lasset uns beten, dass der Herr uns einen Papst schenkt, der zweifelt, der durch seine Zweifel den katholischen Glauben als etwas Lebendiges erhält, was die ganze Welt beflügeln möge. Möge er uns einen Papst schenken, der sündigt und um Vergebung bittet und sein Werk fortsetzt. Darum bitten wir den Herrn durch die Fürbitte der allerheiligsten Jungfrau Maria, Königin der Apostel und aller Märtyrer und Heiligen, die unserer römischen Kirche zu allen Zeiten Ruhm verliehen haben. Amen.«

*

Er nahm die nicht gehaltene Predigt vom Sitz des Throns und gab sie Monsignore Epifano, der ihn fragend anschaute, als wüsste er nicht genau, was jetzt damit geschehen sollte. Sie war nicht gehalten worden – sollte sie nun dem Vatikanarchiv übergeben werden oder nicht? Lomeli setzte sich. Traditionsgemäß folgten nun eineinhalb Minuten Schweigen, währenddessen die Zuhörer die Bedeutung der Predigt verarbeiten konnten. Die gewaltige Stille wurde nur durch gelegentliches Husten gestört. Lomeli konnte die Reaktion nicht einschätzen. Vielleicht befanden sie sich alle im Schockzustand. Falls ja, sei's drum. Er fühlte sich Gott so nahe wie schon seit Monaten nicht mehr – so nahe wie vielleicht noch nie in seinem Leben. Er schloss die Augen und betete. *Ich hoffe, o Herr, dass ich mit meinen Worten Deinem Ziel dienen konnte. Ich danke Dir, dass Du mir den Mut sowie die geistige und körperliche Kraft geschenkt hast, mein Herz sprechen zu lassen.*

Nachdem die Zeit der Besinnung vorüber war, stellte ein Ministrant das Mikrofon wieder vor ihn hin. Er stand auf und sang die erste Zeile des Credos. »*Credo in unum Deum.*« Seine Stimme war fester als zuvor. Er spürte eine große Aufwallung spiritueller Energie, eine Kraft, die bei ihm blieb, sodass er sich in jeder Phase des nun folgenden Abendmahls der Gegenwart des Heiligen Geistes bewusst war. In den langen, lateinisch gesungenen Passagen, vor denen er sich gefürchtet hatte – allgemeines Gebet, Offertorium, Präfation und Sanctus, Hochgebet, Kommunion – erschienen ihm jedes Wort und jede Note von der Gegenwart Christi beseelt zu sein. Er ging hinunter ins Kirchenschiff, um ausgewählten einfachen Mitgliedern der Gemeinde die Kommunion zu spenden. Um ihn herum stellten sich die Kardinäle an, um die Stufen zum Altar hinaufzugehen. Sogar als er den knienden Kommunikanten die Hostien auf die Zunge legte, spürte er noch die Blicke seiner Kardinalskollegen. Er spürte ihre Verwunderung. Der ausgeglichene, verlässliche, kompetente Lomeli, der Kirchenrechtler und Diplomat, er hatte etwas getan, womit sie niemals gerechnet hatten. Er hatte etwas Provozierendes gesagt. Auch er selbst hatte nicht damit gerechnet.

*

Um 11.52 Uhr stimmte er den Schlusssegen an: »*Benedicat vos omnipotens Deus*«, bekreuzigte sich dreimal, nach Norden, nach Osten, nach Süden: »*Pater ... et Filius ... et Spiritus Sanctus.*«

»*Amen.*«

»Gehet hin in Frieden.«

»Dank sei Gott dem Herrn.«

Lomeli stand mit vor der Brust gefalteten Händen vor dem Altar, während der Chor und die Gemeinde eine marianische Antifon sangen. Nüchtern musterte er die Gesichter der Kardinäle, die nun in Zweierreihen durch das Kirchenschiff gingen und die Basilika verließen. Er wusste, dass ein bestimmter Gedanke nicht nur ihm jetzt durch den Kopf ging. Wenn sie das nächste Mal die Basilika betraten, dann war einer unter ihnen Papst.

6

SIXTINISCHE KAPELLE

Lomeli und seine Begleiter trafen einige Minuten nach den anderen Kardinälen wieder in der Eingangshalle der Casa Santa Marta ein. Fast augenblicklich spürte er, dass sich ihre Haltung ihm gegenüber verändert hatte. Keiner sprach ihn an. Als er Don Zanetti den Hirtenstab und die Mitra gab, wich der junge Kaplan seinem Blick aus. Sogar Monsignore O'Malley, der ihm half, das Messgewand auszuziehen, hielt sich zurück. Zumindest von ihm hatte sich Lomeli wie üblich einen seiner plumpvertraulichen Witze erwartet. Stattdessen sagte er nur: »Möchten Sie beten, Eure Eminenz, während ich Ihnen die Gewänder abnehme?«

»Ich glaube, ich habe heute fürs Erste genug gebetet. Finden Sie nicht auch?« Er beugte sich leicht vor und ließ sich das Messgewand über den Kopf ziehen. Weil das Gewicht nun nicht mehr auf seinen Schultern lastete, konnte er befreit aufatmen. Er drehte den Hals, um die verspannten Muskeln zu lockern, strich sich die Haare glatt und überprüfte, ob sein Pileolus korrekt saß. Dann schaute er sich in der Eingangshalle um. Der Zeitplan erlaubte den Kardinälen eine lange Mittagspause von zweieinhalb Stunden, die sie zur freien Verfügung hatten. Danach würden sie sechs Kleinbusse von der Casa Santa Marta zur Stimmabgabe bringen. Einige gingen schon nach oben, um sich in ihrem Zimmer auszuruhen und Andacht zu halten.

»Das Pressebüro hat angerufen«, sagte O'Malley.

»Ach, tatsächlich?«

»Den Medien ist aufgefallen, dass ein Kardinal anwesend war, der nicht auf der offiziellen Liste stand. Ein paar von den Spezialisten haben ihn schon als Erzbischof Benítez identifiziert. Unsere Presseleute wollen wissen, wie sie sich verhalten sollen.«

»Sie sollen seine Anwesenheit bestätigen und die Umstände erklären.« Lomeli sah Benítez am Empfangstresen stehen. Er unterhielt sich dort mit den beiden anderen von den Philippinen stammenden Kardinälen. Sein Pileolus saß etwas schräg auf dem Kopf, wie die Mütze eines Schuljungen. »Wir müssen wohl auch einige biografische Einzelheiten herausgeben. Sie haben doch Zugang zu seiner Akte in der Bischofskongregation, oder?«

»Ja, Eminenz.«

»Könnten Sie etwas zusammenstellen und mir auch eine Kopie bringen lassen? Ich würde gern selbst etwas mehr über unseren neuen Kollegen erfahren.«

»Ja, Eminenz.« O'Malley kritzelte etwas auf sein Klemmbrett. »Das Pressebüro möchte auch den Text Ihrer Predigt veröffentlichen.«

»Ich habe leider keine Kopie.«

»Macht nichts. Wir können von der Bandaufnahme eine Abschrift anfertigen lassen.« Er machte sich wieder eine Notiz.

Lomeli wartete immer noch auf einen Kommentar zu seiner Predigt. »Gibt es sonst noch irgendetwas, was Sie mir sagen möchten?«

»Ich glaube, das ist im Augenblick alles, Eure Eminenz. Haben Sie sonst noch Anweisungen?«

»Ja, da gibt es tatsächlich noch etwas«, sagte Lomeli zögernd. »Eine heikle Angelegenheit. Kennen Sie Monsignore Morales? Er hat im Privatbüro des Heiligen Vaters gearbeitet.«

»Ich kenne ihn nicht persönlich. Aber ich weiß, wer er ist.«

»Würden Sie es hinbekommen, dass Sie ein vertrauliches Wort mit ihm wechseln? Und zwar noch heute, es ist dringend. Ich bin mir sicher, dass er sich in Rom aufhält.«

»*Heute?* Das dürfte schwer werden, Eminenz.«

»Ja, ich weiß. Tut mir leid. Könnte sich vielleicht eine Möglichkeit ergeben, während wir wählen?« Er senkte die Stimme, damit keiner der umstehenden Kardinäle, die sich noch ihres Messgewands entledigten, etwas mitbekam. »Berufen Sie sich auf meine Amtsbefugnis. Sagen Sie, dass ich in meiner Funktion als Dekan wissen muss, worum es bei dem letzten Treffen zwischen dem Heiligen Vater und Kardinal Tremblay gegangen ist, ob irgendetwas vorgefallen ist, was Kardinal Tremblay für das Papstamt disqualifizieren würde.« O'Malley, den sonst nichts so leicht aus der Fassung brachte, glotzte ihn an. »Es tut mir leid, dass ich Sie mit einer derart unangenehmen Mission beauftrage. Natürlich würde ich das selbst übernehmen, aber mir ist ja ab jetzt offiziell verboten, mit jemand außerhalb des Konklaves Kontakt aufzunehmen. Ich brauche wohl nicht eigens zu erwähnen, dass Sie mit keiner Menschenseele darüber sprechen dürfen.«

»Natürlich nicht.«

»Gotte segne Sie.« Er klopfte O'Malley leicht auf den Arm. Dann konnte er seine Neugier nicht länger bezähmen. »Nun, Ray, mir ist aufgefallen, dass Sie noch nichts zu meiner Predigt gesagt haben. Sonst sind Sie nicht so taktvoll. War sie denn so schlimm?«

»Ganz und gar nicht, Eure Eminenz. Es war eine hervorragende Rede. Allerdings wird wohl der eine oder andere aus der Glaubenskongregation die Stirn gerunzelt haben. Was mich interessieren würde: Haben Sie wirklich ex tempore gesprochen?«

»Ja.« Er war erstaunt über die Andeutung, dass seine Spontaneität inszeniert gewesen sein könnte.

»Ich frage nur, weil Sie bald feststellen werden, dass Ihre Predigt beträchtlichen Eindruck gemacht hat.«

»Hoffentlich im Positiven.«

»Absolut. Allerdings habe ich auch schon raunen hören, Sie wollten die Wahl des neuen Papstes in Ihrem Sinne beeinflussen.«

Lomeli musste lachen. »Das ist nicht Ihr Ernst.« Bis zu dieser Sekunde war es ihm nicht in den Sinn gekommen, dass jemand seine Worte als Versuch werten könnte, die Wahl in welche Richtung auch immer manipulieren zu wollen. Er hatte ganz einfach gesprochen, wie es der Heilige Geist ihm eingegeben hatte. Unglücklicherweise konnte er sich nicht mehr an den genauen Wortlaut erinnern. Das war das Risiko, wenn man ohne vorbereiteten Text sprach, weshalb er es auch noch nie zuvor getan hatte.

»Ich berichte nur, was ich gehört habe, Eminenz.«

»Aber das ist doch absurd. Wozu habe ich denn aufgerufen? Zu drei Dingen: Einheit, Toleranz, Demut. Gibt es etwa Kollegen, die einen Papst wollen, der schismatisch, intolerant und hochmütig ist?« O'Malley senkte pietätvoll den Kopf, und Lomeli erkannte, dass er laut geworden war. Einige Kardinäle hatten sich zu ihnen umgewandt. »Tut mir leid, Ray, Entschuldigung. Ich ziehe mich jetzt lieber mal für ein Stündchen auf mein Zimmer zurück. Ich bin doch ziemlich geschafft.«

Er hatte im anstehenden Wettstreit immer neutral bleiben wollen. Neutralität war stets das Leitmotiv seiner Karriere gewesen. Als die Traditionalisten in den Neunzigern die Kontrolle über die Glaubenskongregation übernommen hatten, war er auf Tauchstation gegangen und hatte in den USA weiter seine Arbeit als Apostolischer Nuntius getan. Zwanzig Jahre später, als der verstorbene Heilige Vater die alte Garde abservieren wollte und ihn gebeten hatte, als Kardinalstaatssekretär abzutreten, hatte er ihm fortan treu in geringerer Stellung als Dekan gedient. *Servus fidelis:* Allein die Kirche zählte. Er stand hinter dem, was er heute Morgen gesagt hatte. Er hatte selbst erlebt, welchen Schaden starre Gewissheit in Glaubensdingen anrichten konnte.

Während er nun quer durch die Eingangshalle auf den Fahrstuhl zuging, musste er jedoch betroffen feststellen, dass ihm zwar auch freundliche Anerkennung – ein gelegentliches Schulterklopfen, ein paar lächelnde Gesichter – zuteilwurde, dass die aber ausschließlich aus der liberalen Fraktion kam. Mindestens genauso viele Kardinäle jedoch, die in Lomelis Ordner als Traditionalisten geführt waren, schauten ihn finster an oder wandten sich ab. Erzbischof Dell'Acqua aus Bologna, der am Abend zuvor an Bellinis Tisch gesessen hatte, sagte so laut, dass es jeder hören konnte: »Sehr gute Rede, Dekan!« Aber Kardinal Gambino, der Erzbischof von Perugia und einer der stärksten Unterstützer Tedescos, drohte ihm in stummer Missbilligung demonstrativ mit dem Finger. Und als die Lifttür sich öffnete, stand zu allem Überfluss auch noch Tedesco höchstpersönlich vor ihm, mit rotem Gesicht, zweifellos auf dem Weg zu einem frühen Mittagsimbiss. Begleitet wurde er vom Alterzbischof von Chicago Paul Krasinski, der sich auf seinen Stock stützte. Lomeli trat zur Seite, um sie durchzulassen.

Als er an ihm vorbeiging, sagte Tedesco scharf: »Meine Güte, das war mal eine ganz neue Interpretation vom Epheserbrief.

Apostel Paulus als Apostel des Zweifels. Das habe ich nun wirklich noch nie gehört.« Er drehte sich zu Lomeli um. Offensichtlich war er auf Streit aus. »Hat er nicht auch an die Korinther geschrieben: *Und wenn die Trompete unklare Töne hervorbringt, wer wird dann zu den Waffen greifen?*«

Lomeli drückte auf den Knopf für den zweiten Stock. »Wäre es für Sie, Patriarch, auf lateinisch vielleicht genießbarer gewesen?«, sagte er. Die Tür schloss sich und sperrte Tedescos Antwort aus.

Im Gang fiel ihm ein, dass er seinen Schlüssel im Zimmer hatte liegen lassen. Kindisches Selbstmitleid befiel ihn. Konnte sich Don Zanetti nicht ein bisschen besser um ihn kümmern? Musste er denn an alles selbst denken? Ihm blieb nichts anderes übrig, als umzukehren, die Treppe zum Empfang hinunterzugehen und der Nonne hinter dem Tresen seine Dummheit zu beichten. Sie verschwand im Büro und kam mit Schwester Agnes von den Barmherzigen Schwestern wieder zurück, einer winzigen Französin Ende sechzig. Ihr Gesicht war scharf geschnitten und blass, die Augen waren kristallblau. Eine ihrer aristokratischen Ahnen war während der Französischen Revolution Mitglied des Ordens gewesen und öffentlich guillotiniert worden, weil sie den Eid auf das neue Regime verweigert hatte. Schwester Agnes stand im Ruf, die einzige Person zu sein, vor der der Heilige Vater Angst gehabt hatte. Vielleicht hatte er deshalb so oft ihre Gesellschaft gesucht. »Agnes ist immer ehrlich zu mir«, pflegte er zu sagen.

Nachdem Lomeli seine Entschuldigung wiederholt hatte, gab sie ihm zungeschnalzend den Generalschlüssel.

»Ich kann nur hoffen, Eminenz, dass Sie auf die Schlüssel Petri besser aufpassen als auf Ihren Zimmerschlüssel.«

Inzwischen hatten die meisten Kardinäle die Eingangshalle verlassen und waren entweder zum Mittagessen in den Saal gegangen oder auf ihre Zimmer, um sich auszuruhen oder Andacht zu halten. Anders als beim Abendessen galt mittags Selbstbedienung. Das Klappern der Teller und Bestecke, die Essensdüfte, das wohlige Summen der Gespräche führten Lomeli in Versuchung. Beim Anblick der langen Schlange vermutete er allerdings, dass das Hauptthema wohl seine Predigt sein würde. Es war schlauer, sie für sich selbst sprechen zu lassen.

In der Biegung der Treppe begegnete er dem herabkommenden Bellini. Er war allein, und als sie auf gleicher Höhe waren, sagte er leise zu Lomeli: »Ich wusste gar nicht, dass Sie so ehrgeizig sind.«

Einen Augenblick lang war Lomeli sich nicht sicher, ob er richtig gehört hatte. »Eine seltsame Bemerkung, finden Sie nicht?«

»Das meine ich nicht beleidigend, aber Sie müssen zugeben, dass Sie soeben … tja, was? … aus dem Schatten getreten sind? Kann man das so sagen?«

»Und wie genau soll man im Schatten verharren, wenn man eine zweistündige, live im Fernsehen übertragene Messe im Petersdom zu halten hat?«

»Das ist jetzt aber nicht ganz aufrichtig, Jacopo.« Bellini verzog den Mund zu einem angewiderten Lächeln. »Sie wissen, was ich meine. Wenn man bedenkt, dass Sie erst vor Kurzem noch abdanken wollten – und jetzt das?« Er zuckte die Achseln und lächelte wieder schief. »Wie das wohl noch enden wird.«

Lomeli fühlte sich fast der Ohnmacht nahe, so als hätte er einen Schwindelanfall. »Ich bin erschüttert, Aldo. Sie glauben doch nicht ernsthaft, dass ich auch nur das geringste Interesse hege oder auch nur den Hauch einer Chance habe, Papst zu werden.«

»Mein lieber Freund, jedermann in diesem Gebäude hat eine Chance, zumindest theoretisch. Jeder Kardinal hat zumindest schon mal mit dem Gedanken gespielt, dass er eines Tages gewählt werden könnte. Und jeder hat schon den Namen parat, unter dem seine Amtszeit als Papst in Erinnerung bleiben soll.«

»Gut, aber nicht ich.«

»Leugnen Sie es von mir aus, aber gehen Sie auf Ihr Zimmer, erforschen Sie Ihr Herz, und dann sagen Sie mir, dass ich falsch liege. Und jetzt entschuldigen Sie mich bitte. Ich habe dem Erzbischof von Mailand versprochen, dass ich versuchen werde, im Speisesaal mit einigen unserer Kollegen das Gespräch zu suchen.«

Nachdem Bellini gegangen war, stand Lomeli regungslos auf der Treppe. Der Mann stand offenbar unter gewaltigem Druck, sonst hätte er nicht auf diese Weise mit ihm gesprochen. Er schlüpfte in sein Zimmer, legte sich in voller Kleidung aufs Bett und versuchte Ruhe zu finden, aber die Vorhaltung ging ihm weiter im Kopf herum. Gab es da tatsächlich, tief in seiner Seele, einen Teufel des Ehrgeizes, den zur Kenntnis zu nehmen er sich all die Jahre geweigert hatte? Er unterzog sich einer aufrichtigen Gewissensprüfung und kam zu dem Schluss, dass Bellini, soweit er das beurteilen konnte, falsch lag.

Dann kam ihm eine andere Möglichkeit in den Sinn. Eine, die ihm viel beängstigender erschien, so absurd sie auch war. Fast fürchtete er sich davor, sie genauer zu untersuchen:

Was, wenn Gott einen Plan für ihn hatte?

Könnte das die Erklärung für die außergewöhnliche Anwandlung sein, die ihn im Petersdom ergriffen hatte? Waren die wenigen Sätze, an die er sich jetzt so schwer erinnern konnte, in Wahrheit nicht die eigenen gewesen, sondern eine

Manifestation des Heiligen Geistes, der durch ihn gesprochen hatte?

Er versuchte zu beten. Aber Gott, dem er sich noch vor wenigen Minuten so nahe gefühlt hatte, war wieder verschwunden. Seine Bitten um Führung verpufften.

*

Es war kurz vor zwei Uhr nachmittags, als Lomeli sich schließlich von seinem Bett erhob. Er zog sich bis auf Unterwäsche und Socken aus, öffnete den Kleiderschrank und breitete die verschiedenen Bestandteile seines Chorgewands auf der Tagesdecke aus. Als er die Teile aus den Zellophanhüllen nahm, verströmten sie den süßlichen Geruch von chemischer Reinigung – ein Duft, der ihn immer an seine New Yorker Jahre als Nuntius erinnerte, wo seine gesamte Wäsche immer in einem Laden in der East 72nd Street gewaschen wurde. Er schloss für einen kurzen Moment die Augen und hörte noch einmal das leise Hupen des weit entfernten Verkehrs in Manhattan.

Alle Kleidungsstücke waren vom päpstlichen Ausstatter Gammarelli nach Maß gefertigt worden, in dessen berühmtem Geschäft, das sich seit 1798 hinter dem Pantheon befand. Er nahm sich Zeit beim Ankleiden und meditierte, um sein spirituelles Bewusstsein zu vertiefen, über den heiligen Charakter jedes einzelnen Stücks.

Er schlüpfte mit den Armen in die scharlachrote Soutane aus Wolle und schloss die dreiunddreißig Knöpfe, die vom Hals bis zu den Fesseln reichten – ein Knopf für jedes Jahr von Christi Leben. Um die Hüfte band er sich das Zingulum, die Bauchbinde aus roter Moiréseide, die ihn an das Keuschheitsgelübde erinnern sollte, und prüfte sorgfältig, ob die Quaste am Ende auch auf halber Höhe des linken Schienbeins hing. Dann zog er sich das Rochett aus dünnem, weißem Leinen über den Kopf. Die unteren zwei Drittel und die Manschetten bestanden aus weißer Spitze mit einem Blumenmuster. Er band die Bänder hinter dem Nacken zusammen und zog das Rochett gerade, das bis knapp über die Knie reichte. Schließlich legte er die Mozzetta an, den ellbogenlangen, scharlachroten Schulterkragen mit den neun Knöpfen, der wie das Rochett ein Symbol für seine richterliche Autorität war.

Er nahm das Pektorale vom Nachttisch und küsste es. Papst Johannes Paul II. hatte ihm das Brustkreuz persönlich überreicht. Lomeli war gerade aus New York nach Rom zurückgekehrt, wo er sich künftig als Kardinalstaatssekretär um die diplomatischen Beziehungen des Heiligen Stuhls kümmern würde. Damals war die Parkinsonerkrankung des Papstes schon sehr weit fortgeschritten, und er war so zittrig, dass ihm das Kreuz beim Aushändigen auf den Boden gefallen war. Lomeli löste die goldene Kette und tauschte sie gegen eine Kordel aus roter und goldener Seide aus. Er murmelte das übliche Ankleidegebet *(munire digneris me ...)* und hängte sich das Kreuz so um den Hals, dass es neben seinem Herzen lag. Dann setzte er sich auf die Bettkante, steckte die Füße in das Paar abgetragene schwarze Lederhalbschuhe und band sich die Schnürsenkel zu. Jetzt blieb nur noch ein Gegenstand: sein Birett aus scharlachroter Seide, das er sich über den Pileolus auf den Kopf setzte.

An der Rückseite der Badezimmertür hing ein mannshoher Spiegel. Er schaltete die Lampe an und überprüfte in dem bläulich zitternden Lichtschein sein Aussehen: erst die Vorderseite, dann die linke, dann die rechte Seite. Sein Profil war mit zunehmendem Alter spitzer geworden. Er sah aus wie ein alter Vogel in der Mauser, dachte er. Schwester Anjelica, die ihm den Haushalt führte, sagte ihm ständig, er sei zu dünn, er müsse mehr essen. In seiner Wohnung hingen noch Gewänder im Schrank, die er schon als junger Priester vor vierzig Jahren getragen hatte und immer noch wie angegossen passten. Er fuhr sich mit der Hand über den Bauch. Er hatte weder gefrühstückt noch zu Mittag gegessen und war hungrig. Was soll's, dachte er. Das stechende Hungergefühl würde ihm während des ersten Wahlgangs als nützliche Kasteiung des Fleisches dienen, als ständige winzige Erinnerung an die unendlichen Leiden Christi.

*

Um 14.30 Uhr stiegen die Kardinäle in die weißen Minibusse, die schon den ganzen Nachmittag vor der Casa Santa Marta im Regen Schlange gestanden hatten.

Seit dem Mittagessen war die Atmosphäre deutlich ernster geworden. Lomeli erinnerte sich, dass es beim letzten Konklave genauso gewesen war. Erst wenn die Stimmabgabe unmittelbar bevorstand, spürte man das volle Gewicht der Verantwortung. Nur Tedesco schien dagegen immun zu sein. Er lehnte an einem Pfeiler, summte vor sich hin und lächelte jeden an, der an ihm vorbeiging. Lomeli fragte sich, was geschehen war, dass seine Laune sich so verbessert hatte. Vielleicht gönnte er sich ein kleines taktisches Ablenkungsmanöver, um seine Kontrahenten zu verunsichern. Beim Patriarchen von Venedig musste man mit allem rechnen. Das beunruhigte ihn.

Der Kollegiumssekretär Monsignore O'Malley stand mit seinem Klemmbrett in der Hand mitten in der Eingangshalle und rief wie ein Fremdenführer Namen auf. Die Kardinäle gingen schweigend im Gänsemarsch hinaus zu den Bussen, in umgekehrter Reihenfolge ihres Ranges: erst jene Kurienkardinäle, die die Klasse der Kardinaldiakone bildeten; dann die Kardinalpriester, hauptsächlich die Erzbischöfe aus jeder Ecke der Welt; und schließlich die Kardinalbischöfe, darunter Lomeli und die drei Patriarchen der Ostkirchen.

Lomeli als Kardinaldekan trat als Letzter gleich nach Bellini aus der Casa Santa Marta. Als sie ihre Chorgewänder anhoben, um in den Bus zu steigen, hatten sie kurz Augenkontakt, aber Lomeli machte keine Anstalten, ihn anzusprechen. Er sah, dass Bellinis Geist schon auf einer höheren Ebene weilte und Bellini im Gegensatz zu ihm alle gewöhnlichen, Gottes Gegenwart verdrängenden Dinge nicht mehr wahrnahm: das Geschwür am Nacken ihres Fahrers beispielsweise oder das Kratzen der Scheibenwischer oder die eklig schmutzigen Knitterfalten in der Mozzetta des Patriarchen von Alexandria …

Lomeli ging zu einem Platz auf der rechten Seite in der Mitte, wo er etwas Abstand zu den anderen hatte. Er nahm das Birett ab und legte es in den Schoß. O'Malley setzte sich neben den Fahrer. Er drehte sich um und überprüfte, ob alle an Bord waren. Die Druckluifttür schloss sich zischend, und der Bus setzte sich in Bewegung. Die Reifen rumpelten über die Kopfsteine der Piazza.

Vom Fahrtwind verblasene Regentropfen flossen schräg über das dicke Glas und verschleierten den Blick auf den Petersdom. Durch die Fenster auf der anderen Seite sah Lomeli Sicherheitsbedienstete mit Schirmen, die in den vatikanischen Gärten patrouillierten. Sie folgten langsam der Via delle Fondamenta, fuhren dann unter dem Bogen des Cortile della Sentinella hindurch und hielten in dem Hof kurz an. Durch die nasse Windschutzscheibe sahen die vor ihnen verschwommen aufleuchtenden Bremslichter wie Opferkerzen aus. Die Offiziere der Schweizergarde standen mit tropfnassen Helmbüschen in ihrem Wachhäuschen. Der Bus rollte langsam weiter durch die nächsten beiden Innenhöfe, bog dann scharf in den Cortile del Maresciallo ab und hielt schließlich direkt gegenüber dem Eingang zur Treppe. Zufrieden stellte Lomeli fest, dass die Müllcontainer verschwunden waren, und ärgerte sich sofort über seine Beobachtung – wieder so ein triviales Detail, das seine Andacht störte. Die Bustür öffnete sich, und es wehte ein Schwall kühler, feuchter Luft herein. Lomeli setzte sein Birett auf. Als er ausstieg, salutierten zwei weitere Schweizergardisten. Unwillkürlich blickte er nach oben zu dem schmalen Stück grauen Himmels oberhalb der hohen Ziegelsteinfassade. Er spürte den Nieselregen im Gesicht. Eine Sekunde lang tauchte vor seinem geistigen Auge das unpassende Bild eines Häftlings in einem Gefängnishof auf, dann ging er durch die Tür und stieg die lange graue Marmortreppe zur Sixtinischen Kapelle hinauf.

*

Laut apostolischer Konstitution mussten sich die Mitglieder des Konklaves zunächst »zu geeigneter Stunde am Nachmittag« in der neben der Sixtinischen Kapelle gelegenen Paulinischen Kapelle versammeln. Die Paulinische Kapelle war die mit viel Marmor ausgestattete Privatkapelle des Heiligen Vaters, düsterer und intimer als die Sixtinische Kapelle. Als Lomeli sie betrat, waren die Fernsehscheinwerfer schon eingeschaltet und saßen die Kardinäle schon in den Bänken. Am Eingang wartete Monsignore Epifano mit der scharlachroten Seidenstola des Dekans, die er sorgfältig um Lomelis Hals drapierte. Sie gingen zusammen zwischen Michelangelos

Fresken der Apostel Paulus und Petrus hindurch zum Altar. Das Gemälde auf der rechten Seite des Gangs zeigte den kopfüber gekreuzigten Petrus. Der Kopf war so verrenkt, dass es schien, als schaute er diejenigen zornig und anklagend an, die die Frechheit besaßen, ihn anzugaffen. Den ganzen Weg zu den Altarstufen spürte Lomeli den stechenden Blick des Heiligen im Nacken.

Er trat ans Mikrofon und wandte sich den Kardinälen zu. Sie standen auf. Epifano hielt ihm den schmalen, bei Kapitel zwei – *Der Weg zum Konklave* – aufgeschlagenen Band mit den vorgeschriebenen Riten hin. Lomeli bekreuzigte sich.

»*In nomine Patris et Filii et Spiritus Sancti.*«

»*Amen.*«

»Ehrwürdige Brüder des Kollegiums. Nachdem wir heute Morgen die heiligen Handlungen verrichtet haben, begeben wir uns nun ins Konklave, um unseren neuen Papst zu wählen.«

Seine verstärkte Stimme erfüllte die kleine Kapelle. Anders als bei der großen Messe im Petersdom spürte er keine Emotion, empfand er keine spirituelle Anwesenheit. Die Worte waren nur Worte: Zauberworte ohne Magie.

»Die gesamte Kirche, die mit uns in gemeinsamem Gebet vereint ist, erbittet in diesem Augenblick die Gnade des Heiligen Geistes, damit von uns ein würdiger Hirte für Christi gesamte Herde gewählt werden möge.

Möge der Herr unsere Schritte zur Wahrheit führen, damit wir durch die Fürbitte der allerheiligsten Jungfrau Maria, der Apostel Petrus und Paulus und aller anderen Heiligen so verfahren, dass es ihnen wahrhaft zur Freude gereicht.«

Epifano schloss das Buch und legte es beiseite. Das Prozessionskreuz neben der Tür wurde von einem der drei Zeremoniäre hochgehoben, die beiden anderen hielten entzündete Kerzen in die Höhe, und der Chor zog, die Allerheiligenlitanei singend, aus der Kapelle aus. Lomeli stand mit gefalteten Händen, geschlossenen Augen und gesenktem Kopf vor dem Konklave und gab sich den Anschein zu beten. Die Fernsehkameras, dachte er, waren nun hoffentlich nicht mehr auf ihn gerichtet, und die Nahaufnahmen hatten hoffentlich seinen Mangel an Gnade nicht entlarvt. Die gesungenen Heiligennamen wurden leiser, je weiter sich der Chor durch die Sala Regia der Sixtinischen Kapelle näherte. Er hörte die mit den Sohlen über den Marmor schlurfenden Kardinäle dem Chor folgen.

»Eminenz, wir sollten uns anschließen«, flüsterte Epifano nach einer Weile.

Er hob den Blick und sah, dass die Kapelle sich fast geleert hatte. Er ging die Altarstufen hinunter und dann an der Kreuzigung Petri vorbei, wobei er sich abermals bemühte, den Blick starr auf die Tür zu richten. Aber die Kraft des Gemäldes war unwiderstehlich. *Und du*, schienen die Augen des gemarterten Heiligen zu fragen, *warum bist du würdig, meinen Nachfolger auszuwählen?*

In der Sala Regia stand eine Reihe Schweizergardisten in Habtachtstellung. Lomeli und Epifano schlossen zur Prozession auf. Nach jedem gesungenen Heiligennamen stimmten die Kardinäle ihre Erwiderung an. *»Ora pro nobis.«* Sie gingen in den Vorraum der Sixtinischen Kapelle. Dort mussten sie warten, bis man die Kardinäle vor ihnen zu ihren Plätzen geführt hatte. Links von Lomeli standen die beiden Öfen, in denen sie die Stimmzettel verbrennen würden, vor ihm ragte der lange, schmale Rücken Bellinis auf. Er hätte ihm gern auf die Schulter geklopft und viel Glück gewünscht. Aber die Fernsehkameras waren überall; das wollte er nicht riskieren.

Außerdem war er davon überzeugt, dass Bellini sich in Gemeinschaft mit Gott befand.

Eine Minute später gingen sie auf der provisorischen Holzrampe durch die Gitterwand und betraten den erhöhten Boden der Sixtinischen Kapelle. Der Chor sang immer noch die Namen der Heiligen: »*Sancte Antoni … Sancte Benedicti …*« Die meisten Kardinäle standen schon hinter den langen Tischreihen an ihrem Platz. Bellini wurde als Letzter zu seinem geführt. Nachdem sich der Mittelgang nun geleert hatte, ging Lomeli über den beigefarbenen Teppich zu dem Tisch mit der Bibel, um den Eid zu schwören. Er nahm sein Birett ab und gab es Epifano.

Der Chor intonierte das *Veni Creator Spiritus*.

Komm, heiliger Geist, du Schaffender,
Komm, deine Seelen suche heim;
Mit Gnadenfülle segne sie,
Die Brust, die du geschaffen hast …

Als das Lied vorüber war, ging Lomeli zum Altar, der unmittelbar an der Wand stand und wie ein langer, schmaler Kamin mit zwei Feuerstellen aussah. Den Rest seines Blickfelds füllte das *Jüngste Gericht* aus. Er hatte es sicher schon Tausende Male gesehen, aber noch nie hatte er seine Kraft so stark empfunden wie in diesen Sekunden. Irgendwie hatte er das Gefühl, in das Bild hineingezogen zu werden. Nachdem er nun die Stufen hinaufgegangen war, befand er sich auf Augenhöhe mit den Verdammten, die in die Hölle gezerrt wurden, und er musste einen Augenblick innehalten und sich sammeln, bevor er sich zum Konklave umwandte.

Epifano hielt ihm das aufgeschlagene Buch hin. Er stimmte das Gebet an – *ecclesiae tuae, Domine, rector et custos* – und begann dann den Eid zu sprechen. Die Kardinäle folgten dem Text in der Gottesdienstordnung und lasen die Worte laut mit:

»Wir alle und jeder einzelne wahlberechtigte zu dieser Wahl des Papstes anwesende Kardinal versprechen, verpflichten uns und schwören, uns treu und gewissenhaft an alle Vorschriften zu halten, die in der Apostolischen Konstitution enthalten sind …

Ebenso versprechen wir, verpflichten wir uns und schwören, dass jeder von uns, wenn er durch Gottes Fügung zum Papst gewählt wird, sich bemühen wird, das *munus petrinum* des Hirten der Universalkirche in Treue auszuüben …

Vor allem aber versprechen und schwören wir, in bedingungsloser Treue und mit allen, seien es Kleriker oder Laien, Geheimhaltung über alles zu wahren, was in irgendeiner Weise die Wahl des Papstes betrifft, und was am Wahlort geschieht …«

Lomeli ging durch den Mittelgang zu dem Tisch mit der Bibel zurück. »Und ich, Jacopo Baldassare Kardinal Lomeli, verspreche, verpflichte mich und schwöre es.« Dann legte er die Hand auf die aufgeschlagene Seite. »So wahr mir Gott helfe und diese heiligen Evangelien, die ich mit meiner Hand berühre.«

Anschließend nahm er seinen Platz am Ende des langen, dem Altar am nächsten stehenden Tischs ein. Neben ihm saß der Patriarch aus dem Libanon, daneben Bellini. Er konnte nun nichts weiter tun, als die Kardinäle zu beobachten, wie sie jetzt einer nach dem anderen vortraten und den kurzen Eid sprachen. Er hatte beste Sicht auf jeden Einzelnen, auf jedes Gesicht. In ein paar Tagen, wenn die TV-Produzenten ihre Bänder von der Zeremonie durchspulen und sich den neuen Papst genau in dem Augenblick herauspicken konnten, wo er die Hand auf das Evangelium legte, würde seine Erhöhung als unausweichlich erscheinen. Das war immer so. Bei Roncalli, Montini, Wojtyła, sogar bei dem armen, ungeschickten Luciani, der nach gerade einmal einem Monat im Amt gestorben war: Wenn man sich im Nachhinein die lange majestätische Galerie besah, war jeder einzelne von der Aura der Vorsehung erleuchtet gewesen.

Während er die Parade der Kardinäle studierte, versuchte sich Lomeli jede Person im päpstlichen Weiß vorzustellen. Sá, Contreras, Hierra, Fitzgerald, Santos, De Luca, Löwenstein, Jandaček, Brotzkus, Villanueva, Nakitanda, Sabbadin, Santini – jeder dieser Männer konnte es schaffen. Es musste nicht einer der Favoriten sein. Es gab da den alten Spruch: »Wer das Konklave als Papst betritt, verlässt es als Kardinal.« Niemand hatte vor der letzten Stimmabgabe auf den verstorbenen Heiligen Vater gesetzt, und doch hatte er im vierten Wahlgang eine Zweidrittelmehrheit erreicht. *O Herr, lass uns einen würdigen Kandidaten auswählen, und mögest Du unsere Beratungen so leiten, dass das Konklave weder lang noch entzweiend, sondern ein Sinnbild der Einheit unserer Kirche sein möge. Amen.*

Es dauerte über eine halbe Stunde, bis das ganze Kollegium den Eid geschworen hatte. Dann trat Erzbischof Mandorff als der Zeremonienmeister für die liturgischen Feiern des Papstes ans Mikrofon, das unter dem *Jüngsten Gericht* stand. Mit seiner ruhigen, deutlichen Stimme intonierte er die offizielle Formel und betonte dabei alle vier Silben: »*Extra omnes.*«

Die Fernsehscheinwerfer wurden ausgeschaltet, und die vier Zeremoniäre, die Priester und Beamten, die Chorsänger, die Sicherheitsleute, die Kameramänner, der offizielle Fotograf, eine einzige Nonne, der Kommandant der Schweizergarde mit seinem mit weißen Federn geschmückten Helm – sie alle verließen ihre Posten und die Kapelle.

Mandorff wartete, bis alle gegangen waren, und schritt dann um exakt 16.46 Uhr über den Teppichboden des Mittelgangs zu den großen Flügeltüren. Das Letzte, was die Außenwelt von dem Konklave zu sehen bekam, war Mandorffs kahler Kopf. Dann wurden die Türen von innen geschlossen. Die Fernsehübertragung war beendet.

7

ERSTER WAHLGANG

Als später die Experten, die für die Analyse des Konklaves bezahlt wurden, die Mauer der Geheimhaltung durchbrechen und das Geschehen genau rekonstruieren wollten, stimmten alle ihre Quellen darin überein, dass die Kontroversen in der Sekunde begannen, wo Mandorff die Tür schloss.

Nur zwei Männer, die keine wahlberechtigten Kardinäle waren, blieben in der Sixtinischen Kapelle zurück. Der eine war Mandorff, der andere der älteste Bewohner des Vatikans, Vittorio Kardinal Scavizzi, der 94-jährige Generalvikar emeritus von Rom.

Kurz nach der Beisetzung des Heiligen Vaters hatte das Kollegium Scavizzi ausgewählt, die in der apostolischen Konstitution beschriebene »zweite Betrachtung« vorzunehmen. Sie musste unter Ausschluss der Öffentlichkeit direkt vor dem ersten Wahlgang stattfinden und sollte das Konklave zum letzten Mal an die schwere Verantwortung erinnern, »mit rechter Gesinnung zum Wohl der universalen Kirche zu handeln«. Sie wurde traditionell von einem Kardinal vorgenommen, der die achtzig schon überschritten hatte und deshalb nicht mehr wählen durfte – sozusagen ein kleines Trostpflaster für die alte Garde.

Später konnte Lomeli nicht mehr sagen, warum sie Scavizzi ausgesucht hatten. Er hatte sich um so viele andere Dinge kümmern müssen, dass er die Entscheidung nicht weiter beachtet hatte. Er hatte den Verdacht, dass Tutino ihn vorgeschlagen hatte, der Präfekt der Bischofskongregation, gegen den wegen seiner elenden Wohnungserweiterung ermittelt wurde. Allerdings wusste damals noch niemand von Tutinos Plänen, in das Lager von Tedesco überzulaufen. Als Lomeli jetzt sah, wie Erzbischof Mandorff den betagten Kleriker – zur Seite geneigter, verhutzelter Körper; die Notizen zwischen verkrampften arthritischen Fingern; die schmalen Augen entschlossen blitzend – zum Mikrofon führte, überkam ihn plötzlich die Ahnung, dass Ärger anstand.

Scavizzi griff nach dem Mikrofon und zog es zu sich heran. Ein dumpfes, verstärktes Wummern hallte von den Wänden der Sixtinischen Kapelle wider. Er hielt sich seine Notizen ganz nah vor die Augen. Einige Sekunden lang geschah nichts. Angestrengte, keuchende Atemgeräusche waren zu hören, dann hob er zu sprechen an.

»Meine Brüder Kardinäle, lasst uns in diesem Augenblick großer Verantwortung mit besonderer Aufmerksamkeit auf das hören, was der Herr mit seinen eigenen Worten zu uns sagt. Als ich heute Morgen gehört habe, wie unser Kardinaldekan in seiner Predigt den Epheserbrief des Apostels Paulus als ein Argument für den Zweifel heranzog, da glaubte ich meinen Ohren nicht zu trauen. Zweifel! Ist es das, woran es uns in der modernen Welt mangelt? Zweifel?«

Aus dem Bauch der Kapelle war ein schwaches Geräusch zu vernehmen – ein Murmeln, ein allgemeines Lufteinziehen, ein Rutschen auf den Stuhlsitzen. Lomeli konnte in seinen Ohren den eigenen Pulsschlag hören.

»Ich beschwöre euch, hört euch trotz der späten Stunde an, was der heilige Paulus wirklich sagt: dass wir nämlich die Einheit in unserem Glauben und in unserer Erkenntnis Christi brauchen, damit wir nicht mehr unmündige Kinder sind im ›Spiel der Wellen, geschaukelt und getrieben von jedem Widerstreit der Lehrmeinungen‹.

Er sprach hier von einem Schiff im Sturm, meine Brüder. Von der Barke des Apostels Petrus, von unserer heiligen katholischen Kirche, die wie nie zuvor in ihrer Geschichte dem ›Würfelspiel der Menschen‹ ausgeliefert ist, der ›Verschlagenheit, die in die Irre führt‹. Die Winde und die Wellen, gegen die unser Schiff ankämpft, tragen viele verschiedene Namen – Atheismus, Nationalismus, Agnostizismus, Marxismus, Liberalismus, Individualismus, Feminismus, Kapitalismus. All diese Ismen trachten danach, uns von unserem wahrhaftigen Kurs abzubringen.

Eure Aufgabe als zur Wahl berechtigte Kardinäle ist es, einen Kapitän auszuwählen, der die Zweifler unter uns ignoriert und das Ruder fest in der Hand hält. Jeden Tag taucht irgendein neuer Ismus auf. Aber nicht alle Anschauungen sind von gleichem Wert. Nicht jede Meinung hat Gewicht. Wenn wir erst einmal der Diktatur des Relativismus erliegen, wie sie richtig genannt wurde, und uns an jede flüchtige Sekte und modernistische Mode anzupassen versuchen, dann ist unser Schiff verloren. Wir brauchen eine Kirche, die die Welt bewegt, keine, die sich *mit* der Welt bewegt.

Lasst uns zu Gott beten, dass der Heilige Geist diese Beratungen beseelen und euch zu einem Hirten führen möge, der dem ziellosen Dahintreiben der letzten Zeit ein Ende bereitet, einen Hirten, der uns wieder zur Erkenntnis Christi, zu seiner Liebe und wahren Freude führt. Amen.«

Scavizzi ließ das Mikrofon los. Die Verstärkeranlage löste einen Knall aus, der durch die Kapelle dröhnte. Zittrig verbeugte er sich zum Altar hin und nahm dann Mandorffs Arm. Er hängte sich beim Erzbischof ein und hinkte langsam durch den Mittelgang. Bei völliger Stille folgte ihm jedes Augenpaar. Der alte Mann schaute niemand an, nicht einmal Tedesco, der in der ersten Reihe fast genau gegenüber von Lomeli saß. Jetzt wusste Lomeli, warum der Patriarch von Venedig so guter Laune gewesen war. Er hatte Bescheid gewusst. Möglich, dass er die Rede sogar selbst geschrieben hatte.

Scavizzi und Mandorff verschwanden hinter der Gitterwand aus dem Blickfeld. In dem betäubten Schweigen war jedes Geräusch deutlich zu hören – die Schritte auf dem Marmor des Vorraums, das Öffnen und Schließen der nach draußen führenden Tür, der sich im Schloss drehende Schlüssel.

Konklave. Das lateinische Wort für *verschlossener Raum*. Seit dem 13. Jahrhundert war das die Methode, wie die Kirche sicherstellte, dass ihre Kardinäle zu einer Entscheidung fanden. Außer zum Essen und zum Schlafen durften sie die Kapelle nicht verlassen – bis sie einen Papst gewählt hatten.

Die wahlberechtigten Kardinäle waren endgültig unter sich.

*

Lomeli stand auf und ging zum Mikrofon. Er ging langsam und grübelte darüber nach, wie der Schaden am besten zu begrenzen sei. Die persönliche Art des Angriffs hatte ihn natürlich getroffen. Aber das beunruhigte ihn weniger als die umfassendere Gefahr für seine Mission, die vor allem anderen darin bestand, die Einheit der Kirche zu bewahren. Er spürte, dass er die Dynamik bremsen musste, damit der Schock über das Geschehene sich lösen konnte, damit das Argument der Toleranz eine Chance bekam, in den Köpfen der Kardinäle wieder Platz zu greifen.

Er wandte sich dem Konklave in genau dem Augenblick zu, wo die große Glocke des Petersdoms fünf Uhr schlug. Er schaute zu den Fenstern hoch. Der Himmel war dunkel. Er wartete, bis der Nachhall des letzten Glockenschlags verklungen war.

»Meine Brüder Kardinäle, nach dieser anregenden Betrachtung …« Er hielt inne und hörte ein paar mitfühlende Lacher. »… können wir nun zum ersten Wahlgang schreiten. Allerdings kann die Abstimmung laut apostolischer Konstitution verschoben werden, falls ein Mitglied des Konklaves Einspruch erhebt. Wünscht jemand, den Wahlgang auf morgen zu vertagen? In Anbetracht der Tatsache, dass ein außerordentlich langer Tag hinter uns liegt, sollten wir vielleicht über das soeben Gehörte noch einmal nachdenken.«

Es entstand eine Pause, bis Krasinski sich mithilfe seines Gehstocks vom Stuhl erhob. »Die Augen der Welt blicken auf den Schornstein der Sixtinischen Kapelle, meine Brüder Kardinäle. Meiner Meinung nach würde es einen seltsamen Eindruck machen, um das Mindeste zu sagen, wenn wir jetzt unterbrechen würden. Ich finde, wir sollten abstimmen.«

Er setzte sich vorsichtig wieder auf seinen Stuhl. Lomeli schaute zu Bellini. Dessen Gesicht blieb ausdruckslos. Niemand meldete sich zu Wort.

»Gut«, sagte Lomeli. »Dann stimmen wir ab.« Er ging zu seinem Platz, nahm das Handbuch mit den Regeln zur Papstwahl sowie seinen Stimmzettel und ging zum Mikrofon zurück. »Liebe Brüder, in eurer Mappe findet ihr einen solchen Stimmzettel.« Er hob ihn in die Höhe und wartete, bis die Kardinäle die vor ihnen liegende rote Ledermappe geöffnet hatten. »In der oberen Hälfte stehen die Worte *Eligo in Summum Pontificem*, also: ›Ich wähle zum höchsten Pontifex.‹ Die untere Hälfte ist frei. Dorthin schreibt ihr den Namen des von euch gewählten Kandidaten. Achtet darauf, dass niemand euer Votum sehen kann und ihr nur einen Namen aufschreibt, andernfalls wäre eure Stimme ungültig. Schreibt bitte leserlich, aber auch so verstellt, dass man euch nicht an der Schrift erkennen kann. Schlagt jetzt bitte Kapitel V, Nummer 66 der apostolischen Konstitution auf, wo der Ablauf der Wahl beschrieben wird.«

Nachdem alle ihr Handbuch aufgeschlagen hatten, las Lomeli die betreffende Stelle so laut vor, dass sie auch jeder hören konnte:

»Jeder wahlberechtigte Kardinal bringt den Stimmzettel, nachdem er ihn ausgefüllt und gefaltet hat, nach der Rangordnung und allen sichtbar mit erhobener Hand zum Altar, an dem die Wahlhelfer stehen und auf dem sich eine mit einem Teller bedeckte Urne befindet, um die Zettel aufzunehmen. Dort angekommen, spricht der wahlberechtigte Kardinal mit erhobener Stimme folgende Eidesformel: *Ich rufe Christus, der mein Richter sein wird, zum Zeugen an, dass ich den gewählt habe, von dem ich glaube, dass er nach Gottes Willen gewählt werden sollte.* Danach legt er den Stimmzettel auf den Teller und gibt ihn damit in die Urne. Hierauf macht er eine Verneigung zum Altar hin und kehrt an seinen Platz zurück. – Hat das jeder verstanden? Gut. Wahlhelfer, nehmt bitte eure Plätze ein.«

Die drei Männer, die die Stimmzettel auszählen würden, waren in der Woche zuvor per Los bestimmt worden. Es waren der Erzbischof von Vilnius Kardinal Lukša, der Präfekt der Kongregation für den Klerus Kardinal Mercurio und der Erzbischof von Westminster Kardinal Newby. Sie erhoben sich in verschiedenen Ecken der Kapelle von ihrem Platz und kamen zum Altar. Lomeli ging zu seinem Stuhl zurück und nahm den bereitgelegten Stift. Wie ein Schüler, der seinem Banknachbarn das Abschreiben erschweren wollte, schirmte er seinen Stimmzettel mit dem Arm ab und schrieb in Großbuchstaben BELLINI auf den Zettel. Er faltete ihn, stand auf, hielt ihn hoch und ging zum Altar.

»Ich rufe Christus, der mein Richter sein wird, zum Zeugen an, dass ich den gewählt habe, von dem ich glaube, dass er nach Gottes Willen gewählt werden sollte.«

Auf dem Altar stand ein verzierter silberner Kelch, der größer als ein normales Altargefäß war und als Urne diente. Der Kelch war mit einer silbernen Patene zugedeckt. Unter den wachsamen Blicken der Wahlhelfer legte er den Stimmzettel auf den Teller, hob ihn mit beiden Händen hoch und ließ den Zettel in den Kelch gleiten. Danach legte er die Patene wieder auf den Kelch, verneigte sich zum Altar hin und ging zu seinem Platz zurück.

Die drei Patriarchen der Ostkirchen waren die Nächsten, nach ihnen kam Bellini. Er rezitierte den Eid mit seufzender Stimme, und als er wieder auf seinem Platz saß, legte er die Hand auf die Stirn und schien tief in Gedanken zu versinken. Lomeli war zu angespannt, als dass er beten oder Andacht halten konnte. Wieder schaute er sich jeden der Kardinäle, die an ihm vorbeigingen, genau an. Tedesco machte ihm einen ungewohnt nervösen Eindruck. Der Stimmzettel rutschte ihm neben die Urne und fiel auf den Altar. Er musste ihn mit der Hand hineinwerfen. Lomeli fragte sich, ob er für sich selbst gestimmt hatte.

Auch Tremblay, dachte er, könnte den eigenen Namen auf den Zettel geschrieben haben. Nichts in den Regeln sprach dagegen. Der Eid verlangte einfach, den zu wählen, den man für den Richtigen hielt. Der Kanadier näherte sich dem Altar mit ehrerbietig gesenkten Augen, hob sie dann offenbar verzückt zum *Jüngsten Gericht* empor und bekreuzigte sich mit übertriebener Geste. Ein weiterer Mann, der an die eigenen Fähigkeiten glaubte, war Adeyemi, der den Eid mit der für ihn typischen dröhnenden Stimme sprach. Als Erzbischof von Lagos hatte er sich bei der ersten Afrikareise des Heiligen Vaters mit der Organisation eines Gottesdienstes profiliert, an dem mehr als vier Millionen Gläubige teilgenommen hatten. Der Papst hatte in seiner Predigt gewitzelt, Joshua Adeyemi sei der einzige Mann in der Kirche, der die Messe ohne Verstärkeranlage habe feiern können.

Und dann war da noch Benítez, den Lomeli am Abend zuvor nicht mehr richtig zu Gesicht bekommen hatte. Wenigstens konnte man sich bei ihm sicher sein, dass er nicht für sich selbst stimmte. Das Chorgewand, das man für ihn aufgetrieben hatte, war ihm viel zu groß. Das Rochett berührte fast den Boden, sodass er kurz vor dem Altar um ein Haar darüber gestolpert wäre. Nachdem er seine Stimme abgegeben hatte und sich umdrehte, um zu seinem Platz zurückzugehen, warf er Lomeli einen schiefen Blick zu. Lomeli nickte und lächelte ihm aufmunternd zu. Der Philippiner, dachte er, war auf eine schwer zu beschreibende Art attraktiv. Er besaß innere Anmut. Eines Tages könnte er es weit bringen.

Der Wahlgang dauerte noch über eine Stunde. Als er begonnen hatte, waren hier und da geflüsterte Unterhaltungen zu hören gewesen. Als jedoch der letzte wahlberechtigte Kardinal – Bill Rudgard, der letzte der Kardinaldiakone – von der Urne zu seinem Platz zurückging, schien es, als wäre die Stille so unermesslich und absolut geworden wie die Unendlichkeit des Universums. Gott ist im Raum, dachte Lomeli.

Abgeschottet hinter Schloss und Riegel sind wir an dem Punkt, wo Zeit und Ewigkeit sich begegnen.

Kardinal Lukša hob die Urne mit den Stimmzetteln in die Höhe und präsentierte sie dem Konklave, als wollte er das Sakrament spenden. Er schüttelte die Urne, um die Zettel zu vermischen. Dann hielt er sie Kardinal Newby hin, der die Stimmzettel, ohne sie zu entfalten, einen nach dem anderen aus der Urne nahm, sie in eine zweite Urne auf dem Altar warf und dabei laut mitzählte.

Am Ende verkündete der Engländer mit schwerem Akzent auf italienisch: »Es wurden einhundertachtzehn Stimmen abgegeben.«

Er und Kardinal Mercurio gingen in den Raum der Tränen, die Sakristei links vom Altar, wo die drei unterschiedlich großen Papstsoutanen hingen, und tauchten schon Sekunden später mit einem kleinen Tisch wieder auf, den sie vor dem Altar aufstellten. Kardinal Lukša breitete ein weißes Tischtuch darüber aus und stellte die Urne mit den Stimmzetteln in die Mitte. Dann holten Newby und Mercurio noch drei Stühle aus der Sakristei. Newby nahm das Mikrofon vom Ständer und trug es zu dem Tisch.

»Meine Brüder«, sagte er. »Wir zählen jetzt die Stimmen des ersten Wahlgangs.«

Und nun erwachte das Konklave endlich aus seiner Trance. Die Mappe, die vor jedem wahlberechtigten Kardinal auf dem Tisch lag, enthielt eine alphabetische Liste mit den Namen aller wählbaren Kardinäle. Lomeli stellte zufrieden fest, dass die Liste um den Namen Benítez erweitert und über Nacht neu ausgedruckt worden war. Er nahm seinen Stift in die Hand.

Lukša zog den ersten Stimmzettel aus der Urne, entfaltete ihn und notierte den Namen. Dann gab er den Zettel an

Mercurio weiter, der den Namen ebenfalls notierte. Mercurio wiederum gab ihn an Newby weiter, der mit einer silbernen Nadel das Wort *Eligo* durchstach und den Zettel dann auf eine rote Seidenschnur fädelte. Er beugte sich zum Mikrofon vor. Mit der entspannten, selbstsicheren Stimme von jemand, der Privatschule und Oxford absolviert hat, sagte er: »Die erste Stimme wurde für Kardinal Tedesco abgegeben.«

*

Nach jeder ausgezählten Stimme machte Lomeli einen Strich hinter dem Namen auf seiner Liste. Zunächst war es unmöglich, einen Trend auszumachen. Vierunddreißig Kardinäle erhielten mindestens eine Stimme – mehr als ein Viertel aller Teilnehmer am Konklave. Später hieß es, das stelle einen Rekord dar. Männer stimmten für sich selbst, für einen Freund oder für einen Landsmann. Schon ziemlich früh fiel auch Lomelis Name, und er gab sich selbst einen Strich. Er war gerührt, dass jemand ihn dieser höchsten Ehre für wert befand. Er fragte sich, wer das gewesen sein könne. Dass er dann noch ein paar Stimmen mehr bekam, entsetzte ihn jedoch. Bei einem so engen Rennen reichte alles über sechs Stimmen, dass man ein ernsthafter Kandidat wurde – zumindest theoretisch.

Er beugte sich vor und konzentrierte sich auf seine Strichliste. Trotzdem spürte er, dass ihm von der anderen Seite des Gangs der eine oder andere Kardinal einen Blick zuwarf. Das Rennen war langsam und eng, die Stimmenverteilung grotesk willkürlich. Einer der Favoriten bekam vielleicht zwei oder drei Stimmen in Folge und von den nächsten zwanzig dann keine einzige. Trotzdem schälten sich nach etwa achtzig ausgezählten Stimmen die Kardinäle heraus, denen man schon im Vorfeld die Kraft für das Papstamt zugetraut hatte: Tedesco, Bellini, Tremblay und Adeyemi. Auch nach hundert Stimmen lagen alle noch gut im Rennen. Doch gegen Ende geschah etwas Seltsames. Bellini trat auf der Stelle. Bei jedem der zuletzt verlesenen Namen musste er sich fühlen, als träfe ihn ein Hammerschlag: Tedesco, Lomeli, Adeyemi, Adeyemi, Tremblay und als allerletzter Name – erstaunlicherweise – Benítez.

Während die Wahlhelfer das Endergebnis überprüften, wurde überall in der Kapelle im Flüsterton geredet. Lomeli fuhr mit dem Stift an seiner Liste entlang und zählte die Stimmen zusammen. Er kritzelte die Zahlen neben die Namen:

Tedesco	22
Adeyemi	19
Bellini	18
Tremblay	16
Lomeli	5
andere	38

Er war entsetzt über das eigene Ergebnis. Angenommen, er hatte Stimmen von Bellini abgezogen, dann hatte er ihn nicht nur um den ersten Platz gebracht, sondern möglicherweise auch um jene gewisse Aura der Zwangsläufigkeit, die ihn später vielleicht bis zum Gesamtsieg getragen hätte. Je länger er die Zahlen studierte, desto enttäuschender sahen sie für Bellini aus. Hatte sein Wahlkampfmanager Sabbadin gestern beim Abendessen nicht vorausgesagt, Tedesco werde höchstens fünfzehn Stimmen schaffen und Bellini nach dem ersten Wahlgang mit bis zu fünfundzwanzig Stimmen vorn liegen? Aber Bellini war noch hinter Adeyemi, den keiner vor ihm gesehen hatte, Dritter geworden. Und auch das mit nur zwei

Stimmen vor Tremblay. Eines war klar, dachte Lomeli: Kein Kandidat hatte auch nur annähernd die neunundsiebzig Stimmen erreicht, die für den Sieg nötig waren.

Er hörte nur mit halbem Ohr zu, wie Newby die offiziellen Zahlen verlas. Sie bestätigten nur, was er schon selbst ausgerechnet hatte. Stattdessen blätterte er zu Nummer 74 der apostolischen Konstitution vor. Kein modernes Konklave hatte länger als drei Tage gedauert, was aber nicht hieß, dass es diesmal nicht länger dauern konnte. Nach den Regeln waren sie verpflichtet, so lange abzustimmen, bis sie einen Kandidaten mit einer Zweidrittelmehrheit gefunden hatten, falls nötig in über dreißig Wahlgängen, die sich über zwölf Tage erstrecken konnten. Danach verfügte Nummer 75 zwar eine Stichwahl zwischen den beiden Kandidaten, die beim vorausgegangenen Wahlgang die meisten Stimmen auf sich vereinen konnten, aber die Zweidrittelmehrheit für einen Sieg galt weiterhin.

Zwölf Tage und mehr – eine beängstigende Aussicht.

Newby hatte alle Zahlen vorgetragen. Er hielt jetzt die rote Seidenschnur, auf der alle Stimmzettel aufgereiht waren, in die Höhe. Er verknotete die beiden Enden und schaute zum Dekan.

Lomeli erhob sich von seinem Platz und ging zum Mikrofon. Von den Altarstufen aus sah er, dass Tedesco die Zahlen studierte, dass Bellini ins Nichts starrte, dass Adeyemi und Tremblay sich leise mit ihren Sitznachbarn unterhielten.

»Meine Brüder Kardinäle, damit ist der erste Wahlgang abgeschlossen. Kein Kandidat hat die erforderliche Mehrheit erzielt. Wir vertagen uns und setzen die Wahl morgen früh fort. Bleibt bitte an euren Plätzen sitzen, bis die Beamten in die Kapelle zurückgekehrt sind. Ich darf euch auch daran erinnern, dass es untersagt ist, jegliche schriftliche Aufzeichnung über die Stimmabgabe aus der Sixtinischen Kapelle mitzunehmen. Eure Notizen werden eingesammelt und zusammen mit den Stimmzetteln verbrannt. Draußen stehen die Busse bereit, die euch zurück zur Casa Santa Marta bringen. Ich bitte euch demütig, in Hörweite der Fahrer nicht über die Abstimmung heute Nachmittag zu sprechen. Ich danke euch für eure Geduld. Ich fordere hiermit den letzten der Kardinaldiakone auf, die Türen öffnen zu lassen.«

Rudgard stand auf und ging zur Rückseite der Kapelle. Sie konnten hören, wie er an die Tür klopfte und rief, sie zu öffnen. *»Aprite le porte! Aprite le porte!«* Nur Sekunden später kehrte er zusammen mit Erzbischof Mandorff, Monsignore O'Malley und den anderen Zeremoniären zurück. Die Priester hatten Papierbeutel dabei, mit denen sie an den Tischreihen entlanggingen, um alle Abstimmungsunterlagen einzusammeln. Einige Kardinäle sträubten sich und mussten fast gezwungen werden, sie in den Beutel zu werfen. Andere hielten sie noch für einige letzte Sekunden fest. Zweifellos wollten sie sich die Zahlen merken, dachte Lomeli. Vielleicht kosteten sie aber nur den Anblick des einzigen schriftlichen Beweises aus, dass sie bei einer Papstwahl eine Stimme erhalten hatten.

*

Die meisten Kardinäle gingen nicht sofort hinunter zu den Bussen, sondern schauten sich im Vorraum an, wie die Stimmzettel und Notizen verbrannt wurden. Selbst für einen Kirchenfürsten war es etwas Besonderes, von einem derartigen Schauspiel erzählen zu können.

Sogar jetzt war der Prozess der Stimmenüberprüfung noch nicht ganz abgeschlossen. Drei ebenfalls vor dem Konklave durch das Los zu Wahlprüfern bestimmte Kardinäle zählten noch einmal die Stimmen auf den Strichlisten der Wahlhelfer nach. Die Regeln waren schon viele Jahrhunderte alt und legten nahe, dass die Kirchenväter sich nicht gerade vertraut hatten. Eine Verschwörung von sechs Männern würde ausreichen, die Wahl zu manipulieren. Als die Überprüfung beendet war, ging O'Malley in die Hocke, öffnete die Klappe des runden Ofens und stopfte die Beutel und die Schnur mit den Stimmzetteln hinein. Er zündete ein Streichholz an, hielt die Flamme an einen Feueranzünder und legte diesen dann vorsichtig in den Ofen. Was für ein seltsamer Anblick, O'Malley etwas so Praktisches verrichten zu sehen, dachte Lomeli. Ein leises *Wumm* bei der Entzündung, und binnen Sekunden stand der Inhalt des Ofens in Flammen. Er schloss die Eisenklappe. Der zweite Ofen, der viereckige, enthielt eine Mischung aus Kaliumperchlorat, Anthracen und Schwefel in einer Kartusche, die O'Malley mit einem Knopfdruck entzündete. Um 19.42 Uhr begann der provisorische Metallschornstein auf dem Dach der Sixtinischen Kapelle, der im Licht eines Scheinwerfers aus dem dunklen Novemberhimmel hervorstach, pechschwarzen Rauch auszustoßen.

*

Während die Mitglieder des Konklaves die Kapelle verließen, nahm Lomeli O'Malley beiseite. Sie gingen in eine Ecke des Vorraums. Lomeli stand mit dem Rücken zu den Öfen. »Haben Sie mit Morales gesprochen?«

»Nur am Telefon, Eure Eminenz.«

»Und?«

O'Malley hob einen Finger an die Lippen und schaute Lomeli über die Schulter. Tremblay und ein paar Kardinäle aus den USA, denen er gerade einen Witz erzählte, gingen an ihnen vorbei. Sein sonst fades Gesicht zeigte eine heitere Miene. Nachdem die Gruppe in die Sala Regia geschlendert war, sagte O'Malley: »Monsignore Morales hat mit Nachdruck festgestellt, dass ihm nichts bekannt sei, warum Kardinal Tremblay nicht Papst werden könne.«

Lomeli nickte bedächtig. Er hatte nichts anderes erwartet. »Trotzdem danke, dass Sie nachgefragt haben.«

O'Malley sah ihn schlitzohrig an. »Wenn Sie mir die Anmerkung verzeihen wollen, Eure Eminenz, aber der gute Monsignore erschien mir nicht ganz glaubwürdig.«

Lomeli schaute ihn an. In Zeiten ohne Konklave war der Ire der Sekretär der Bischofskongregation. Er hatte Zugang zu den Akten von fünftausend ranghohen Geistlichen. Es hieß, er habe eine Nase für das Aufstöbern von Geheimnissen. »Wie kommen Sie darauf?«

»Als ich versucht habe, etwas über das Treffen zwischen dem Heiligen Vater und dem Kardinal aus ihm herauszukitzeln, hat er sich fast überschlagen, um mich glauben zu machen, das sei reine Routine gewesen. Mein Spanisch ist nicht perfekt, aber gerade dass er so nachdrücklich darauf beharrte, hat mich ziemlich misstrauisch gemacht. Ich habe angedeutet – hoffentlich hat es mit meinem unzulänglichen Spanisch nicht wie eine Tatsachenbehauptung geklungen –, dass Sie wohl ein Dokument gesehen haben, in dem das Gegenteil behauptet werde. Er hat gesagt, deshalb müssten Sie sich keine Sorgen machen. ›El informe ha sido retirado.‹«

»El informe? Ein Bericht? Er hat gesagt, dass es einen Bericht gebe?«

»Und dass er zurückgezogen worden sei. Das waren seine Worte.«

»Ein Bericht worüber? Zurückgezogen wann?«

»Das weiß ich nicht, Eure Eminenz.«

Lomeli verstummte und dachte nach. Er rieb sich die Augen. Es war ein langer Tag gewesen, und er hatte Hunger. Sollte er sich Sorgen darüber machen, dass ein Bericht verfasst worden war, oder beruhigt sein, dass ein solcher nicht mehr existierte? Aber spielte das alles überhaupt eine Rolle angesichts der Tatsache, dass Tremblay ja nur auf Platz vier lag? Plötzlich warf er die Hände in die Höhe. Er konnte sich ohnehin nicht darum kümmern, nicht solange das Konklave andauerte, nicht solange er abgeschottet war. »Wahrscheinlich alles nur heiße Luft. Belassen wir es dabei. Ich weiß, dass ich mich auf Ihre Diskretion verlassen kann.«

Die beiden Prälaten durchquerten die Sala Regia. Von seinem Posten unter dem Fresko der Seeschlacht von Lepanto aus folgte ihnen ein Sicherheitsmann mit den Augen. Er wandte sich leicht zur Seite und flüsterte etwas in seinen Ärmel oder sein Revers. Lomeli fragte sich, worüber sie sich wohl ständig in so dringlichem Ton austauschten. »Gibt es etwas in der Außenwelt, was ich wissen sollte?«, fragte er O'Malley.

»Eigentlich nicht. Thema Nummer eins in allen internationalen Medien ist das Konklave.«

»Keine Leaks, will ich hoffen.«

»Nichts. Die Reporter interviewen sich gegenseitig.« Sie gingen die Treppe hinunter. Es galt dreißig oder vierzig Stufen zu bewältigen, die zu beiden Seiten von elektrischen Lampen in Kerzenform beleuchtet waren und so steil, dass sie für einige ältere Kardinäle eine Herausforderung darstellten. »Allerdings herrscht großes Interesse an Kardinal Benítez. Wie von Ihnen gewünscht, haben wir eine biografische Notiz herausgegeben. Für Sie, Eminenz, habe ich noch einige vertrauliche Hintergrundinformationen beigefügt. Von allen Bischöfen hat er tatsächlich den bemerkenswertesten Aufstieg hinter sich.« O'Malley zog einen Umschlag unter seinem Ornat hervor und gab ihn Lomeli. »*La Repubblica* schreibt, dass seine spektakulär späte Ankunft auf einem Geheimplan des verstorbenen Heiligen Vaters beruhe.«

Lomeli lachte. »Ich wäre entzückt, wenn es einen Plan gäbe, geheim oder sonst wie. Aber ich spüre, dass der Einzige mit einem Plan für dieses Konklave Gott ist. Und bis jetzt scheint er entschlossen zu sein, den für sich zu behalten.«

8

MOMENTUM

Die Wange an die kalte Seitenscheibe gedrückt, saß Lomeli schweigend im Bus, während sie durch die Innenhöfe zum Gästehaus zurückgefahren wurden. Die Reifengeräusche auf dem Kopfstein hatten eine seltsam tröstliche Wirkung auf ihn. Über den vatikanischen Gärten sah er die Positionslichter eines Passagierflugzeugs im Anflug auf den Flughafen Fiumicino. Er nahm sich vor, morgen zu Fuß zur Sixtinischen Kapelle zu gehen, selbst bei Regen. Die stickige Luft in dem abgeschlossenen Raum war nicht nur ungesund, sie war auch der spirituellen Reflexion nicht förderlich.

In der Casa Santa Maria ging er an den noch miteinander schwatzenden Kardinälen vorbei sofort auf sein Zimmer. Die Nonnen hatten inzwischen sauber gemacht und aufgeräumt. Seine liturgischen Gewänder hingen ordentlich im Schrank, das Bett war aufgeschlagen. Er legte Mozzetta und Rochett ab, hängte sie über die Rückenlehne des Stuhls und kniete am Betpult nieder. Er dankte Gott, dass er ihm geholfen habe, die Aufgaben des Tages durchzustehen. Er wagte sogar ein bisschen Humor. *Und ich danke Dir, o Herr, dass Du über die Abstimmung im Konklave zu uns gesprochen hast. Mögest Du uns bald auch die Weisheit schenken, das zu verstehen, was Du uns sagen wolltest.*

Aus dem Zimmer nebenan drangen gedämpfte Stimmen, die von gelegentlichem Gelächter unterbrochen wurden. Lomeli schaute die Wand an. Er war sich jetzt sicher, dass sein Nachbar nur Adeyemi sein konnte. Kein anderes Mitglied des Konklaves hatte eine so tiefe Stimme. Anscheinend hatte er seine Unterstützer zu Gast. Wieder ein Ausbruch von Heiterkeit. Lomeli spannte missbilligend die Lippen. Falls Adeyemi wirklich der Meinung war, das Papstamt sei für ihn in Reichweite, dann sollte er lieber im Dunkeln und in stummem Entsetzen bäuchlings auf seinem Bett liegen, anstatt sich darauf zu freuen. Doch dann rügte er sich für seinen Dünkel. Der erste schwarze Papst wäre ein gewaltiges Zeichen für die Welt. Wer konnte einem Mann seine Fröhlichkeit vorhalten, der vielleicht das Vehikel einer Manifestation göttlichen Willens sein würde?

Ihm fiel das Kuvert ein, das O'Malley ihm gegeben hatte. Langsam erhob er sich, wobei er die knirschenden Knie spürte, setzte sich an den Schreibtisch und riss den Umschlag auf. Zwei Blatt Papier. Eines enthielt die biografische Notiz, die das Pressebüro des Vatikans herausgegeben hatte:

Vincent Kardinal Benítez
Kardinal Benítez ist 67 Jahre alt. Er wurde in Manila, Philippinen, geboren, studierte am Priesterseminar San Carlos und wurde 1978 vom Erzbischof von Manila, Seiner Eminenz Jaime Kardinal Sin, zum Priester geweiht. Sein erstes Pfarramt war die Kirche von Santo Niño de Tondo, das nächste die Gemeinde Unsere Liebe Frau der Verlassenen (Santa Ana). Bekannt wurde er für seine Arbeit in den Armenvierteln von Manila. Unter dem Namen Projekt der Heiligen Margareta von Cortona gründete er acht Heime für obdachlose Mädchen. Nach der Ermordung des frü-

heren Erzbischofs von Bukavu Christopher Munzihirwa wurde Don Benítez auf eigenen Wunsch in die Demokratische Republik Kongo versetzt, wo er Missionsarbeit leistete. Danach baute er in Bukavu ein katholisches Krankenhaus für die Opfer sexueller Gewalt im Ersten und Zweiten Kongokrieg auf. 2017 wurde ihm der Titel Päpstlicher Ehrenkaplan verliehen. 2018 wurde er zum Erzbischof von Bagdad im Irak ernannt. Anfang des Jahres wurde er vom verstorbenen Heiligen Vater *in pectore* ins Kardinalskollegium aufgenommen.

Damit ihm kein Detail entging, las Lomeli die Pressenotiz zweimal durch. Die Erzdiözese Bagdad war winzig – wenn er sich recht erinnerte, dann zählte sie im Augenblick kaum mehr als zweitausend Seelen. Trotzdem: Benítez hatte es anscheinend von seiner Missionsarbeit ohne Zwischenstation direkt auf den Stuhl des Erzbischofs geschafft. Ein derart kometenhafter Aufstieg war ihm noch nie untergekommen. Er wandte sich dem zweiten Blatt zu, O'Malleys handschriftlich verfasster Notiz:

Eminenz,
laut Kardinal Benítez' Akte im Dikasterium der Bischofskongregation ist ihm der verstorbene Heilige Vater zum ersten Mal auf seiner Afrikareise 2017 begegnet. Er war von seiner Arbeit so beeindruckt, dass er ihn zum Monsignore gemacht hat. Als der Stuhl der Erzdiözese Bagdad frei wurde, hat der Heilige Vater die drei von der Bischofskongregation vorgeschlagenen Kandidaten abgelehnt und darauf bestanden, Don Benítez zu ernennen. Im Januar dieses Jahres hat Erzbischof Benítez nach einem Autobombenanschlag, bei dem er kleinere Verletzungen erlitten hat, aus gesund-

heitlichen Gründen seinen Rücktritt angeboten, zog das Angebot nach einem privaten Treffen mit dem Heiligen Vater im Vatikan aber wieder zurück. Ansonsten ist seine Akte *außergewöhnlich* dürftig.

RO'M

Lomeli lehnte sich auf seinem Stuhl zurück. Er hatte die Angewohnheit, beim Nachdenken an der Seite seines rechten Zeigefingers zu kauen. War Benítez gesundheitlich angeschlagen? Oder war er es zumindest nach dem Terroranschlag im Irak gewesen? Vielleicht war das der Grund für seine zerbrechliche Erscheinung. Er hatte an einigen grässlichen Orten gedient. So ein Leben forderte seinen Tribut. Sicher war jedenfalls, dass der Mann das Beste verkörperte, was der christliche Glaube zu bieten hatte. Lomeli beschloss, ihn diskret im Auge zu behalten und in seine Gebete einzuschließen.

Eine Glocke ertönte. 20.30 Uhr. Das Abendessen wurde serviert.

*

»Wir müssen den Tatsachen ins Auge blicken. Wir haben schlechter abgeschnitten als erhofft.« Sabbadin, der Erzbischof von Mailand, trug eine randlose Brille, deren Gläser im Licht des Kronleuchters funkelten. Er schaute jedem einzelnen der am Tisch versammelten italienischen Kardinäle, die die Kerntruppe von Bellinis Unterstützern bildeten, in die Augen. Lomeli saß ihm gegenüber.

An diesem Abend kamen die eigentlichen Geschäfte des Konklaves ins Rollen. Obwohl sich die wahlberechtigten Kardinäle laut apostolischer Konstitution unter Androhung von Exkommunikation »jeder Form von Verhandlungen, Verträgen, Versprechen oder sonstiger Verpflichtungen jeder Art«

zu enthalten hatten, war das Ganze nun einmal eine Wahl und somit eine Frage der Arithmetik: Wer konnte die erforderlichen neunundsiebzig Stimmen erreichen? Tedesco, dessen Autorität durch den Sieg im ersten Wahlgang gestiegen war, erzählte an einem Tisch mit südamerikanischen Kardinälen eine lustige Geschichte. Er selbst musste so darüber lachen, dass er sich mit einer Serviette die Augen abwischte. Tremblay lauschte mit ernstem Gesicht den Ansichten der Kardinäle aus Südostasien. Adeyemi war an den Tisch der konservativen Osteuropäer aus Breslau, Riga, Lemberg und Zagreb gebeten worden, die mehr über seine Einstellung zu gesellschaftlichen Fragen erfahren wollten. Sogar Bellini unternahm einen Vorstoß: Er war von Sabbadin an einen Tisch der Nordamerikaner platziert worden und erläuterte ihnen sein Ziel, den Bischöfen zu mehr Autonomie zu verhelfen. Die Nonnen, die das Essen servierten, hörten zwangsläufig mit und waren so über den Stand der Dinge informiert. Einige würden sich als nützliche Quellen für die Reporter erweisen, die den Ablauf des Konklaves im Nachhinein als Insiderstory rekonstruierten. Einer war sogar eine Serviette in die Hände gefallen, auf der ein Kardinal den Stand nach dem ersten Wahlgang notiert hatte.

»Heißt das, wir können nicht gewinnen?«, fuhr Sabbadin fort. Wieder suchte er den Augenkontakt mit jedem Einzelnen. Lomeli ging der boshafte Gedanke durch den Kopf, dass er ziemlich nervös wirkte, dass seine Hoffnungen auf den Staatssekretärsposten unter einem Papst Bellini einen Dämpfer erlitten hatten. »Natürlich können wir immer noch gewinnen! Die einzige sichere Aussage, die wir nach dem Ergebnis von heute treffen können, ist die, dass der nächste Papst einer von vier Männern sein wird: Bellini, Tedesco, Adeyemi oder Tremblay.«

»Vergessen Sie nicht unseren Freund hier, den Dekan?«, warf Dell'Acqua, der Erzbischof von Bologna, ein. »Er hat fünf Stimmen bekommen.«

»Bei allem Respekt für Jacopo, aber noch nie hat sich ein Kandidat, der im ersten Wahlgang so wenig Unterstützung erfahren hat, als ernsthafter Anwärter herausgestellt.«

Aber Dell'Acqua schien nicht davon ablassen zu wollen. »Was ist mit Wojtyła im zweiten Konklave 78? In der ersten Runde hatte er bloß ein paar vereinzelte Stimmen, nach dem achten Wahlgang war er dann Papst.«

Sabbadin fuchtelte gereizt mit einer Hand herum. »Also gut, ein Mal in einem Jahrhundert. Wir dürfen uns nicht ablenken lassen – unser Dekan verfügt wohl kaum über den Ehrgeiz von Karol Wojtyła. Außer es gibt da etwas, wovon wir nichts wissen.«

Lomeli schaute auf seinen Teller. Zum Hauptgang gab es Huhn im Parmaschinkenmantel. Verkocht und trocken, aber sie aßen es trotzdem. Er wusste, dass Sabbadin ihm die Schuld dafür gab, dass Bellini fünf Stimmen fehlten. Angesichts der Umstände fühlte er sich zu einer Stellungnahme genötigt. »Die Situation ist mir unangenehm. Sollte ich herausfinden, wer mich gewählt hat, so werde ich diejenigen bitten, für jemand anderes zu stimmen. Und sollte man mich fragen für wen, dann werde ich Bellini sagen.«

»Obwohl Sie zur Neutralität angehalten sind?«, sagte Landolfi, der Erzbischof von Turin.

»Na schön, ich darf nicht offen für ihn werben, wenn Sie das andeuten wollen. Aber wenn ich um meine Meinung gefragt werde, fühle ich mich durchaus berechtigt, sie zu äußern. Bellini ist fraglos derjenige, der am besten geeignet ist, die Universalkirche zu führen.«

»Also, es ist doch so«, sagte Sabbadin mit dringlicher Stimme. »Wenn die fünf Stimmen vom Dekan bei uns landen, dann sind wir bei dreiundzwanzig. Und alle aussichtslosen Kandidaten, die heute nur ein oder zwei Stimmen bekommen haben, fallen morgen dann weg. Das heißt, weitere achtunddreißig Stimmen sind auf dem Tisch. Wir müssen sie einfach nur abräumen.«

»Einfach abräumen?«, wiederholte Dell'Acqua mit spöttischem Unterton. »So einfach dürfte das leider nicht werden, Eure Eminenz.«

*

Wenn die Kraft, die von den Säkularen Momentum genannt und von den Religiösen für den Heiligen Geist gehalten wurde, sich an jenem Abend in einem Kandidaten konzentrierte, dann war es Adeyemi. Seine Rivalen spürten das. Als sich die Kardinäle zum Kaffee erhoben und Brandão da Cruz, der Patriarch von Lissabon, in den geschlossenen Innenhof ging, um seine Abendzigarre zu rauchen, fiel Lomeli zum Beispiel auf, dass Tremblay ihm sofort hinterhereilte – vermutlich, um sich seine Unterstützung zu sichern. Tedesco und Bellini zogen von Tisch zu Tisch. Der Nigerianer jedoch ging einfach in die Eingangshalle, blieb seelenruhig in einer Ecke stehen und überließ es seinen Anhängern, potenzielle Wähler, die ein Wort mit ihm wechseln wollten, zu ihm zu führen. Schnell bildete sich eine kleine Schlange.

Lomeli lehnte mit seiner Tasse Kaffee am Empfangstresen und beobachtete, wie er Hof hielt. Wenn er ein Weißer wäre, dachte Lomeli, würde Adeyemi von den Liberalen als noch reaktionärer verdammt werden als Tedesco. Weil er aber schwarz war, zögerten sie, seine Ansichten zu kritisieren. Seine wütenden Ausfälle gegen Homosexualität taten sie beispielsweise als Ausdruck seines afrikanischen kulturellen Erbes ab. Lomeli begriff langsam, dass er ihn unterschätzt hatte. Vielleicht war er tatsächlich der Kandidat, der die Kirche einen konnte. Jedenfalls verfügte er über die imposante Persönlichkeit, die nötig war, den Stuhl Petri auszufüllen.

Er erkannte, dass er zu ungeniert beobachtete. Er sollte sich unter die Leute mischen. Aber er wollte mit niemand reden. Also schlenderte er durch die Eingangshalle und trug dabei Untertasse und Tasse wie einen Schutzschild vor sich her, lächelte und verneigte sich leicht, wenn ein Kardinal sich ihm näherte, blieb jedoch nie stehen, sondern ging immer weiter. Er bog um die Ecke und entdeckte gleich neben der Tür zur Kapelle, umringt von mehreren Kardinälen, Benítez. Er redete, und die Umstehenden hörten gespannt zu. Lomeli fragte sich, was er ihnen wohl erzählte. Benítez schaute seinen Zuhörern über die Schulter und bemerkte, dass Lomeli in seine Richtung sah. Er entschuldigte sich und kam zu ihm.

»Guten Abend, Eure Eminenz.«

»Ihnen auch einen guten Abend.« Lomeli legte ihm kurz die Hand auf die Schulter und musterte ihn besorgt. »Was macht die Gesundheit?«

»Mir geht es ausgezeichnet, danke.«

Die Frage schien ihn etwas nervös zu machen, und Lomeli fiel ein, dass er von seinem Rücktrittsgesuch aus gesundheitlichen Gründen nur aufgrund der vertraulichen Mitteilung wusste. »Tut mir leid«, sagte er. »Ich wollte nicht aufdringlich sein. Ich meinte nur, ob Sie sich schon von den Strapazen der Reise erholt haben.«

»Danke, ja. Ich habe sehr gut geschlafen.«

»Schön zu hören. Wir fühlen uns geehrt, Sie bei uns zu haben.« Er klopfte dem Philippiner auf die Schulter, nahm die Hand aber schnell wieder herunter und nippte an seinem Kaffee. »Und wie wir alle feststellen konnten, haben Sie sich in der Sixtinischen Kapelle für einen Kandidaten entscheiden können.«

»Das habe ich in der Tat, Dekan.« Benítez lächelte schüchtern. »Ich habe für Sie gestimmt.«

Lomeli zuckte vor Überraschung so heftig mit der Hand, dass die Tasse auf der Untertasse klapperte. »Gott bewahre!«

»Verzeihung. Sollte ich das nicht sagen?«

»Nein, nein, das ist es nicht. Ich fühle mich geehrt. Aber ich bin wirklich kein ernsthafter Kandidat.«

»Bei allem Respekt, Eure Eminenz, liegt das nicht in der Entscheidung Ihrer Kollegen?«

»Natürlich. Aber wenn Sie mich besser kennen würden, dann wüssten Sie, dass ich leider in keiner Weise würdig bin, Papst zu sein.«

»Jeder Mann, der wahrhaft würdig ist, muss sich selbst als unwürdig betrachten. Ist das nicht der Punkt, den Sie in Ihrer Predigt gemacht haben? Dass ohne einen Zweifel kein Glaube möglich ist? Das stimmt mit meinen eigenen Erfahrungen überein. Was ich vor allem in Afrika erlebt habe, würde jeden Menschen an Gottes Gnade zweifeln lassen.«

»Mein lieber Vincent – ich darf Sie doch Vincent nennen? –, ich bitte Sie, geben Sie beim nächsten Wahlgang Ihre Stimme einem Bruder, der eine realistische Chance auf den Sieg hat. Ich würde Bellini empfehlen.«

Benítez schüttelte den Kopf. »Bellini erscheint mir – wie hat der Heilige Vater mir gegenüber das einmal genannt? – ›brillant, aber neurotisch‹. Es tut mir leid, Dekan, aber ich werde für Sie stimmen.«

»Auch wenn ich Sie bitte, es nicht zu tun? Sie selbst haben heute Nachmittag eine Stimme erhalten, oder?«

»Ja. Absurd.«

»Dann stellen Sie sich vor, wie Sie empfinden würden, wenn ich darauf bestünde, für Sie zu stimmen, und wie durch ein Wunder würden Sie gewinnen.«

»Das wäre eine Katastrophe für die Kirche.«

»Ja, und das wäre es auch, wenn ich Papst werden würde. Werden Sie zumindest bedenken, um was ich Sie bitte?«

Benítez versprach es.

*

Die Unterhaltung mit Benítez bereitete Lomeli ausreichend Kopfzerbrechen, dass er sich auf die Suche nach den Spitzenkandidaten machte. Tedesco traf er allein an. Er lag in einem der purpurroten Sessel, die runzligen Wurstfinger über dem voluminösen Bauch gefaltet, die Füße auf dem Couchtisch. Sie waren überraschend zierlich für jemand seines Umfangs und steckten in abgewetzten, unförmigen orthopädischen Schuhen.

Lomeli richtete das Wort an ihn. »Ich wollte Ihnen nur mitteilen, dass ich alles in meiner Macht Stehende tun werde, damit mein Name beim zweiten Wahlgang keine Rolle mehr spielt.«

Tedesco sah ihn aus halb geöffneten Augen an. »Und warum das?«

»Weil ich meine Neutralität als Dekan nicht aufs Spiel setzen möchte.«

»Haben Sie das nicht schon heute Morgen getan?«

»Es tut mir leid, wenn Sie das so aufgefasst haben.«

»Ach was, machen Sie sich keinen Kopf deswegen. Was mich angeht, so hoffe ich, dass Sie im Rennen bleiben. Ich will, dass die Streitpunkte zur Sprache kommen: Und Scavizzi hat in seiner Betrachtung doch schon eine hinreichende Antwort gegeben.« Er zappelte zufrieden mit seinen kleinen Füßen und schloss die Augen. »Außerdem spalten Sie das liberale Lager.«

Lomeli musterte ihn einen Augenblick und musste lächeln. Tedesco war so gerissen wie ein Bauer, der auf dem Markt ein Schwein feilbot. Vierzig Stimmen, mehr brauchte der Patriarch von Venedig nicht. Vierzig Stimmen, und er hätte die Sperrminorität, die er brauchte, um die Wahl eines verhassten »progressiven« Kandidaten zu verhindern. Wenn nötig, würde er das Konklave tagelang hinauszögern. Umso dringlicher war es für Lomeli, sich aus seiner momentanen prekären Lage zu befreien.

»Gute Nacht, Patriarch, und schlafen Sie gut.«

»Gute Nacht, Dekan.«

Im Lauf des Abends schaffte er es, noch mit den drei anderen Favoriten zu sprechen. Jedem sicherte er zu, sich aus dem Rennen zu verabschieden. »Erzählen Sie das jedem, der meinen Namen ins Spiel bringt, ich beschwöre Sie. Sagen Sie jedem, er solle mich darauf ansprechen, falls er an meiner Aufrichtigkeit zweifle. Mein einziger Wunsch ist es, dem Konklave zu dienen und bei der Suche nach der richtigen Entscheidung behilflich zu sein. Wenn man mich als Kandidaten betrachtet, kann ich das nicht.«

Tremblay runzelte die Stirn und rieb sich das Kinn. »Verzeihen Sie, Dekan, aber wenn wir das tun, würden Sie dann nicht als Inbegriff der Bescheidenheit dastehen? Betrachtet man Ihren Vorschlag von der machiavellistischen Seite, dann könnte man das fast für einen cleveren Schachzug halten, die Stimmen unentschiedener Wähler einzusammeln.«

Seine Antwort war so beleidigend, dass Lomeli versucht war, den angeblich zurückgezogenen Bericht ins Spiel zu bringen. Aber was würde das bringen? Er würde einfach alles leugnen. Stattdessen sagte er höflich: »Das ist die Lage, Eminenz. Ich überlasse es Ihnen, die Angelegenheit nach Ihrem Ermessen zu handhaben.«

Dann sprach er mit Adeyemi, der staatsmännisch reagierte. »Ich betrachte das als eine von Prinzipien geleitete Position,

Dekan. Nichts anderes hätte ich von Ihnen erwartet. Ich werde meinen Unterstützern sagen, dass sie das so weitergeben sollen.«

»Und Sie verfügen über reichlich Unterstützer.« Adeyemi schaute ihn ausdruckslos an. Lomeli lächelte. »Verzeihung. Ihre Besprechung heute Abend war nicht zu überhören. Wir sind Zimmernachbarn. Die Wände sind sehr dünn.«

»Ah, richtig.« Adeyemis Miene hellte sich auf. »Nach dem ersten Wahlgang hat ein gewisser Überschwang geherrscht. Das war vielleicht nicht sehr schicklich. Es wird nicht wieder vorkommen.«

Lomeli fing Bellini an der Treppe ab, als er gerade zu Bett gehen wollte. Er erzählte ihm das Gleiche wie den anderen und fügte entschuldigend hinzu: »Es ist mir sehr unangenehm, dass mein dürftiges Ergebnis auf Ihre Kosten gegangen sein sollte.«

»Ach was. Ich bin erleichtert. Es scheint die überwiegende Meinung zu sein, dass dieser Kelch an mir vorübergeht. Wenn das der Fall ist, und ich bete, dass es so sein möge, dann kann ich nur hoffen, dass er an Sie übergeht.« Er hakte sich bei Lomeli unter, und zusammen gingen die beiden alten Freunde die Treppe hinauf.

»Sie sind der Einzige von uns allen, der über die Frömmigkeit und den Verstand verfügt, den man als Papst braucht«, sagte Lomeli.

»Danke, das ist freundlich von Ihnen, aber ich mache mir zu viele Gedanken. Einen Papst, der zu viel grübelt, können wir nicht gebrauchen. Sie müssen sich vorsehen, Jacopo, ich meine es ernst. Wenn die Zustimmung für mich weiter schwindet, dann werden wahrscheinlich viele meiner Unterstützer zu Ihnen wechseln.«

»O Gott, nein, das wäre eine Katastrophe.«

»Denken Sie darüber nach. Unsere Landsleute wünschen sich sehnlichst einen italienischen Papst, gleichzeitig können die meisten Tedescos Ansichten nicht ausstehen. Wenn ich ausfalle, dann sind Sie der einzige brauchbare Kandidat, hinter dem sie sich versammeln können.«

Lomeli blieb abrupt stehen. »Ein entsetzlicher Gedanke. So weit darf es nicht kommen.« Sie gingen weiter die Treppe hinauf. »Vielleicht ist ja Adeyemi die Antwort«, sagte er. »Jedenfalls hat er im Moment Rückenwind.«

»Adeyemi? Ein Mann, der mehr oder weniger offen sagt, dass man in dieser Welt alle Homosexuellen in die Gefängnisse und in der nächsten in die Hölle werfen sollte? Er ist nicht die Antwort.«

Sie erreichten den zweiten Stock. Die flackernden Opferlichte vor der Wohnung des Heiligen Vaters tauchten den Gang in einen roten Glanz. Die beiden ranghöchsten Kardinäle des Wahlkollegiums blieben gedankenverloren kurz vor der versiegelten Tür stehen.

»Was ihm wohl in den letzten Tagen durch den Kopf gegangen ist?«, sagte Bellini halb zu sich selbst.

»Fragen Sie nicht mich. Ich habe in den letzten vier Wochen kein einziges Mal mit ihm gesprochen.«

»Das ist schade. Er war seltsam. Unerreichbar. Verschlossen. Ich glaube, er hat geahnt, dass der Tod naht. Er war voller kurioser Gedanken. Ich spüre seine Gegenwart sehr stark. Sie nicht auch?«

»Ja. Ich spreche immer noch mit ihm. Ich habe oft das Gefühl, dass er uns beobachtet.«

»Da bin ich mir ziemlich sicher. Hier trennen sich unsere Wege. Mein Zimmer ist im dritten Stock.« Er betrachtete seinen Schlüssel. »Zimmer 301. Das muss genau über dem vom

Heiligen Vater sein. Vielleicht steigt sein Geist durch die Decke zu mir auf. Das würde erklären, warum ich so unruhig schlafe. Schlafen wenigstens Sie gut, Jacopo. Wer weiß, wo wir morgen um diese Zeit stehen.«

Und dann küsste Bellini ihn zu seiner Überraschung leicht auf beide Wangen, bevor er sich umdrehte und weiter die Treppe hinaufging.

»Gute Nacht«, rief Lomeli ihm hinterher.

Als Antwort hob Bellini, ohne sich umzudrehen, die Hand.

Nachdem er gegangen war, blieb Lomeli noch eine Minute stehen und schaute auf die geschlossene Tür mit der Versiegelung aus Wachs und Bändern. Er erinnerte sich an seine Unterhaltung mit Benítez. Hatte der Heilige Vater den Philippiner wirklich so gut gekannt und ihm so vertraut, dass er ihm gegenüber den eigenen Staatssekretär kritisiert hatte? Konnte das stimmen? Aber die Bemerkung klang authentisch. »Brillant, aber neurotisch.« Er konnte fast hören, wie der alte Mann die Worte aussprach.

*

Auch Lomeli schlief in jener Nacht unruhig. Zum ersten Mal seit vielen Jahren träumte er von seiner Mutter, die vierzig Jahre lang Witwe gewesen war und ihm immer seine Kälte ihr gegenüber vorgeworfen hatte. Als er in den frühen Morgenstunden aufwachte, meinte er immer noch, ihr Jammern in seinen Ohren zu hören. Doch dann, nach ein oder zwei Minuten, begriff er, dass die Stimme echt war. Irgendwo in der Nähe befand sich tatsächlich eine Frau.

Eine Frau?

Er drehte sich auf die Seite und griff nach seiner Armbanduhr. Es war fast drei.

Wieder die weibliche Stimme: drängend, anklagend, fast hysterisch. Dann die tiefe männliche Antwort: sanft, beruhigend, versöhnlich.

Lomeli warf die Bettdecke zurück und schaltete das Licht ein. Beim Hochwuchten quietschten die ungeölten Federn des eisernen Bettgestells. Er ging auf Zehenspitzen durch das Zimmer und legte vorsichtig ein Ohr an die Wand. Die Stimmen waren verstummt. Er spürte, dass auf der anderen Seite der Gipskartonwand ebenfalls gelauscht wurde. Einige Minuten verharrte er in dieser Haltung, bis er sich schließlich lächerlich vorkam. Sein Verdacht war absurd. Dann hörte er Adeyemis unverkennbare Stimme, sogar sein Flüstern hallte nach. Kurz darauf das Klicken eines Türschlosses. Lomeli ging schnell zur Tür, riss sie auf und sah gerade noch einen Stoffzipfel der blauen Nonnentracht der Barmherzigen Schwestern um die Ecke verschwinden.

*

Hinterher war Lomeli natürlich völlig klar, was er als Nächstes hätte tun sollen. Er hätte sich sofort anziehen und an Adeyemis Tür klopfen sollen. Dann wäre der Vorfall noch unbestreitbar, wären die Positionen noch nicht verhärtet gewesen. In diesem frühen Stadium wäre es noch möglich gewesen, ein offenes Gespräch zu führen. Stattdessen legte sich der Dekan wieder ins Bett, zog sich die Decke bis zum Kinn hoch und dachte über die Möglichkeiten nach.

Die beste Erklärung – sprich, die aus seiner Sicht am wenigsten Schaden anrichten würde – war die, dass die Nonne sich versteckt hatte, nachdem die anderen Schwestern um Mitternacht das Gebäude verlassen hatten, und dann Adeyemi aufgesucht hatte, um sich bei einem persönlichen Problem

Rat zu holen. Viele Nonnen in der Casa Santa Marta kamen aus Afrika, absolut möglich, dass sie den Kardinal aus seiner Zeit in Nigeria kannte. Natürlich hatte sich Adeyemi einer groben Unbesonnenheit schuldig gemacht, indem er sie mitten in der Nacht ohne Begleitung in sein Zimmer gelassen hatte, aber eine Unbesonnenheit war nicht zwangsläufig eine Sünde. Daneben existierte eine Palette anderer Erklärungen. Bei den meisten weigerte sich Lomeli, sie sich auch nur vorzustellen. Solche Gedanken erst gar nicht zuzulassen hatte er sich buchstäblich antrainiert. Ein Absatz im *Geistlichen Tagebuch* von Papst Johannes XXIII. war sein Leitfaden seit den quälerischen Tagen und Nächten als junger Priester:

> Von den Frauen aber, von ihrer Gestalt oder dem, was sie betraf, fiel nie ein Wort. Als ob es keine Frauen auf der Welt gäbe. Dieses absolute Schweigen, dieses Fehlen jeglicher Vertraulichkeit in Bezug auf das andere Geschlecht, war eine der stärksten und tiefsten Lektionen meiner priesterlichen Jugend.

Das bildete den Kern der harten seelischen Disziplin, die es Lomeli ermöglicht hatte, mehr als sechzig Jahre im Zölibat zu leben. *Nicht mal dran denken!* Der bloße Gedanke, nach nebenan zu gehen und mit Adeyemi von Mann zu Mann über eine Frau zu sprechen, war eine Vorstellung, die völlig außerhalb seines geschlossenen intellektuellen Systems lag. Deshalb entschied er, den Vorfall zu vergessen. Sollte Adeyemi sich ihm anvertrauen wollen, dann würde er ihm im Geiste eines Beichtvaters natürlich zuhören. Sonst aber würde er sich verhalten, als wäre das alles nicht passiert.

Er griff über den Nachttisch und schaltete das Licht aus.

9

ZWEITER WAHLGANG

Um 6.30 Uhr ertönte die Klingel zur Morgenmesse. Lomeli erwachte mit bösen Vorahnungen im Hinterkopf – als lägen seine Ängste zusammengerollt in einer Ecke und würden ihn in dem Augenblick anspringen, wo er ganz wach war. Er ging ins Bad und versuchte sie mit einer kochend heißen Dusche zu vertreiben. Als er aber vor dem Spiegel stand und sich rasierte, waren sie immer noch da und lauerten irgendwo hinter ihm.

Er trocknete sich ab, kniete sich im Morgenmantel an sein Betpult, betete erst den Rosenkranz und dann für Weisheit und Führung Christi in den Prüfungen, die der Tag ihm bringen würde. Beim Anziehen zitterten ihm die Finger. Er hielt kurz inne und ermahnte sich zur Ruhe. Zu jedem Teil des Chorgewands gehörte ein bestimmtes Gebet, das er rezitierte, wenn er das jeweilige Kleidungsstück anlegte – Soutane, Zingulum, Rochett, Mozzetta, Pileolus. »Umgürte mich, o Herr, mit dem Gürtel der Reinheit«, sagte er leise, als er das Zingulum vor seinem Bauch zuband. »Und lösche aus meinen Lenden den Trieb der Begierlichkeit, damit in mir bleibe die Tugend der Enthaltsamkeit und Keuschheit.« Aber er sprach die Worte so mechanisch, als gäbe er jemand eine Telefonnummer.

Als er das Zimmer verließ, sah er sich kurz im Spiegel. Die Kluft zwischen der Gestalt im Chorgewand und dem Mann, der er wirklich war, war ihm nie so groß erschienen wie jetzt.

Er ging zusammen mit einigen anderen Kardinälen die Treppe hinunter zur Kapelle im Erdgeschoss. Sie befand sich in einem Anbau des Hauptgebäudes und war in einem antiseptischen, modernen Stil gehalten, mit einer Giebeldecke aus Glas und weißen Holzbalken, die sich über einen polierten creme- und goldfarbenen Marmorfußboden spannte. Für Lomelis Geschmack ähnelte sie zu sehr einer Flughafenlounge. Erstaunlicherweise hatte der Heilige Vater sie der Paulinischen Kapelle vorgezogen. Eine Seite bestand ganz aus dickem Glas, hinter dem sich die alte Mauer des Vatikans befand, von Scheinwerfern angestrahlt, mit Topfpflanzen davor. Von hier aus konnte man weder den Himmel sehen, noch konnte man sagen, ob es draußen schon dämmerte.

Zwei Wochen zuvor hatte Tremblay ihm angeboten, die Morgenmessen in der Casa Santa Marta zu übernehmen, und Lomeli hatte angesichts der Bürde der *missa pro eligendo Romano Pontifice* dankbar angenommen. Nun bedauerte er es fast. Er erkannte, dass er dem Kanadier die perfekte Gelegenheit beschert hatte, das Konklave daran zu erinnern, wie gekonnt er die Liturgie zu feiern wusste. Er war ein guter Sänger. Er sah aus wie ein Geistlicher aus einem romantischen Hollywoodfilm. Spencer Tracy fiel ihm ein. Seine Gesten waren ausreichend theatralisch, einen glauben zu machen, er sei von göttlichem Geist beseelt, aber nicht so theatralisch, dass man sie für falsch oder egozentrisch hielt. Als Lomeli sich für die Kommunion anstellte und dann vor dem Kardinal niederkniete, kam ihm der gotteslästerliche Gedanke, dass die Messe dem Kanadier drei oder vier Stimmen einbringen könnte.

Als Letzter empfing Adeyemi die Hostie. Als er zu seinem Platz zurückging, achtete er sehr darauf, weder Lomeli noch sonst wen anzuschauen. Er machte einen vollkommen selbstbeherrschten Eindruck, feierlich, unnahbar, bewusst. Gegen Mittag würde er wahrscheinlich schon wissen, ob er gute Chancen auf den Papststuhl hätte.

Nach dem Schlusssegen blieben einige Kardinäle zum Beten in der Kapelle. Die meisten jedoch strebten auf direktem Weg zum Frühstück in den Speisesaal. Adeyemi setzte sich an seinen gewohnten Tisch mit den afrikanischen Kardinälen. Lomeli nahm zwischen den Erzbischöfen von Hongkong und Cebu Platz. Sie versuchten sich in höflicher Konversation, aber die Pausen wurden schon bald länger und häufiger, und als die anderen aufstanden und zum Büfett gingen, blieb Lomeli sitzen.

Er beobachtete die Nonnen, die mit Kaffeekannen zwischen den Tischen umhergingen. Zu seiner Schande musste er sich eingestehen, dass er sie bis jetzt nie beachtet hatte. Ihr Durchschnittsalter, so seine Schätzung, lag bei etwa fünfzig. Sie kamen aus aller Herren Länder, aber alle waren sie klein. Als hätte Schwester Agnes darauf bestanden, keine auszuwählen, die größer als sie selbst war. Die meisten trugen eine Brille. Alles an ihnen wirkte mit Absicht so, als sollte niemand sie bemerken, geschweige denn als Objekte der Begierde betrachten – das blaue Habit samt Kopfbedeckung, das bescheidene Auftreten, der gesenkte Blick, das Schweigen. Er nahm an, dass sie die Anweisung hatten, nicht zu sprechen. Als eine Nonne Adeyemi Kaffee einschenkte, schaute er sie nicht einmal an. Der Heilige Vater jedoch hatte Wert darauf gelegt, mindestens einmal pro Woche mit einer Gruppe Schwestern zu essen. Noch so eine Manifestation seiner Demut, die in der Kurie missbilligendes Murren hervorgerufen hatte.

Kurz vor neun schob Lomeli seinen unberührten Teller beiseite, erhob sich und verkündete, dass es an der Zeit sei, sich in die Sixtinische Kapelle zu begeben. Sofort begann der Exodus in Richtung Eingangshalle. O'Malley stand schon mit dem Klemmbrett am Empfang bereit.

»Guten Morgen, Eure Eminenz.«

»Guten Morgen, Ray.«

»Haben Sie gut geschlafen?«

»Ausgezeichnet, danke. Wenn es nicht regnet, werde ich das Stück zu Fuß gehen.«

Er wartete, bis ein Schweizergardist die Tür aufgeschlossen hatte, dann trat er hinaus ins Tageslicht. Die Luft war kühl und feucht. Nach der Hitze in der Casa Santa Marta erschien ihm der leichte Luftzug auf dem Gesicht wie ein Stärkungsmittel. Die Minibusse, jeder einzelne bewacht von einem eigenen Sicherheitsmann in Zivil, warteten Stoßstange an Stoßstange mit laufendem Motor. Dass Lomeli sich zu Fuß in Richtung Vatikanische Gärten aufmachte, rief hektisches Geflüster in angehobene Ärmel hervor. Er spürte, dass ihm ein persönlicher Leibwächter folgte.

Normalerweise herrschte in diesem Teil des Vatikans rege Geschäftigkeit. Beamte der Kurie erschienen zur Arbeit oder eilten zu Terminen, Autos mit SCV-Nummernschild rollten über das Kopfsteinpflaster. Aber für die Dauer des Konklaves war der gesamte Bereich gesperrt. Sogar der Palazzo San Carlo, wo sich der törichte Kardinal Tutino seine riesige Wohnung hatte einrichten lassen, lag wie verlassen da. Als hätte eine schreckliche Katastrophe die Kirche heimgesucht und alle Geistlichen ausgelöscht. Lediglich die Leute vom Sicherheitsdienst hätten überlebt und schwärmten jetzt wie schwarze Mistkäfer in der verwaisten Stadt umher. In den Vatikanischen Gärten standen sie grüppchenweise hinter den Bäumen und beobachteten Lomeli. Einer führte seinen Schäferhund an der kurzen Leine über die Wege und ließ ihn in den Blumenbeeten nach Bomben schnüffeln.

Aus einer Laune heraus verließ Lomeli die Straße, stieg die Treppe vor ihm hinauf und ging an einem Springbrunnen vorbei auf ein Rasenstück zu. Er hob den Saum der Soutane hoch, damit sie nicht nass wurde. Der Grasboden gab nach wie ein vollgesogener Schwamm. Von hier aus konnte er über die niedrigen Hügel Roms blicken, die im blassen Novemberlicht grau dalagen. Allein der Gedanke, dass der gewählte Papst nie durch die Stadt spazieren, nie in einem Buchladen stöbern, nie im Freien vor einem Café sitzen könnte, sondern hier leben müsste wie ein Gefangener! Sogar der zurückgetretene Ratzinger konnte nicht fliehen, sondern würde den Rest seiner Tage eingesperrt in einem umgebauten Kloster in den Vatikanischen Gärten verbringen. Ein geisterhaftes Dasein. Lomeli betete wieder einmal, dass ihm dieses Schicksal erspart bleiben möge.

Das rauschende Krachen eines Funkgeräts hinter ihm riss ihn aus seinen Gedanken. Dann unverständliches elektronisches Gebrabbel. »Lasst mich bloß in Ruhe«, murmelte er vor sich hin.

Als er sich umdrehte, verschwand der Wachmann mit einem schnellen Schritt hinter eine Apollostatue. Die plumpen Versuche, unsichtbar zu bleiben, waren fast komisch. Er blickte zur Straße hinunter und sah, dass einige andere Kardinäle es ihm gleichtaten und auch zu Fuß gingen. Ihnen folgte mit etwas Abstand Adeyemi. Allein. Lomeli stieg schnell die Stufen hinunter in der Hoffnung, ihm aus dem Weg gehen zu können, aber der Nigerianer beschleunigte nun seinerseits und fing ihn ab.

»Guten Morgen, Dekan.«

»Guten Morgen, Joshua.«

Sie traten zurück, um einen der Minibusse vorbeifahren zu lassen, und gingen dann weiter, an der Westseite des Petersdoms entlang in Richtung Apostolischer Palast. Adeyemi erwartete von ihm, das spürte Lomeli, dass er den Anfang machte. Aber er hatte schon vor langer Zeit gelernt, nicht in die Stille hineinzuplappern. Er hatte kein Bedürfnis, über das zu sprechen, was er mitbekommen hatte, und verspürte keinen Drang, irgendjemandes Gewissenshüter zu sein außer seiner selbst.

Nachdem sie die salutierenden Schweizergardisten am Eingang zum ersten Innenhof passiert hatten, sah sich Adeyemi schließlich genötigt, selbst den ersten Schritt zu tun. »Es gibt da etwas, was ich Ihnen sagen möchte. Ich hoffe, Sie werden es nicht als unpassend empfinden.«

»Das kommt darauf an, worum es geht«, sagte Lomeli vorsichtig.

Adeyemi spitzte die Lippen und nickte bedächtig, als ob er nur bestätigt sähe, was er schon vermutet hätte. »Ich möchte Sie nur wissen lassen, wie sehr ich dem zustimme, was Sie gestern in Ihrer Predigt gesagt haben.«

Lomeli sah ihn verwundert an. »Sie überraschen mich.«

»Ich hoffe, ein feinsinnigerer Mensch zu sein als der, den Sie vielleicht in mir gesehen haben. Wir alle werden in unserem Glauben geprüft, Dekan. Wir alle machen Fehler. Aber der christliche Glaube ist vor allem eine Botschaft der Vergebung. Das ist doch der Kern dessen, was Sie gesagt haben.«

»Vergebung, ja. Aber auch der Toleranz.«

»Richtig. Der Toleranz. Ich hoffe doch, dass Ihre mäßigende Stimme auch nach der Wahl noch in den höchsten Gremien der Kirche gehört werden wird. Sollte ich dabei ein Wort mitzureden haben, so wird das sicher der Fall sein.« Er legte einen besonderen Nachdruck in seine Stimme. »*In den höchsten Gremien.* Ich hoffe, Sie verstehen. Würden Sie mich jetzt bitte entschuldigen, Dekan?«

Er schritt forsch aus, als könnte er sich nicht schnell genug von Lomeli entfernen, und schloss zu den beiden Kardinälen vor ihnen auf. Er schlüpfte zwischen sie, legte ihnen die Arme um die Schultern und drückte sie fest an sich. Lomeli folgte in einigem Abstand und fragte sich, ob er sich das eingebildet hatte oder ob man ihm als Gegenleistung für sein Schweigen gerade seinen alten Posten als Staatssekretär angeboten hatte.

*

Sie nahmen in der Sixtinischen Kapelle die gleichen Plätze ein wie am Vortag. Die Türen wurden abgeschlossen. Lomeli stand vor dem Altar und las den Namen jedes einzelnen Kardinals vor. Jeder erhob sich und sagte: »Anwesend.«

»Lasset uns beten.«

Die Kardinäle standen auf.

»O Herr, damit wir Deine Kirche leiten und behüten können, schenke uns, Deinen Dienern, die Segnungen der Klugheit, der Wahrheit und des Friedens, damit wir danach streben können, Deinen Willen zu erfahren und Dir mit vollkommener Hingabe zu dienen. Für Christus, unseren Herrn …«

»Amen.«

Die Kardinäle setzten sich.

»Meine Brüder, wir schreiten nun zum zweiten Wahlgang. Würden die Wahlhelfer jetzt bitte ihre Plätze einnehmen?«

Lukša, Mercurio und Newby standen hinter ihren Tischen auf und kamen nach vorn.

Lomeli kehrte zu seinem Platz zurück und nahm den Stimmzettel aus der Mappe. Als die Wahlhelfer bereit waren, zog er die Kappe von seinem Stift, schirmte den Zettel ab und schrieb wieder in Großbuchstaben BELLINI darauf. Er faltete den Stimmzettel, stand auf, hielt ihn hoch in die Luft, damit das gesamte Konklave ihn sehen konnte, und ging zum Altar. Über ihm im *Jüngsten Gericht* wimmelte es von himmlischen Heerscharen und den in den Abgrund gezerrten Verdammten.

»Ich rufe Christus, der mein Richter sein wird, zum Zeugen an, dass ich den gewählt habe, von dem ich glaube, dass er nach Gottes Willen gewählt werden sollte.«

Er legte seinen Stimmzettel auf die Patene und ließ ihn in die Urne gleiten.

*

1978 hatte Karol Wojtyła eine marxistische Zeitschrift mit in das Konklave genommen, das ihn dann zum Papst wählte, und während der langen Stunden von insgesamt acht Wahlgängen in aller Ruhe darin gelesen. Als Papst Johannes Paul II. jedoch gestand er seinen Nachfolgern dergleichen Zerstreuung nicht zu. In den überarbeiteten Regeln der von ihm herausgegebenen apostolischen Konstitution von 1996 verbot er allen wahlberechtigten Kardinälen in der Sixtinischen Kapelle jeglichen Lesestoff. Vor jedem Kardinal wurde eine Bibel auf den Tisch gelegt, sodass sie zur Inspiration die Heilige Schrift konsultieren konnten. Ihre einzige Aufgabe war die, über die bevorstehende Wahl nachzudenken.

Lomeli betrachtete eingehend die Fresken und die Decke, blätterte im Neuen Testament, beobachtete die an ihm vorbei zur Wahlurne schreitenden Kardinäle, schloss die Augen, betete. Die gesamte Stimmabgabe dauerte laut seiner Armbanduhr 68 Minuten. Um 10.45 Uhr kehrte der letzte Wähler, Kardinal Rudgard, zu seinem Platz im hinteren Teil der Kapelle zurück. Kardinal Lukša hob die volle Wahlurne in die Höhe und zeigte sie dem Konklave. Dann folgten die Wahlhelfer dem gleichen Ritual wie beim ersten Wahlgang. Kardinal Newby nahm sämtliche gefalteten Stimmzettel aus der Urne und warf sie in eine zweite, wobei er laut mitzählte, bis die Zahl 118 erreicht war. Danach stellten er und Kardinal Mercurio wieder den Tisch und die drei Stühle vor dem Altar auf. Lukša breitete ein Tuch auf dem Tisch aus und stellte die Urne darauf. Die drei Männer setzten sich. Lukša griff in das verzierte silberne Gefäß und nahm den ersten Stimmzettel heraus, als zöge er für die Wohltätigkeitsveranstaltung eines Bistums ein Lotterielos aus der Trommel. Er entfaltete den Stimmzettel, las ihn, machte eine Notiz und gab ihn an Mercurio weiter.

Lomeli nahm seinen Stift in die Hand. Newby durchstach mit der Nadel den Zettel, fädelte ihn auf die Schnur und beugte sich dann zum Mikrofon vor. Sein grässliches Italienisch hallte durch die Sixtinische Kapelle. »Die erste Stimme des zweiten Wahlgangs wurde für Kardinal Lomeli abgegeben.«

Für einige entsetzliche Sekunden hatte Lomeli die Vision, dass seine Kollegen sich über Nacht heimlich zu seinem Wahlsieg verabredet hätten und ihn ein überwältigendes Kompromissvotum ins Papstamt tragen würde, bevor er seine fünf Sinne wieder beisammen hätte, das zu verhindern. Doch der nächste Name war Adeyemi, dann kam Tedesco, dann wieder Adeyemi und dann eine himmlisch lange Zeit, in der sein Name nicht ein einziges Mal fiel. Er bewegte die Hand auf seiner Liste auf und ab und machte hinter jedem genannten Namen einen Strich. Bald wurde klar, dass er sich an fünfter Stelle einpendelte. Als Newby mit Kardinal Tremblay den letzten Namen verkündete, hatte Lomeli neun Stimmen bekommen, fast doppelt so viele wie im ersten Wahlgang, was ganz und gar nicht das von ihm erhoffte Ergebnis war, aber für ihn immer noch auf der sicheren Seite. Es war Adeyemi, der bis auf den ersten Platz vorgestürmt war:

Adeyemi	35
Tedesco	29
Bellini	19
Tremblay	18
Lomeli	9
andere	8

Und so begann im Nebel des menschlichen Ehrgeizes der Wille Gottes Gestalt anzunehmen. Wie immer im zweiten Wahlgang waren die Chancenlosen weggefallen. Adeyemi hatte sechzehn Stimmen zusätzlich eingesammelt, eine phänomenale Unterstützung. Auch Tedesco, dachte Lomeli, konnte über die sieben Stimmen mehr als im ersten Durchgang erfreut sein. Dagegen hatte sich Bellinis und Tremblays Lage kaum verändert: ein vielleicht gar nicht so schlechtes Ergebnis für den Kanadier, aber sicher eine Katastrophe für den früheren Staatssekretär, der wahrscheinlich schon in den hohen Zwanzigern hätte landen müssen, um seine Kandidatur am Leben zu erhalten.

Erst als er die Zahlen ein zweites Mal durchging, fiel Lomeli eine weitere kleine Überraschung auf, sozusagen eine Fußnote, die er angesichts seiner Konzentration auf die Hauptdarsteller übersehen hatte. Benítez hatte seine Anhängerschaft verdoppelt, von einer Stimme auf zwei Stimmen.

10

DRITTER WAHLGANG

Nachdem Newby das Ergebnis verlesen und die drei Wahlprüfer es bestätigt hatten, stand Lomeli auf und ging zum Altar. Newby gab ihm das Mikrofon. Die Sixtinische Kapelle schien von einem tiefen Brummen erfüllt zu sein. In den vier Tischreihen verglichen die Kardinäle ihre Listen und unterhielten sich flüsternd mit ihren Sitznachbarn.

Von seinem Standpunkt auf den Altarstufen aus hatte Lomeli die vier Hauptkonkurrenten im Blick. Als Kardinalbischof saß Bellini ihm am nächsten, von Lomeli aus gesehen auf der rechten Seite der Kapelle. Er studierte die Zahlen, wobei er sich mit dem Zeigefinger gegen die Lippen tippte. Eine isolierte Gestalt. Ein Stück weiter auf der anderen Seite des Mittelgangs hatte sich Tedesco mit seinem Stuhl nach hinten gelehnt. Er lauschte Scozzazi, dem Alterzbischof von Palermo, der in der Reihe hinter ihm saß und sich über den Tisch vorbeugte, um ihm etwas zu sagen. Ein paar Plätze von Tedesco entfernt bog Tremblay seinen Oberkörper hin und her, um wie ein Sportler zwischen zwei Runden die Muskeln zu dehnen. Ihm gegenüber schaute Adeyemi einfach geradeaus. Er wirkte so vollkommen erstarrt, dass er eine aus Ebenholz geschnitzte Figur hätte sein können, die nichts von den

Blicken bemerkte, die sie aus jedem Winkel der Sixtinischen Kapelle auf sich zog.

Lomeli klopfte gegen das Mikrofon. Das Krachen hallte von den Fresken wider wie ein Trommelschlag. Sofort verstummte das Gemurmel. »Meine Brüder, in Einklang mit den apostolischen Bestimmungen werden wir jetzt nicht unterbrechen und die Stimmzettel verbrennen, sondern umgehend mit dem nächsten Wahlgang fortfahren. Lasset uns beten.«

*

Zum dritten Mal stimmte Lomeli für Bellini. Er hatte für sich beschlossen, dass er ihn nicht im Stich lassen würde – obwohl man die schwindende Autorität des ehemaligen Favoriten fast buchstäblich sehen konnte, wie er steifbeinig zum Altar ging, mit tonloser Stimme den Eid sprach und seine Stimme abgab. Er drehte sich um und ging zu seinem Platz zurück. Eine Hülle. Es war das eine, sich vor dem Papstamt zu grauen, etwas gänzlich anderes war es, sich plötzlich der Realität stellen zu müssen, dass man es nie erreichen wird, dass man – jahrelang als Thronfolger gehandelt – von seinen Brüdern geprüft wurde und Gott ihre Wahl auf jemand anderes gelenkt hatte. Lomeli fragte sich, ob er sich je davon erholen würde. Als Bellini auf dem Weg zu seinem Platz hinter ihm vorbeiging, gab Lomeli ihm einen mitfühlenden Klaps auf den Rücken, aber der ehemalige Staatssekretär schien das gar nicht wahrzunehmen.

Während die Kardinäle weiter ihre Stimme abgaben, versenkte sich Lomeli wieder einmal in die Betrachtung der Deckengemälde über ihm. Der Prophet Jeremia in tiefer Verzweiflung. Die Anschuldigung und Hinrichtung des Antisemiten Haman. Der Prophet Jona, kurz bevor er von einem riesigen

Fisch verschlungen wurde. Zum ersten Mal fiel ihm das Chaos auf, die Gewalt, die Wucht. Er verrenkte den Hals und schaute sich genau an, wie Gott Licht von Finsternis trennte, Sonne und Planeten erschuf, Land und Wasser teilte. Unwillkürlich tauchte er in die Bilder ein und verlor sich in ihnen. *Es werden Zeichen sichtbar werden an Sonne, Mond und Sternen, und auf der Erde werden die Völker bestürzt und ratlos sein über das Toben und Donnern des Meeres. Die Menschen werden vor Angst vergehen in der Erwartung der Dinge, die über den Erdkreis kommen; denn die Kräfte des Himmels werden erschüttert werden.* Plötzlich spürte er so deutliche Anzeichen einer nahenden Katastrophe, dass es ihn schauderte. Er sah sich um und erkannte, dass eine Stunde vergangen war und die Wahlhelfer die Auszählung der Stimmen vorbereiteten.

*

»Adeyemi … Adeyemi … Adeyemi …«

Jede zweite Stimme schien auf den Kardinal aus Nigeria zu entfallen, und als die letzten Namen verlesen wurden, sprach Lomeli ein Gebet für ihn.

»Adeyemi …« Newby fädelte den Zettel auf die scharlachrote Schnur. »Meine Brüder, damit ist der dritte Wahlgang abgeschlossen.«

Kollektives Ausatmen in der Kapelle. Schnell zählte Lomeli den Wald aus Strichen durch, der sich hinter Adeyemis Namen angesammelt hatte. Er kam auf siebenundfünfzig. *Siebenundfünfzig!* Er konnte nicht widerstehen. Er beugte sich vor und schaute an der Tischreihe entlang zu Adeyemis Platz. Fast das halbe Konklave tat es ihm gleich. Zur einfachen Mehrheit fehlten nur drei Stimmen. Plus weitere neunzehn, dann wäre er der neue Papst.

Der erste schwarze Papst.

Adeyemi hatte den massigen Kopf auf die Brust sinken lassen. Mit der Rechten hielt er das Pektorale fest umschlossen. Er betete.

Im ersten Wahlgang hatten vierunddreißig Kardinäle mindestens eine Stimme bekommen. Nun waren es nur noch sechs, die Unterstützung erhielten:

Adeyemi	57
Tedesco	32
Tremblay	12
Bellini	10
Lomeli	5
Benítez	2

Noch heute würde Adeyemi zum Pontifex gewählt werden. Dessen war sich Lomeli sicher. Die Vorhersage ergab sich aus den Zahlen. Selbst wenn sich Tedesco im nächsten Wahlgang noch irgendwie auf vierzig Stimmen verbessern und damit die Zweidrittelmehrheit für Adeyemi verhindern könnte, so würde die Sperrminorität doch schon in der folgenden Runde wieder abbröckeln. Nur die wenigsten würden eine derart dramatische Manifestation göttlichen Willens torpedieren und das Risiko einer Kirchenspaltung eingehen wollen. Ebenso würden die Kardinäle sich aus ganz praktischen Erwägungen nicht zum Feind des nächsten Papstes machen wollen, zumal einer so kraftvollen Persönlichkeit wie Joshua Adeyemi.

Nachdem die Wahlprüfer die Stimmzettel geprüft hatten, ging Lomeli zum Altar und wandte sich an das Konklave. »Damit, meine Brüder, ist der dritte Wahlgang beendet. Wir unterbrechen nun für das Mittagessen. Die Wahl wird um

14.30 Uhr fortgesetzt. Ich darf euch bitten, sitzen zu bleiben, bis die Beamten wieder eingelassen worden sind, und denkt daran, erst wieder über das Konklave zu sprechen, wenn ihr die Casa Santa Marta betreten habt. Letzter der Kardinaldiakone, lassen Sie bitte die Türen öffnen.«

*

Die Mitglieder des Konklaves übergaben ihre Unterlagen an die Zeremoniäre, dann durchquerten sie angeregt miteinander plaudernd den Vorraum und die marmorne Grandezza der Sala Regia und gingen anschließend die Treppe hinunter zu den Bussen. Schon jetzt war zu erkennen, dass sie Adeyemi, den ein unsichtbarer Schutzschild zu umgeben schien, den Vortritt ließen. Selbst seine engsten Unterstützer hielten Abstand. Er ging allein.

Die Kardinäle konnten es nicht erwarten, in die Casa Santa Marta zurückzufahren. Jetzt blieb kaum noch jemand zurück und wohnte dem Verbrennen der Stimmzettel bei. O'Malley steckte die Papierbeutel in den einen Ofen und entzündete im anderen die Chemikalien. Der Rauch vermischte sich und stieg durch den Kupferabzug nach oben. Um 12.37 Uhr quoll schwarzer Rauch aus dem Schornstein der Sixtinischen Kapelle. Die Vatikanexperten der großen Nachrichtensender blieben bei ihrer selbstbewussten Prognose, dass Bellini den Sieg davontragen würde.

*

Gegen Viertel vor eins, kurz nachdem der Rauch aus dem Schornstein getreten war, verließ Lomeli die Sixtinische Kapelle. Im Innenhof hielten die Sicherheitsleute den letzten

Minibus für ihn auf. Er ignorierte den ausgestreckten Arm, stieg ohne Hilfe in den Bus und entdeckte sofort Bellini, der zusammen mit seinen engsten Vertrauten Sabbadin, Landolfi, Dell'Acqua, Santini und Panzavecchia ziemlich weit vorn saß. Er hatte sich keinen Gefallen damit getan, dachte Lomeli, ein aus jeder Ecke der Welt stammendes Wahlkollegium mit einer Italienerclique überzeugen zu wollen. Da die hinteren Sitzbänke bereits besetzt waren, war Lomeli gezwungen, sich zu ihnen zu setzen. Der Bus fuhr los. Die Kardinäle schwiegen zunächst alle. Sie wussten, dass der Fahrer sie im Rückspiegel beobachtete. Doch dann drehte sich Sabbadin auf seinem Platz um und sagte in trügerisch freundlichem Ton zu Lomeli: »Mir ist aufgefallen, Dekan, dass Sie heute Morgen fast eine Stunde lang Michelangelos Deckenfresko begutachtet haben.«

»Richtig. Was für ein grausames Kunstwerk, wenn man mal die Zeit hat, es genauer zu betrachten. Eine Katastrophe nach der anderen, die über uns kommt. Hinrichtungen, Morde, die Sintflut. Dazu ein Detail, das mir zuvor noch nie aufgefallen ist: der Gesichtsausdruck Gottes, während er das Licht von der Finsternis trennt. Mörderisch!«

»Allerdings wäre die passendste Geschichte für uns heute Morgen die von den Gadarener Schweinen gewesen. Was ein Jammer, dass der Meister nie dazu gekommen ist, sich die mal vorzunehmen.«

»Na, na, mein lieber Giulio«, sagte Bellini mit warnender Stimme und nickte vor zum Fahrer. »Vergessen Sie nicht, wo wir sind.«

Aber Sabbadin konnte seine Verbitterung nicht im Zaum halten. Als einziges Zugeständnis senkte er die Stimme zu einem zischenden Flüsterton, sodass sie sich alle vorbeugen mussten, um ihn zu verstehen. »Im Ernst, haben wir denn alle den Verstand verloren? Sieht denn niemand, dass wir uns alle in den Abgrund stürzen? Wie soll ich das denn in Mailand erklären, wenn nach und nach die Ansichten unseres neuen Papstes in gesellschaftlichen Fragen bekannt werden?«

»Vergessen Sie eins nicht«, flüsterte Lomeli. »Der erste afrikanische Papst, das wird große Begeisterung auslösen.«

»O ja! Sehr gut! Ein Papst, der Stammestänze beim Gottesdienst erlaubt, aber Geschiedenen die heilige Kommunion verweigert.«

»Es reicht!« Bellini beendete die Unterhaltung mit einer scharfen Handbewegung. »Wir alle müssen die kollektive Weisheit des Konklaves anerkennen. Das ist keine von den politischen Ausschusssitzungen Ihres Vaters, Giulio. Gott veranstaltet keine Stimmennachzählungen.« Er drehte den Kopf zum Fenster und sagte für den Rest der kurzen Fahrt kein Wort mehr.

Sabbadin lehnte sich zurück und verschränkte wütend die Arme. Er war enttäuscht und frustriert. Im Rückspiegel konnte man die neugierigen, weit aufgerissenen Augen des Fahrers erkennen.

Die Fahrt von der Sixtinischen Kapelle bis zur Casa Santa Marta dauert keine fünf Minuten. Später rechnete Lomeli nach, dass sie also gegen 12.50 Uhr vor dem Gästehaus angekommen sein mussten. Sie waren die Letzten. Vielleicht die Hälfte der Kardinäle saß schon am Tisch, etwa dreißig standen mit ihrem Tablett für ihr Essen an, alle anderen hatten sich wohl auf ihr Zimmer zurückgezogen. Die Nonnen gingen von Tisch zu Tisch und schenkten Wein ein. Es herrschte eine ungezügelte, erregte Atmosphäre. Sie durften jetzt frei reden und tauschten sich über das außergewöhnliche Ergebnis aus. Als er sich anstellte, sah Lomeli zu seiner Überraschung, dass Adeyemi mit den gleichen afrikanischen Kardinälen am gleichen Tisch saß wie beim Frühstück. Er an seiner Stelle wäre jetzt in der Kapelle gewesen, weitab von allem Trubel, ins Gebet versunken.

Er hatte inzwischen die Theke erreicht und schöpfte sich gerade mit einer Kelle etwas *riso tonnato* auf den Teller, als er hinter sich laute Stimmen hörte, gefolgt vom Krachen eines auf den Marmorboden knallenden Tabletts und dem Aufschrei einer Frau. (Aber war Aufschrei das richtige Wort? Vielleicht passte Losheulen besser: dem Losheulen einer Frau.) Er drehte sich um. Einige Kardinäle hatten sich erhoben und versperrten ihm die Sicht. Eine Nonne, die sich mit beiden Händen an den Kopf fasste, lief quer durch den Speisesaal in die Küche. Zwei Schwestern hasteten ihr hinterher. Lomeli wandte sich an den Kardinal neben ihm. Es war der junge Spanier Villanueva. »Was ist da passiert? Haben Sie etwas mitbekommen?«

»Ich glaube, sie hat eine Weinflasche fallen lassen.«

Was es auch war, damit schien die Angelegenheit erledigt zu sein. Die Kardinäle setzten sich wieder. Die Gespräche wurden fortgesetzt, der Geräuschpegel stieg wieder. Lomeli drehte sich wieder zur Essenstheke um, nahm sein Tablett und schaute sich dann nach einer Sitzgelegenheit um. Aus der Küche kam eine Nonne mit Eimer und Scheuerlappen und ging zum Tisch der Afrikaner. Das war der Augenblick, wo Lomeli auffiel, dass Adeyemi nicht mehr an seinem Platz saß, und wo er mit schrecklicher Klarheit wusste, was passiert sein musste. Und trotzdem – später machte er sich das zum Vorwurf –, *trotzdem* schob er die Erkenntnis automatisch beiseite. Die Verschwiegenheit und Selbstdisziplin eines ganzen Lebens führten ihn zum nächsten freien Stuhl, befahlen seinem Körper, sich zu setzen, seinem Mund, die Tischnachbarn mit einem Lächeln zu begrüßen, seinen Händen, die Serviette zu entfalten, während es in seinen Ohren wie ein Wasserfall rauschte.

Und so kam es, dass Courtemarche, der Erzbischof von Bordeaux – der die Existenz des Holocausts geleugnet hatte und dem Lomeli immer aus dem Weg gegangen war –, plötzlich neben dem Dekan des Kardinalskollegiums saß. Courtemarche fasste das fälschlicherweise als offizielles Gesprächsangebot auf und hob zu einem Plädoyer zugunsten der Piusbruderschaft an. Lomeli lauschte, ohne zuzuhören. Eine Nonne näherte sich mit bescheiden gesenkten Augen und blieb neben seiner Schulter stehen, um ihm Wein einzuschenken. Er schaute auf, um abzulehnen, und für den Bruchteil einer Sekunde erwiderte sie seinen Blick mit einem so schrecklichen, anklagenden Gesichtsausdruck, dass sein Mund trocken wurde.

»Das Unbefleckte Herz Mariä ...«, sagte Courtemarche. »... die in Fátima verkündete Botschaft des Himmels ...«

Hinter der Nonne näherten sich Lomelis Tisch drei der afrikanischen Erzbischöfe, die zusammen mit Adeyemi gegessen hatten – Nakitanda, Mwangale und Zucula. Der Jüngste, Nakitanda aus Kampala, schien ihr Wortführer zu sein. »Dürften wir kurz mit Ihnen sprechen, Dekan?«

»Natürlich.« Er nickte Courtemarche zu. »Entschuldigen Sie mich.«

Er folgte dem Trio in eine Ecke der Eingangshalle. »Was ist da passiert?«, fragte er.

Zucula schüttelte traurig den Kopf. »Unser Bruder ist in Sorge.«

»Eine von den Nonnen, die uns bedienen, hat Joshua angesprochen. Er hat zunächst versucht, sie zu ignorieren, aber dann hat sie das Tablett fallen lassen und irgendetwas gerufen. Da ist er aufgestanden und gegangen.«

»Was hat sie denn gesagt?«

»Das wissen wir leider nicht. Sie hat in einer nigerianischen Sprache gesprochen.«

»Yoruba«, sagte Mwangale. »Es war Yoruba. Adeyemis Heimatsprache.«

»Und wo ist Kardinal Adeyemi jetzt?«

»Das wissen wir nicht, Dekan«, sagte Nakitanda. »Auf jeden Fall ist irgendetwas nicht in Ordnung, und er sollte uns aufklären. Wir sollten auch die Schwester anhören, bevor wir zum nächsten Wahlgang in die Sixtinische Kapelle zurückkehren. Wir müssen wissen, was genau sie ihm vorwirft.«

Zucula packte Lomeli am Arm. Der scheinbar so gebrechliche Mann hatte einen festen Griff. »Wir warten jetzt schon so lange auf einen afrikanischen Papst, Jacopo, und wenn Gott will, dass es Joshua wird, dann wäre ich überglücklich. Aber er muss ein reines Herz und Gewissen haben, er darf nichts weniger als ein wahrhaft heiliger Mensch sein. Alles andere wäre eine Katastrophe für uns alle.«

»Ich verstehe. Ich werde sehen, was ich tun kann.« Er schaute auf seine Uhr. Es war drei Minuten nach eins.

Um in die Küche zu gelangen, musste Lomeli den Speisesaal durchqueren. Seine Unterhaltung mit den afrikanischen Kardinälen hatte bereits Aufmerksamkeit erregt, und er war sich bewusst, dass ihm Dutzende Augenpaare folgten – von Männern, die sich, die Gabeln regungslos in der Luft, flüsternd zu ihren Tischnachbarn vorbeugten. Er stieß die Tür auf. Er war schon seit vielen Jahren in keiner Küche mehr gewesen und ganz bestimmt nie in einer, in der so eine Hektik geherrscht hatte. Verunsichert betrachtete er die Nonnen, die mit der Zubereitung des Essens beschäftigt waren. Die in seiner Nähe standen, senkten den Kopf.

»Eure Eminenz.«

»Eure Eminenz.«

»Seid gesegnet, meine Kinder. Wo ist die Schwester, der gerade das Missgeschick unterlaufen ist?«

»Sie ist bei Schwester Agnes, Eure Eminenz«, sagte eine italienische Nonne.

»Würden Sie mich bitte zu ihr bringen?«

»Natürlich, Eminenz.« Sie deutete zur Tür, die zurück in den Speisesaal führte.

Lomeli zögerte. »Gibt es keinen anderen Weg?«

»Doch, Eminenz.«

»Geh voraus, mein Kind.«

Er folgte ihr durch einen Lagerraum in einen Lieferantendurchgang.

»Wissen Sie, wie die Schwester heißt?«

»Nein, Eminenz, sie ist neu.«

Die Nonne klopfte schüchtern an eine Glastür. Lomeli erkannte das Büro als den Raum wieder, wo er Benítez das erste Mal gesehen hatte, nur dass jetzt die Jalousien heruntergelassen waren und jeden Blick ins Innere verwehrten. Nach ein paar Sekunden klopfte er selbst. Lauter. Man hörte Schritte, dann wurde die Tür einen Spalt weit geöffnet, und Schwester Agnes guckte heraus.

»Eure Eminenz?«

»Guten Tag, Schwester. Ich möchte mit der Nonne sprechen, die vorhin das Tablett hat fallen lassen.«

»Sie ist in meiner Obhut, Eure Eminenz. Ich kümmere mich um die Angelegenheit.«

»Daran habe ich keinen Zweifel, Schwester Agnes. Aber ich muss sie selbst sprechen.«

»Ich glaube kaum, dass sich der Dekan des Kardinalskollegiums über ein heruntergefallenes Tablett den Kopf zerbrechen sollte.«

»Trotzdem. Darf ich?« Er griff nach der Türklinke.

»Es ist wirklich nichts, was ich nicht selbst …«

Lomeli drückte leicht gegen die Tür. Kurz spürte er noch Widerstand, dann gab Schwester Agnes nach.

Die Nonne saß auf dem gleichen Stuhl neben dem Kopierdrucker wie zwei Tage zuvor Benítez. Als er den Raum betrat, stand sie auf. Er schätzte sie auf etwa fünfzig. Sie war klein, mollig, trug eine Brille und machte einen schüchternen Eindruck: wie alle anderen. Aber es war immer schwierig, hinter dem Habit und der Haube die Person zu erkennen, besonders wenn sie den Blick zu Boden schlug.

»Setzen Sie sich, mein Kind«, sagte er sanft. »Ich bin Kardinal Lomeli. Wir machen uns alle Sorgen. Wie geht es Ihnen?«

»Es geht ihr schon viel besser, Eminenz«, sagte Schwester Agnes.

»Wie heißt sie?«

»Ihr Name ist Shanumi. Sie versteht nicht ein Wort von dem, was Sie sagen. Sie spricht kein Italienisch, die Arme.«

»Englisch?«, fragte er die Nonne. »Sprechen Sie englisch?« Sie nickte. Noch hatte sie ihn kein einziges Mal angeschaut. »Schön. Ich auch. Ich habe ein paar Jahre in Amerika gelebt. Bitte, setzen Sie sich wieder.«

»Eminenz, ich glaube wirklich, es wäre besser, wenn ich …«

Ohne sich zu ihr umzudrehen, sagte Lomeli mit fester Stimme: »Wären Sie so nett, Schwester Agnes, und ließen uns jetzt allein?« Weil sie es noch einmal wagte, Einspruch zu erheben, drehte er sich nun doch zu ihr um und sah sie mit so frostiger Autorität an, dass selbst sie, vor der drei Päpste und mindestens ein afrikanischer Warlord gekuscht hatten, den Kopf senkte, den Raum verließ und die Tür hinter sich schloss.

Lomeli zog einen Stuhl heran und setzte sich so nah vor die Frau, dass ihre Knie sich fast berührten. Eine so weitgehende Vertraulichkeit fiel ihm schwer. *O Herr,* betete er, *gib mir die Kraft und die Weisheit, dieser armen Frau zu helfen und herauszufinden, was ich wissen muss, damit ich meine Pflicht Dir gegenüber erfüllen kann.* »Schwester Shanumi«, sagte er. »Als Erstes sollten Sie wissen, dass Sie in keinerlei Schwierigkeiten stecken. Es geht darum, dass ich eine Verantwortung vor Gott und der Mutter Kirche habe, welchen wir ja beide nach besten Kräften zu dienen suchen. Ich muss dafür sorgen, dass die Mitglieder des Konklaves die richtigen Entscheidungen treffen können. Es ist wichtig, dass Sie mir alles erzählen, was Ihnen bezüglich Kardinal Adeyemi das Herz beschwert. Können Sie das für mich tun?«

Sie schüttelte den Kopf.

»Selbst wenn ich Ihnen bedingungslos zusichere, dass nichts davon diesen Raum verlassen wird?«

Eine Pause. Sie schüttelte wieder den Kopf.

Und dann hatte er eine Eingebung. Später würde er immer glauben, dass Gott ihm zu Hilfe geeilt war. »Soll ich Ihnen die Beichte abnehmen?«

11

VIERTER WAHLGANG

Etwa eine Stunde später, und nur zwanzig Minuten bevor die Minibusse für den vierten Wahlgang zurück zur Sixtinischen Kapelle fahren würden, machte sich Lomeli auf die Suche nach Adeyemi. Er suchte erst die ganze Eingangshalle ab und ging dann in die Kapelle. Ein halbes Dutzend kniende Kardinäle beteten mit dem Rücken zu ihm. Er ging hastig nach vorn zum Altar, um ihre Gesichter sehen zu können. Der Nigerianer war nicht da. Er ging wieder, nahm den Lift in den zweiten Stock und eilte durch den Gang zu dem Zimmer neben seinem.

Er klopfte laut. »Joshua? Joshua? Ich bin's, Jacopo.« Er klopfte noch einmal. Er wollte schon aufgeben, da hörte er doch noch Schritte, und die Tür wurde geöffnet.

Adeyemi stand in vollem Ornat vor ihm und trocknete sich mit einem Handtuch das Gesicht ab. »Ich bin gleich fertig, Dekan«, sagte er.

Er ließ die Tür offen und verschwand im Bad. Nach kurzem Zögern trat Lomeli über die Schwelle und schloss die Tür hinter sich. Der verschlossene Raum roch stark nach dem Rasierwasser des Kardinals. Auf dem Schreibtisch zeigte ein gerahmtes Schwarz-Weiß-Foto den jungen Seminaristen Adeyemi vor einer katholischen Mission. Neben ihm stand eine stolz in die Kamera blickende ältere Frau mit Hut – wahrscheinlich seine Mutter, vielleicht eine Tante. Die Bettdecke war zerknautscht, als hätte der Kardinal darauf gelegen. Das Rauschen der Klospülung war zu hören, dann kam Adeyemi ins Zimmer und knöpfte sich den unteren Teil der Soutane zu. Er schien überrascht zu sein, dass Lomeli im Zimmer stand und nicht draußen auf dem Flur.

»Müssen wir nicht los?«

»Einen Augenblick noch.«

»Das hört sich ja verdächtig an.« Adeyemi beugte sich zum Spiegel vor. Er drückte seinen Pileolus fest auf den Kopf und zupfte daran, bis er gerade saß. »Wenn es um den Vorfall im Speisesaal geht, darüber möchte ich nicht sprechen.« Er wischte sich unsichtbare Staubkörnchen von der Schulter, streckte das Kinn vor und rückte sein Pektorale zurecht. Lomeli schwieg und beobachtete ihn. Schließlich sagte Adeyemi ruhig: »Ich bin das Opfer einer erbärmlichen Verschwörung, die meinen Ruf zerstören soll, Jacopo. Jemand hat die Frau hier eingeschleust und das Melodram inszeniert, um meine Wahl zum Papst zu verhindern. Wie ist sie überhaupt in die Casa Santa Marta gekommen? Sie war vorher noch nie außerhalb von Nigeria.«

»Bei allem Respekt, Joshua, die Frage, wie sie hierhergekommen ist, ist zweitrangig gegenüber der Frage Ihrer Beziehung zu ihr.«

Adeyemi warf wütend die Arme in die Luft. »Aber ich habe keine Beziehung zu ihr. Ich habe sie bis gestern Abend seit dreißig Jahren nicht mehr gesehen. Da stand sie plötzlich vor meinem Zimmer. Ich habe sie nicht mal wiedererkannt. Das ist doch offensichtlich, was hier abläuft, oder?«

»Die Umstände sind merkwürdig, zugegeben, aber lassen wir das vorerst beiseite. Der Zustand Ihrer Seele beschäftigt mich mehr.«

»Meiner Seele?« Adeyemi drehte sich blitzschnell um. Er beugte sich vor, bis seine Nase die von Lomeli fast berührte. Sein Atem roch süß. »Meine Seele ist erfüllt von Gott und seiner Kirche. Heute Morgen habe ich die Gegenwart des Heiligen Geistes wahrgenommen. Das müssen Sie doch auch gespürt haben, oder? Ich bin bereit, die Bürde auf mich zu nehmen. Ein einziger Fehltritt vor dreißig Jahren – disqualifiziert mich das? Oder macht es mich stärker? Erlauben Sie, dass ich Ihre Predigt von gestern zitiere: ›Möge Gott uns einen Papst schenken, der sündigt und um Vergebung bittet und sein Werk fortsetzt.‹«

»Und haben Sie um Vergebung gebeten? Haben Sie Ihre Sünde gebeichtet?«

»Ja! Ja, ich habe damals meine Sünde gebeichtet. Mein Bischof hat mich in eine andere Kirchengemeinde versetzt, und ich habe nie wieder einen Fehltritt begangen. Solche Beziehungen waren in jenen Tagen nicht unüblich. Das Zölibat ist der Kultur Afrikas immer fremd gewesen, das wissen Sie doch.«

»Und das Kind?«

»*Das Kind?*« Adeyemi war getroffen, er wankte. »Das Kind wurde in einem christlichen Haus aufgezogen und hat bis zum heutigen Tag keine Ahnung, wer sein Vater ist. Wenn es überhaupt von mir ist. Das ist *das Kind*.«

Er hatte seine Fassung so weit wiedergefunden, dass er Lomeli wütend ansehen und die Fassade noch einen Augenblick länger aufrechterhalten konnte – trotzig, verletzt, erhaben. Er hätte eine kolossale Galionsfigur für die Kirche abgegeben, dachte Lomeli. Dann schien etwas in Adeyemi nachzugeben, er setzte sich unvermittelt auf die Bettkante und schlug die Hände über dem Kopf zusammen. Er erinnerte Lomeli an eine Fotografie, die er einmal gesehen hatte:

ein Gefangener am Rand einer Grube, darauf wartend, dass er an die Reihe kam, erschossen zu werden.

*

Was für ein entsetzliches Chaos! Lomeli konnte sich an keine Stunde in seinem Leben erinnern, die so ausgesprochen quälend gewesen war wie die Beichte, die er gerade Schwester Shanumi abgenommen hatte. Ihrer Aussage nach war sie zu jener Zeit nicht einmal Novizin gewesen, sondern lediglich Postulantin, ein Kind, während Adeyemi der Priester der Gemeinde gewesen war. Das war zwar keine Unzucht mit Minderjährigen gewesen, aber fast. Welche Sünde hatte sie zu beichten? Wo lag ihre Schuld? Und doch hatte diese Bürde ihr Leben ruiniert. Für Adeyemi war der schlimmste Augenblick der gewesen, wo sie ihm die auf die Größe einer Briefmarke zusammengefaltete Fotografie gegeben hatte. Sie zeigte einen sechs- oder siebenjährigen Jungen in einem ärmellosen weißen Unterhemd, der in einer katholischen Schule vor einer Wand mit Kruzifix stand und in die Kamera grinste. An den Kanten, wo sie das Foto im Lauf des letzten Vierteljahrhunderts immer wieder auf- und zusammengefaltet hatte, war die glänzende Oberfläche aufgeplatzt, sodass es aussah, als blickte er durch ein Gitter.

Die Kirche hatte die Adoption organisiert. Nach der Geburt hatte Shanumi von Adeyemi nichts gewollt als irgendeine Art von Bestätigung dessen, was geschehen war. Aber er war in eine Kirchengemeinde in Lagos versetzt worden, und ihre Briefe waren alle ungeöffnet zurückgekommen. Als sie ihn in der Casa Santa Marta gesehen hatte, hatte sie sich keinen anderen Rat mehr gewusst, als ihn auf seinem Zimmer aufzusuchen. Er hatte ihr gesagt, dass sie die ganze Geschichte vergessen müsse. Und als er sie im Speisesaal nicht einmal angeschaut und eine der anderen Schwestern ihr zugeflüstert hatte, dass seine Wahl zum Papst kurz bevorstehe, da hatte sie sich nicht mehr in der Gewalt gehabt. Sie habe sich so vieler Sünden schuldig gemacht, sagte sie, dass sie kaum wisse, wo anfangen – Wollust, Wut, Stolz, Täuschung. Sie war auf die Knie gesunken und hatte ein Reuegebet gesprochen. *O Herr, von Herzen bereue ich, Dich erzürnt zu haben. Ich verabscheue alle meine Sünden, da mir graut vor dem Verlust des Himmels und den Schmerzen der Hölle, doch vor allem, weil ich Dich erzürnt habe, o Herr, der so gut ist und der all meine Liebe verdient. Ich bin fest entschlossen, mit der Hilfe Deiner Gnade meine Sünden zu beichten, Buße zu tun und mein Leben zu bessern. Amen.*

Er hatte ihr beim Aufstehen den Arm gereicht und ihr dann die Absolution erteilt. »Nicht Sie haben gesündigt, mein Kind, sondern die Kirche.« Er machte das Kreuzzeichen. »Danke dem Herrn, denn er ist gütig.«

»Denn seine Huld währt ewig.«

*

Nach einer Weile sagte Adeyemi mit leiser Stimme: »Wir waren beide sehr jung.«

»Nein, Eure Eminenz, *sie* war jung, Sie waren dreißig.«

»Sie wollen meinen Ruf zerstören, weil Sie selbst Papst werden wollen.«

»Seien Sie nicht albern. Allein der Gedanke ist Ihrer nicht würdig.«

Adeyemi schluchzte los. Seine Schultern bebten. Lomeli setzte sich neben ihn. »Reißen Sie sich zusammen, Joshua«, sagte er sanft. »Ich weiß nur deshalb davon, weil ich der armen Frau die Beichte abgenommen habe. Sie wird in der Öffentlichkeit nie darüber sprechen, da bin ich mir sicher, und wenn, dann nur, um den Jungen zu schützen. Und was mich angeht, mich bindet das Beichtgeheimnis. Ich werde nie wiederholen, was ich gehört habe.«

Adeyemi schaute ihn von der Seite an. Seine Augen glänzten. Selbst jetzt konnte er noch nicht ganz akzeptieren, dass sein Traum ausgeträumt war. »Soll das heißen, dass ich immer noch hoffen kann?«

»Nein! Das ist aus und vorbei!« Lomeli war entsetzt. Er fasste sich wieder und sprach in einem moderateren Ton weiter. »Nach so einer Szene wird es Gerüchte geben. Sie wissen, wie die Kurie ist.«

»Ja, aber Gerüchte sind keine Fakten.«

»In diesem Fall schon. Sie wissen so gut wie ich, dass es eine einzige Sache gibt, bei der unseren Brüdern mehr als bei allen anderen Dingen der Angstschweiß ausbricht. Und das ist der Gedanke an noch einen Sexskandal.«

»Dann war es das also? Ich kann nie Papst werden?«

»Eure Eminenz, Sie können gar nichts mehr werden.«

Adeyemi starrte weiter zu Boden, anscheinend unfähig, den Kopf zu heben. »Was soll ich tun, Jacopo?«

»Sie sind ein guter Mensch. Sie werden einen Weg finden, Buße zu tun. Gott wird es wissen, wenn Sie wahrhaft gebüßt haben, und zu gegebener Zeit entscheiden, was mit Ihnen geschehen wird.«

»Und das Konklave?«

»Das überlassen Sie mir.«

Sie saßen schweigend da. Lomeli war die Vorstellung von Adeyemis Schmerz unerträglich. *Gott vergib mir, dass ich das habe tun müssen.*

Schließlich sagte Adeyemi: »Würden Sie mit mir beten?«

»Natürlich.«

Und so ließen sich die beiden Männer in dem stickigen, süßlich nach Aftershave riechenden Zimmer auf die Knie nieder – Adeyemi geschmeidig, Lomeli steif – und beteten Seite an Seite im elektrischen Licht der Deckenlampe.

*

Lomeli wäre gern wieder zu Fuß zur Sixtinischen Kapelle gegangen und hätte gern etwas kühle, frische Luft eingeatmet und sich die milde Novembersonne ins Gesicht scheinen lassen. Aber dafür war es zu spät. Als er in die Eingangshalle kam, stiegen die Kardinäle schon in die Minibusse. Am Empfang wartete Nakitanda auf ihn.

»Und?«

»Er muss von allen seinen Ämtern zurücktreten.«

Nakitanda ließ bestürzt den Kopf sinken. »O Gott!«

»Nicht sofort – ich hoffe, dass wir eine Demütigung vermeiden können –, aber sicher in einem Jahr oder so. Ich überlasse es Ihnen, was Sie den anderen erzählen. Ich habe mit beiden Parteien gesprochen und bin an das Schweigegelübde gebunden. Mehr kann ich dazu nicht sagen.«

Er setzte sich ganz hinten in den Minibus, legte auf den Platz neben sich sein Birett, um etwaige Gesellschaft abzuschrecken, und schloss die Augen. Alles an dieser Sache widerte ihn an, aber ein Aspekt machte ihm besonders zu schaffen. Es war das Erste, was Adeyemi angesprochen hatte: der zeitliche Ablauf. Laut eigener Aussage hatte Schwester Shanumi in den vergangenen zwanzig Jahren in der Gemeinde Iwaro Oka im Bundesstaat Ondo gearbeitet, wo sie mit HIV infizierten und aidskranken Frauen geholfen hatte.

»Waren Sie glücklich dort?«

»Sehr, Eure Eminenz.«

»Ihre Arbeit dort, könnte ich mir vorstellen, war wohl etwas anders als die, die Sie hier zu tun haben.«

»O ja. Dort war ich Krankenschwester, hier bin ich Dienstmädchen.«

»Weshalb sind Sie dann nach Rom gekommen?«

»Ich wollte nie nach Rom.«

Wie es sie in die Casa Santa Marta verschlagen hatte, war ihr immer noch ein bisschen rätselhaft. Eines Tages im September war sie zu der für ihre Gemeinde verantwortlichen Schwester gerufen worden. Es war eine E-Mail von der Generaloberin in Paris eingetroffen mit der Bitte, sie unverzüglich ins Ordenshaus in Rom zu versetzen. Unter den anderen Schwestern hatte über diese besondere Ehre große Aufregung geherrscht. Manche glaubten sogar, der Heilige Vater persönlich müsse für die Einladung verantwortlich sein.

»Sehr ungewöhnlich. Haben Sie den Papst je getroffen?«

»Natürlich nicht, Eure Eminenz.« Es war das einzige Mal, dass sie lachte. Allein der Gedanke erschien ihr offenbar absurd. »Ich habe ihn ein einziges Mal während seiner Afrikareise gesehen. Aber ich war nur eine von Millionen und er ein weit entfernter weißer Fleck.«

»Wann war das genau, dass man Sie gebeten hat, nach Rom zu kommen?«

»Vor sechs Wochen, Eminenz. Man hat mir drei Wochen Vorbereitungszeit gegeben, dann bin ich geflogen.«

»Und seitdem Sie hier sind, hatten Sie da die Gelegenheit, mit dem Heiligen Vater zu sprechen?«

»Nein, Eminenz.« Sie bekreuzigte sich. »Er starb am Tag nach meiner Ankunft. Möge seine Seele in Frieden ruhen.«

»Ich verstehe nicht, warum Sie damit einverstanden waren, dass man Sie nach Rom schickt. Warum haben Sie Ihre Heimat in Afrika verlassen und die lange Reise auf sich genommen?«

Ihre Antwort traf ihn fast mehr als alles andere zuvor. »Weil ich geglaubt habe, dass es vielleicht Kardinal Adeyemi war, der nach mir geschickt hat.«

*

Eines musste man Adeyemi lassen. Der nigerianische Kardinal hielt sich genauso würdevoll und gesetzt wie nach dem Ende des dritten Wahlgangs. Niemand, der ihn beim Betreten der Sixtinischen Kapelle beobachtete, hätte an seinem Auftreten ablesen können, dass sein Glaube an die eigene Bestimmung in jeder Hinsicht zerrüttet, geschweige denn dass sein Leben ruiniert war. Er beachtete die Männer um ihn herum nicht, saß an seinem Tisch und las seelenruhig in der Bibel, während die Anwesenheitsliste abgehakt wurde. Als sein Name aufgerufen wurde, sagte er mit fester Stimme: »Anwesend.«

Um 14.45 Uhr wurden die Türen verschlossen. Wieder sprach Lomeli die Gebete, wieder schrieb er Bellinis Namen auf seinen Stimmzettel, und wieder schritt er zum Altar und warf den Zettel in die Urne.

»Ich rufe Christus, der mein Richter sein wird, zum Zeugen an, dass ich den gewählt habe, von dem ich glaube, dass er nach Gottes Willen gewählt werden sollte.«

Er kehrte an seinen Platz zurück. Wieder hieß es warten.

Wieder waren es die dreißig ranghöchsten Kardinäle des Konklaves, die als Erste ihre Stimme abgaben – die Patriarchen, die Kardinalbischöfe und die dienstältesten Kardinalpriester. Einer nach dem anderen erhoben sie sich von ihren Plätzen ganz vorn in der Kapelle. Lomeli musterte ihre ausdruckslosen Gesichter genau, und dennoch war es ihm unmöglich zu erraten, was ihnen gerade durch den Kopf ging.

Plötzlich überkam ihn die Angst, dass er sich vielleicht nicht klar genug ausgedrückt hatte. Was war, wenn sie die Schwere von Adeyemis Sünde nicht begriffen hatten und ihn in ihrer Unwissenheit trotz alldem wählten? Nach gut einer Viertelstunde schritten jene Kardinäle zur Stimmabgabe, die in Adeyemis Nachbarschaft im Mittelteil der Kapelle saßen. Auf dem Rückweg von der Urne vermieden sie ausnahmslos den Blickkontakt mit dem Nigerianer. Sie glichen Geschworenen, die einen Gerichtssaal betraten und nicht imstande waren, dem Angeklagten, den sie gleich verurteilen würden, in die Augen zu sehen. Während Lomeli sie beobachtete, legte sich seine Nervosität wieder etwas. Als Adeyemi an der Reihe war, ging er mit feierlichem Schritt zur Urne und sprach den Eid mit der gleichen unerschütterlichen Selbstsicherheit wie bei den anderen Wahlgängen. Er ging an Lomeli vorbei und warf ihm nicht einmal einen flüchtigen Seitenblick zu.

Um 15.51 Uhr waren alle Stimmen abgegeben, und die Wahlhelfer übernahmen wieder. Sie notierten einhundertachtzehn Stimmen als abgegeben und begannen sofort mit der Auszählung.

»Die erste Stimme wurde abgegeben für Kardinal Lomeli.«

O Herr, nein, betete er. *Noch einmal, bitte, lass das an mir vorübergehen.* Wie hatte Adeyemi gestichelt? Er sei von persönlichem Ehrgeiz getrieben. Das traf nicht zu, dessen war er sich sicher. Doch während er seine Strichliste führte, musste er feststellen, dass die Striche hinter seinem Namen wieder zunahmen. Es wurden nicht gefährlich viele, aber doch ein paar mehr, als dass er sich hätte beruhigt zurücklehnen können. Er beugte sich etwas vor und schaute die Tischreihe entlang zu Adeyemis Platz. Anders als alle Kardinäle um ihn herum machte er sich nicht einmal die Mühe mitzuschreiben. Er starrte einfach auf die gegenüberliegende Wand. Nachdem Newby alle Namen verlesen hatte, zählte Lomeli zusammen:

Tedesco	36
Adeyemi	25
Tremblay	23
Bellini	18
Lomeli	11
Benítez	5

Er stützte die Ellbogen auf den Tisch, legte die Fäuste an die Schläfen und studierte die Zahlen. Adeyemi hatte seit dem Mittagessen mehr als die Hälfte seiner Unterstützung eingebüßt – zweiunddreißig Stimmen: ein niederschmetternder Aderlass. Davon hatte sich Tremblay elf Stimmen einverleibt, Bellini acht, er selbst sechs, Tedesco vier und Benítez drei. Damit war klar, dass Nakitanda die Geschichte verbreitet hatte. Es waren genügend Kardinäle Zeuge der Szene im Speisesaal gewesen oder hatten später davon gehört, die es nun ernsthaft mit der Angst zu tun bekommen hatten.

Langsam sickerte die neue Realität in die Gehirne ein. An allen Ecken der Sixtinischen Kapelle wurde diskutiert. Lomeli konnte an ihren Gesichtern ablesen, was sie sagten. *Nicht den Schnellen gehört im Wettlauf der Sieg, nicht den Tapferen der Sieg im Kampf, sondern jeden treffen Zufall und Zeit.* Allein der Gedanke, dass ohne die Mittagspause Adeyemi jetzt vielleicht schon der neue Papst wäre! Stattdessen war der Traum von einem afrikanischen Pontifex begraben und lag Tedesco wieder vorn. Nur vier Stimmen trennten ihn von den vierzig Stimmen, die er brauchte, damit jedem anderen die Zweidrittelmehrheit verwehrt war. Und was war mit Tremblay? Angenommen, das Stimmenpaket der Dritten Welt schwenkte nun zu ihm um, könnte er sich dann zum neuen Favoriten entwickeln? (Armer Bellini, flüsterten sie und schauten hinüber in sein ausdrucksloses Gesicht – wann würde die sich hinschleppende Demütigung ein Ende nehmen?) Und Lomeli? Sein Ergebnis war wahrscheinlich der Tatsache geschuldet, dass es bei aufkommender Ungewissheit immer das Verlangen nach einer ruhigen Hand gab. Und schließlich Benítez: Fünf Stimmen für einen Mann, den zwei Tage zuvor noch niemand kannte. Das grenzte an ein Wunder …

Lomeli senkte den Kopf und studierte weiter die Zahlen, sodass er die vielen, auf ihn gerichteten Blicke nicht bemerkte, bis Bellini ihn hinter dem Rücken des Patriarchen aus dem Libanon herum in die Seite stieß. Er schrak hoch. Auf der anderen Seite des Gangs gab es vereinzelt Gelächter. Was für ein alter Trottel er doch wurde.

Er stand auf und ging zum Altar. »Meine Brüder, kein Kandidat hat die Zweidrittelmehrheit erreicht, wir machen deshalb sofort mit dem fünften Wahlgang weiter.«

12

FÜNFTER WAHLGANG

In der jüngeren Vergangenheit war der Papst meist bis zum fünften Wahlgang gewählt. Der verstorbene Heilige Vater beispielsweise hatte es im fünften Durchgang geschafft, und Lomeli hatte noch das Bild vor Augen, wie er sich entschieden geweigert hatte, auf dem Papstthron Platz zu nehmen, und darauf beharrt hatte, aufzustehen und die sich zur Gratulation anstellenden Kardinäle zu umarmen. Ratzinger hatte es einen Wahlgang früher geschafft, im vierten. Lomeli erinnerte sich noch an sein scheues Lächeln, nachdem seine Stimmenzahl die Zweidrittelmehrheit erreicht hatte und das Konklave in Applaus ausgebrochen war. Johannes Paul I. hatte ebenfalls im vierten Wahlgang gewonnen. Tatsächlich galt die Fünfrundenregel mit Ausnahme der Wahl von Wojtyła bis zurück ins Jahr 1963, wo Montini sich gegen seinen charismatischeren Rivalen Lercaro durchgesetzt und den berühmten Satz zu ihm gesagt hatte: »So ist das Leben, eigentlich sollten Sie jetzt hier sitzen.«

Lomeli hatte insgeheim für eine Entscheidung im fünften Wahlgang gebetet – eine angenehme, bequeme, konventionelle Zahl, die weder auf Schisma noch auf Krönung hindeutete, sondern auf eine Wahl, die in einem meditativen Prozess Gottes Wille erkannt hatte. In diesem Jahr würde es anders kommen. Das machte ihm Sorgen.

Während seiner Arbeit an der Promotion in kanonischem Recht an der Päpstlichen Lateranuniversität hatte er auch Canettis *Masse und Macht* gelesen. Dabei hatte er die verschiedenen Kategorien von Masse kennengelernt – die in Panik geratende Masse, die stockende Masse, die revoltierende Masse und so weiter. Nützliches Wissen für einen Geistlichen. Wandte man diese säkulare Analyse auf ein päpstliches Konklave an, dann hatte man die komplexeste Masse auf Erden vor sich, die durch den kollektiven Impuls des Heiligen Geistes mal in diese, mal in jene Richtung bewegt wurde. Manche Konklaven waren ängstlich und sträubten sich gegen Wandel wie zum Beispiel das, das Ratzinger wählte, andere waren mutig wie das, das sich am Ende für Wojtyła entschied. Beim derzeit anstehenden Konklave beunruhigte Lomeli, dass es Anzeichen dafür gab, was Canetti vielleicht »eine zerfallende Masse« genannt hätte. Sie war beunruhigt, instabil, zerbrechlich – imstande, sich plötzlich in welche Richtung auch immer zu bewegen.

Die wachsende Zielstrebigkeit und Spannung, mit der sie die Morgensitzung beendet hatten, war verpufft. Als die Kardinäle jetzt zur Wahl schritten und sich der kleine Ausschnitt des Himmels verdunkelte, der durch die hohen Fenster sichtbar war, glich das Schweigen in der Sixtinischen Kapelle trostloser Grabesstille. Das Fünfuhrläuten der Glocke des Petersdoms hätte das Totengeläut bei einer Beerdigung sein können. Wir sind verlorene Schafe, dachte Lomeli, und es naht ein großer Sturm. Aber wer wird unser bester Hirte sein? Er hielt Bellini immer noch für die beste Wahl und stimmte abermals für ihn, allerdings ohne jede Sieghoffnung. Bellinis Stimmenzahl in den vier Durchgängen zuvor war achtzehn, neunzehn, zehn und wieder achtzehn gewesen. Es musste einen Grund dafür geben, dass er sich über seine Kerntruppe an

Unterstützern hinaus nicht verbessern konnte. Vielleicht lag es daran, dass er als Staatssekretär zu eng mit dem verstorbenen Heiligen Vater verbunden gewesen war, dessen Politik sowohl die Traditionalisten verärgert wie auch die Liberalen enttäuscht hatte.

Während die Stimmabgabe voranschritt, schweifte sein Blick immer wieder zu Tremblay. Der Kanadier, der nervös an seinem Pektorale herumspielte, war imstande, eine nüchterne Persönlichkeit mit leidenschaftlichem Ehrgeiz zu verbinden – ein nach Lomelis Erfahrung nicht unübliches Paradox. Aber vielleicht war Nüchternheit nötig, die Einheit der Kirche zu wahren. Und war Ehrgeiz zwangsläufig so eine große Sünde? Wojtyła war ehrgeizig gewesen. Mein Gott, wie selbstsicher er von Anfang an gewesen war! Als er am Abend seiner Wahl hinaus auf den Balkon getreten war, um zu den Zehntausenden auf dem Petersplatz und zur ganzen Welt zu sprechen, da hatte er in seiner Ungeduld den Zeremonienmeister für die liturgischen Feiern des Papstes praktisch beiseitegerempelt. Wenn es zum Zweikampf zwischen Tremblay und Tedesco kommt, dachte Lomeli, werde ich für Tremblay stimmen müssen – geheimer Bericht hin oder her. Er konnte nur beten, dass es nicht dazu kam.

Als der letzte Stimmzettel in die Urne fiel und die Wahlprüfer sich ans Auszählen machten, war der Himmel schon tiefschwarz. Das Ergebnis war ein weiterer Schock:

Tremblay	40
Tedesco	38
Bellini	15
Lomeli	12
Adeyemi	9
Benítez	4

Als sich seine Kollegen ihm zuwandten, senkte Tremblay den Kopf und legte die Hände zum Gebet zusammen. Die demonstrative Zurschaustellung von Frömmigkeit ärgerte Lomeli ausnahmsweise nicht. Stattdessen schloss er kurz die Augen und bedankte sich. *Danke, o Herr, für dieses Zeichen Deines Willens. Sollte Kardinal Tremblay Deine Wahl sein, so bete ich, dass Du ihm die Weisheit und die Kraft zur Erfüllung seiner Mission gewähren mögest. Amen.*

Als er sich erhob und an das Konklave wandte, verspürte er eine gewisse Erleichterung. »Meine Brüder, damit ist der fünfte Wahlgang beendet. Da keiner der Kandidaten die notwendige Mehrheit erreicht hat, werden wir die Abstimmung morgen fortsetzen. Die Zeremoniäre werden jetzt eure Unterlagen einsammeln. Bitte nehmt keine schriftlichen Notizen mit, und hütet euch, über unsere Beratungen zu sprechen, bevor ihr die Casa Santa Marta betreten habt. Letzter der Kardinaldiakone, lassen Sie bitte die Türen öffnen.«

*

Um 18.22 Uhr quoll wieder schwarzer Rauch aus dem Schornstein der Sixtinischen Kapelle. Der Suchscheinwerfer, der an der Außenwand des Petersdoms angebracht war, fing ihn ein. Die von den Fernsehanstalten angeheuerten Experten gaben sich erstaunt, dass das Konklave immer noch nicht zu einer Entscheidung gekommen sei. Die meisten hatten für diesen Wahlgang einen neuen Papst vorhergesagt. Die amerikanischen Fernsehgesellschaften hatten sich bereitgehalten, ihre Mittagsprogramme zu unterbrechen, um Livebilder des Siegers auf dem Balkon des Petersdoms zu zeigen. Zum ersten Mal äußerten die Experten Zweifel an der Stärke von Bellinis Fraktion. Wenn er wirklich Chancen auf den Sieg habe, dann hätte er sich bis jetzt schon durchsetzen müssen. Allmählich schälte sich aus den Trümmern der alten eine neue Schwarmweisheit heraus, nämlich dass das Konklave im Begriff stehe, Geschichte zu schreiben. Im Vereinigten Königreich – jener gottlosen Insel der Abtrünnigen, wo die Papstwahl wie ein Pferderennen behandelt wurde – erkor der Wettanbieter Ladbrokes Adeyemi zum neuen Favoriten. Morgen, so war überall zu hören, könne der Tag sein, an dem endlich der erste schwarze Papst gekürt würde.

*

Lomeli verließ wie immer als Letzter die Kapelle. Er schaute zu, wie Monsignore O'Malley die Stimmzettel verbrannte, dann gingen sie zusammen durch die Sala Regia, von wo ihnen ein Sicherheitsmann die Treppe hinunter in den Innenhof folgte. Lomeli ging davon aus, dass O'Malley die Resultate der letzten Abstimmung kannte, und wenn auch nur, weil es seine Aufgabe als Kollegiumssekretär war, die Notizen der Kardinäle einzusammeln und dann zu verbrennen. O'Malley war nicht der Mensch, der seinen Blick abwandte, wenn er über ein Geheimnis stolperte. Er musste wissen, dass Adeyemis Kandidatur zusammengebrochen war und Tremblay überraschend die Führung übernommen hatte. Aber er war zu diskret, als dass er das Thema direkt ansprach. Stattdessen sagte er leise: »Gibt es irgendetwas, Eure Eminenz, was ich bis morgen früh für Sie erledigen soll?«

»Zum Beispiel?«

»Ich habe mich gefragt, ob es nicht Ihr Wunsch sein könnte, dass ich noch einmal mit Monsignore Morales spreche, um mehr über jenen zurückgezogenen Bericht über Kardinal Tremblay herauszufinden.«

Lomeli schaute sich zu dem Sicherheitsmann um. »Ich weiß nicht, Ray, was das noch bezwecken soll. Wenn er vor dem Beginn des Konklaves nichts gesagt hat, wird er es jetzt wahrscheinlich erst recht nicht tun, besonders dann nicht, wenn er vermutet, dass Kardinal Tremblay kurz vor der Wahl zum Papst steht. Genau das würde er nämlich vermuten, wenn Sie ihn noch ein zweites Mal darauf ansprechen würden.«

Sie traten hinaus in den Abend. Der letzte Minibus war schon weg. Irgendwo in der Nähe schwebte ein Hubschrauber über ihnen. Lomeli machte dem Sicherheitsmann ein Zeichen und deutete dann in den verlassenen Innenhof. »Anscheinend hat man mich vergessen. Würden Sie bitte Bescheid geben?«

»Natürlich, Eure Eminenz.« Er flüsterte in seinen Ärmel.

Lomeli drehte sich wieder zu O'Malley um. Er fühlte sich abgespannt und einsam und verspürte auf einmal den ungewohnten Wunsch, sein Herz auszuschütten. »Manchmal kann man auch zu viel wissen, mein lieber Monsignore O'Malley. Ich meine, wer von uns hat denn kein Geheimnis, für das er sich schämt? Die Widerwärtigkeit zum Beispiel, dass wir unsere Augen beharrlich vor sexuellem Missbrauch verschlossen haben. Ich war da gerade im diplomatischen Dienst, eine direkte Verwicklung ist mir deshalb erspart geblieben, Gott sei Dank. Aber ich bezweifle, dass ich entschiedener gehandelt hätte. Wie viele unserer Kollegen haben die Klagen der Opfer nicht ernst genommen und die verantwortlichen Priester stattdessen einfach in andere Pfarreien versetzt? Sie haben die Augen nicht in böser Absicht verschlossen. Sie haben einfach das Ausmaß des Frevels nicht begriffen, sie wollten einfach ihre Ruhe haben. Jetzt wissen wir es besser.«

Er schwieg einen Augenblick und dachte an Schwester Shanumi und das kleine abgegriffene Foto von ihrem Kind.

»Oder wie viele pflegten Freundschaften, die zu intim wurden und in Sünde und großem Kummer endeten? Oder dieser alberne Narr Tutino mit seiner elenden Wohnung – ohne Familie kann man sich so leicht in Dinge wie Status und Protokoll verrennen, um so etwas wie Erfüllung zu erfahren. Soll ich etwa wie ein Hexenjäger durch die Gegend ziehen und Fehltritten meiner Kollegen hinterherschnüffeln, die schon dreißig Jahre zurückliegen?«

»Ich bin Ihrer Meinung, Eminenz«, sagte O'Malley. »›Wer von euch ohne Sünde ist, werfe als Erster einen Stein.‹ Allerdings dachte ich, dass Sie sich im Fall von Kardinal Tremblay um etwas Aktuelleres Sorgen machen, nämlich um das Treffen zwischen ihm und dem Heiligen Vater letzten Monat.«

»Das stimmt. Aber ich komme allmählich zu der Überzeugung, dass der Heilige Vater – möge er in alle Ewigkeit der Gemeinschaft der heiligen Päpste angehören …«

»Amen«, sagte O'Malley, worauf die beiden Prälaten sich bekreuzigten.

»Ich komme allmählich zu der Überzeugung, dass der Heilige Vater in den letzten Wochen seines Lebens vielleicht nicht mehr ganz er selbst gewesen ist«, fuhr Lomeli mit leiserer Stimme fort. »Nach allem, was Kardinal Bellini mir erzählt hat, gehe ich davon aus, dass er fast … das ist jetzt absolut vertraulich … dass er fast etwas paranoid gewesen ist, oder jedenfalls sehr verschlossen.«

»Sie meinen seine Entscheidung, einen Kardinal *in pectore* zu ernennen?«

»Genau. Warum um Himmels willen hat er das getan? Eins gleich vorab: Wie auch einige andere unserer Brüder schätze ich Kardinal Benítez in höchstem Maße, er ist ein wahrhaftiger Mann Gottes – aber war es wirklich nötig, ihn heimlich und in solcher Eile zum Kardinal zu erheben?«

»Besonders da er sich erst kurz zuvor aus gesundheitlichen Gründen von seinem Amt als Erzbischof entbinden lassen wollte.«

»Dabei macht er einen an Körper und Geist topfiten Eindruck auf mich. Gestern Abend habe ich ihn nach seiner Gesundheit gefragt, und die Frage schien ihn zu überraschen.« Lomeli merkte, dass er flüsterte. Er lachte. »Wie ich daherrede! Wie eine alte Dienstmagd in der Kurie, die sich in irgendeiner dunklen Ecke das Maul über neue Ernennungen zerreißt.«

Ein Minibus kam in den Innenhof gefahren und hielt vor Lomeli an. Der Fahrer öffnete die Tür. Der Bus war leer. Ein warmer Schwall klimatisierter Luft schlug ihnen entgegen.

Lomeli drehte sich zu O'Malley um. »Wollen Sie zur Casa Santa Marta mitfahren?«

»Nein danke, Eure Eminenz. Ich muss zurück in die Kapelle, die neuen Stimmzettel auslegen und mich auch sonst darum kümmern, dass für morgen alles bereit ist.«

»Na dann, gute Nacht, Ray.«

»Gute Nacht, Eminenz.« Er streckte die Hand aus, um ihm in den Bus zu helfen. Lomeli war so müde, dass er die Hilfe ausnahmsweise annahm. »Ich könnte natürlich noch ein paar Nachforschungen anstellen«, fügte O'Malley hinzu. »Wenn das Ihr Wunsch ist.«

Lomeli blieb auf der obersten Stufe stehen. »Worüber?«

»Kardinal Benítez.«

Lomeli dachte nach. »Danke, nein. Lieber nicht. Die Geheimnisse, die ich heute erfahren habe, reichen mir fürs Erste. Lassen wir Gottes Wille geschehen. Und das möglichst schnell.«

*

Nach seiner Ankunft in der Casa Santa Marta ging er schnurstracks zum Aufzug. Es war kurz vor sieben. Er hielt die Tür auf, damit der Altbischof von Rottenburg-Stuttgart Löwenstein und der Erzbischof von Prag Jandaček auch noch einsteigen konnten. Der vor Müdigkeit graugesichtige Tscheche stützte sich auf seinen Stock. Nachdem die Tür sich geschlossen hatte, sagte Löwenstein: »Nun, Dekan, was glauben Sie? Werden wir bis morgen Abend fertig?«

»Vielleicht, Eure Eminenz. Das liegt nicht in meiner Hand.«

Löwenstein hob die Augenbrauen und sah kurz zu Jandaček. »Wenn sich das noch länger hinzieht, frage ich mich allmählich, wie wohl die rechnerische Wahrscheinlichkeit steht, dass einer von uns stirbt, bevor wir einen neuen Papst haben.«

»Vielleicht sollten Sie das gegenüber dem einen oder anderen unserer Kollegen erwähnen.« Lomeli lächelte und deutete eine Verbeugung an. »Trägt vielleicht zur Konzentration bei. Entschuldigen Sie mich, ich muss hier aussteigen.«

Er trat aus dem Aufzug, ging an den Opferlichten vor der Wohnung des Heiligen Vaters vorbei und dann weiter den schwach beleuchteten Gang entlang. Durch einige Türen konnte er das Rauschen einer Dusche hören. Als er sein Zimmer erreichte, hielt er kurz inne und ging dann noch ein paar Schritte, bis er vor Adeyemis Tür stand. Dahinter kein Laut. Den Kontrast zwischen der tiefen Stille und dem Gelächter und der Ausgelassenheit vom gestrigen Abend empfand er als schauderhaft. Die brutale Notwendigkeit seiner Handlungen widerte ihn selbst an. Er klopfte leicht an die Tür. »Joshua? Ich bin's, Lomeli. Alles in Ordnung?« Keine Antwort.

Die Nonnen hatten wieder sein Zimmer aufgeräumt. Er legte Mozzetta und Rochett ab, setzte sich auf die Bettkante und löste die Schnürsenkel. Der Rücken tat ihm weh. Seine Augen schwammen vor Müdigkeit. Wenn er sich jetzt hinlegte, würde er sofort einschlafen. Er ging zum Betpult, kniete nieder und blätterte im Stundenbuch zu den Gebeten des Tages. Sein Blick fiel sofort auf den Psalm 46:

Kommt und schaut die Taten des HERRN,
der Schauder erregt auf der Erde.
Er setzt den Kriegen ein Ende
bis an die Grenzen der Erde.
Den Bogen zerbricht er, die Lanze zerschlägt er;
Streitwagen verbrennt er im Feuer.

Während er Andacht hielt, befiel ihn die gleiche Vorahnung auf ein gewalttätiges Chaos, die ihn schon während der Morgensitzung in der Sixtinischen Kapelle beinahe überwältigt hätte. Er sah zum ersten Mal, wie Gottes Wille zu Zerstörung führte: Sie gehörte seit Anbeginn zu seiner Schöpfung, man konnte ihr nicht entkommen. Der Zorn würde über sie kommen. *Der Schauder erregt auf der Erde ...* Er umklammerte die Kanten des Betpults so fest, dass ihn das laute Klopfen an der Tür ein paar Minuten später wie bei einem Stromschlag zusammenzucken ließ.

»Einen Moment!«

Er erhob sich mühsam und legte kurz die Hand auf sein Herz. Es pochte unter seinen Fingern wie ein gefangenes Tier. Hatte sich so der Heilige Vater kurz vor seinem Tod gefühlt? Plötzliches Herzklopfen, das sich in ein eisernes Band aus Schmerzen verwandelte? Es dauerte noch ein paar Sekunden, bis er sich wieder gefangen hatte, dann öffnete er die Tür.

Im Gang standen Bellini und Sabbadin.

Sabbadin schaute ihn besorgt an. »Verzeihung, Jacopo, haben wir Sie im Gebet gestört?«

»Schon gut. Gott wird uns sicherlich vergeben.«

»Fühlen Sie sich nicht wohl?«

»Alles bestens, kommen Sie herein.«

Er trat zur Seite, um sie hereinzulassen. Der Erzbischof von Mailand trug wie immer die Trauermiene eines Leichenbestatters zur Schau, die sich allerdings aufhellte, als er Lomelis Zimmer sah. »Du meine Güte, das ist ja winzig. Uns beiden hat man Suiten gegeben.«

»Der Mangel an Raum stört mich nicht so wie der Mangel an Licht. Davon bekomme ich Beklemmungen und Albträume. Beten wir, dass es nicht mehr lange dauert.«

»Amen.«

»Deshalb sind wir gekommen«, sagte Bellini.

»Bitte.« Lomeli nahm die Mozzetta und das Rochett vom Bett und hängte sie über das Betpult. Seine Gäste setzten sich. Er drehte den Schreibtischstuhl herum und setzte sich ihnen gegenüber. »Ich würde Ihnen ja etwas zu trinken anbieten, aber anders als Guttuso habe ich mir dummerweise keinen Vorrat mitgebracht.«

»Es dauert nicht lange, ich will Ihnen nur etwas mitteilen«, sagte Bellini. »Ich bin zu dem Schluss gelangt, dass die Unterstützung im Konklave nicht ausreicht, mich zum Papst wählen zu lassen.«

Seine Direktheit erstaunte Lomeli. »Da wäre ich mir nicht so sicher, Aldo. Noch ist es nicht vorbei.«

»Das ist nett von Ihnen, aber was meine Person betrifft, ist es wohl vorbei. Ich hatte sehr treue Helfer. Und es hat mich berührt, dass auch Sie, Jacopo, dazu gezählt haben. Obwohl ich Sie aus dem Amt des Staatssekretärs verdrängt habe und Sie jedes Recht gehabt hätten, mir böse zu sein.«

»Ich habe nie daran gezweifelt, dass Sie der beste Mann für das Amt sind.«

»Hört, hört«, sagte Sabbadin.

Bellini hob die Hand. »Bitte, meine lieben Freunde, machen Sie es mir doch nicht schwerer, als es schon ist. Die Frage, die sich jetzt stellt, ist folgende: Wenn ich nicht gewinnen kann, was soll ich meinen Unterstützern raten, wen sie wählen sollen? Im ersten Wahlgang habe ich Vandroogenbroek gewählt, meiner Meinung nach der größte Theologe unserer Zeit, obwohl er natürlich nie eine Chance hatte. In den letzten vier Durchgängen habe ich für Sie gestimmt, Jacopo.«

Lomeli blinzelte überrascht. »Mein lieber Aldo, ich weiß nicht, was ich sagen soll …«

»Und mit Freuden würde ich weiter für Sie stimmen und meinen Kollegen raten, das Gleiche zu tun. Aber …« Er zuckte die Achseln.

»Aber Sie können nicht gewinnen«, sagte Sabbadin mit brutaler Endgültigkeit. Er klappte sein winziges schwarzes Notizbuch auf. »Aldo hatte im letzten Durchgang fünfzehn Stimmen, Sie zwölf. Selbst wenn wir alle unsere fünfzehn Stimmen komplett auf Sie umschichten könnten, was ja offen gesagt nicht geht, dann wären Sie immer noch nur Dritter, hinter Tremblay und Tedesco. Die Italiener sind gespalten, wie üblich. Und da wir drei darin übereinstimmen, dass der Patriarch von Venedig eine Katastrophe wäre, lässt die Logik nur einen Schluss zu. Die einzig machbare Option ist Tremblay. Unsere insgesamt siebenundzwanzig plus seine vierzig macht siebenundsechzig. Das heißt, er braucht nur noch zwölf, damit er die Zweidrittelmehrheit schafft. Wenn er die beim nächsten Mal nicht schafft, dann holt er sie wahrscheinlich im Wahlgang danach. Stimmen Sie mir zu, Dekan?«

»Ja … leider.«

»Ich bin genauso wenig begeistert von Tremblay wie Sie«, sagte Bellini. »Dennoch müssen wir uns der Tatsache stellen, dass er breiten Zuspruch gefunden hat. Und wenn wir glauben, dass das Konklave das Werkzeug des Heiligen Geistes ist, dann müssen wir akzeptieren, dass es Gottes Wunsch ist, die Schlüssel Petri in die Hände von Joseph Tremblay zu legen – so unwahrscheinlich uns das auch erscheinen mag.«

»Vielleicht ist das Gottes Wunsch. Allerdings ist es doch seltsam, dass er sie anscheinend noch bis Mittag Joshua Adeyemi geben wollte.« Lomeli schaute zur Wand. Ob der Nigerianer ihnen zuhörte? »Ich möchte hinzufügen, dass mich das hier etwas beunruhigt.« Er wedelte mit dem Zeigefinger zwischen sich und ihnen hin und her. »Ist das etwa ein konspiratives Treffen, bei dem wir drei das Ergebnis zu beeinflussen versuchen? Das wäre ein Sakrileg. Jetzt fehlt nur noch unser Zigarre qualmender Patriarch von Lissabon, und ich käme mir vor wie in einem verrauchten Hinterzimmer bei einem amerikanischen Nominierungsparteitag.« Bellini lächelte schmallippig; Sabbadin runzelte die Stirn. »Im Ernst, wir dürfen nicht vergessen, dass der Eid von uns verlangt, unsere Stimme dem Kandidaten zu geben, ›von dem wir glauben, dass er nach Gottes Willen gewählt werden sollte‹. Es ist nicht ausreichend, für die Option zu stimmen, die uns am wenigsten schlecht erscheint.«

»Also wirklich, Dekan, bei allem Respekt«, sagte Sabbadin abschätzig. »Das ist Rabulistik. Im ersten Wahlgang kann man noch den puristischen Standpunkt einnehmen, gut und schön. Aber wenn es in die vierte oder fünfte Runde geht, dann sind unsere persönlichen Favoriten wahrscheinlich schon lange nicht mehr im Rennen, und wir sind genötigt, aus einem geschrumpften Feld auszuwählen. Dieser Prozess der Konzentration ist Sinn und Zweck des Konklaves. Sonst würde niemand seine Meinung ändern, und wir würden wochenlang hier herumsitzen.«

»Was genau das ist, was Tedesco will«, sagte Bellini.

»Ich weiß, ich weiß«, sagte Lomeli seufzend. »Sie haben ja recht. Ich bin heute Nachmittag in der Sixtinischen Kapelle zu dem gleichen Schluss gekommen. Und trotzdem …« Er rutschte auf dem Stuhl nach vorn, rieb die Handflächen aneinander und überlegte, ob er ihnen sagen sollte, was er wusste. »Es gibt da noch eine Sache, über die Sie Bescheid wissen sollten. Kurz vor Beginn des Konklaves war Erzbischof Woźniak bei mir und hat mich informiert, dass der Heilige Vater einen heftigen Streit mit Tremblay gehabt und beabsichtigt habe, ihn von allen kirchlichen Ämtern zu entheben. Hat einer von Ihnen davon gehört?«

Bellini und Sabbadin sahen sich bestürzt an. »Das ist mir völlig neu«, sagte Bellini. »Glauben Sie, dass das stimmt?«

»Ich weiß nicht. Ich habe Tremblay persönlich damit konfrontiert, aber er hat es natürlich abgestritten. Er meint, das Gerücht habe sicher etwas mit Woźniaks Alkoholproblem zu tun.«

»Das ist gut möglich«, sagte Sabbadin.

»Aber es kann nicht vollständig Woźniaks Fantasie entsprungen sein.«

»Warum?«

»Weil ich später herausgefunden habe, dass ein Bericht über Tremblay existierte, den man aber wieder zurückgezogen hat.«

Während sie überlegten, herrschte kurz Stille. Sabbadin wandte sich an Bellini. »Wenn es tatsächlich so einen Bericht gab, dann müssten Sie als Staatssekretär doch davon gehört haben, oder nicht?«

»Nicht unbedingt. Sie wissen doch, wie das hier läuft. Und der Heilige Vater konnte sehr verschlossen sein.«

Wieder Stille, die diesmal vielleicht eine halbe Minute andauerte. Dann sagte Sabbadin: »Wir finden nie einen Kandidaten, dessen Weste vollkommen weiß ist. Wir hatten einen Papst, der Mitglied der Hitlerjugend war und für die Nazis gekämpft hat. Wir hatten Päpste, denen man eine geheime Zusammenarbeit mit Kommunisten und Faschisten vorgeworfen hat oder die Berichte über die widerwärtigsten Missbrauchsfälle ignoriert haben … Wo soll das alles enden? Man hatte einen Posten in der Kurie? Bestimmt hat irgendwer schon mal etwas über einen an die Presse durchgestochen. Man war Erzbischof? Bestimmt hat man da irgendwann mal einen Fehler gemacht. Wir sind alle nur Menschen. Wir dienen einem Ideal, aber wir können das Ideal nicht immer leben.«

Es klang wie eine einstudierte Verteidigungsrede – und zwar so sehr, dass Lomeli kurz der unwürdige Gedanke durch den Kopf schoss, Sabbadin habe Tremblay vielleicht schon kontaktiert und ihm angeboten, ihn im Gegenzug für eine spätere Beförderung ins Papstamt zu hieven. Das traute er dem Erzbischof von Mailand durchaus zu. Seine Ambition auf das Amt des Staatssekretärs hatte er nie verhehlt.

Schließlich sagte Lomeli nur: »Sehr schön gesagt.«

»Dann sind wir uns also einig, Jacopo?«, sagte Bellini. »Ich rede mit meinen Leuten, Sie reden mit Ihren, und wir raten allen dringend, Tremblay zu wählen?«

»Ich denke schon. Ich darf aber hinzufügen, dass ich eigentlich gar nicht weiß, wer meine Unterstützer sind, abgesehen von Ihnen und Benítez.«

»Benítez«, sagte Sabbadin nachdenklich. »Interessanter Bursche. Ich kann mir absolut kein Bild von ihm machen.« Er blätterte in seinem Notizbuch. »Vier Stimmen im letzten Durchgang. Woher in aller Welt kommen die? Vielleicht könnten Sie mit ihm reden, Dekan, und ihm unseren Standpunkt verdeutlichen. Die vier Stimmen könnten den Ausschlag geben.«

Lomeli war einverstanden, noch vor dem Abendessen mit ihm zu reden. Er würde ihn auf seinem Zimmer aufsuchen. Das war nicht die Sorte Unterhaltung, bei der er von den anderen Kardinälen gesehen werden wollte.

*

Eine halbe Stunde später fuhr Lomeli mit dem Lift in den fünften Stock von Block B. Ihm war wieder eingefallen, dass Benítez gesagt hatte, er habe ein Zimmer im obersten Stock des Flügels, der der Stadt zugewandt sei. Die Zimmernummer wusste er allerdings nicht. Er ging langsam durch den Flur mit den zwölf identischen Türen. Als er hinter sich plötzlich Stimmen hörte, drehte er sich um und sah zwei Kardinäle aus einem Zimmer kommen. Gambino, der Erzbischof von Perugia, einer der inoffiziellen Wahlkampfmanager von Tedesco, und Adeyemi. Sie waren in ein Gespräch vertieft. »Ich bin mir sicher, dass man ihn überzeugen kann«, sagte Gambino gerade. Als sie Lomeli sahen, verstummten sie sofort.

»Haben Sie sich verlaufen, Dekan?«, fragte Gambino.

»Das habe ich tatsächlich. Ich suche Kardinal Benítez.«

»Ah, unseren Neuling also. Spinnen Sie etwa *Intrigen*, Eure Eminenz?«

»Nein, zumindest nicht mehr als jeder andere.«

»Also spinnen Sie doch Intrigen.« Der Erzbischof deutete höchst belustigt den Flur hinunter. »Ich glaube, Sie finden ihn im letzten Zimmer links.«

Gambino drehte sich um, ging zum Aufzug und drückte auf den Knopf. Adeyemi blieb noch kurz stehen und sah Lomeli an. Du glaubst, ich bin erledigt, schien ihm sein Gesicht zu sagen, aber du kannst dir dein Mitleid sparen, etwas Macht habe ich noch, auch jetzt noch. Dann trat er zu Gambino in den Lift. Die Tür schloss sich, und Lomeli starrte sie an. Adeyemis Einfluss hatten sie bei ihren Überlegungen völlig übersehen. Der Nigerianer hatte im letzten Wahlgang immerhin noch neun Stimmen erhalten, obwohl seine Kandidatur eindeutig zum Scheitern verurteilt war. Wenn er nur die Hälfte dieser Unverbesserlichen für Tedesco gewinnen konnte, dann hatte der Patriarch von Venedig seine Sperrminorität von einem Drittel der Stimmen zusammen.

Der Gedanke spornte ihn an. Er schritt durch den Korridor und klopfte kräftig an die Tür des letzten Zimmers. Nach einigen Sekunden antwortete Benítez. »Wer ist da?«

»Ich bin's, Lomeli.«

Der Riegel wurde zurückgeschoben und die Tür halb geöffnet. »Eure Eminenz?« Benítez hielt mit einer Hand die aufgeknöpfte Soutane am Hals zusammen. Seine schmalen, braunen Füße waren nackt. Das Zimmer lag im Dunkeln.

»Entschuldigen Sie, dass ich Sie beim Ankleiden störe, aber dürfte ich Sie kurz sprechen?«

»Natürlich. Einen Moment.« Benítez ging ins Zimmer zurück. Seine Vorsicht kam Lomeli merkwürdig vor, doch dann dachte er, wenn er an Orten wie Benítez gelebt hätte, dann hätte er sich zweifellos auch angewöhnt, erst nach dem Namen zu fragen, bevor er die Tür öffnete.

Im Gang tauchten zwei weitere Kardinäle auf, die zum Abendessen gehen wollten. Sie sahen in seine Richtung. Er hob die Hand. Sie erwiderten den Gruß.

Benítez öffnete die Tür nun ganz. Er war jetzt fast angezogen. »Treten Sie ein, Dekan.« Er schaltete das Licht ein. »Entschuldigen Sie, aber um die Tageszeit halte ich möglichst immer eine Stunde Andacht.«

Lomeli folgte ihm in das kleine Zimmer. Es war gleich geschnitten wie seines. Überall standen Kerzen, etwa ein Dutzend: auf dem Nachttisch, auf dem Schreibtisch, neben dem Betpult, sogar im dunklen Bad.

»In Afrika war ich es gewohnt, nicht überall elektrisches Licht zu haben«, erläuterte Benítez. »Inzwischen sind Kerzen für mich unerlässlich, wenn ich allein beten möchte. Die Schwestern haben mir netterweise ein paar besorgt. Die Qualität des Lichts ist eine andere.«

»Interessant. Mal sehen, ob es auch mir helfen kann.«

»Haben Sie Probleme beim Beten?«

Lomeli war von der Direktheit der Frage überrascht. »Manchmal. Vor allem in letzter Zeit.« Er machte eine unbestimmte kreisförmige Handbewegung. »Mir gehen zu viele Dinge im Kopf herum.«

»Vielleicht kann ich Ihnen behilflich sein?«

Ganz kurz war Lomeli pikiert. Er, ehemals Kardinalstaatssekretär und jetzt Dekan des Kardinalskollegiums, sollte Unterricht im Beten nehmen? Aber das Angebot war eindeutig aufrichtig, sodass er antwortete: »Ja, sehr gern, danke.«

»Setzen Sie sich, bitte.« Benítez zog den Stuhl unter dem Schreibtisch hervor. »Stört es Sie, wenn ich mich weiter anziehe, während wir uns unterhalten?«

»Nein, nein, machen Sie nur.«

Lomeli beobachtete den Philippiner, während der sich auf das Bett setzte und sich die Socken anzog. Ihn beeindruckte aufs Neue, wie jung und fit er für einen Mann mit siebenundsechzig aussah. Mit der pechschwarzen Haartolle, die ihm beim Vorbeugen ins Gesicht fiel, fast jungenhaft. Bei Lomeli konnte das Sockenanziehen inzwischen schon mal zehn Minuten dauern. Die Arme, Beine und Finger des Philippiners waren so geschmeidig und flink wie die eines Zwanzigjährigen. Vielleicht praktizierte er Yoga bei Kerzenlicht genauso gut, wie er betete.

Ihm fiel wieder ein, weshalb er gekommen war. »Gestern Abend haben Sie freundlicherweise erwähnt, dass Sie für mich gestimmt haben.«

»Ja.«

»Ich weiß nicht, ob Sie das auch weiter getan haben, und ich frage Sie auch nicht danach, aber wenn ja, dann möchte ich meine Bitte wiederholen, davon Abstand zu nehmen. Nur dass ich meine Bitte dieses Mal mit größerer Dringlichkeit vorbringen möchte.«

»Warum?«

»Zunächst einmal, weil mir die nötige spirituelle Tiefe für das Papstamt fehlt. Zweitens, weil ich keinerlei Chance auf den Sieg habe. Sie müssen verstehen, Eminenz, dass das Konklave auf des Messers Schneide steht. Wenn wir bis übermorgen zu keiner Entscheidung kommen, dann sind die Regeln sehr klar. Die Wahl wird für einen Tag ausgesetzt, damit wir über die Hängepartie nachdenken können. Dann versuchen wir es wieder, zwei Tage lang mit anschließender Pause. Und so weiter und so weiter, bis zwölf Tage vergangen und vierunddreißig Wahlgänge absolviert sind. Und danach kommt es dann zu einer Stichwahl, die sich auch hinziehen kann.«

»Und? Wo ist das Problem?«

»Ich dachte, das läge auf der Hand. Ein derart in die Länge gezogener Prozess würde die Kirche beschädigen.«

»Beschädigen? Ich verstehe nicht.«

War er wirklich so naiv, fragte sich Lomeli, oder sprach da Hinterlist aus ihm? »Also gut«, sagte er geduldig. »Zwölf aufeinanderfolgende Tage mit Wahlgängen und Diskussionen, und das alles im Verborgenen, während die Medien der halben Welt in Rom kampieren, das würde man als Beweis dafür ansehen, dass die Kirche in der Krise steckt, dass sie unfähig ist, sich auf einen Mann zu einigen, der sie durch diese schwierigen Zeiten führt. Es würde, offen gestanden, auch die Fraktion unserer Kollegen stärken, die die Kirche in eine frühere Ära zurückführen wollen. In meinen schlimmsten Albträumen, das sage ich Ihnen freiheraus, frage ich mich, ob ein in die Länge gezogenes Konklave das Schisma lostreten könnte, das uns schon seit fast sechzig Jahren droht.«

»Verstehe ich Sie richtig, dass Sie mich um meine Stimme bitten wollen, und zwar für Kardinal Tremblay?«

Er war schlauer, als es den Anschein hatte, dachte Lomeli.

»Das wäre mein Rat, ja. Und falls Sie die Kardinäle kennen, die für Sie gestimmt haben, so würde ich Sie bitten, darüber nachzudenken, ihnen den gleichen Rat zu geben. Rein interessehalber: Kennen Sie deren Namen?«

»Zwei sind wahrscheinlich meine Landsleute Kardinal Mendoza und Kardinal Ramos – obwohl ich ihnen genauso abgeraten habe wie Sie Ihren Wählern. Kardinal Tremblay hat mich auch schon darauf angesprochen.«

Lomeli lachte auf. »Das glaube ich aufs Wort.« Er bereute seinen Sarkasmus sofort.

»Sie wollen, dass ich für jemand stimme, den Sie selbst für einen Mann halten, den der Ehrgeiz treibt?« Benítez sah ihn mit einem langen, intensiven, abschätzenden Blick an, der Lomeli ziemlich unangenehm war. Dann beugte er sich ohne ein weiteres Wort vor und zog sich die Schuhe an.

Lomeli veränderte seine Sitzposition. Das sich in die Länge ziehende Schweigen war ihm zuwider. Schließlich sagte er: »Ich gehe natürlich davon aus, dass Sie Kardinal Tedesco aufgrund Ihrer offensichtlich besonderen Nähe zum Heiligen Vater nicht als Papst sehen wollen. Aber vielleicht liege ich da auch falsch, und Sie glauben das Gleiche wie er.«

Benítez band die Schnürsenkel zu und hob wieder den Blick.

»Ich glaube an Gott, Eure Eminenz. Und zwar nur an Gott. Weshalb ich Ihre Angst vor einem langen Konklave nicht teile. Oder gar einem Schisma. Wer weiß? Vielleicht ist das Gottes Wille. Das würde erklären, warum sich das Konklave als ein so großes Rätsel erweist, dass sogar Sie es nicht auflösen können.«

»Ein Schisma würde allem widersprechen, woran ich jemals geglaubt und wofür ich mein Leben lang gearbeitet habe.«

»Und was ist das?«

»Das göttliche Geschenk der einheitlichen Universalkirche.«

»Die Bewahrung der Einheit einer Institution ist es auch wert, seinen heiligen Eid zu brechen?«

»Das ist eine außerordentliche Anschuldigung. Die Kirche ist nicht nur eine Institution, wie Sie sie nennen, sondern die lebendige Verkörperung des Heiligen Geistes.«

»Ah, da gehen unsere Meinungen wohl auseinander. Ich habe den Eindruck, der Verkörperung des Heiligen Geistes eher woanders zu begegnen – zum Beispiel in jenen zwei Millionen vergewaltigten Frauen, die der Militärpolitik in den Bürgerkriegen Zentralafrikas zum Opfer fielen.«

Lomeli war sprachlos. Es dauerte einige Sekunden, bevor er antworten konnte. »Ich kann Ihnen versichern, dass ich nie meinen Eid vor Gott brechen würde«, sagte er schließlich steif. »Egal welche Konsequenzen das für die Kirche hätte.«

Die Abendglocke ertönte – ein langes, schrilles Klingelrasseln wie bei einem Feueralarm – und rief zum Essen.

Benítez stand auf und streckte die Hand aus. »Es tut mir leid, Dekan. Falls ich Sie beleidigt haben sollte, war das nicht meine Absicht. Aber ich kann nur für jemand stimmen, der mir für das Papstamt am geeignetsten erscheint. Und für mich ist das nicht Kardinal Tremblay, für mich sind Sie das.«

»Wie oft denn noch, Eure Eminenz?« Lomeli schlug verärgert gegen das Stuhlbein. »Ich will Ihre Stimme nicht.«

»Sie bekommen sie trotzdem.« Benítez streckte die Hand
noch weiter aus. »Kommen Sie. Lassen Sie uns Freunde sein.
Gehen wir zusammen nach unten in den Speisesaal?«

Lomeli schmollte noch kurz, dann seufzte er und ließ sich
beim Aufstehen helfen. Er sah Benítez dabei zu, wie er im
Zimmer umherging und alle Kerzen ausblies. Von den er-
loschenen Dochten ringelten sich dünne, streng riechende
schwarze Rauchfäden in die Höhe. Der Geruch nach ver-
branntem Wachs katapultierte ihn binnen eines Augenblicks
zurück in seine Seminaristenzeit. Wenn das Licht im Wohn-
heim schon ausgeschaltet worden war, hatte er noch bei Kerzenlicht gelesen, und wenn der Priester seinen Kontrollgang
machte, hatte er sich schlafend gestellt. Lomeli ging in Benítez' Bad, leckte sich Daumen und Zeigefinger und löschte
die Kerze neben dem Waschbecken. Dabei fiel ihm der Beutel mit den dürftigen Toilettenartikeln auf, die O'Malley am
Abend von Benítez' Ankunft besorgt hatte – eine Zahnbürste,
eine kleine Tube Zahnpasta, ein Fläschchen Deodorant und
ein Einwegrasierer, der noch in der Plastikverpackung steckte.

13

DAS ALLERHEILIGSTE

Als sie an jenem Abend zum dritten Mal in ihrer Gefangenschaft gemeinsam zu Abend aßen, irgendeinen nicht identifizierbaren Fisch in Kapernsoße, ergriff eine neuartige, fiebrige Stimmung das Konklave.

Die Kardinäle bildeten ein weltgewandtes Wahlkollegium. »Sie können doch eins und eins zusammenzählen«, rieb Paul Krasinski, Alterzbischof von Chicago, seinen Kollegen immer wieder unter die Nase. Sie wussten, dass nur noch zwei Pferde im Rennen waren: Tedesco gegen Tremblay, Prinzipienfestigkeit gegen Kompromisswunsch, ein Konklave, das sich noch zehn Tage hinziehen konnte, gegen ein Konklave, das wahrscheinlich morgen früh beendet war. Entsprechend bearbeiteten die Fraktionen die Tischgesellschaften.

Tedesco bezog sofort neben Adeyemi am afrikanischen Tisch Stellung. Wie immer hielt er mit der einen Hand den Teller und schaufelte mit der anderen das Essen in sich hinein, wobei er gelegentlich mit der Gabel in die Luft stocherte, wenn er auf einen besonderen Punkt hinweisen wollte. Lomeli, der am Italienertisch mit Landolfi, Dell'Acqua, Santini und Panzavecchia auf seinem üblichen Platz saß, brauchte gar nicht zu hören, was Tedesco sagte. Er wusste auch so, dass er sich über sein Lieblingsthema ausließ, den moralischen Verfall der westlichen, liberalen Gesellschaften. Nach den feierlich nickenden Köpfen zu urteilen, traf er auf ein verständiges Publikum.

In der Zwischenzeit nahm Tremblay, der aus Quebec stammte, den Hauptgang mit einigen ebenfalls französischsprachigen Kollegen ein, Courtemarche aus Bordeaux, Bonfils aus Marseille, Gosselin aus Paris und Kourouma aus Abidjan. Sein Wahlkampfstil war das genaue Gegenteil von dem Tedescos, der immer gern einen Zirkel um sich scharte und dann dozierte. Tremblay hingegen wanderte den ganzen Abend von Gruppe zu Gruppe, hielt sich nie länger als ein paar Minuten bei einer auf, schüttelte Hände, drückte Schultern, verwöhnte den einen Kardinal mit seiner allumfassenden Jovialität, tauschte mit dem anderen flüsternd Vertraulichkeiten aus. Er hatte anscheinend keinen ausgewiesenen Wahlkampfmanager, aber schon mehrere der aufstrebenden Männer – Modesto Villanueva zum Beispiel, der Erzbischof von Toledo – hatten unmissverständlich verkündet, dass einzig Tremblay als Sieger infrage komme.

Von Zeit zu Zeit ließ Lomeli den Blick schweifen. Bellini saß in der gegenüberliegenden Ecke des Raums. Er schien es aufgegeben zu haben, die Unentschiedenen noch umstimmen zu wollen, und nahm die Mahlzeit ausnahmsweise mit seinen Theologenkollegen Vandroogenbroek und Löwenstein ein, mit denen er zweifellos über Thomismus und Religionsphänomenologie oder ähnlich abstrakte Themen diskutierte.

Benítez war sofort nach Betreten des Speisesaals von den englischsprachigen Kardinälen abgefangen und an ihren Tisch gebeten worden. Das Gesicht des Philippiners konnte Lomeli nicht sehen, er saß mit dem Rücken zu ihm, aber er konnte die seiner Tischgenossen beobachten, das der Erzbischöfe Newby von Westminster, Fitzgerald von Boston, Santos von Galveston-Houston sowie das Rudgards von der Kongregation für die Selig- und Heiligsprechungsprozesse. Wie die Afrikaner bei Tedescos Vortrag, so schienen auch sie von den Worten ihres Gastes gefesselt zu sein.

Und die ganze Zeit bewegten sich zwischen den Tischen mit Tabletts und Weinflaschen die Barmherzigen Schwestern vom heiligen Vinzenz von Paul in ihrer blauen Tracht und mit gesenktem Blick. Lomeli kannte den uralten Orden, der von seinem Mutterhaus in der Rue du Bac in Paris gesteuert wurde. Er hatte das Haus zweimal besucht. In seiner Kapelle beherbergte es die Überreste der heiligen Catherine Labouré und der heiligen Louise de Marillac. Die Schwestern des Ordens hatten ihr bürgerliches Leben nicht aufgegeben, dass sie Kardinälen als Kellnerinnen dienten. Ihr Charisma sollte sich eigentlich im Dienst an den Armen erfüllen.

Die Stimmung an Lomelis Tisch war düster. Da sie sich darin einig waren, nie und nimmer Tedesco wählen zu können, mussten sie sich allmählich mit der Tatsache versöhnen, dass sie zu ihren Lebzeiten keinen italienischen Papst mehr erleben würden. Die Unterhaltung schleppte sich den ganzen Abend ziellos dahin. Lomeli war so mit den eigenen Gedanken beschäftigt, dass er ihr keine große Aufmerksamkeit schenkte.

Das Gespräch mit Benítez hatte ihn zutiefst verstört. Er musste immer daran denken. War es tatsächlich möglich, dass er in den vergangenen dreißig Jahren der Kirche und nicht Gott gehuldigt hatte? Das war nämlich im Kern der Vorwurf, den Benítez ihm gemacht hatte. In seinem Herzen konnte er der Wahrheit dieser Aussage nicht entkommen – der Sünde, der Häresie. Kein Wunder, dass ihm das Beten so schwer gefallen war.

Die Offenbarung kam der im Petersdom gleich, als er darauf gewartet hatte, mit seiner Predigt zu beginnen.

Schließlich hielt er es nicht länger aus und schob den Stuhl zurück. »Meine Brüder«, verkündete er. »Leider bin ich heute keine geistreiche Gesellschaft. Ich werde zu Bett gehen.«

Mit gedämpfter Stimme antworteten die Kardinäle wie aus einem Mund: »Gute Nacht, Dekan.«

Lomeli ging zur Eingangshalle. Nur wenige beachteten ihn. Und von den wenigen wäre angesichts seines würdevollen Gangs keiner auf den Gedanken gekommen, welcher Aufruhr in seinem Kopf herrschte.

Anstatt die Treppe hinaufzugehen, änderte er in letzter Sekunde die Richtung und ging zum Empfang. Dort fragte er die Nonne hinter dem Tresen, ob Schwester Agnes noch Dienst habe. Es ging auf halb zehn zu. Hinter ihm im Speisesaal wurde gerade das Dessert aufgetragen.

Als Schwester Agnes aus ihrem Büro kam, ließ ihn irgendetwas an ihrem Verhalten argwöhnen, dass sie ihn erwartet hatte. Ihr attraktives Gesicht wirkte verhärmt.

»Eure Eminenz?«

»Guten Abend, Schwester Agnes. Ich habe mich gefragt, ob es wohl möglich wäre, noch einmal mit Schwester Shanumi zu sprechen.«

»Das ist leider unmöglich.«

»Warum?«

»Sie ist auf dem Heimweg nach Nigeria.«

»Meine Güte, das ging aber schnell.«

»Mit den Ethiopian Airlines ging heute Abend noch eine Maschine nach Lagos. Ich habe es für alle Beteiligten für das Beste gehalten, wenn sie die nimmt.«

Sie hielt seinem Blick ungerührt stand.

Nach einer Pause sagte er: »Wäre es dann möglich, dass wir beide vielleicht ein paar Worte miteinander wechseln?«

»Aber wir unterhalten uns doch schon, oder, Eminenz?«

»Natürlich, aber vielleicht könnten wir das Gespräch in Ihrem Büro fortsetzen.«

Sie zögerte und meinte, sie habe gerade ihren Dienst beenden wollen. Schließlich bat sie ihn dann aber doch hinter den Empfangstresen in ihre kleine gläserne Bürozelle. Die Jalousien waren bereits heruntergelassen. Die eingeschaltete Schreibtischlampe war die einzige Lichtquelle im Raum. Auf dem Tisch stand ein altmodischer Radio-Kassettenrekorder, der einen gregorianischen Gesang spielte. Er erkannte das *Alma Redemptoris Mater:* Erhabene Mutter des Erlösers. Das Zeugnis ihrer Frömmigkeit rührte ihn. Ihm fiel ein, dass ihre während der Französischen Revolution zu Tode gefolterte Vorfahrin seliggesprochen worden war. Sie schaltete die Musik aus, und er schloss die Tür hinter sich. Sie blieben beide stehen.

»Wie ist Schwester Shanumi nach Rom gekommen?«, fragte er ruhig.

»Ich habe keine Ahnung, Eure Eminenz.«

»Die arme Frau spricht kein Italienisch und hat Nigeria nie zuvor verlassen. Sie kann unmöglich in Rom aufgetaucht sein, ohne dass das jemand veranlasst hat.«

»Ich wurde vom Büro der Generaloberin in Paris darüber informiert, dass man sie uns schicken wird. Die Vorbereitungen wurden von Paris aus erledigt. Sie sollten in der Rue du Bac nachfragen, Eure Eminenz.«

»Das würde ich gern, aber wie Sie ja wissen, bin ich für die Dauer des Konklaves isoliert.«

»Dann fragen Sie hinterher.«

»Die Information ist jetzt für mich wichtig.«

Der Blick ihrer unbeugsamen Augen hielt seinem stand. Man könnte ihr mit der Guillotine oder dem Scheiterhaufen drohen, und sie würde nicht weichen. Wenn er je geheiratet hätte, dachte er, hätte er eine Frau wie sie gewollt.

»Haben Sie den Heiligen Vater geliebt, Schwester Agnes?«, fragte er sanft.

»Natürlich.«

»Nun, ich weiß ganz sicher, dass er Sie besonders geschätzt hat. Ich glaube sogar, dass er einen gewaltigen Respekt vor Ihnen hatte.«

»Davon weiß ich nichts.« Ihr Ton war abweisend. Sie wusste, was er tat. Und doch fühlte sie sich zumindest ein klein bisschen geschmeichelt. Zum ersten Mal war in ihren Augen ein leichtes Flackern zu sehen.

Lomeli ließ nicht locker. »Ich glaube, auch mich hat er ein bisschen geschätzt. Jedenfalls hat er mein Gesuch, mich von meinem Amt als Dekan zu entbinden, abgelehnt. Damals konnte ich nicht verstehen, warum. Um ehrlich zu sein, ich war wütend auf ihn … Gott möge mir verzeihen. Aber jetzt glaube ich, ihn zu verstehen. Ich glaube, dass er den nahen Tod gespürt hat und aus irgendeinem Grund wollte, dass das Konklave von mir geleitet wird. Und genau das bemühe ich mich zu tun. In ständigem Gebet. Für ihn. Wenn ich also zu wissen verlange, warum Schwester Shanumi in die Casa Santa Marta abgeordnet wurde, dann frage ich das nicht für mich, sondern für unseren gemeinsamen Freund, den verstorbenen Papst.«

»Das sagen *Sie*, Eure Eminenz. Aber wie soll ich wissen, was er von mir gewollt hätte?«

»Fragen Sie ihn, Schwester Agnes. Fragen Sie Gott.«

Mindestens eine Minute lang schwieg sie. Schließlich sagte sie: »Ich habe der Generaloberin versprochen, kein Wort darüber zu verlieren. Und das werde ich auch nicht. In Ordnung?« Dann setzte sie sich eine Lesebrille auf, nahm vor ihrem Computer Platz und fing an, emsig zu tippen. Ein merkwürdiges Bild, das Lomeli nie vergessen würde. Die betagte aristokratische Nonne, den Blick konzentriert auf den Bildschirm gerichtet, die Finger, die wie von selbst über die graue Plastiktastatur flogen. Das abgehackte Klackern schwoll zu einem Crescendo an, ließ wieder nach und verebbte zu einzelnen Anschlägen, bis sie schließlich nach einem letzten energischen Fingerhieb die Hände hob, aufstand und sich in die gegenüberliegende Büroecke zurückzog.

Lomeli setzte sich an den Schreibtisch. Auf dem Bildschirm sah er die geöffnete E-Mail der Generaloberin mit Datum vom 3. Oktober – also zwei Wochen vor dem Tod des Heiligen Vaters, dachte Lomeli – und dem Vermerk »vertraulich«. Die Mail informierte über die unverzügliche Versetzung von Schwester Shanumi aus der Gemeinde Iwaro Oka, Ondo, Nigeria, nach Rom. *Meine liebe Agnes, behalte das Ganze bitte für dich, kein Wort darüber, es ist nicht für die Öffentlichkeit bestimmt. Ich wäre dir zudem sehr verbunden, wenn du auf unsere Schwester ein besonders fürsorgliches Auge haben würdest, sie ist nämlich vom Präfekten der Kongregation für die Evangelisierung der Völker angefordert worden, Seiner Eminenz Kardinal Tremblay.*

*

Nachdem er Schwester Agnes eine gute Nacht gewünscht hatte, ging Lomeli wieder in den Speisesaal. Er stellte sich für Kaffee an und ging dann mit seiner Tasse zurück in die Eingangshalle. Dort setzte er sich mit dem Empfangstresen im Rücken in einen der purpurfarbenen, dick gepolsterten Sessel, wartete und beobachtete. Unser Kardinal Tremblay, dachte er, unglaublich! Ein Nordamerikaner, der kein Amerikaner war, der französisch sprach, ohne Franzose zu sein, ein dogmatischer Liberaler, aber auch ein Wertkonservativer (oder war es andersherum?), ein Streiter für die Dritte Welt und der Inbegriff der Ersten Welt – wie töricht von Lomeli, ihn so zu unterschätzen! Ihm fiel auf, dass der Kanadier sich nicht einmal mehr den Kaffee selbst holen musste, Sabbadin erledigte das für ihn. Und dann ging der Erzbischof von Mailand mit Tremblay zu einer Gruppe italienischer Kardinäle, die sofort den Kreis öffneten und ihn in ihre Mitte aufnahmen.

Lomeli nippte hin und wieder am Kaffee und wartete auf den passenden Augenblick. Für das, was er tun musste, wollte er keine Zeugen.

Gelegentlich trat ein Kardinal an ihn heran, um mit ihm zu plaudern. Er sah dann hoch und lächelte, und sie tauschten ein paar Nettigkeiten aus. Nichts verriet den Tumult, der in seinem Kopf herrschte. Der Wink, dass er nicht aufstand, wurde verstanden, sodass er schnell wieder allein war. Nach und nach zogen sich die Kardinäle auf ihr Zimmer zurück.

Es war fast elf, und die Eingangshalle hatte sich geleert, als Tremblay seine Unterhaltung mit den Italienern schließlich beendete. Er hob die Hand, was fast wie eine Segnung aussah. Einige Kardinäle verneigten sich leicht. Mit einem zufriedenen Lächeln auf den Lippen drehte er sich um und ging auf die Treppe zu. Sofort stand Lomeli auf, um ihn abzufangen. Dabei bot er kurz einen leicht komödiantischen Anblick. Durch das lange Sitzen waren seine Knochen nämlich so steif geworden, dass er sich nur unter Mühen aus dem Sessel erheben konnte. Ungelenk stakste er dem Kanadier hinterher und erreichte ihn, als er gerade den Fuß auf die erste Stufe setzte.

»Eure Eminenz, dürfte ich Sie kurz sprechen?«

Tremblay lächelte immer noch wie beseelt. Er troff vor Güte. »Mein lieber Dekan, ich wollte gerade zu Bett gehen.«

»Es dauert nicht lange. Seien Sie so nett.«

Das Lächeln blieb, aber ein Hauch von Skepsis erschien in Tremblays Blick. Dennoch folgte er Lomeli, der ihm mit einer Handbewegung bedeutete, doch bitte mit ihm zu kommen. Sie durchquerten die Eingangshalle, bogen um die Ecke und betraten die Kapelle. Der leere Anbau lag im Halbdunkel. Die Vatikanmauer hinter dem Sicherheitsglas glänzte im Licht der Punktstrahler grünblau – wie eine Opernkulisse für ein mitternächtliches Rendezvous oder einen Mord. Sonst brannten nur die Lampen über dem Altar. Lomeli bekreuzigte sich. Tremblay tat es ihm gleich. »Das ist ja sehr geheimnisvoll«, sagte er. »Was soll das Ganze?«

»Sehr einfach. Ich möchte, dass Sie vor der nächsten Abstimmung Ihren Namen von der Wahl zurückziehen.«

Tremblay schaute ihn an, augenscheinlich mehr belustigt denn alarmiert. »Alles okay mit Ihnen, Jacopo?«

»Tut mir leid, aber Sie sind nicht der richtige Mann für das Papstamt.«

»Das mag Ihre Meinung sein. Vierzig Kollegen von uns sehen das anders.«

»Nur weil sie Sie nicht so gut kennen wie ich.«

Tremblay schüttelte den Kopf. »Das ist sehr traurig. Ich habe Ihren besonnenen Kopf immer hoch geschätzt. Aber seit Beginn des Konklaves machen Sie einen ziemlich verwirrten Eindruck auf mich. Ich werde für Sie beten.«

»Sie sollten sich die Gebete lieber für die eigene Seele aufsparen. Ich weiß vier Dinge über Sie, Eure Eminenz, die unsere Kollegen nicht wissen. Erstens, es existierte ein Bericht über Ihre Umtriebe. Zweitens, der Heilige Vater hat nur Stunden vor seinem Tod mit Ihnen darüber gesprochen. Drittens, er hat Sie all Ihrer Posten enthoben. Und viertens, ich weiß auch, warum.«

In dem bläulichen Halbdunkel wirkte Tremblays Gesicht plötzlich wie versteinert. Er sah aus, als hätte er einen harten Schlag auf den Hinterkopf bekommen. Er setzte sich schnell auf den nächsten Stuhl. Eine Zeit lang sagte er nichts und starrte nur geradeaus auf das über dem Altar hängende Kruzifix.

Lomeli setzte sich auf den Stuhl hinter ihm. Er beugte sich vor und sprach leise in Tremblays Ohr. »Sie sind ein guter Mensch, Joseph, da bin ich mir völlig sicher. Sie wollen Gott mit all Ihren Fähigkeiten dienen. Unglücklicherweise glauben Sie aber, dass zu diesen Fähigkeiten auch das Papstamt gehört. Als Ihr Freund muss ich Ihnen sagen, das tut es nicht.«

Tremblay drehte sich nicht um. Höhnisch und verbittert murmelte er: »Freund!«

»Ja, und zwar ein aufrichtiger. Aber ich bin auch Dekan des Kardinalskollegiums, und als solcher trage ich Verantwortung. Ich würde es als Todsünde betrachten, nicht auf das zu reagieren, was ich weiß.«

Tremblays Stimme klang hohl. »Und was genau *wissen* Sie, was über bloßen Klatsch hinausgeht?«

»Dass Sie irgendwie – vermutlich über Ihre Kontakte zu unseren Missionen in Afrika – von Kardinal Adeyemis dreißig Jahre zurückliegendem Fehltritt erfahren und dafür gesorgt haben, dass die darin verwickelte Frau nach Rom versetzt wird.«

Tremblay blieb zunächst regungslos sitzen. Dann drehte er sich um, mit gerunzelter Stirn, als müsste er angestrengt überlegen. »Und wie haben *Sie* von ihr erfahren?«

»Das tut nichts zur Sache. Von Belang ist nur, dass Sie sie mit der ausdrücklichen Absicht nach Rom haben versetzen lassen, Adeyemis Aussichten auf das Papstamt zu ruinieren.«

»Die Anschuldigung weise ich strikt zurück.«

Lomeli hob warnend den Finger. »Denken Sie sorgfältig nach, bevor Sie sprechen, Eminenz. Wir befinden uns an einem geweihten Ort.«

»Wenn Sie wollen, können Sie mir eine Bibel bringen, damit ich darauf schwöre. Auch dann streite ich es ab.«

»Nur zur Klarstellung: Sie bestreiten also, die Generaloberin der Barmherzigen Schwestern gebeten zu haben, eine ihrer Schwestern nach Rom zu versetzen?«

»Nein, ich habe sie darum gebeten. Aber nicht für mich.«

»Für wen dann?«

»Für den Heiligen Vater.«

Lomeli zog ungläubig den Kopf zurück. »Um Ihre Kandidatur zu retten, verleumden Sie den Heiligen Vater in dessen eigener Kapelle?«

»Das ist keine Verleumdung, das ist die Wahrheit. Der Heilige Vater hat mir den Namen einer Schwester in Afrika genannt und mich als Präfekten der Kongregation für die Evangelisierung der Völker gebeten, ein privates Ersuchen an die Barmherzigen Schwestern zu richten, diese Schwester nach Rom versetzen zu lassen. Und dem bin ich nachgekommen.«

»Das ist schwer zu glauben.«

»Schön, es stimmt aber. Offen gestanden bin ich ziemlich entsetzt darüber, dass Sie meine Worte anzweifeln.« Er stand auf. Die alte Selbstsicherheit war zurück. Jetzt sah er auf Lomeli herab. »Was mich betrifft, so hat das Gespräch hier nie stattgefunden.«

Lomeli erhob sich nun auch. Es kostete ihn einige Mühe, seinen Zorn im Zaum zu halten. »Unglücklicherweise hat es aber stattgefunden. Sollten Sie morgen nicht Ihren Verzicht auf eine weitere Kandidatur bekannt geben, werde ich dem Konklave mitteilen, dass des Heiligen Vaters letzte Amtshandlung die war, Sie wegen der versuchten Erpressung eines Kollegen zu entlassen.«

»Und mit welchen Beweisen werden Sie diese lächerliche Behauptung untermauern?« Tremblay breitete die Arme aus. »Es gibt keine.« Er trat einen Schritt näher an Lomeli heran. »Auch ich möchte Ihnen als Freund einen Rat geben, Jacopo. Wiederholen Sie diese bösartigen Anschuldigungen nicht gegenüber unseren Kollegen. Ihre eigenen Ambitionen sind nicht unbemerkt geblieben. Ihr Vorgehen könnte als Taktik aufgefasst werden, den Namen eines Konkurrenten zu beschmutzen. Es könnte sogar den gegenteiligen Effekt haben. Erinnern Sie sich noch an 63, wo die Traditionalisten versucht haben, Kardinal Montinis Ruf zu ruinieren? Zwei Tage später war er Papst!«

Tremblay beugte das Knie zum Altar hin, bekreuzigte sich, wünschte Lomeli kühl eine gute Nacht und verließ die Kapelle. Der Dekan des Kardinalskollegiums stand da und lauschte dem verklingenden Echo der Schritte auf dem Marmorfußboden.

*

In den nächsten Stunden lag Lomeli vollständig angezogen auf seinem Bett und starrte an die Decke. Das einzige Licht kam aus dem Bad. Durch die dünne Wand konnte er Adeyemis Schnarchen hören, aber Lomeli war so in seine Gedanken vertieft, dass er es kaum wahrnahm. In den Händen hielt er den Generalschlüssel, den ihm Schwester Agnes ausgehändigt hatte, nachdem er sich – was ihm erst nach der Messe im Petersdom aufgefallen war – aus dem Zimmer ausgesperrt hatte. Er drehte ihn ständig zwischen den Fingern hin und her, betete und redete gleichzeitig mit sich selbst, sodass beides zu einem einzigen Monolog verschmolz.

O Herr, Du hast mir die Aufgabe übertragen, das geheiligte Konklave zu betreuen ... Ist es nur meine Pflicht, die Beratungen meiner Kollegen zu organisieren, oder liegt es auch in meiner Verantwortung, mich einzumischen und das Ergebnis zu beeinflussen ...? Ich bin Dein Diener und ergebe mich Deinem Willen ... Ungeachtet jeder Einflussnahme meinerseits wird uns der Heilige Geist den Weg zu einem würdigen Pontifex weisen ... Führe mich, o Herr, ich bitte Dich, damit ich Deine Wünsche erfüllen kann ... Diener, gehe hin und führe dich selbst ...

Zweimal stand er auf und ging zur Tür, zweimal kehrte er um und legte sich wieder aufs Bett. Natürlich wusste er, dass ihn kein Gedankenblitz erhellen, dass ihm keine plötzliche Eingebung Gewissheit verschaffen würde. Damit rechnete er nicht. So arbeitete Gott nicht. Er hatte ihm schon alle nötigen Zeichen geschickt. Es lag nun an ihm, entsprechend zu handeln. Und vielleicht hatte er schon immer geahnt, was er schließlich tun würde, weshalb er den Generalschlüssel auch nie zurückgegeben, sondern in der Nachttischschublade aufbewahrt hatte.

Er stand zum dritten Mal auf, ging wieder zur Tür und öffnete sie diesmal.

Laut apostolischer Konstitution über die Papstwahl durfte sich nach Mitternacht außer den Kardinälen niemand mehr in der Casa Santa Marta aufhalten. Die Nonnen waren in ihre Unterkünfte zurückgebracht worden. Die Sicherheitsleute saßen entweder in ihren Wagen oder patrouillierten in der Umgebung. Im keine fünfzig Meter entfernten Palazzo San

Carlo standen zwei Ärzte auf Abruf bereit. In medizinischen oder anderweitigen Notfällen waren die Kardinäle gehalten, den Knopf für den Feueralarm zu drücken.

Er schaute in den Gang, stellte zufrieden fest, dass er leer war, und ging schnell in Richtung Treppe. Vor der Wohnung des Heiligen Vaters flackerten die roten Opferlichte. Er betrachtete nachdenklich die Tür. Ein letztes Mal zögerte er. *Was ich auch tue, ich tue es für Dich. Du schaust in mein Herz. Du weißt, dass meine Absichten lauter sind. Ich empfehle mich Deinem Schutz.* Er steckte den Schlüssel ins Loch und drehte um. Die Tür öffnete sich einen Spaltbreit nach innen. Die von Tremblay nach dem Tod des Heiligen Vaters in aller Eile angebrachten Bänder spannten sich und verhinderten, dass sie ganz aufging. Lomeli schaute sich die Siegel genau an. Die roten Wachsscheiben trugen das Wappen der Apostolischen Kammer: gekreuzte Schlüssel unter einem aufgespannten Schirm. Ihre Funktion war rein symbolisch. Schon einem kurzen Stoß würden sie nicht standhalten. Er drückte etwas stärker gegen die Tür. Das Wachs knackte und zerbrach, die Bänder fielen herunter, und der Weg in die päpstliche Wohnung war frei. Er bekreuzigte sich, trat über die Schwelle und schloss die Tür hinter sich.

Es roch abgestanden und stickig. Er tastete nach dem Lichtschalter. Das vertraute Wohnzimmer sah genauso aus wie in der Todesnacht. Die zitronengelben, dicht geschlossenen Vorhänge. Das blaue Sofa und die beiden Armsessel mit den muschelförmigen Rückenlehnen. Der Couchtisch. Das Betpult. Der Schreibtisch, neben dem die abgewetzte schwarze Aktentasche des Papstes auf dem Boden stand.

Er setzte sich an den Schreibtisch und hob die Aktentasche hoch, legte sie sich auf die Knie und öffnete sie. Er fand einen Elektrorasierer, eine Dose mit Pfefferminzbonbons, ein Stundenbuch und eine Taschenbuchausgabe von Thomas von Kempens *Nachfolge Christi*. Bekanntermaßen – laut dem vom Pressebüro des Vatikans herausgegebenen Bericht – war es das letzte Buch, in dem der Papst vor seinem Herzanfall gelesen hatte. Die Seite war mit einer verblichenen Busfahrkarte markiert, die vor über zwanzig Jahren in seiner Heimatstadt abgestempelt worden war:

Umgang und Vertraulichkeit

Öffne dein Herz nicht vor jedem Auge, sondern suche dir einen Mann aus, der den Herrn fürchtet und wahrhaft weise ist, und diesen mache zu deinem Vertrauten in allem, was dir anliegt. Sei nicht oft bei Jünglingen und Fremden. Schmeichle den Reichen nicht, und erscheine nicht gern vor den Großen. Geselle dich lieber zu denen, die sich durch Einfalt und Demut, durch Andacht, Züchtigkeit und Sittsamkeit deinem Herzen empfehlen, und rede mit ihnen über Dinge, die erbauen …

Er steckte alles wieder in die Aktentasche und stellte sie zurück an ihren Platz. Er probierte die mittlere Schreibtischschublade. Sie war nicht verschlossen. Er zog sie ganz heraus, stellte sie auf den Tisch und durchkramte den Inhalt: ein Brillenetui (leer) und eine Plastikflasche Kontaktlinsenreiniger, Bleistifte, eine Packung Aspirin, ein Taschenrechner, Gummibänder, ein Taschenmesser, eine alte Geldbörse mit einem Zehneuroschein, die letzte Ausgabe des *Annuario Pontificio*, des dicken, rot gebundenen Namensverzeichnisses aller hochrangigen Amtsträger der Kirche … Er öffnete die anderen drei Schubladen. Außer signierten Postkarten, die der Heilige Vater an Besucher zu verteilen pflegte, fand er nicht ein einziges Fitzchen Papier. Er lehnte sich zurück und dachte darüber nach. Der Papst hatte sich zwar geweigert, in die traditionelle Papstwohnung einzuziehen, aber das Büro seines Vorgängers im Apostolischen Palast hatte er benutzt. Jeden Morgen war er mit seiner Aktentasche zu Fuß ins Büro gegangen. Und immer hatte er sich abends noch Akten mitgenommen, um sie in der Wohnung durchzuarbeiten. Die Belastungen durch das Amt hörten nie auf. Lomeli erinnerte sich noch gut, wie er beim Abzeichnen von Briefen und Dokumenten immer genau auf diesem Stuhl gesessen hatte. Entweder hatte er in seinen letzten Tagen überhaupt nicht mehr gearbeitet, oder der Schreibtisch war ausgeräumt worden – zweifellos von seinem stets effizienten Privatsekretär Monsignore Morales.

Er stand auf und ging im Zimmer umher, bis er schließlich den Mut aufbrachte, die Tür zum Schlafzimmer zu öffnen.

Das Laken war abgezogen, die Kissen lagen ohne Bezug auf der Matratze des wuchtigen antiken Betts. Aber auf dem Nachttisch stand noch der Wecker und lag noch die Brille des Papstes. Er öffnete den Schrank und blickte auf zwei weiße Soutanen, die wie Gespenster an der Kleiderstange hingen. Der Anblick der einfachen Kleidungsstücke – er hatte sich immer geweigert, die kunstvolleren päpstlichen Gewänder zu tragen – schien etwas im Innern von Lomeli aufzubrechen, was sich seit der Beisetzung in ihm angestaut hatte. Er legte die Hand über die Augen und senkte den Kopf. Er zitterte am ganzen Leib, weinte aber nicht. Die tränenlosen Zuckungen hielten keine halbe Minute an, und kaum waren sie vorüber, fühlte er sich seltsam gestärkt. Er wartete, bis er wieder bei Atem war, dann drehte er sich um und betrachtete das Bett.

Es war ausnehmend hässlich, jahrhundertealt, mit großen, viereckigen Pfosten an jeder Ecke sowie geschnitztem Kopf-

und Fußende. Von allen Möbelstücken, die er sich in der päpstlichen Wohnung hatte aussuchen können, hatte sich der Heilige Vater nur dieses hässliche Bett in die Casa Santa Marta bringen lassen. Generationen von Päpsten hatten darin geschlafen. Um es überhaupt hereinschaffen zu können, hatte man es wohl auseinandernehmen und hier im Raum wieder zusammenbauen müssen.

Wie in der Todesnacht ließ Lomeli sich auch nun vorsichtig auf die Knie nieder und faltete die Hände, schloss die Augen und legte die Stirn auf die Kante der Matratze. Dann betete er. Plötzlich erschien ihm allein der Gedanke an das schrecklich einsame Leben des alten Mannes kaum mehr erträglich. Er streckte die Arme zu beiden Seiten aus und umfasste fest den hölzernen Bettrahmen.

Wie lange er in dieser Position verharrte, konnte er später nicht mehr genau sagen. Vielleicht zwei, vielleicht zwanzig Minuten. Ziemlich sicher wusste er allerdings, dass irgendwann während dieser Zeitspanne der Heilige Vater zu ihm gesprochen hatte. *Natürlich* war es möglich, dass ihm seine Fantasie einen Streich gespielt hatte: Die Rationalisten hatten eine Erklärung für alles, sogar für göttliche Eingebung. Er wusste lediglich, dass er verzweifelt gewesen war, als er sich hingekniet hatte, und dass ihm hinterher, nachdem er sich mühsam wieder erhoben und auf das Bett gesehen hatte, der tote Mann verriet, was zu tun sei.

*

Sein erster Gedanke war, dass es eine versteckte Schublade geben müsse. Er ging wieder auf die Knie, rutschte um das Bett herum und tastete dabei innen am Rahmen entlang, griff aber nur in Luft. Er schaute sogar unter die Matratze, obwohl er wusste, dass das Zeitverschwendung war. Der gleiche Heilige Vater, der Bellini beim abendlichen Schach fast immer geschlagen hatte, hätte nie etwas derart Naheliegendes getan. Schließlich hatte er alle Möglichkeiten überprüft – bis auf die Bettpfosten.

Zuerst untersuchte er den Pfosten an der Kopfseite rechts. Er schloss oben mit einer geschnitzten Halbkugel aus dunkler, polierter Eiche ab. Bei oberflächlicher Betrachtung schienen sie und der schwere Pfosten darunter aus einem Stück zu bestehen. Als er jedoch mit den Fingern an der Verzierung unterhalb der Halbkugel entlangtastete, merkte er, dass einer der kleinen Holzknöpfe nicht ganz fest saß. Er machte die Nachttischlampe an, stieg auf die Matratze und untersuchte die Halbkugel. Vorsichtig drückte er dagegen. Scheinbar ohne Wirkung. Doch als er sich an dem Bettpfosten festhielt, um wieder einen Fuß auf den Boden setzen zu können, löste sich die Halbkugel und fiel ihm in die Hand.

In dem Bettpfosten befand sich ein Hohlraum, aus dessen flachem, unlackiertem Boden in der Mitte ein winziger Holzknopf herausragte, den er fast übersehen hätte. Er nahm ihn zwischen Zeigefinger und Daumen und zog. Langsam kam ein schlichter Holzkasten zum Vorschein. Die Präzision, mit der er exakt in sein Versteck passte, war faszinierend. Ganz herausgezogen hatte er etwa die Größe eines Schuhkartons. Er schüttelte ihn. Innen raschelte etwas.

Er setzte sich auf die Matratze und öffnete den Deckel. Im Innern lagen ein paar Dutzend zusammengerollte Schriftstücke. Er breitete sie aus und blätterte sie durch. Zahlenreihen. Bankauszüge. Überweisungen. Adressen. Auf vielen der Blätter hatte sich der Heilige Vater mit Bleistift in seiner winzigen, eckigen Handschrift Notizen gemacht. Plötzlich sprang ihm sein eigener Name ins Auge. *Lomeli. Wohnung Nr. 2. Pa-*

last des Heiligen Offiziums. 445 Quadratmeter!! Es handelte sich anscheinend um eine offizielle Liste von Dienstwohnungen aktiver und pensionierter Mitglieder der Kurie, die die *Administratio Patrimonii Sedis Apostolicae* (APSA), die Güterverwaltung des Apostolischen Stuhls, für den Papst erstellt hatte. Die Namen der wahlberechtigten Kardinäle, die in solchen Wohnungen lebten, waren unterstrichen: <u>Bellini</u> (410 Quadratmeter), <u>Adeyemi</u> (480 Quadratmeter), <u>Tremblay</u> (510 Quadratmeter) … Ans Ende der Liste hatte der Papst seinen eigenen Namen hinzugefügt: *Heiliger Vater, Casa Santa Marta, 50 Quadratmeter!!*

Der Liste war ein Anhang beigefügt:

Vertraulich. Nur für den Papst.

Eure Heiligkeit,
soweit wir das feststellen konnten, umfasst die von der APSA verwaltete Gesamtfläche 347 532 Quadratmeter mit einem potenziellen Wert von über 2 700 000 000 Euro, jedoch beläuft sich der angegebene Buchwert auf 389 600 000 Euro. Das Einnahmedefizit scheint auf eine bezahlte Vermietungsquote von lediglich 56 % hinzudeuten. Es hat deshalb den Anschein, wie vom Heiligen Vater vermutet, dass ein Großteil der Einnahmen nicht akkurat angegeben ist.

In größter Ehrfurcht,
Eurer Heiligkeit ergebenster und gehorsamster Schutzbefohlener,

D. Labriola (Sonderbeauftragter)

Lomeli nahm sich die anderen Papiere vor, und auch hier stieß er auf seinen Namen. Zu seiner Verwunderung handelte es sich jetzt um eine Übersicht seiner privaten Kontodaten beim *Istituto per le Opere di Religione* (IOR), der Vatikanbank. Eine über zehn Jahre zurückreichende Liste mit seinen monatlichen Kontoständen. Der letzte Eintrag vom 30. September wies einen Abschlusssaldo von 38 734,76 Euro aus. Nicht einmal er selbst hatte das gewusst. Das war sein gesamtes Geldvermögen.

Er überflog Hunderte von Namen. Allein wegen der Tatsache, dass er sie las, fühlte er sich schmutzig, konnte den Blick aber trotzdem nicht abwenden. Bellini hatte 42 112 Euro auf dem Konto, Adeyemi 121 865 und Tremblay 519 732 (eine Zahl, die sich ein paar päpstliche Ausrufezeichen verdiente). Manche Kardinäle hatten winzige Kontostände: Tedescos lag bei 2821 Euro, und Benítez hatte anscheinend überhaupt kein Konto. Andere waren reiche Männer. Der Alterzbischof von Palermo Calogero Scozzazi, der unter der Ägide von Marcinkus eine Zeit lang im IOR gearbeitet hatte und gegen den sogar wegen Geldwäsche ermittelt worden war, war 2 643 923 Euro schwer. Auf den Konten einiger Kardinäle aus Afrika und Asien waren im Lauf der letzten zwölf Monate große Summen eingegangen. Quer über eine Seite hatte der Heilige Vater in seiner zittrigen Handschrift ein Zitat aus dem Markusevangelium gekritzelt: *Heißt es nicht in der Schrift: Mein Haus soll ein Haus des Gebetes für alle Völker genannt werden? Ihr aber habt daraus eine* Räuberhöhle *gemacht.*

Nachdem er alles gelesen hatte, rollte er die Schriftstücke wieder fest zusammen, steckte sie zurück in den Kasten und machte den Deckel zu. Den Ekel konnte er auf seiner Zunge schmecken wie ein fauliges Stück Fleisch. Der Heilige Vater hatte seine Amtsgewalt genutzt, um sich heimlich vom IOR die privaten Kontodaten seiner Kollegen zu beschaffen. Hielt er sie *alle* für korrupt? Manches war keine Überraschung für Lomeli: der Skandal mit den Wohnungen der Kurie zum Beispiel war schon vor Jahren an die Presse durchgestochen worden. Und auch, was den persönlichen Reichtum seiner Kardinalsbrüder anging, war er nicht überrascht – vom entrückten Luciani, der nur einen Monat nach seiner Wahl zum Papst starb, hieß es, er habe 1978 nur gewonnen, weil er als Einziger unter den italienischen Kardinälen als sauber galt. Nein, beim ersten Lesen schockierte Lomeli mehr, was die Papiere über die Gemütsverfassung des Heiligen Vaters offenbarten.

Er schob den Kasten wieder in sein Versteck und setzte die Halbkugel oben auf den Bettpfosten. Ihm kamen die ängstlichen Worte der Jünger an Jesus in den Sinn. *Der Ort ist abgelegen, und es ist schon spät.* Ein paar Sekunden lang hielt er sich noch an dem massiven Holzpfosten fest. Er hatte Gott um Führung gebeten, und Gott hatte ihn hierhergeführt. Dennoch fürchtete er sich davor, was er noch alles entdecken könnte.

Als er sich wieder beruhigt hatte, ging er trotzdem auf die andere Seite und nahm sich den zweiten Bettpfosten des Kopfteils vor. Er tastete an den Holzknöpfen unter der geschnitzten Halbkugel entlang und fand auch hier den versteckten Hebel. Die Spitze des Pfostens fiel ihm in die Hand, und er zog einen zweiten Behälter heraus. Dann ging er zum Fußende des Bettes, wo er einen dritten Behälter und danach einen vierten herausholte.

14

SIMONIE

Es muss fast drei Uhr morgens gewesen sein, als Lomeli die päpstliche Wohnung verließ. Er öffnete die Tür gerade so weit, dass er den Gang hinter den purpurrot schimmernden Kerzen überblicken konnte. Er lauschte. Über hundert Männer, die meisten über siebzig Jahre alt, schliefen entweder oder beteten. Das Gebäude lag vollkommen still da.

Er schloss die Tür hinter sich. Zu versuchen, die Siegel wieder anzubringen, war sinnlos. Das Wachs war zerbrochen, die Bänder hingen herunter. Natürlich würden die Kardinäle sofort sehen, was passiert war, aber daran war nichts zu ändern. Er durchquerte den Gang und ging die Treppe hinauf. Bellini hatte erwähnt, dass sich seine Suite genau über der des Heiligen Vaters befand und der Geist des alten Mannes durch den Parkettboden zu ihm aufsteigen würde. Das bezweifelte er nicht.

Er klopfte leise an die Tür von Nummer 301. Er hatte befürchtet, sich nicht bemerkbar machen zu können, ohne die halbe Etage zu wecken. Zu seiner Überraschung hörte er fast sofort Geräusche, die Tür wurde geöffnet, und Bellini stand vor ihm. Er trug seine Soutane und schaute Lomeli mit dem mitfühlenden Blick des Leidensgenossen an. »Hallo, Jacopo. Können wohl auch nicht schlafen, oder? Kommen Sie rein.«

Lomeli folgte ihm in die Suite. Es war exakt die gleiche wie die des Papstes. Die Lampen im Wohnzimmer waren ausgeschaltet, das Licht kam durch die halb geöffnete Tür aus dem Schlafzimmer. Bellini hatte Andacht gehalten. Der Rosenkranz und das Stundenbuch lagen auf dem Betpult.

»Möchten Sie ein kurzes Gebet mit mir sprechen?«, fragte Bellini.

»Sehr gern.«

Die beiden Männer knieten nieder. Bellini senkte den Kopf. »An diesem Tag gedenken wir des heiligen Papstes Leo des Großen. Gott, Du hast Deine Kirche auf dem festen Fundament des Apostels Petrus gebaut und hast versprochen, dass die Tore der Hölle sie nie bezwingen werden. Mit der Fürbitte des heiligen Papstes Leo bitten wir Dich, den Glauben in der Kirche zu bewahren und ihr andauernden Frieden zu schenken. Darum bitten wir durch Jesus Christus. Amen.«

»Amen.«

»Kann ich Ihnen etwas anbieten?«, sagte Bellini, nachdem sie eine Weile geschwiegen hatten. »Ein Glas Wasser vielleicht?«

»Das wäre nett, danke.«

Lomeli setzte sich auf das Sofa. Er war erschöpft und aufgewühlt zugleich – keine Verfassung, in der man eine folgenschwere Entscheidung treffen sollte. Er hörte den laufenden Wasserhahn. Bellini rief aus dem Bad: »Sonst kann ich Ihnen leider nichts anbieten.« Er kam mit zwei vollen Gläsern ins Wohnzimmer zurück und gab Lomeli eines.

»Also, was treibt Sie um diese Zeit noch um?«, fragte Bellini.

»Aldo, Sie müssen Ihre Kandidatur aufrechterhalten.«

Bellini stöhnte und ließ sich in einen Sessel fallen. »Bitte, nicht schon wieder! Ich dachte, das Thema wäre erledigt.

Ich will die Wahl nicht gewinnen, und ich kann sie nicht gewinnen.«

»Welche dieser beiden Einschätzungen wiegt schwerer für Sie, das Nichtwollen oder das Nichtkönnen?«

»Hätten mich zwei Drittel meiner Kollegen der Aufgabe für würdig erachtet, hätte ich meine Zweifel schweren Herzens hintangestellt und mich dem Willen des Konklaves gebeugt. Da das nicht der Fall war, stellt sich die Frage nicht.«

Lomeli zog unter seiner Soutane drei Schriftstücke hervor und legte sie auf den Couchtisch.

»Was ist das?«, fragte Bellini.

»Die Schlüssel Petri. Wenn Sie sie wollen.«

Es folgte eine lange Pause, dann sagte Bellini ruhig: »Ich sollte Sie jetzt wohl auffordern, lieber zu gehen.«

»Was Sie jedoch nicht tun werden, Aldo.« Bellini verschränkte die Arme und erwiderte nichts. Lomeli nahm einen großen Schluck Wasser. Erst jetzt merkte er, wie durstig er war. Während er alles austrank, warf er Bellini über den Glasrand einen prüfenden Blick zu. Er stellte das Glas ab. »Na los, lesen Sie!« Er schob die Blätter über den Couchtisch. »Das ist ein Bericht über die Aktivitäten der Kongregation für die Evangelisierung der Völker, genauer gesagt, über die Umtriebe ihres Präfekten Kardinal Tremblay.«

Bellini schaute mit gerunzelter Stirn auf den Tisch und wendete den Blick ab. Schließlich beugte er sich aber doch vor und nahm die drei Blätter widerwillig in die Hand.

»Die Beweislast ist erdrückend«, sagte Lomeli. »Schuldig der Ämterschacherei, der Simonie. Ich darf Sie daran erinnern, dass dieses Verbrechen in der Heiligen Schrift erwähnt wird. ›Als Simon sah, dass durch die Handauflegung der Apostel der Geist verliehen wird, brachte er ihnen Geld und sagte: Gebt auch mir diese Vollmacht, damit jeder, dem ich die Hände auflege, den Heiligen Geist empfängt! Petrus aber sagte zu ihm: Dein Silber fahre mit dir ins Verderben, wenn du meinst, die Gabe Gottes lasse sich für Geld kaufen.‹«

»Ich weiß, was Simonie ist, danke«, sagte Bellini, noch während er las.

»Hat es jemals einen eindeutigeren Versuch gegeben, ein Amt oder ein Sakrament zu kaufen? Die Stimmen im ersten Wahlgang hat Tremblay nur deshalb bekommen, weil er sie gekauft hat – vor allem von Kardinälen aus Afrika und Südamerika. Die Namen stehen alle da: Cárdenas, Diène, Figarella, Garang, Papouloute, Baptiste, Sinclair, Alatas. Sogar in bar, damit die Spur nicht so leicht zurückzuverfolgen ist. Alles in den letzten zwölf Monaten, wahrscheinlich seit er davon ausgegangen war, dass sich das Pontifikat des Heiligen Vaters dem Ende zuneigt.«

Bellini hatte alles gelesen und starrte ins Leere. Man konnte sehen, wie sein scharfer Verstand die Informationen verarbeitete und die Belastbarkeit der Beweise abschätzte. Schließlich sagte er: »Und woher wissen Sie, dass sie das Geld nicht für einen in jeder Beziehung rechtmäßigen Zweck verwendet haben?«

»Weil ich ihre Kontoauszüge gesehen habe.«

»Großer Gott!«

»Zum jetzigen Zeitpunkt sind aber nicht die Kardinäle das Thema. Ich würde nicht einmal sagen, dass sie zwangsläufig der Korruption schuldig sind. Vielleicht wollen sie das Geld ja noch an ihre Kirchen weiterleiten und sind nur noch nicht dazu gekommen. Außerdem sind alle Stimmzettel verbrannt, wie sollen wir da jemals nachweisen, für wen sie gestimmt haben? Etwas steht allerdings unzweifelhaft fest: Tremblay hat an den offiziellen Kanälen vorbei Zehntausende Euro ausgezahlt, die eindeutig dafür bestimmt waren, seine Kandidatur zu befördern. Und auf Simonie bei der Papstwahl, daran brauche ich Sie nicht zu erinnern, steht Exkommunikation als Tatstrafe, die mit dem Vergehen von selbst eintritt.«

»Er wird alles leugnen.«

»Er kann so viel leugnen, wie er will. Wenn der Bericht bekannt wird, dann wird das den größten Skandal aller Zeiten auslösen. Erstens beweist er, dass Woźniaks Behauptung, der Heilige Vater habe in seiner letzten offiziellen Amtshandlung Tremblay zum Rücktritt aufgefordert, der Wahrheit entsprach.«

Bellini sagte nichts. Er legte die Blätter zurück auf den Tisch und richtete sie mit seinen langen Fingern so lange aus, bis sie exakt aufeinanderlagen. »Darf ich fragen, woher Sie die Unterlagen haben?«

»Aus der Wohnung des Heiligen Vaters.«

»Seit wann?«

»Seit heute Abend.«

Bellini schaute ihn ungläubig an. »Sie haben die Siegel aufgebrochen?«

»Hatte ich eine andere Wahl? Sie haben die Szene beim Mittagessen miterlebt. Ich hatte Grund zu der Annahme, dass Tremblay Adeyemis Aussichten auf das Papstamt vorsätzlich zerstört hat, indem er diese arme Frau aus Afrika nach Rom hat versetzen lassen, um ihn zu kompromittieren. Er hat das natürlich abgestritten, also brauchte ich Beweise. Nach bestem Wissen und Gewissen konnte ich nicht einfach zuschauen, wie ein solcher Mensch zum Papst gewählt wird, ohne nicht zumindest ein paar Nachforschungen anzustellen.«

»Und, hat er? Hat er die Frau tatsächlich hergeschafft, um Adeyemi zu kompromittieren?«

Lomeli zögerte. »Ich weiß es nicht. Sicher ist nur, dass er ihre Versetzung nach Rom veranlasst hat. Aber er behauptet, das auf Wunsch des Heiligen Vaters getan zu haben. Vielleicht stimmt das ja. Jedenfalls scheint der Papst mit irgendeiner Art von Spionageoperation die eigenen Kollegen bespitzelt zu haben. Ich habe in seiner Wohnung alle möglichen privaten E-Mails und Telefonabschriften gefunden.«

»Mein Gott, Jacopo!« Bellini stöhnte, als hätte er physische Schmerzen, warf den Kopf zurück und starrte zur Decke. »Was für eine teuflische Geschichte.«

»Wie wahr. Aber besser wir klären das jetzt auf, während das Konklave noch tagt und wir unsere Angelegenheiten unter Ausschluss der Öffentlichkeit diskutieren können, als die Wahrheit erst dann herauszufinden, wenn wir den neuen Papst schon gewählt haben.«

»Und wie sollen wir das jetzt noch aufklären, so weit fortgeschritten, wie das Konklave schon ist?«

»Zunächst müssen wir unsere Brüder über den Tremblay-Bericht informieren.«

»Und wie?«

»Sie müssen ihn lesen.«

Bellini sah ihn entsetzt an. »Ist das Ihr Ernst? Ihnen einen Bericht zu zeigen, der auf privaten Kontoauszügen beruht, entwendet aus der Wohnung des Heiligen Vaters? Das riecht nach einer Verzweiflungstat. Das könnte zum Bumerang für uns werden.«

»Ich verlange ja nicht, dass Sie das machen, Aldo. Auf keinen Fall. Sie müssen sich völlig heraushalten. Überlassen Sie das mir, oder mir und Sabbadin. Ich bin bereit, die Konsequenzen zu tragen.«

»Das ehrt Sie, und dafür bin ich Ihnen natürlich dankbar. Aber der Schaden würde sich nicht auf Sie beschränken. Irgendwer würde das unweigerlich an die Presse weitergeben. Denken Sie daran, was das für die Kirche bedeuten würde. Unter solchen Umständen könnte ich unmöglich Papst werden.«

Lomeli traute seinen Ohren nicht. »Welche Umstände?«

»Die Umstände eines schmutzigen Tricks – Einbruch, gestohlene Papiere, Anschwärzung eines Mitbruders. Ich wäre der Richard Nixon der Päpste. Mein Pontifikat wäre von Beginn an besudelt, immer vorausgesetzt, ich würde überhaupt gewählt werden, was ich sehr bezweifle. Und haben Sie daran gedacht, dass Tedesco von der Geschichte am meisten profitieren würde? Seine Kandidatur ist einzig darauf aufgebaut, dass der Heilige Vater die Kirche durch seine halbgaren Reformversuche ins Verderben geführt hat. Die Enthüllung, dass der Heilige Vater die Bankauszüge unserer Kollegen gelesen und Berichte in Auftrag gegeben hat, in denen die Kurie institutioneller Korruption beschuldigt wird, wäre nur Wasser auf die Mühlen Tedescos und seiner Anhänger.«

»Ich dachte, wir wären hier, um Gott und nicht der Kurie zu dienen.«

»Also wirklich, Jacopo, seien Sie nicht so blauäugig. Ausgerechnet Sie. Ich schlage diese Schlachten jetzt schon länger als Sie, und die Wahrheit ist, dass wir Gott nur dienen können durch die Kirche seines Sohnes Jesus Christus. Und die Kurie ist das Herz und das Hirn der Kirche, so unvollkommen sie auch sein mag.«

Plötzlich bemerkte Lomeli genau hinter seinem rechten Auge die ersten Anzeichen des fürchterlichen Kopfschmerzes, der ihn immer dann heimsuchte, wenn er körperlich ausgelaugt und nervlich überlastet war. Er wusste aus Erfahrung, dass ihn das ein oder zwei Tage ans Bett fesseln konnte, wenn er nicht aufpasste. Die apostolische Konstitution sah für kranke Kardinäle eine Regelung vor, die es ihnen erlaubte, in ihren Zimmern in der Casa Santa Marta zu wählen. Die

Stimmzettel wurden dann von drei dafür ausgelosten Kardinälen abgeholt, den sogenannten *Infirmarii*, und in einem verschlossenen Kästchen in die Sixtinische Kapelle gebracht. Kurz verlockte ihn der Gedanke, sich ins Bett zu legen, die Decke über den Kopf zu ziehen und es den anderen zu überlassen, das Chaos zu bereinigen. Für diesen Moment der Schwäche bat er Gott jedoch sofort um Verzeihung.

»Sein Pontifikat war ein Krieg, Jacopo«, sagte Bellini ruhig. »Und der begann am ersten Tag, als er sich weigerte, das volle päpstliche Ornat zu tragen, und darauf bestand, lieber hier als im Apostolischen Palast zu wohnen. Und das ging jeden Tag so weiter. Erinnern Sie sich an das erste Zusammentreffen mit den Präfekten aller Kongregationen in der Sala Bologna, wo er umfassende finanzielle Transparenz forderte – korrekte Buchführung, Offenlegung der Konten, Kostenvoranschläge von außerhalb für jede noch so winzige Bautätigkeit, Quittungen? Quittungen! In der Güterverwaltung des Apostolischen Stuhls wussten sie nicht mal, was das ist, eine Quittung. Dann hat er Rechnungsprüfer und Unternehmensberater engagiert, ihnen eigene Büros hier im Erdgeschoss der Casa Santa Marta gegeben und sie alle Akten durchkämmen lassen. Und hat sich auch noch gewundert, dass die Kurie das wie die Pest hasste – und nicht nur die alte Garde.

Dann kamen die ersten Leaks. Immer wenn er die Zeitung aufschlug oder den Fernseher einschaltete, sprang ihm eine neue Peinlichkeit darüber entgegen, wie viel seine Freunde wie Tutino aus den Armenhilfsfonds für die Renovierung ihrer Wohnungen oder für Erste-Klasse-Flüge abgezweigt hatten. Und die ganze Zeit feuerten aus dem Hinterhalt Tedesco und seine Bande, beschuldigten ihn praktisch der Häresie, wann immer er etwas Vernünftiges zum Thema Schwule, Geschiedene oder Frauen in der Kirche sagte. Daher das ganze grausame Paradox seiner Amtszeit: Je mehr ihn die Welt da draußen geliebt hat, desto mehr hat er sich innerhalb des Heiligen Stuhls isoliert. Am Ende hat er kaum noch jemand vertraut. Ich bin mir nicht mal sicher, ob er mir vertraut hat.«

»Oder mir.«

»Nein, Ihnen hat er vertraut, andernfalls hätte er Ihr Rücktrittsgesuch angenommen. Aber es hat keinen Sinn, dass wir uns noch weiter etwas vormachen, Jacopo. Er war gebrechlich und krank, und das hat sein Urteilsvermögen getrübt.« Er beugte sich vor und klopfte auf den Bericht. »Wenn wir das hier benutzen, dann erweisen wir seinem Andenken keinen Dienst. Deshalb mein Rat: wegschließen oder vernichten.« Er schob die Blätter über den Couchtisch zu Lomeli zurück.

»Und Tremblay zum Papst machen?«

»Wir hatten schon schlimmere.«

Lomeli sah ihm kurz ins Gesicht, dann stand er auf. Der Schmerz hinter seinen Augen machte ihn fast blind. »Sie betrüben mich, Aldo. Sehr sogar. Fünf Mal habe ich für Sie in der festen Überzeugung gestimmt, dass Sie der richtige Mann sind, die Kirche zu führen. Aber nun muss ich erkennen, dass das Konklave in seiner Weisheit recht hatte und ich unrecht. Für das Papstamt fehlt Ihnen der nötige Mut. Ich werde Sie von nun an in Ruhe lassen.«

*

Drei Stunden später – das Echo des Sechs-Uhr-dreißig-Läutens hallte noch überall im Gästehaus nach – schlüpfte Jacopo Baldassare Lomeli, Kardinalbischof von Ostia, in vollem Ornat aus seinem Zimmer. Er eilte an der Suite des Heiligen Vaters mit den unverkennbaren Einbruchspuren vorbei zur Treppe und ging hinunter in die Eingangshalle.

Noch war kein anderer Kardinal zu sehen. Vor der Spiegelglastür kontrollierte ein Wachmann die Ausweise der zur Vorbereitung des Frühstücks eintreffenden Nonnen. Es war noch nicht so hell, dass er ihre Gesichter hätte unterscheiden können. Im Halbdunkel kurz vor Tagesanbruch bildeten sie lediglich eine Reihe sich bewegender Schatten, wie man sie um diese Stunde überall auf der Welt sehen konnte – die Armen der Erde nahmen ihre Arbeit auf.

Schnell ging er um den Empfangstresen herum ins Büro von Schwester Agnes.

Es lag schon viele Jahre zurück, dass der Dekan des Kardinalskollegiums einen Fotokopierer bedient hatte. Als er jetzt auf das Gerät blickte, war er sich nicht sicher, ob er überhaupt jemals einen bedient hatte. Er studierte das Angebot an Einstellungsmöglichkeiten und drückte schließlich wahllos Knöpfe. Auf dem kleinen Bildschirm leuchtete eine Botschaft auf. Er beugte sich vor und las: *Error.*

Er hörte Geräusche hinter sich. Schwester Agnes stand in der Tür. Ihr unerschütterlicher Blick schüchterte ihn ein. Er fragte sich, wie lange sie seine tapsigen Bemühungen schon beobachtete. Er hob hilflos die Hände. »Ich brauche ein paar Kopien von einem Schriftstück.«

»Wenn Sie es mir geben, Eure Eminenz, dann erledige ich das für Sie.«

Er zögerte. Die Überschrift auf dem Deckblatt lautete: *Bericht für den Heiligen Vater über das mutmaßliche Verbrechen der Simonie, begangen durch Joseph Kardinal Tremblay. Kurzfassung. Streng vertraulich.* Das Papier war datiert vom 19. Oktober, dem Todestag des Heiligen Vaters. Schließlich gab er es ihr. Ihm blieb nichts anderes übrig. Sie sah kurz darauf, sagte aber kein Wort. »Wie viele Kopien benötigen Sie, Eure Eminenz?«

»Einhundertachtzehn.«

Ihre Augen weiteten sich leicht.

»Und noch etwas, Schwester … wenn Sie erlauben. Ich würde das Originaldokument gern unverändert lassen, in den Kopien aber bestimmte Passagen schwärzen. Geht das?«

»Ja, Eure Eminenz. Das sollte gehen.« Ihre Stimme verriet einen Anflug von Belustigung. Sie klappte den Deckel der Maschine auf, machte von jedem Blatt des Berichts eine Kopie und gab sie ihm. »In dieser Version können Sie jetzt Ihre Änderungen vornehmen, die werden wir dann kopieren. Die Maschine ist hervorragend. Man merkt kaum einen Qualitätsunterschied.« Sie holte ihm einen Filzstift und zog den Stuhl unter dem Schreibtisch hervor, damit er sich setzen konnte. Dann drehte sie sich diskret um, öffnete einen Schrank und nahm ein frisches Paket Kopierpapier heraus.

Er ging den Bericht Zeile für Zeile durch und schwärzte sorgfältig die Namen der acht Kardinäle, denen Tremblay Bargeld gegeben hatte. *Bargeld!*, dachte er und presste die Lippen zusammen. Er erinnerte sich, dass der Heilige Vater immer gesagt hatte, Bargeld sei der Apfel in ihrem Garten Eden, die Urversuchung für so viel Sünde. Ständig wurde Bargeld durch den Heiligen Stuhl geschleust, ein Fluss, der an Weihnachten und Ostern zu einem Strom anschwoll, wenn Bischöfe, Monsignori und Mönche mit Umschlägen, Aktenkoffern und Blechbüchsen, randvoll mit Banknoten und Münzen der Gläubigen, durch den Vatikan marschierten. Eine päpstliche Audienz konnte 100 000 Euro an Spenden einbringen, Geld, das den Assistenten des sich blind stellenden Heiligen Vaters von den Besuchern diskret in die Hand gedrückt wurde, bevor sie wieder gingen. Das Geld sollte auf direktem Weg in die Tresore der Vatikanbank wandern. Vor allem die Kongregation für die Evangelisierung der Völker, deren Aufgabe es war, Geld an ihre Missionen in der Dritten Welt zu schicken, wo

Bestechung weit verbreitet und das Bankwesen unzuverläs-
sig war, hantierte bevorzugt mit großen Summen an Bargeld.

Nachdem er den Bericht einmal ganz durchgegangen war,
kehrte Lomeli zum Anfang zurück und überprüfte, ob er auch
wirklich jeden Namen unkenntlich gemacht hatte. Das Schwärzen ließ die Seiten sogar noch unheilvoller wirken – wie ein
unter dem Freedom of Information Act freigegebener CIA-
Bericht. Wie früher oder später alles würde er natürlich irgendwann an die Medien gelangen. Hatte laut Lukasevan-
gelium Jesus Christus nicht selbst prophezeit, dass es nichts
Verborgenes gebe, was nicht offenbar werde, und nichts Ge-
heimes, was nicht bekannt werde und an den Tag komme?
Man musste jetzt nur noch ins Kalkül ziehen, wessen Ruf den
größeren Schaden nehmen würde, der von Tremblay oder der
der Kirche. Als er den korrigierten Bericht Schwester Agnes
gab und sie nun jede Seite einhundertachtzehn Mal kopierte,
kam es Lomeli so vor, als bewegte sich das blaue Licht der
hin- und hergleitenden Maschine im Rhythmus einer Sense,
hin und her, hin und her, hin und her, hin und her.

»Gott, vergib mir«, flüsterte er.

Schwester Agnes sah ihn an. Inzwischen musste ihr klar
sein, was sie da ausdruckte. Es war unmöglich, dass sie von
dem Inhalt nichts aufgeschnappt hatte. »Wenn Ihr Herz rein
ist, Eure Eminenz, dann wird er Ihnen vergeben«, sagte sie.

»Danke, Schwester. Gott segne Sie. Ich glaube, mein Herz
ist rein. Aber wie kann sich überhaupt jemand der Gründe
sicher sein, warum wir etwas tun? Nach meiner Erfahrung
werden die niederträchtigsten Sünden oft von denen mit den
edelsten Motiven begangen.«

Das Ausdrucken dauerte zwanzig Minuten, das Sortieren
noch einmal zwanzig. Sie arbeiteten schweigend Seite an Seite.
Einmal kam eine Nonne herein, die an den Computer wollte,

aber Schwester Agnes schickte sie in scharfem Ton wieder hinaus. Als sie fertig waren, fragte Lomeli, ob es in der Casa Santa Marta genügend Umschläge zum Eintüten gebe, damit man jedem ein persönliches Exemplar des Berichts überreichen könne.

»Ich werde nachschauen, Eure Eminenz. Setzen Sie sich doch bitte so lange, Sie sehen sehr müde aus.«

Er ließ sich mit schwerem Kopf am Schreibtisch nieder. In der Eingangshalle konnte er die Kardinäle hören, die zur Morgenmesse in die Kapelle strömten. Er umgriff sein Pektorale mit beiden Händen. *Vergib mir, Herr, falls ich Dir heute auf andere Art zu dienen versuche …* Ein paar Minuten später kam Schwester Agnes mit zwei Schachteln brauner C4-Kuverts zurück.

Sie machten sich daran, die Berichte in die Kuverts zu stecken. »Und wie wollen wir sie jetzt an alle verteilen, Eminenz?«, fragte sie. »Sollen wir sie auf jedes einzelne Zimmer bringen?«

»Dafür fehlt jetzt leider die Zeit. Außerdem möchte ich sichergehen, dass alle Kardinäle den Bericht noch sehen, bevor wir die Casa für die Abstimmung verlassen. Vielleicht sollten wir sie einfach im Speisesaal verteilen.«

»Wie Sie wünschen.«

Als sie alle Exemplare eingetütet und die Umschläge zugeklebt hatten, teilten sie sie unter sich auf und gingen in den Speisesaal, wo die Nonnen die Tische bereits für das Frühstück deckten. Lomeli nahm sich die eine Hälfte des Raums vor, Schwester Agnes die andere. Auf jeden Stuhl legten sie ein Kuvert. Aus der Kapelle, wo Tremblay die Messe hielt, drang der monotone Cantus planus herüber. Lomeli spürte seinen Herzschlag. Der Schmerz hinter den Augen pochte im Gleichklang mit jedem Schlag. Trotzdem machte er weiter, bis er und Schwester Agnes sich in der Mitte des Raums trafen und alle Berichte verteilt waren.

»Danke«, sagte er. Ihre ernste Liebenswürdigkeit rührte ihn. Er streckte die Hand aus und erwartete, dass sie sie schütteln würde. Doch zu seiner Überraschung kniete sie nieder und küsste seinen Ring. Dann erhob sie sich wieder, strich ihren Rock glatt und ging wortlos davon.

Jetzt blieb Lomeli nur noch, sich an den nächsten Tisch zu setzen und zu warten.

*

Erste verstümmelte Berichte darüber, was als Nächstes geschah, sollten schon binnen Stunden nach dem Ende des Konklaves bekannt werden. Obwohl für jeden Kardinal strikte Verschwiegenheitspflicht galt, konnten viele nach der Rückkehr in die Außenwelt doch nicht widerstehen und erzählten ihren engsten Mitarbeitern, was vorgefallen war. Diese Vertrauten wiederum, hauptsächlich Priester und Monsignori, tratschten ihrerseits weiter, sodass sehr schnell eine Version der Geschichte in Umlauf kam.

Grob gesagt, gab es zwei Kategorien von Augenzeugen. Den Ersten, die die Kapelle verließen und den Speisesaal betraten, fiel sofort der allein und teilnahmslos in der Mitte des Raums sitzende Lomeli auf, der die Ellbogen auf den Tisch gestützt und die Augen starr geradeaus gerichtet hatte. Woran sie sich später auch noch erinnerten, war das entsetzte Schweigen, das eintrat, als die Kardinäle die Umschläge sahen und zu lesen begannen.

Dagegen erinnerten sich die, die das Gebet auf ihrem Zimmer der Morgenmesse vorgezogen oder nach der Kommunion noch in der Kapelle geblieben waren, die also erst einige Minuten später kamen, sehr deutlich an das Stimmengewirr und die Traube der Kardinäle, die sich inzwischen um Lomeli scharte und Erklärungen verlangte.

Mit anderen Worten, die Wahrheit war eine Frage der Perspektive.

Und es gab noch eine dritte, kleinere Gruppe, deren Zimmer im zweiten Stock oder höher lagen, die eine der zwei Treppen genommen und gesehen hatten, dass die Siegel an der päpstlichen Wohnung aufgebrochen worden waren. Folglich kamen als Kontrapunkt zu den ersten Gerüchten neue in Umlauf, in denen ein nächtlicher Einbruch im Mittelpunkt stand.

Währenddessen blieb Lomeli auf seinem Stuhl hocken und rührte sich nicht vom Fleck. Sá, Brotzkus, Jatschenko und viele andere – alle Kardinäle, die ihn ansprachen, bekamen das gleiche Mantra zu hören. Ja, er sei verantwortlich für die Verteilung des Berichts. Ja, er habe die Siegel aufgebrochen. Nein, er habe nicht den Verstand verloren. Es sei ihm zur Kenntnis gebracht worden, dass ein mit Exkommunikation bewehrtes Verbrechen begangen und dann vertuscht worden sei. Er habe es für seine Pflicht gehalten, Nachforschungen anzustellen, auch wenn das bedeutet habe, auf der Suche nach Beweismaterial in die Wohnung des Heiligen Vaters einzudringen. Er habe versucht, die Angelegenheit verantwortungsvoll zu handhaben. Seine wahlberechtigten Brüder hätten die Informationen nun vorliegen. Die heilige Pflicht liege nun in ihren Händen. Sie müssten entscheiden, welches Gewicht sie dem Bericht beimäßen. Er habe nur seinem Gewissen gehorcht.

Er war überrascht, wie stark er selbst seine innere Kraft spürte und wie seine Überzeugung von ihm auszustrahlen schien. Die Kardinäle, die ihm gegenüber ihr Entsetzen zum Ausdruck brachten, nickten nach dem Gespräch nicht selten zustimmend mit dem Kopf. Andere reagierten strenger. Als Sabbadin auf dem Weg zum Büfett an ihm vorbeiging, beugte er sich herunter und zischte ihm ins Ohr: »Warum werfen Sie eine derart wertvolle Waffe weg? Damit hätten wir uns Tremblay nach seiner Wahl gefügig machen können. So haben Sie nur Tedesco gestärkt.«

Willard Fitzgerald, der Erzbischof von Boston, einer der prominentesten Unterstützer Tremblays, ging schnurstracks auf Lomeli zu und warf den Bericht vor ihn hin auf den Tisch. »Das widerspricht jedem natürlichen Rechtsempfinden. Sie haben Ihrem Bruder keine Gelegenheit gegeben, sich zu verteidigen. Sie haben sich zum Richter, Geschworenen und Henker aufgeschwungen. Ein derart unchristliches Verhalten widert mich an.« Mehrere Kardinäle an den Nachbartischen bekundeten leise Zustimmung. Einer rief: »Richtig!« Ein anderer: »Wie wahr!«

Lomeli blieb ungerührt.

Kurz danach holte Benítez ihm etwas Brot und Obst und machte einer Nonne ein Zeichen, ihm Kaffee einzuschenken. Er setzte sich neben ihn. »Sie müssen etwas essen, Dekan, sonst werden Sie krank.«

»Habe ich richtig gehandelt, Vincent?«, fragte er mit leiser Stimme. »Was ist Ihre Meinung?«

»Niemand, der seinem Gewissen folgt, Eure Eminenz, handelt jemals falsch. Die Konsequenzen sind vielleicht nicht die von uns beabsichtigten, und im Lauf der Zeit könnte sich unsere Entscheidung als falsch erweisen. Aber das ist nicht das Gleiche, wie unrecht zu haben. Der einzige Leitfaden für die Handlungen eines Menschen kann nur sein Gewissen sein, denn mit unserem Gewissen hören wir die Stimme Gottes am deutlichsten.«

Es war schon nach neun Uhr, als Tremblay selbst aus dem Lift neben dem Speisesaal trat. Jemand musste ihm den Bericht gebracht haben, da er ihn zusammengerollt in der Hand hielt. Als er zwischen den Tischen hindurch auf Lomeli zuging, machte er einen ziemlich gefassten Eindruck. Die meisten Kardinäle hörten auf zu reden und zu essen. Tremblays graues Haar war frisiert, das Kinn vorgestreckt. Ohne sein scharlachrotes Chorgewand hätte man ihn auch für einen Sheriff halten können, der in einem Western auf dem Weg zum Showdown war.

»Dürfte ich Sie kurz sprechen, Dekan?«

Lomeli legte die Serviette auf den Tisch und stand auf. »Natürlich, Eure Eminenz. Würden Sie einen diskreteren Ort bevorzugen?«

»Nein, ich würde lieber in aller Öffentlichkeit sprechen, wenn Ihnen das recht ist. Ich möchte, dass unsere Brüder hören, was ich zu sagen habe. Für das hier sind Sie wohl verantwortlich, oder?« Er wedelte mit dem Bericht vor Lomelis Gesicht herum.

»Nein, Eure Eminenz, *Sie* sind dafür verantwortlich ... durch Ihre Taten.«

»Der Bericht ist eine einzige Lüge.« Tremblay wandte sich an die Kardinäle im Saal. »Er hätte nie ans Tageslicht gelangen dürfen und wäre es auch nicht, wenn Kardinal Lomeli nicht in die Wohnung des Heiligen Vaters eingebrochen wäre, um ihn zu stehlen und damit den Ausgang dieses Konklaves zu manipulieren.«

Einer der Kardinäle – wer, konnte Lomeli nicht sehen – rief laut: »Schande!«

Tremblay fuhr fort: »Unter diesen Umständen halte ich es für angebracht, wenn er von seinem Amt als Dekan des Kardinalskollegiums zurücktritt, da nun niemand mehr Vertrauen in seine Objektivität haben kann.«

Lomeli ergriff das Wort. »Wenn der Bericht eine einzige Lüge ist, wie Sie behaupten, dann könnten Sie uns vielleicht erklären, warum Sie der Heilige Vater in seiner letzten Amtshandlung als Papst zum Rücktritt aufgefordert hat.«

Verwundertes Raunen im Saal.

»Das hat er nie getan, wie der einzige Zeuge des Treffens, der Privatsekretär des Heiligen Vaters Monsignore Morales, bestätigen wird.«

»Trotzdem beharrt Erzbischof Woźniak darauf, der Heilige Vater habe ihm beim Abendessen persönlich von der Unterredung erzählt und sich dabei so aufgeregt, dass sein Schmerz durchaus zu seinem Tod beigetragen haben könnte.«

Tremblays Empörung war beeindruckend. »Der Heilige Vater – möge man ihn zu den Hohepriestern zählen – war gegen Ende seines Lebens ein kranker Mann und leicht verwirrt, wie diejenigen von uns bestätigen können, die regelmäßig mit ihm zu tun hatten. Kardinal Bellini, war es nicht so?«

Bellini blickte mit gerunzelter Stirn auf seinen Teller. »Ich habe dazu nichts zu sagen.«

In der entferntesten Ecke des Speisesaals hob Tedesco die Hand. »Ist es gestattet, dass sich ein Dritter in diesen Dialog einschaltet?« Schwerfällig erhob er sich von seinem Stuhl. »Diesen ganzen Klatsch über private Unterhaltungen verabscheue ich. Es geht doch nur um eine Frage: Stimmt der Bericht, oder stimmt er nicht? Die Namen der acht Kardinäle sind geschwärzt. Ich nehme an, dass der Dekan uns sagen kann, wer dahintersteckt. Er soll uns die Namen geben, und dann sollen diese Brüder sich erklären, hier und jetzt. Haben sie diese Zahlungen erhalten oder nicht, und falls ja, hat Kardinal Tremblay als Gegenleistung ihre Stimmen gefordert?«

Er setzte sich wieder. Lomeli war sich bewusst, dass alle Blicke auf ihn gerichtet waren. »Nein, das werde ich nicht tun«, sagte er ruhig. Protestrufe. Er hob die Hand. »Möge jeder sein Gewissen erforschen, so wie ich das tun musste. Ich habe die Namen unkenntlich gemacht, weil ich keine Bitterkeit in das Konklave tragen möchte. Das würde es uns nur noch schwerer machen, auf Gottes Stimme zu hören und unserer heiligen Pflicht nachzukommen. Ich habe getan, was ich für notwendig erachtet habe. Viele werden sagen, ich habe zu viel des Guten getan. Das verstehe ich. Unter den gegenwärtigen Umständen würde ich nur zu gern als Dekan zurücktreten und schlage deshalb gleichzeitig vor, dass das nach mir ranghöchste Mitglied des Kollegiums, Kardinal Bellini, dem Konklave bis zu seinem Ende vorsitzen soll.«

Sofort hagelte es aus allen Ecken Kommentare, zustimmende wie ablehnende. Bellini schüttelte energisch den Kopf. »Auf gar keinen Fall!«

In der allgemeinen Kakofonie hörte zunächst keiner die Worte der Frau, vielleicht gerade weil sie aus dem Mund einer Frau kamen. »Eure Eminenzen, darf ich etwas dazu sagen?« Die Frau wiederholte sie mit festerer Stimme, was ihr schließlich trotz allem Lärm Gehör verschaffte. »Eure Eminenzen, dürfte ich bitte etwas dazu sagen?«

Die Stimme einer Frau! Das war kaum zu glauben! Entsetzt drehten die Kardinäle sich um und starrten die winzige Gestalt von Schwester Agnes an, die resolut zwischen die Tische trat. Das Schweigen war wahrscheinlich in gleichem Maße dem Entsetzen über ihre Anmaßung wie auch der Neugier geschuldet, was sie wohl sagen würde.

»Eminenzen«, sagte sie. »Obwohl wir Barmherzigen Schwestern vom heiligen Vinzenz von Paul unsichtbar sein sollen, so hat Gott uns doch Augen und Ohren geschenkt. Zudem bin ich verantwortlich für das Wohl meiner Schwestern. Ich weiß, was den Dekan des Kardinalskollegiums letzte Nacht dazu veranlasst hat, in die Räume des Heiligen Vaters einzudringen. Er hat nämlich vorher mit mir gesprochen. Er war darüber beunruhigt, dass die Schwester aus meinem Orden, die für die gestrige bedauerliche Szene verantwortlich war – für die ich mich entschuldige –, mit der Absicht nach Rom versetzt worden sein könnte, ein Mitglied des Konklaves zu kompromittieren. Sein Verdacht traf zu. Ich konnte ihm erzählen, dass sie tatsächlich auf besonderen Wunsch von einem Ihrer Brüder hier war: von Kardinal Tremblay. Ich glaube, es war diese Tatsache und keinerlei böse Absicht, die seinen Handlungen zugrunde lag. Danke.«

Sie beugte das Knie vor den Kardinälen, drehte sich um und ging mit aufrechtem Haupt aus dem Speisesaal in die Eingangshalle. Tremblay schaute ihr mit offenem Mund entsetzt hinterher und breitete dann um Verständnis heischend die Arme aus. »Meine Brüder, es ist wahr, dass ich die Versetzung angefordert habe, aber nur weil der Heilige Vater mich darum gebeten hat. Ich wusste nicht, wer sie ist, das schwöre ich!«

Für einen Moment sagte niemand etwas. Dann stand Adeyemi auf. Langsam hob er den Arm und zeigte auf Tremblay. Mit seiner tiefen, ausdrucksvollen Stimme, die seinen Zuhörern wie der manifeste Fluch Gottes in den Ohren klang, ließ er nur ein einziges Wort ertönen: »Judas!«

15

SECHSTER WAHLGANG

Das Konklave war nicht aufzuhalten. Ungeachtet gottes-lästerlicher Ablenkungsmanöver rollte die heilige Maschine in den dritten Tag. Im Einklang mit der apostolischen Konstitution über die Papstwahl begaben sich die Kardinäle um 9.30 Uhr ein weiteres Mal hinaus zu den Minibussen. Inzwischen kannten sie die Abläufe. So schnell Alter und Gebrechen es ihnen erlaubten, nahmen sie die Plätze ein. In Minutenabständen setzten sich die Minibusse in Bewegung und fuhren über die Piazza Santa Marta zur Sixtinischen Kapelle.

Vor dem Gästehaus stand Lomeli barhäuptig unter dem grauen Himmel. Er hielt sein Birett in der Hand und beobachtete die Kardinäle. Die Stimmung war gedrückt, ja wie betäubt. Schon rechnete er damit, Tremblay werde Krankheit vortäuschen und sich aus dem Rennen zurückziehen, da tauchte er doch noch auf: gestützt von Erzbischof Fitzgerald kam er aus der Eingangshalle und stieg in den Bus. Er wirkte nach außen ziemlich gelassen, wenngleich sein Gesicht, das er bei der Abfahrt dem Fenster zuwandte, einer kläglichen, weißen Totenmaske glich.

Bellini, der neben Lomeli stand, sagte trocken: »Langsam gehen uns die Favoriten aus.«

»Wie wahr. Wer jetzt wohl nachkommt.«

Bellini sah ihn an. »Das liegt doch auf der Hand, oder? Sie!«

Lomeli legte eine Hand auf die Stirn. Unter seinen Fingerspitzen spürte er das Pulsieren einer Ader. »Nein, ich meinte, was ich eben im Speisesaal gesagt habe: Es wäre für uns alle das Beste, wenn ich als Dekan zurückträte und Sie die Aufsicht über die Wahl übernähmen.«

»Nein danke, Dekan. Außerdem haben Sie doch sicher gemerkt, dass die Stimmung am Ende auf Ihrer Seite war. Sie lenken das Konklave. Wohin genau, weiß ich nicht, aber Sie lenken es, das steht außer Zweifel. Und eine solche feste Hand findet auf jeden Fall ihre Bewunderer.«

»Das glaube ich nicht.«

»Letzte Nacht habe ich Sie noch gewarnt, dass die Bloßstellung von Tremblay auf den zurückfällt, der sie ins Werk setzt, egal wer das ist. Aber da habe ich mich wohl geirrt. Wieder einmal. Jetzt prophezeie ich einen Zweikampf zwischen Ihnen und Tedesco.«

»Dann hoffen wir mal, dass Sie sich wieder irren.«

Bellini antwortete mit einem eher noch reservierteren Lächeln als sonst. »Nach vierzig Jahren bekommen wir vielleicht endlich wieder einen italienischen Papst. Das wird unsere Landsleute freuen.« Er packte Lomeli am Arm. »Ernsthaft, mein Freund, ich werde für Sie beten.«

»Sehr gern. Solange Sie nicht für mich stimmen.«

»Auch das werde ich.«

O'Malley steckte sein Klemmbrett weg. »Eure Eminenzen, wir wären dann so weit.«

Bellini stieg als Erster ein. Lomeli setzte sich das Birett auf, rückte es zurecht, warf einen letzten Blick zum Himmel und stieg dann hinter den sich aufblähenden roten Röcken des

Patriarchen von Alexandria in den Bus. Er ließ sich auf einem der beiden freien Plätze hinter dem Fahrer nieder. O'Malley setzte sich neben ihn. Die Tür schloss sich zischend, und der Bus fuhr an und rollte holpernd über das Kopfsteinpflaster.

Als sie zwischen Petersdom und Palazzo del Tribunale hindurchfuhren, beugte sich O'Malley zu Lomeli und sagte so leise, dass niemand sonst es hören konnte: »Eure Eminenz, angesichts der jüngsten Entwicklungen ist es wohl höchst unwahrscheinlich, dass das Konklave noch heute zu einer Entscheidung kommt.«

»Dann haben Sie also erfahren, was passiert ist?«

»Ich war die ganze Zeit in der Eingangshalle.«

Wenn O'Malley Bescheid wusste, dachte Lomeli, dann würde es früher oder später jeder wissen. »Nun ja«, sagte er. »So wie die Zahlen aussehen, ist ein längeres Patt erst einmal fast unausweichlich. Wir werden uns den Tag übermorgen wohl der Andacht widmen und die Wahl dann am …« Er hielt inne. Bei dem ständigen Hin und Her zwischen Casa Santa Marta und Sixtinischer Kapelle, zudem fast immer im Dunkeln, war ihm das Zeitgefühl abhandengekommen.

»Samstag, Eure Eminenz.«

»… am Samstag fortsetzen, danke. Vier Wahlgänge also am Samstag und weitere drei am Sonntag, bis es wieder eine Pause zum Gebet gibt, vorausgesetzt, wir sind bis dahin noch nicht weitergekommen. Es müssen Vorbereitungen getroffen werden, saubere Wäsche, frische Kleidung und so weiter.«

»Das ist alles geklärt.«

Sie hielten an und warteten, damit die Passagiere der Busse vor ihnen aussteigen konnten. Lomeli schaute auf die nackte Wand des Apostolischen Palastes, wandte sich dann an O'Malley und flüsterte: »Was sagen die Medien?«

»Sie sagen die Entscheidung für entweder heute Morgen oder heute Nachmittag voraus. Als Favorit gilt immer noch Kardinal Adeyemi.« O'Malleys Mund näherte sich noch ein Stückchen weiter Lomelis Ohr. »Unter uns, Eure Eminenz, wenn heute kein weißer Rauch aufsteigt, dann wird uns die Sache aus den Händen gleiten, befürchte ich.«

»Inwiefern?«

»Uns geht langsam der Stoff aus, mit dem unser Pressebüro die Spekulationen über eine Krise in der Kirche eindämmen kann. Wie sonst sollen die noch ihre Sendezeit füllen? Außerdem gibt es Sicherheitsprobleme. Es heißt, dass in Rom derzeit etwa vier Millionen Pilger darauf warten, wer der neue Papst wird.«

Lomeli sah in den Rückspiegel des Fahrers. Zwei dunkle Augen erwiderten den Blick. Was, wenn der Mann Lippen lesen konnte? Alles war möglich. Er nahm sein Birett ab, hielt es sich vor den Mund und drehte sich wieder zu O'Malley. »Wir haben einen Eid zur Geheimhaltung geschworen, Ray, ich verlasse mich also auf Ihre Diskretion. Trotzdem halte ich es für geboten, das Pressebüro darüber zu informieren, sehr subtil natürlich, dass das Konklave wahrscheinlich länger dauern wird als in der jüngeren Vergangenheit. Veranlassen Sie, dass die Medien entsprechend vorbereitet werden.«

»Und welche Gründe soll ich unseren Presseleuten an die Hand geben?«

»Jedenfalls nicht die wahren! Sagen Sie, wir haben so viele starke Kandidaten, dass sich die Entscheidung zwischen ihnen als schwierig erweisen könnte. Sagen Sie, wir nehmen uns mit Vorbedacht so viel Zeit, wir beten intensiv, um Gottes Willen gerecht zu werden, es könne also noch einige Tage dauern, bis wir uns auf unseren neuen Hirten geeinigt haben.

Sie können auch noch darauf hinweisen, dass Gott sich nicht zur Eile nötigen lässt, nur weil das CNN in den Kram passen würde.«

Er strich sich die Haare zurück und setzte sein Birett wieder auf. O'Malley schrieb in sein Notizbuch. Als er fertig war, flüsterte er: »Noch etwas, Eure Eminenz. Eine sehr triviale Angelegenheit. Nichts, was Sie unbedingt wissen müssten, wenn Ihnen das lieber ist.«

»Nur zu.«

»Ich habe noch ein paar Nachforschungen über Kardinal Benítez angestellt. Ich hoffe, Sie haben nichts dagegen.«

»Verstehe.« Lomeli schloss die Augen, als nähme er eine Beichte ab. »Also?«

»Erinnern Sie sich, dass ich Ihnen von Benítez' privatem Treffen mit dem Heiligen Vater im Januar erzählt habe? Nach seiner Bitte, als Erzbischof zurücktreten zu dürfen? Das Rücktrittsgesuch ist in seinen Akten in der Bischofskongregation, zusammen mit einem Vermerk des Büros des Heiligen Vaters, dass das Rücktrittsgesuch zurückgezogen wurde. Keine Begründung. Als ich jedoch Kardinal Benítez' Namen in unsere interne Suchmaschine eingegeben habe, bin ich darauf gestoßen, dass man kurz danach ein Rückflugticket Rom – Genf für ihn gebucht hat, bezahlt vom Privatkonto des Papstes. Die Unterlagen darüber befinden sich in einer separaten Datenbank.«

»Ist das von Bedeutung?«

»Als philippinischer Staatsbürger hat er einen Visumantrag stellen müssen. Als Zweck der Reise wurde *medizinische Behandlung* angegeben, und die Adresse für die Dauer seines Aufenthalts in der Schweiz war die einer Privatklinik.«

Lomeli öffnete die Augen. »Warum nicht in einem Krankenhaus des Vatikans? Weswegen wurde er behandelt?«

»Das weiß ich nicht, Eure Eminenz. Muss wohl mit den Ver-
letzungen von dem Anschlag in Bagdad zusammenhängen.
Jedenfalls kann es nicht besonders schlimm gewesen sein. Die
Tickets wurden storniert. Er ist nie geflogen.«

*

In der nächsten halben Stunde dachte Lomeli nicht mehr an
den Erzbischof von Bagdad. Nachdem er aus dem Minibus
ausgestiegen war, ließ er O'Malley und die anderen voraus-
gehen und ging dann allein die lange Treppe hinauf und durch
die Sala Regia in die Sixtinische Kapelle. Er brauchte etwas
Abstand, um einen freien Kopf zu bekommen, die unabding-
bare Voraussetzung dafür, mit Gott in Kontakt treten zu können. Die Skandale und die Anspannung der letzten achtund-
vierzig Stunden, die Gedanken an die ungeduldig auf ihre
Entscheidung wartenden Millionen Menschen jenseits der
Mauern, all das versuchte er aus seinem Kopf zu verbannen,
indem er im Stillen das Gebet des hl. Ambrosius rezitierte:

Barmherziger, erhabener Gott,
Ich suche Deinen Schutz,
Suche Heilung durch Dich.
Armer, sorgenbeladener Sünder, der ich bin,
Rufe ich Dich an, Du Quell aller Gnade.
Ich kann Dein Urteil nicht ertragen,
Doch vertraue ich auf Erlösung durch Dich …

Im Vorraum der Sixtinischen Kapelle begrüßte er Erzbischof
Mandorff und seine Assistenten, die neben den Öfen auf ihn
gewartet hatten. Zusammen mit Mandorff betrat er die Kapelle, wo kein Wort gesprochen wurde. Die einzigen durch

das gewaltige Echo verstärkten Geräusche waren ein gelegentliches Husten und das Rascheln eines Chorgewands, wenn ein Kardinal seine Sitzposition veränderte. Es hörte sich an wie in einer Galerie oder einem Museum. Die meisten beteten.

»Danke«, sagte Lomeli leise zu Mandorff. »Ich nehme an, wir sehen uns beim Mittagessen wieder.« Nachdem die Türen geschlossen waren, setzte er sich auf seinen Platz, senkte den Kopf und ergab sich der Stille. Er spürte den kollektiven Wunsch nach Andacht, um zu einer sakralen Atmosphäre zurückkehren zu können. Aber die Gedanken an die Pilger und an die Kommentatoren, die Nichtigkeiten in ihre Fernsehkameras plapperten, konnte er einfach nicht vertreiben. Nach fünf Minuten stand er auf und ging zum Mikrofon.

»Geheiligte Brüder, ich werde nun in alphabetischer Folge eure Namen verlesen. Bitte antwortet jeweils mit *anwesend*. Kardinal Adeyemi?«

»Anwesend.«

»Kardinal Alatas?«

»Anwesend.«

Der Indonesier Alatas saß rechter Hand etwa in der Mitte des Gangs. Er war einer von denen, die von Tremblay Geld genommen hatten. Lomeli fragte sich, für wen er diesmal stimmen würde.

»Kardinal Baptiste?« Er saß zwei Plätze weiter als Alatas. Der nächste von Tremblays Begünstigten, von der Karibikinsel St. Lucia. Eine sehr arme Mission. Seine Stimme war belegt, als hätte er geweint.

»Anwesend.«

Lomeli fuhr fort. Bellini ... Benítez ... Brandão da Cruz ... Brotzkus ... Cárdenas ... Contreras ... Courtemarche ... Inzwischen kannte er sie alle viel besser, ihre Marotten und ihre Schwächen. Ein Satz von Kant fiel ihm ein: *Aus so krummem*

Holze, als woraus der Mensch gemacht ist, kann nichts ganz Gerades gezimmert werden. Die Kirche war aus krummem Holz gemacht – woraus auch sonst? Aber die Gnade Gottes fügte sie zusammen. Sie hatte zweitausend Jahre überdauert, wenn nötig, dann würde sie auch noch zwei weitere Wochen ohne Papst durchhalten. Er fühlte sich durchdrungen von einer tiefen, geheimnisvollen Liebe zu seinen Kollegen und ihren Fehlern.

»Kardinal Zucula?«

»Anwesend, Dekan.«

»Ich danke euch, meine Brüder. Wir sind alle versammelt. Lasset uns beten.«

Zum sechsten Mal erhoben sich die Mitglieder des Konklaves.

»O Herr, damit wir Deine Kirche leiten und behüten können, schenke uns, Deinen Dienern, die Segnungen der Klugheit, der Wahrheit und des Friedens, damit wir danach streben können, Deinen Willen zu erfahren und Dir mit vollkommener Hingabe zu dienen. Für Christus, unseren Herrn.«

»Amen.«

»Wahlhelfer, nehmen Sie bitte Ihre Plätze ein.«

Er schaute auf seine Uhr. Es war drei Minuten nach zehn.

*

Während der Erzbischof von Vilnius Lukša, der Erzbischof von Westminster Newby und der Präfekt der Kongregation für den Klerus Kardinal Mercurio zu ihren Plätzen am Altar gingen, studierte Lomeli seinen Stimmzettel. In der oberen Hälfte standen die Worte *Eligo in Summum Pontificem* – »ich wähle zum höchsten Pontifex«. In der unteren stand nichts. Er klopfte mit seinem Stift auf den Zettel. Jetzt, wo der Moment gekommen war, wusste er nicht, welchen Namen er dorthin schreiben sollte. Sein Vertrauen in Bellini war schwer erschüttert worden, aber von den anderen Möglichkeiten erschien ihm keine besser. Er ließ den Blick durch die Sixtinische Kapelle schweifen und flehte Gott an, ihm ein Zeichen zu geben. Er schloss die Augen und betete, aber nichts geschah. Er war sich bewusst, dass die anderen nur darauf warteten, dass er mit seiner Stimme den Wahlgang eröffnete. Er hielt die Hand über den Zettel und schrieb widerwillig: BELLINI.

Er faltete den Zettel zur Hälfte, stand auf, hob ihn hoch, trat in den mit Teppich ausgelegten Mittelgang und näherte sich dem Altar. Mit fester Stimme sagte er: »Ich rufe Christus, der mein Richter sein wird, zum Zeugen an, dass ich den gewählt habe, von dem ich glaube, dass er nach Gottes Willen gewählt werden sollte.«

Er legte den Zettel auf die Patene und ließ ihn in die Urne gleiten. Er hörte das leise Geräusch, mit dem das Papier auf den silbernen Boden fiel. Während er zu seinem Stuhl zurückging, verspürte er eine maßlose Enttäuschung. Zum sechsten Mal hatte Gott ihm die gleiche Frage gestellt, und zum sechsten Mal hatte er das Gefühl, dass er ihm die gleiche falsche Antwort gegeben hatte.

*

Er hatte nicht die geringste Erinnerung an den restlichen Ablauf des Wahlgangs. Er war so erschöpft von den Ereignissen der Nacht, dass er fast sofort einschlief, nachdem er sich gesetzt hatte. Erst eine Stunde später, als etwas vor ihm auf den Tisch flatterte, wachte er wieder auf. Sein Kinn lag auf der Brust. Er öffnete die Augen und blickte auf ein gefaltetes Stück Papier. *Und siehe, es erhob sich auf dem See ein gewaltiger Sturm, sodass das Boot von den Wellen überflutet wurde. Jesus aber schlief. Matthäus 8, 24.* Er hob den Kopf und sah Bellini, der sich auf seinem Stuhl vorbeugte und in seine Richtung schaute. Die öffentliche Schwäche war ihm peinlich, aber offenbar hatte niemand auf ihn geachtet. Die ihm gegenüber sitzenden Kardinäle lasen oder schauten ins Leere. Vor dem Altar stellten die Wahlhelfer ihren Tisch auf. Anscheinend war die Abstimmung vorüber. Er nahm seinen Stift, kritzelte etwas unter das Zitat und warf den Zettel zu Bellini zurück. Der las ihn – *Ich legte mich nieder und schlief, ich erwachte, denn der Herr stützt mich; Psalm 3* – und nickte verständig, als wäre Lomeli einer seiner alten Studenten an der Gregoriana, der eine korrekte Antwort gegeben hatte.

Newby sagte ins Mikrofon: »Meine Brüder, wir werden nun die Stimmzettel des sechsten Wahlgangs auszählen.«

Die vertraute umständliche Prozedur begann. Lukša nahm einen Stimmzettel aus der Urne, faltete ihn auseinander und notierte den Namen. Mercurio überprüfte den Namen und schrieb ihn ebenfalls auf. Schließlich fädelte Newby den Zettel auf die scharlachrote Schnur und verkündete dann den Namen.

»Kardinal Tedesco.«

Und dann, fünfzehn Sekunden später, noch einmal: »Kardinal Tedesco.«

Als Tedescos Name zum fünften Mal hintereinander verlesen worden war, beschlich Lomeli eine grauenvolle Ahnung. Vielleicht hatte er mit all seinen Bemühungen das Konklave nur von der Notwendigkeit einer starken Führung überzeugt, und jetzt war der Patriarch von Venedig auf dem besten Weg, zum nächsten Papst gewählt zu werden. Das Warten auf die Verkündung des sechsten Namens, die sich aufgrund eines geflüsterten Wortwechsels zwischen Lukša und Mercurio in die Länge zog, war eine Tortur. Dann kam er.

»Kardinal Lomeli.«

Auch die nächsten drei Stimmen waren für Lomeli, dann kamen zwei für Benítez, eine für Bellini, danach wieder zwei für Tedesco. Lomelis Zeigefinger fuhr an der Liste der Kardinalsnamen auf und ab. Er wusste nicht, was ihn mehr entsetzte: die immer mehr werdenden Striche neben Tedescos Namen oder die bedrohliche Anzahl von Strichen, die sich neben seinem angesammelt hatten. Erstaunlicherweise fuhr außer Adeyemi auch Tremblay gegen Ende noch ein paar Stimmen ein. Dann war ausgezählt, und die Wahlhelfer überprüften das Ergebnis. Lomelis Hand zitterte, während er Tedescos Stimmen zusammenzählte. Nur die waren wichtig. Würde der Patriarch von Venedig die vierzig Stimmen erreichen, mit denen er das Konklave blockieren könnte? Nach dem zweiten Zählen hatte er das Ergebnis:

Tedesco	45
Lomeli	40
Benítez	19
Bellini	9
Tremblay	3
Adeyemi	2

Von der gegenüberliegenden Seite der Sixtinischen Kapelle war unüberhörbar ein triumphierendes Gemurmel zu hören. Lomeli schaute genau in dem Augenblick hinüber, wo Tedesco schnell die Hand zum Mund hob, um sein Lächeln zu verbergen. Seine Unterstützer beugten sich zu ihm hinüber oder aus der zweiten Tischreihe nach vorn, berührten seinen Rücken und beglückwünschten ihn flüsternd. Tedesco ignorierte sie, als wären sie Fliegen. Stattdessen schaute er hinüber zu Lomeli und hob in amüsierter Komplizenschaft seine buschigen Augenbrauen. Jetzt waren sie nur noch zu zweit.

16

SIEBTER WAHLGANG

Die Kardinäle berieten sich leise mit ihren Nachbarn. Das Rauschen der hundert gedämpften Stimmen, verstärkt durch das Echo von den Freskenwänden der Sixtinischen Kapelle, rief in Lomeli eine Erinnerung wach, die er erst nach einiger Zeit zuordnen konnte. Es erinnerte ihn an das Meer vor Genua, genauer, an die sich langsam zurückziehenden Wellen an dem Kiesstrand, wohin er mit seiner Mutter immer zum Schwimmen gegangen war. Newby beratschlagte mehrere Minuten mit den drei Wahlprüfern, dann stand er auf, um das offizielle Ergebnis zu verlesen. In diesem Augenblick verstummte das Wahlkollegium kurz. Da der Erzbischof von Westminster aber nur verkündete, was die Kardinäle ohnehin schon wussten, setzte das Rauschen der debattierenden Stimmen danach sofort wieder ein.

Während der Tisch und die Stühle der Wahlhelfer weggeräumt und die Stimmzettel in die Sakristei gebracht wurden, saß Lomeli äußerlich ungerührt auf seinem Platz. Er sprach mit niemand, obwohl Bellini und auch der Patriarch von Alexandria den Augenkontakt mit ihm suchten. Als die Urne und die Patene wieder auf dem Altar standen und die Wahlhelfer wieder bereit waren, ging er zum Mikrofon.

»Meine Brüder, keiner der Kandidaten hat die notwendige Zweidrittelmehrheit erreicht, wir schreiten somit umgehend zum siebten Wahlgang.«

Hinter der ausdruckslosen Fassade drehten sich seine Gedanken in einer Endlosschleife nur um eine Frage? *Wer? Wer?* In nicht einmal einer Minute müsste er schon wieder seine Stimme abgeben – *aber für wen?* Während er zurück zu seinem Platz ging, fragte er sich die ganze Zeit, was er tun sollte.

Er wollte nicht Papst sein – das wusste er sicher. Er betete aus tiefstem Herzen, dass ihm dieses Martyrium erspart bliebe: *Wenn irgend möglich, mein Vater, lass diesen Kelch an mir vorübergehen.* Und wenn sein Gebet auf taube Ohren stieß, wenn ihm der Kelch angetragen würde? In diesem Fall war er entschlossen, ihn zurückzuweisen, so wie es der arme Luciani am Ende des ersten Konklaves im Jahr 1978 versucht hatte. Das Kreuz nicht auf sich zu nehmen galt als schwere Sünde der Selbstsucht und Feigheit, weshalb Luciani sich schließlich doch den Bitten seiner Kollegen gefügt hatte. Aber Lomeli war entschlossen, standhaft zu bleiben. Wenn Gott dem Menschen die Selbsterkenntnis geschenkt hatte, war man dann nicht verpflichtet, ihr gemäß zu handeln? Die Einsamkeit, die Abschottung, die Qualen des Papstamtes war er bereit zu ertragen. Gewissenlos war es, einen Papst zu küren, der nicht heilig genug war. *Das* wäre die Sünde.

Genauso musste er allerdings die Verantwortung für die Tatsache übernehmen, dass Tedesco das Kommando über das Konklave an sich gerissen hatte. Es war er, der Dekan, der vor der Vernichtung des einen Favoriten die Augen verschlossen und den Ruin des anderen verursacht hatte. Er hatte die Hindernisse für den Vormarsch des Patriarchen von Venedig aus dem Weg geräumt, obwohl er felsenfest daran glaubte, dass Tedesco aufgehalten werden müsse. Bellini war dazu eindeutig nicht in der Lage. Weiter für ihn zu stimmen wäre ein Akt purer Selbstgefälligkeit.

Er setzte sich an seinen Tisch, öffnete die Mappe und nahm seinen Stimmzettel heraus.

Also Benítez? Zweifelsohne besaß der Mann einige Qualitäten, was Spiritualität und Empathie betraf, die ihn aus dem Kollegium heraushoben. Seine Wahl hätte eine elektrisierende Wirkung auf den geistlichen Dienst in der Kirche Asiens wie wahrscheinlich auch Afrikas. Die Medien würden ihn anhimmeln. Wenn er auf den Balkon über dem Petersplatz hinausträte, wäre das eine Sensation. Aber wer war er? Welche Glaubenslehre vertrat er? Er sah so schmächtig aus. Besaß er überhaupt das körperliche Durchhaltevermögen, auf Dauer als Papst zu bestehen?

Lomelis bürokratisches Gehirn kalkulierte nüchtern. Würden Bellini und Benítez als Bewerber ausgeschaltet, käme nur noch ein Kandidat infrage, der verhindern könnte, was sich zu einem Ansturm auf Tedesco auswachsen könnte – und dieser Kandidat war er selbst. Er musste seine vierzig Stimmen verteidigen und das Konklave so lange hinausziehen, bis der Heilige Geist sie zu einem würdigen Erben für den Stuhl Petri leiten würde. Niemand sonst war dazu in der Lage.

Es gab keine andere Möglichkeit.

Er nahm seinen Stift in die Hand. Kurz schloss er die Augen. Dann schrieb er auf den Stimmzettel: LOMELI.

Sehr langsam erhob er sich. Er faltete den Zettel und hob ihn hoch, damit alle ihn sehen konnten.

»Ich rufe Christus, der mein Richter sein wird, zum Zeugen an, dass ich den gewählt habe, von dem ich glaube, dass er nach Gottes Willen gewählt werden sollte.«

Das volle Ausmaß seines Meineids begriff er erst, als er vor dem Altar stand und seinen Stimmzettel auf die Patene legte. In diesem Augenblick stand er Auge in Auge mit Michelangelos Bildnis der Verdammten, die aus ihrer Barke hinunter in die Hölle gezerrt wurden. *O Herr, vergib mir meine Schuld.* Aber jetzt konnte er nicht mehr zurück.

Als er den Zettel in die Urne gleiten ließ, gab es einen ungeheuren Knall, der Boden erzitterte, und hinter sich hörte er das Geräusch von zerplatzenden Glasscheiben, die krachend auf Stein fielen. Für einen sehr langen Augenblick war Lomeli davon überzeugt, dass er tot sein musste. In diesen wenigen Sekunden, in denen die Zeit angehalten zu sein schien, erkannte er plötzlich, dass Gedanken sich nicht immer der Reihe nach einstellten, sondern dass Ideen und Eindrücke wie aufeinandergestapelte Dias auf einen einwirken konnten. Und so war ihm gleichzeitig einerseits beklommen zumute, dass er sein eigenes Strafgericht Gottes heraufbeschworen hatte, und fühlte er sich andererseits beschwingt, dass ihm der Beweis für die Existenz Gottes zuteilgeworden war. Er hatte sein Leben doch nicht vergebens gelebt! In seiner Furcht und Freude stellte er sich vor, man müsse ihn auf eine andere Ebene der Existenz gehoben haben. Aber als er auf seine Hände hinunterblickte, sahen sie noch ziemlich stofflich aus. Als hätte ein Hypnotiseur mit den Fingern geschnippt, und die Zeit wäre plötzlich auf Normaltempo zurückgesprungen. Lomeli bemerkte die entsetzten Gesichter der Wahlhelfer, die an ihm vorbeistarrten, drehte sich um und sah, dass die Sixtinische Kapelle unversehrt war. Einige Kardinäle standen auf, um herauszufinden, was geschehen war.

Er ging die paar Stufen vom Altar hinunter und eilte dann über den beigefarbenen Teppich zur Tür. Er bedeutete den Kardinälen zu beiden Seiten, sich wieder zu setzen. »Bewahrt bitte Ruhe, meine Brüder. Bleibt, wo ihr seid.« Niemand schien verletzt zu sein. Er sah Benítez und rief: »Was war das? Eine Rakete?«

»Ich würde sagen eine Autobombe, Eure Eminenz.«

Aus viel größerer Entfernung und leiser als die erste war eine zweite Explosion zu hören. Nicht wenige Kardinäle schnappten nach Luft.

»Meine Brüder, bitte bleibt auf euren Plätzen.«

Er ging durch die Gitterwand in den Vorraum. Der Marmorboden war mit Glassplittern bedeckt. Er stieg die Holzrampe hinunter, hob den Saum seines Chorgewands an und stakste vorsichtig weiter. Er schaute nach oben und sah, dass an der Seite, wo der Rauchabzug der Öfen durchs Dach in den Himmel ragte, zwei Fenster nach innen geplatzt waren. Die Splitter der drei bis vier Meter hohen, aus Hunderten von Scheiben zusammengesetzten Fenster sahen aus wie eine Verwehung aus kristallin glitzerndem Schnee. Von jenseits der Tür hörte er männliche Stimmen, panische, streitende Stimmen, und dann das Geräusch eines Schlüssels, der sich im Schloss drehte. Die Tür flog auf, und vor Lomeli standen zwei schwarz gekleidete Sicherheitsleute mit gezogener Pistole und hinter ihnen O'Malley und Mandorff, die beide protestierten.

Lomeli war entsetzt. Mit ausgebreiteten Armen ging er auf die beiden Wachleute zu, um ihnen den Zutritt zu verwehren.

»Nein, nein! Raus!« Er scheuchte sie mit beiden Händen weg, als wären sie Krähen. »Verschwinden Sie. Das ist ein Sakrileg. Niemand ist verletzt.«

»Tut mir leid, Eure Eminenz«, sagte einer der Männer. »Wir müssen Sie alle an einen sicheren Ort bringen.«

»Unter dem Schutz Gottes sind wir in der Sixtinischen Kapelle so sicher wie an jedem beliebigen Ort der Welt. Verschwinden Sie, sofort. Ich muss darauf bestehen.« Die

Männer zögerten. Lomeli erhob die Stimme. »Das ist ein heiliges Konklave, meine Kinder – Sie gefährden die Unsterblichkeit Ihrer Seele!«

Die Sicherheitsleute schauten sich unschlüssig an und zogen sich dann über die Türschwelle zurück.

»Schließen Sie uns wieder ein, O'Malley. Wir rufen Sie, wenn wir fertig sind.«

O'Malleys sonst rötliche Gesichtsfarbe war einem fleckigen Grau gewichen. Er senkte den Kopf. Seine Stimme zitterte. »Ja, Eure Eminenz.«

Er schloss die Tür. Der Schlüssel drehte sich.

Das jahrhundertealte Glas knirschte und knackte unter Lomelis Sohlen, während er in den Hauptraum der Kapelle zurückging. Er dankte Gott. Es war ein Wunder, dass keines der Fenster in der Nähe des Altars über ihren Köpfen zerborsten war. Der Splitterregen hätte sie in Stücke häckseln können. Tatsächlich schauten einige Kardinäle besorgt nach oben. Lomeli ging zum Mikrofon. Ihm fiel auf, dass Tedesco einen völlig unbekümmerten Eindruck machte.

»Meine Brüder, offenbar hat sich ein ernster Zwischenfall ereignet. Der Erzbischof von Bagdad vermutet eine Autobombe, er hat seine Erfahrungen mit diesem Übel. Ich persönlich glaube, dass wir auf Gott, der uns bislang verschont hat, vertrauen und mit der Wahl fortfahren sollten. Aber vielleicht sind einige unter euch anderer Meinung. Ich bin euer Diener. Was ist der Wille des Konklaves?«

Tedesco erhob sich sofort. »Wir sollten nicht vorschnell handeln, Eure Eminenz. Vielleicht war es gar keine Bombe. Es könnte genauso gut eine Gasleitung oder etwas Ähnliches gewesen sein. Wir würden uns lächerlich machen, wenn wir jetzt fliehen, und dann stellt sich das Ganze als Unfall heraus. Und wenn es tatsächlich ein Terrorakt ist … Tja, also dann:

Die unerschütterliche Kraft unseres Glaubens demonstrieren wir der Welt am besten, indem wir standhaft bleiben, indem wir uns nicht einschüchtern lassen und mit unserer heiligen Pflicht fortfahren.«

Gut gesagt, dachte Lomeli. Trotzdem konnte er sich des unwürdigen Verdachts nicht erwehren, Tedesco habe nur deshalb das Wort ergriffen, weil er das Konklave an seine Autorität als Spitzenreiter erinnern wollte. »Möchte sonst jemand etwas dazu sagen?«, fragte er. Einige Kardinäle schauten immer noch besorgt hinauf zu den Fensterreihen fünfzehn Meter über ihnen. Niemand meldete sich zu Wort. »Nein? Sehr gut. Dann schlage ich vor, dass wir ein kurzes Gebet sprechen, bevor wir fortfahren.« Das Konklave erhob sich. Er senkte den Kopf. »Wir bringen Dir unser Gebet dar, o Herr, für all die, die durch die Explosion gelitten haben mögen oder immer noch leiden. Zur Bekehrung der Sünder, zur Vergebung der Sünden, zur Sühne der Sünden, zur Erlösung der Seelen.«

»Amen.«

Lomeli ließ eine weitere halbe Minute der Besinnung verstreichen, dann verkündete er: »Die Wahl wird nun fortgesetzt.«

Durch die leeren Fensteröffnungen waren sehr schwach das Heulen von Sirenen und das Brummen eines Hubschraubers zu hören.

*

Der Wahlvorgang wurde an dem Punkt fortgesetzt, wo er unterbrochen worden war. Zuerst stimmten die Patriarchen aus dem Libanon, aus Antiochia und Alexandria ab, dann die Kardinalpriester. Es fiel auf, dass sie alle schneller zum Altar gingen. Manche schienen so erpicht darauf zu sein, ihre Stimme abgeben und in den warmen, abgeschotteten Schoß der Casa

Santa Marta zurückkehren zu können, dass sie sich bei der heiligen Eidesformel schier verhaspelten.

Lomeli hatte die Hände mit der Fläche nach unten auf die Tischplatte gelegt, um das Zittern zu unterdrücken. Bei der Konfrontation mit den Wachleuten war er noch ganz ruhig gewesen, aber seit der Sekunde, wo er wieder an seinem Platz saß, stand er wie unter Schock. Er war nicht so ichbezogen zu glauben, dass eine Bombe hochgegangen sei, nur weil er den eigenen Namen auf ein Stück Papier geschrieben habe. Aber er war auch nicht so prosaisch, das Zusammenwirken der Dinge zu leugnen. Wie sonst war der Zeitpunkt der präzise wie ein Blitz einschlagenden Explosion zu deuten, außer als Zeichen dafür, dass die sich abspielenden Machenschaften Gottes Missfallen erregten?

Du hast mir eine Aufgabe gestellt, und ich habe Dich im Stich gelassen.

Wie ein Chor der Verdammten schwoll das Heulen der Sirenen zu einem Crescendo an: manche jaulten, andere kreischten, wieder andere stießen nur einen einzigen schrillen Ton aus. Zum Brummen des ersten Hubschraubers hatten sich die Geräusche eines zweiten gesellt. All das sprach der vermeintlichen Abschottung des Konklaves Hohn. Ebenso gut hätten sie sich mitten auf der Piazza Navona versammeln können.

Wenn man keinen Frieden zur Andacht fand, konnte man aber immer noch Gott um Hilfe anrufen – dabei konnten die Sirenen einem sogar helfen, seinen Geist zu fokussieren. Lomeli betete für die Seele jedes einzelnen Kardinals, der an ihm vorbei zur Urne ging. Er betete für Bellini, der sich nur widerwillig bereitgefunden hatte, den Kelch anzunehmen, der ihm dann auf demütigende Weise aus der Hand geschlagen worden war. Er betete für Adeyemi, der in all seiner schwerfälligen Würde das Zeug zu einer großen Gestalt der

Geschichte gehabt hätte, den aber ein ärmliches Verlangen vor mehr als dreißig Jahren ins Unglück gestürzt hatte. Er betete für Tremblay, der ihm im Vorbeigehen einen verstohlenen Blick zuwarf und dessen Erbärmlichkeit Lomelis Gewissen für den Rest seines Lebens beschweren würde. Er betete für Tedesco, der unversöhnlich zum Altar stapfte, wobei die stämmige Gestalt auf den kurzen Beinen hin und her schwankte wie ein zerbeulter Schlepper in schwerer See. Er betete für Benítez, dessen Gesichtsausdruck so ernst und zielstrebig war wie noch nie zuvor, so als hätte die Explosion ihn an Dinge erinnert, die er lieber vergessen hätte. Und schließlich betete er für sich selbst, dass man ihm den Meineid vergeben und ihm trotz seiner Minderwertigkeit ein Zeichen senden möge, was zu tun sei, um das Konklave zu retten.

*

Auf Lomelis Uhr war es 12.42 Uhr, als die letzte Stimme abgegeben war und die Wahlhelfer mit der Auszählung begannen. Inzwischen ertönten nur noch sporadisch Sirenen. Dem Konklave waren wenige Minuten Pause vergönnt, in denen sich eine angespannte, verlegene Stille in der Kapelle breitmachte. Diesmal ließ Lomeli die Kardinalsliste in der Mappe stecken. Die sich qualvoll in die Länge ziehende Verlesung jeder einzelnen Stimme konnte er nicht noch einmal ertragen. Wenn er sich damit nicht lächerlich gemacht hätte, hätte er sich die Finger in die Ohren gesteckt.

O Herr, lass diesen Kelch an mir vorübergehen!

Lukša zog den ersten Zettel aus der Urne und gab ihn Mercurio, der ihn an Newby weiterreichte, der ihn wiederum auf die Schnur fädelte. Auch sie wirkten in ihrem Bestreben, so schnell wie möglich zum Ende zu kommen, etwas überhastet.

Zum siebten Mal hob der Erzbischof von Westminster zu seiner Litanei an.

»Kardinal Lomeli.«

Lomeli schloss die Augen. Der siebte Wahlgang müsste eigentlich ein verheißungsvoller sein. In der Heiligen Schrift war sieben die Zahl der Erfüllung und Vollendung: der Tag, an dem Gott nach der Erschaffung der Welt ruhte. Verkörperten die sieben Kirchen Asiens nicht die Vollständigkeit des Leibes Christi?

»Kardinal Lomeli ...«

»Kardinal Tedesco ...«

Sieben Sterne in Christi rechter Hand, sieben Siegel beim Jüngsten Gericht, sieben Engel mit sieben Trompeten, sieben Geister vor Gottes Thron.

»Kardinal Lomeli ...«

»Kardinal Benítez ...«

... sieben Runden um Jericho herum, sieben Waschungen im Jordan ...

Er zählte unverzagt weiter auf, war aber trotzdem nicht in der Lage, Newbys sonore Stimme ganz auszublenden. Schließlich kapitulierte er und hörte ihm zu. Allerdings konnte er nun nicht mehr einschätzen, wer in Führung lag.

»Und damit ist der siebte Wahlgang beendet.«

Er öffnete die Augen. Die drei Wahlprüfer standen auf und gingen zum Altar, um das Ergebnis zu kontrollieren. Er sah auf die andere Seite zu Tedesco, der mit seinem Stift auf die Namensliste klopfte und Stimmen zählte. »Vierzehn, fünfzehn, sechzehn.« Die Lippen bewegten sich, aber der Gesichtsausdruck war undurchdringlich. Diesmal war in der Kapelle kein Gemurmel zu hören. Lomeli verschränkte die Arme, schaute hinunter auf seinen Tisch und wartete darauf, dass Newby sein Schicksal verkündete.

»Meine Brüder, das Resultat des siebten Wahlgangs lautet wie folgt.«

Lomeli zögerte kurz und nahm dann seinen Stift in die Hand.

Lomeli	52
Tedesco	42
Benítez	24

Er lag vorn. Wenn die Zahlen in Feuer geschrieben worden wären, hätte er nicht entgeisterter sein können. Aber da standen sie, unabwendbar: Er konnte sie noch so lange anstarren, sie würden sich nicht ändern. Wenn nicht die Gesetze Gottes, so trieben die der Wahlforschung ihn unbarmherzig immer weiter auf den Rand des Abgrunds zu.

Er war sich bewusst, dass sich ihm alle zugewandt hatten. Er musste die Armlehnen fest umklammern, um die nötige Kraft zu sammeln, seinen Körper in die Höhe zu stemmen. Er machte sich gar nicht erst die Mühe, zum Mikrofon zu gehen. »Meine Brüder«, sagte er und hob die Stimme, damit alle ihn verstehen konnten. »Wieder hat kein Kandidat die notwendige Mehrheit erreicht. Wir fahren deshalb heute Nachmittag mit dem achten Wahlgang fort. Würdet ihr bitte an eurem Platz bleiben, bis die Zeremoniäre eure Notizen eingesammelt haben? Wir werden die Kapelle so schnell wie möglich verlassen. Kardinal Rudgard, würden Sie bitte Bescheid geben, dass man die Türen öffnet?«

*

Er blieb stehen, während der letzte der Kardinaldiakone seiner Pflicht nachging. Jeder seiner vorsichtigen Schritte über den mit Glassplittern übersäten Marmorboden war deutlich zu hören. Als er gegen die Tür schlug und »*aprite le porte, aprite le porte!*« rief, klang er fast verzweifelt. Sobald er den Hauptraum wieder betreten hatte, verließ Lomeli seinen Platz und ging durch den Gang auf die Tür zu. Als er dem ihm entgegenkommenden Rudgard begegnete, bemühte er sich, aufmunternd zu lächeln, aber der Amerikaner sah beiseite. Auch keiner der noch sitzenden Kardinäle suchte den Augenkontakt. Erst glaubte er, das sei Ausdruck von Feindseligkeit, aber dann erkannte er, dass es die erste Bekundung einer neuen, erschreckenden Ehrerbietung war: Allmählich hielten sie es für denkbar, dass er Papst werden könnte.

Er ging in dem Augenblick durch die Gitterwand, wo Mandorff und O'Malley, gefolgt von ihren Assistenten, zwei Priestern und zwei Mönchen, die Kapelle betraten. Hinter ihnen in der Sala Regia sah Lomeli eine Phalanx Sicherheitsbeamter und zwei Offiziere der Schweizergarde.

Mit ausgebreiteten Armen stakste Mandorff vorsichtig über die Splitter auf Lomeli zu. »Eure Eminenz, ist alles in Ordnung mit Ihnen?«

»Niemand ist verletzt, Wilhelm, Gott sei Dank. Aber wir sollten die Scherben ausfegen lassen, bevor sich einer von unseren Brüdern noch verletzt.«

»Sie erlauben, Eminenz?«

Mandorff machte den Leuten vor der Tür ein Zeichen. Vier mit Besen bewehrte Männer betraten die Kapelle, verneigten sich vor Lomeli und begannen sofort, einen Weg frei zu fegen. Sie legten sich tüchtig ins Zeug und kümmerten sich nicht um den Krach, den sie dabei machten. Zur gleichen Zeit eilten die Zeremoniäre über die Rampe in die Kapelle und sammelten die Notizen der Kardinäle ein. Ihre Hast ließ darauf schließen, dass die schnellstmögliche Evakuierung des Konklaves angeordnet worden war. Lomeli legte die Arme um Mandorffs und O'Malleys Schultern und zog sie dicht an sich heran. Der Körperkontakt war ihm angenehm. Da sie das letzte Abstimmungsergebnis noch nicht kannten, sträubten sie sich nicht und machten auch sonst keine Anstalten, auf respektvollen Abstand zu gehen.

»Wie ernst ist es?«

»Sehr ernst, Eure Eminenz«, sagte O'Malley.

»Weiß man schon, was genau passiert ist?«

»Anscheinend sowohl ein Selbstmordattentäter als auch eine Autobombe. Auf der Piazza del Risorgimento. Offenbar haben die Täter gezielt einen Ort ausgesucht, wo sich viele Pilger aufhielten.«

Lomeli ließ die beiden Prälaten los und stand für einige Sekunden schweigend da, um das Grauen zu verarbeiten. Die Piazza del Risorgimento war etwa vierhundert Meter entfernt, gleich jenseits der Mauern der Vatikanstadt. Es war der öffentliche Platz, der der Sixtinischen Kapelle am nächsten gelegen war. »Wie viele Tote?«

»Mindestens dreißig. Es gab auch noch eine Schießerei während einer Messe in der Kirche San Marco.«

»Großer Gott!«

»Außerdem gab es einen bewaffneten Anschlag auf die Frauenkirche in München, Eminenz«, sagte Mandorff. »Und eine Explosion an der Universität Löwen.«

»Wir werden überall in Europa attackiert«, sagte O'Malley.

Lomeli erinnerte sich an den Besuch des Innenministers. Der junge Mann hatte von »möglicherweise multiplen koordinierten Anschlagszielen« gesprochen. Das muss er gemeint haben. Für einen Laien waren die Euphemismen des Terrors so allgemein und rätselhaft wie die »tridentinische« Messe. Er bekreuzigte sich. »Möge Gott ihrer Seelen gnädig sein. Hat schon jemand die Verantwortung übernommen?«

»Noch nicht«, sagte Mandorff.

»Wahrscheinlich Islamisten, oder?«

»Mehrere Augenzeugen auf der Piazza del Risorgimento haben ausgesagt, dass der Selbstmordattentäter *allahu akbar* gerufen hat. Es gibt wohl kaum einen Zweifel.«

»›Gott ist am größten!‹« O'Malley schüttelte angewidert den Kopf. »Was für eine abscheuliche Beleidigung des Allmächtigen!«

»Nur keine Emotionen jetzt«, mahnte Lomeli den Iren. »Wir müssen scharf nachdenken. Attentate in Rom sind schon entsetzlich genug. Aber gezielte Attacken auf die Universalkirche – in drei verschiedenen Ländern, zum jetzigen Zeitpunkt, während wir einen neuen Papst wählen? Wenn wir jetzt nicht aufpassen, dann wird das die Welt für den Beginn eines Religionskrieges halten.«

»Das *ist* der Beginn eines Religionskrieges, Eminenz«, sagte O'Malley.

»Die Kirche ist ohne Führung«, sagte Mandorff. »Die Täter haben mit Bedacht genau jetzt zugeschlagen.«

Lomeli fuhr sich mit der Hand über das Gesicht. Für die meisten Eventualitäten hatte er Vorbereitungen getroffen, aber damit hatte er nicht gerechnet. »Großer Gott«, murmelte er. »Was für ein Bild der Ohnmacht bieten wir der Welt. Schwarzer Rauch über einer Piazza, wo mitten in Rom Bomben explodiert sind. Schwarzer Rauch über zwei zerstörten Fenstern aus dem Schornstein der Sixtinischen Kapelle. Aber was sollen wir tun? Eine Unterbrechung des Konklaves würde unseren Respekt vor den Opfern bekunden, sicher, aber es würde kaum etwas an unserem Führungsvakuum ändern. Sie würde es sogar verlängern. Und eine Beschleunigung des Wahlprozesses würde gegen die Vorschriften der apostolischen Konstitution verstoßen.«

»Vergessen Sie die Vorschriften, Eminenz«, sagte O'Malley. »Die Kirche wird Sie verstehen.«

»Aber dann liefen wir Gefahr, einen Papst ohne korrekte Legitimierung zu wählen. Das wäre eine Katastrophe. Beim geringsten Zweifel an der Rechtmäßigkeit des Prozesses würden vom ersten Tag an die Erlasse des neuen Papstes infrage gestellt werden.«

»Es gibt noch ein anderes Problem, das zu beachten wäre, Eure Eminenz«, sagte Mandorff. »Das Konklave soll abgeschottet sein und nichts über Vorgänge in der Außenwelt erfahren. Folglich dürfte das Wahlkollegium auch keinerlei Einzelheiten über die aktuellen Vorgänge erfahren, falls die ihre Entscheidung beeinflussen könnten.«

»Erzbischof, ich bitte Sie«, platzte es aus O'Malley heraus. »Die haben alle schon *gehört*, was passiert ist!«

»Mag sein, Monsignore«, erwiderte Mandorff steif. »Aber sie sind sich nicht des besonderen Charakters des Angriffs auf die Kirche bewusst. Man könnte argumentieren, die Gräueltaten seien eine direkt an das Konklave gerichtete Botschaft. In diesem Fall müssten die Kardinäle von allen Nachrichten über die Vorfälle abgeschirmt werden, weil das ihr Urteil beeinflussen könnte.« Mandorffs blasse Augen blinzelten Lomeli durch die Brillengläser zu. »Wie lauten Ihre Anweisungen, Eminenz?«

Die Wachleute schaufelten jetzt die Glassplitterhaufen in Schubkarren. Das Klirren und Scheppern hallte in der Sixtinischen Kapelle wider. Es klang wie auf einem Kriegsschauplatz, ein infernalisch gotteslästerlicher Lärm an solch einem Ort. Durch die Gitterwand konnte Lomeli sehen, dass die Kardinäle in ihren roten Roben hinter ihren Tischen aufstanden und sich im Gänsemarsch in Richtung Vorraum bewegten.

»Wir sagen nichts«, sagte er. »Wenn jemand nicht locker-lässt, dann sagen Sie, Sie handeln auf meine Anweisung. Dar-über hinaus aber kein Wort über das, was geschehen ist. Ist das klar?«

Beide Männer nickten.

»Und was ist mit dem Konklave, Eminenz?«, fragte O'Mal-ley. »Soll es einfach fortgesetzt werden?«

Darauf wusste Lomeli keine Antwort.

*

Er verließ die Sixtinische Kapelle und eilte an der Phalanx der Wachleute in der Sala Regia vorbei in die Paulinische Kapelle. Der düstere, höhlenartige Raum war leer. Er schloss die Tür hinter sich. Hier hielten sich O'Malley, Mandorff und die Zeremoniäre auf, während das Konklave tagte. Die Stühle beim Eingang waren zu einem Kreis zusammengestellt worden. Er fragte sich, was sie in der langen Wartezeit während der Wahl-gänge trieben. Spekulierten sie über die Ergebnisse? Lasen sie? Fast sah es so aus, als hätten sie Karten gespielt. Nein, natürlich nicht, das war absurd. Als er neben einem der Stühle eine Fla-sche Wasser stehen sah, fiel ihm auf, wie durstig er war. Er nahm einen langen Schluck und ging dann durch den Mittelgang zum Altar, während er seine Gedanken zu ordnen versuchte.

Wie immer blickten ihn aus Michelangelos Fresko die vor-wurfsvollen Augen des kopfüber gekreuzigten Petrus an. Er ging hastig zum Altar, beugte das Knie, machte dann spontan kehrt und ging den Mittelgang wieder halb zurück, um sich das Wandgemälde genauer anzusehen. Auf dem Bild waren vielleicht fünfzig Personen dargestellt, von denen die meis-ten zu dem muskulösen, fast nackten Heiligen blickten, der an ein Kreuz genagelt war, das gerade aufgerichtet wurde.

Nur Petrus selbst schaute aus dem Gemälde heraus in die Welt der Lebenden, aber nicht direkt zum Betrachter, sondern aus den Augenwinkeln – das war das Genialische daran. Als hätte er den Besucher gerade erst entdeckt und wollte ihn mit seinem Blick auffordern, einfach weiterzugehen. Niemals zuvor hatte Lomeli eine so überwältigende Verbindung mit einem Kunstwerk verspürt. Er nahm sein Birett ab und kniete davor nieder.

Heiliger Petrus, Haupt der Apostelschar, du bist der Hüter der Schlüssel des Himmelreichs, die Mächte der Hölle haben keine Gewalt über dich. Du bist der Fels der Kirche und der Hirte der Herde Christi. Erhebe mich aus dem Ozean meiner Sünden und befreie mich aus der Hand all meiner Widersacher. Hilf mir, du guter Hirte, zeige mir, was ich tun soll.

Er musste mindestens zehn Minuten tief in Gedanken versunken zu Petrus gebetet haben, jedenfalls hatte er nicht mitbekommen, dass man die Kardinäle längst durch die Sala Regia und über die Treppe hinunter zu den Minibussen geführt hatte. Noch hatte er mitbekommen, dass O'Malley die Tür geöffnet und von hinten an ihn herangetreten war. Ein köstliches Gefühl von Frieden und Sicherheit hatte ihn durchdrungen. Er wusste jetzt, was er zu tun hatte.

Möge ich Jesus Christus und dir dienen, und möge ich mir mit deiner Hilfe nach einem guten Leben immerwährendes Glück im Himmel verdient haben, wo du in alle Ewigkeit der Hüter der Pforten und der Hirte der Herde bist. Amen.

Erst als O'Malley höflich und mit einem Hauch von Sorge in der Stimme »Eminenz?« sagte, erwachte Lomeli aus seiner Träumerei.

Ohne sich umzudrehen, sagte er: »Brennen die Stimmzettel schon?«

»Ja, Dekan. Schwarzer Rauch. Wieder einmal.«

Er versenkte sich noch einmal in Andacht. Eine halbe Minute verstrich. »Wie fühlen Sie sich, Eminenz?«, fragte O'Malley.

Widerstrebend wandte Lomeli die Augen von dem Gemälde ab und sah O'Malley an. Er bemerkte jetzt eine Veränderung an ihm. Er wirkte verunsichert, ängstlich, verzagt. Das konnte nur daran liegen, dass der Ire inzwischen um das Ergebnis des siebten Wahlgangs wusste und Lomelis gefährliche Lage erkannte. Der Dekan hob eine Hand, und O'Malley half ihm auf. Er strich sich die Soutane und das Rochett glatt.

»Kopf hoch, Ray. Schauen Sie sich dieses außergewöhnliche Werk an, und bedenken Sie, wie prophetisch es ist. Sehen Sie am oberen Bildrand die dunklen Schleier? Ich habe immer geglaubt, das sind bloß Wolken, aber jetzt bin ich mir sicher, dass es Rauch ist. Irgendwo brennt ein Feuer, außerhalb unseres Blickfelds, das nach Michelangelos Willen für uns unsichtbar ist – ein Symbol für Gewalt, für Kampf und Zwietracht. Und sehen Sie, wie sehr sich Petrus anstrengt, den Kopf zu heben und aufrecht zu halten, obwohl man gerade das Kreuz aufrichtet, mit seinen Füßen nach oben? Warum tut er das? Weil er fest entschlossen ist, sich der Gewalt, die ihm angetan wird, nicht zu beugen. Da bin ich mir sicher. Er setzt seine letzten Kraftreserven ein, um uns seinen Glauben und sein Menschsein zu beweisen. Er will zum Hohn einer Welt, die für ihn buchstäblich auf dem Kopf steht, sein Gleichgewicht bewahren.

Ist das nicht ein Hinweis vom Gründer der Kirche an uns Menschen von heute? Das Böse will die Welt auf den Kopf stellen. Aber selbst im Leiden, so der Auftrag des heiligen Apostels Petrus an uns, sollen wir an unserem Verstand und an unserem Glauben an Jesus Christus, den auferstandenen Erlöser, festhalten. Wir sollen das Werk vollenden, das Gott von uns erwartet, Ray. Das Konklave wird fortgesetzt.«

17

UNIVERSI DOMINICI GREGIS

Lomeli wurde eilig mit dem Streifenwagen zur Casa Santa Marta zurückgebracht. Zwei Sicherheitsleute begleiteten ihn. Ein Mann saß neben ihm, der andere vorn neben dem Fahrer. Der Wagen verließ in hohem Tempo den Cortile del Maresciallo und bog scharf um die Ecke. Die Reifen quietschten auf dem Kopfsteinpflaster, dann beschleunigte der Wagen wieder und fuhr in hohem Tempo durch die nächsten drei Innenhöfe. Das Blaulicht bewegte sich blitzend über die dunklen Mauern des Apostolischen Palastes. Lomeli sah überraschte, blau erleuchtete Gesichter von Schweizergardisten vorüberhuschen. Er umklammerte sein Pektorale und fuhr mit dem Daumen an den scharfen Kanten entlang. Er erinnerte sich an die Worte eines amerikanischen Kardinals: »Ich werde wahrscheinlich in meinem Bett sterben, mein Nachfolger wird im Gefängnis sterben und dessen Nachfolger als Märtyrer auf dem Marktplatz.« Er hatte das immer für etwas hysterisch gehalten. Als sie jetzt auf den Platz vor der Casa Santa Marta einbogen und er sechs weitere Streifenwagen mit blinkendem Blaulicht zählte, bekamen die Worte einen prophetischen Klang.

Ein Schweizergardist öffnete ihm die Wagentür. Frische Luft strich ihm übers Gesicht. Er stieg aus und blickte zum Himmel hinauf. Graue, voluminöse Wolken. In der Ferne ein paar brummende Hubschrauber mit Raketen unter dem Bauch, die wie wütende schwarze Insekten aussahen, die jeden Augenblick zustechen konnten. Natürlich heulende Sirenen. Und dann die unerschütterliche Kuppel des Petersdoms. Der vertraute Anblick bestärkte ihn in seinem Entschluss. Er ignorierte die salutierenden und sich verneigenden Polizisten und Wachleute und betrat raschen Schritts die Eingangshalle des Gästehauses.

Es herrschte die gleiche Atmosphäre wie in der Nacht, wo der Heilige Vater gestorben war. Verwirrung, unterdrückte Angst, leise redende Kardinäle, die in kleinen Gruppen beisammenstanden und bei seinem Eintreten den Kopf abwandten. Mandorff, O'Malley, Zanetti und die Zeremoniäre standen zusammen am Empfangstresen. Einige Kardinäle saßen schon im Speisesaal. Die Nonnen hatten entlang den Wänden Aufstellung genommen und schienen nicht recht zu wissen, ob sie das Büfett nun anrichten sollten. All das nahm Lomeli mit einem einzigen Blick wahr. Er machte Zanetti ein Zeichen. »Ich hatte um die neuesten Nachrichten gebeten.«

»Ja, Eure Eminenz.«

Er hatte die wichtigsten Fakten in aller Kürze angefordert. Der Priester gab ihm ein einzelnes Blatt Papier. Lomeli überflog es schnell. Unwillkürlich verkrampften sich seine Finger und zerknitterten das Papier. Was für ein Horror! »Meine Herren«, sagte er ruhig zu den Beamten. »Bitten Sie die Schwestern, sich in die Küche zurückzuziehen. Und sorgen Sie dafür, dass niemand die Eingangshalle oder den Speisesaal betreten kann. Ich will absolute Vertraulichkeit.«

Als er zum Speisesaal ging, traf er Bellini, nahm ihn am Arm und flüsterte: »Ich werde berichten, was geschehen ist. Was meinen Sie? Tue ich das Richtige?«

»Ich weiß nicht. Das müssen Sie beurteilen. Aber was auch passiert, ich stehe auf Ihrer Seite.«

Lomeli drückte Bellinis Ellbogen und drehte sich um. »Meine Brüder«, sagte er laut. »Würdet ihr euch bitte setzen? Ich möchte ein paar Worte sagen.«

Er wartete, bis alle Kardinäle aus der Eingangshalle in den Speisesaal gekommen waren und sich gesetzt hatten. Im Lauf der letzten Tage und Mahlzeiten konnten sie sich besser kennenlernen, und so hatten sich die verschiedenen Sprachgruppen schon etwas vermischt. Jetzt, in der Stunde der Krise, fiel ihm auf, dass sie sich unbewusst wieder auf ihre Plätze vom ersten Abend gesetzt hatten – die Italiener in der Nähe der Küche, die Spanischsprachigen in der Mitte, die aus den englischsprachigen Ländern näher beim Empfang …

»Bevor ich euch berichte, was vorgefallen ist, meine Brüder, möchte ich dafür die Erlaubnis des Konklaves einholen. Unter Nummer 5 und 6 der apostolischen Konstitution über die Papstwahl ist es erlaubt, unter besonderen Umständen bestimmte Angelegenheiten oder Probleme zu diskutieren, vorausgesetzt, eine Mehrheit der versammelten Kardinäle stimmt dem zu.«

»Darf ich etwas sagen, Dekan?« Der Mann mit der erhobenen Hand war Krasinski, der Alterzbischof von Chicago.

»Natürlich, Eure Eminenz.«

»Wie Sie bin auch ich ein Veteran von drei Konklaven, und ich entsinne mich, dass in Nummer 4 der Konstitution festgelegt ist, dass das Kardinalskollegium keine Gesetze korrigieren oder abändern darf, vor allem nicht solche, die die Regelung der Papstwahl betreffen – ich glaube, das sind die genauen Worte. Ich stelle fest, dass allein die Tatsache, die Unterredung hier außerhalb der Sixtinischen Kapelle abzuhalten, ein Eingriff in die Regeln ist.«

»Ich schlage keine Änderung an der Wahl selbst vor, die meiner Meinung nach gemäß den Vorschriften heute Nachmittag fortgesetzt werden muss. Ich möchte das Konklave lediglich fragen, ob es über die Ereignisse, die sich heute Morgen außerhalb der Mauern des Heiligen Stuhls zugetragen haben, informiert werden möchte.«

»Die Kenntnis davon *ist* ein Eingriff in die Regeln.«

Bellini stand auf. »Nach dem Verhalten des Dekans zu urteilen, ist wohl ziemlich klar, dass etwas Schwerwiegendes vorgefallen sein muss, und ich für meinen Teil würde gern erfahren, worum es sich handelt.«

Lomeli warf ihm einen dankbaren Blick zu. Während Bellini sich wieder setzte, waren gedämpfte Stimmen zu hören. »Hört, hört.« Oder: »Ganz meine Meinung.«

Tedesco erhob sich, und sofort herrschte Stille im Speisesaal. Er verschränkte die Hände über seiner Bauchwölbung, wartete noch einen Augenblick, dann fing er an zu sprechen. »Wenn die Angelegenheit so ernst ist, wird sie doch den Druck auf das Konklave erhöhen, zu einer schnellen Entscheidung zu kommen, oder? Und ein derartiger Druck ist natürlich ein Eingriff, wenn auch ein unterschwelliger. Wir sind hier, Eure Eminenzen, um unser Gehör Gott zu schenken und nicht Nachrichtenbulletins.«

»Zweifellos glaubt der Patriarch von Venedig, dass wir unser Gehör auch vor Explosionen verschließen sollten. Trotzdem haben wir sie alle gehört.«

Allgemeines Gelächter. Tedesco lief rot an. Seine Augen suchten nach dem, der das gesagt hatte. Es war Kardinal Sá gewesen, der Erzbischof von São Salvador da Bahia, ein Befreiungstheologe, der weder ein Freund Tedescos noch seiner Parteigänger war.

Lomeli hatte im Vatikan genug Sitzungen geleitet, dass er wusste, wann er zuschlagen musste. »Darf ich einen Vorschlag machen?« Er schaute Tedesco an und wartete. Widerwillig setzte sich der Patriarch von Venedig. »Der gerechteste Weg ist natürlich der, die Frage zur Abstimmung zu stellen. Mit Eurer Eminenzen Erlaubnis werde ich das jetzt tun ...«

»Nur langsam ...«

Lomeli sprach über Tedescos Unterbrechungsversuch einfach hinweg. »Wer wünscht, dass das Konklave die Informationen erhält, hebt bitte die Hand.« Sofort gingen jede Menge scharlachroter Ärmel in die Höhe. »Wer ist dagegen?« Tedesco, Krasinski, Tutino und vielleicht noch ein Dutzend andere hoben zögernd die Hand. »Damit ist der Vorschlag angenommen. Natürlich steht es jedem frei, den Saal zu verlassen, der nicht hören will, was ich zu sagen habe.« Er wartete. Niemand rührte sich. »Sehr schön.«

Er strich das Blatt Papier glatt.

»Vor Verlassen der Sixtinischen Kapelle habe ich das Pressebüro anweisen lassen, gemeinsam mit dem Sicherheitsdienst des Heiligen Stuhls eine Übersicht mit den neuesten Informationen zu erstellen. Die nackten Tatsachen sind folgende: Heute Morgen um elf Uhr zwanzig explodierte auf der Piazza del Risorgimento eine Autobombe. Kurz darauf, während die Menschen vom Schauplatz der Detonation flohen, zündete eine Person einen Sprengstoffgürtel, den sie am Leib trug. Mehrere glaubwürdige Zeugen sagen aus, dass die Person *allahu akbar* gerufen habe.«

Einige Kardinäle stöhnten auf.

»Zur gleichen Zeit betraten zwei bewaffnete Männer die Kirche San Marco Evangelista. Sie eröffneten das Feuer auf die Gemeinde, die die Messe feierte und genau in diesen Sekunden für das Gelingen des Konklaves betete. Die beiden Attentäter sind angeblich von Sicherheitskräften erschossen worden. Um elf Uhr dreißig – also zehn Minuten später – gab es eine Explosion in der Bibliothek der Katholischen Universität Löwen.«

Kardinal Vandroogenbroek, der Theologieprofessor in Löwen gewesen war, rief: »O Gott, nein!«

»Außerdem drang ein bewaffneter Mann in die Frauenkirche in München ein und eröffnete das Feuer. Der Dom wurde umstellt und befindet sich noch im Belagerungszustand. Es gibt noch keine endgültigen Opferzahlen von den Anschlägen, aber die letzten Schätzungen lauten wie folgt: achtunddreißig auf der Piazza del Risorgimento, zwölf in der Kirche San Marco, vier an der Universität in Belgien und mindestens zwei in München. Ich befürchte, dass die Zahlen noch steigen werden. Die Verletzten werden wohl in die Hunderte gehen.«

Er senkte das Blatt Papier.

»Das sind alle Informationen, die ich habe. Erheben wir uns, meine Brüder, und gedenken in einer Minute des Schweigens der Ermordeten und Verletzten.«

*

Hinterher war allen klar, den Theologen wie den Kirchenrechtlern, dass die Regeln, nach denen das Konklave ablief, einer unschuldigeren Zeit entstammten. Die *Universi Dominici Gregis* – »der gesamten Herde des Herrn« – hatte Papst Johannes Paul II. 1996 erlassen. Fünf Jahre vor dem Anschlag vom 11. September hatten sich weder der Papst noch seine Berater die Möglichkeit eines multiplen Terrorangriffs vorstellen können.

Aber als die Kardinäle sich am dritten Tag des Konklaves in der Casa Santa Marta zum Mittagessen versammelten, war nichts klar. Nach der Schweigeminute begannen nach und nach überall im Speisesaal Diskussionen – gedämpfte, schockierte, ungläubige. Wie sollten sie nach dem, was geschehen war, mit ihren Beratungen fortfahren? Aber ebenso: Sollten sie sie einfach abbrechen? Die meisten Kardinäle hatten sich nach der Schweigeminute sofort wieder hingesetzt, aber einige waren stehen geblieben. Darunter auch Lomeli und Tedesco. Der Patriarch von Venedig schaute sich mit gerunzelter Stirn um. Offensichtlich wusste er nicht recht, was tun. Wenn ihm nur drei seiner Unterstützer von der Fahne gingen, würde er seine Sperrminorität von einem Drittel der Stimmen verlieren. Zum ersten Mal wirkte er nicht mehr so selbstsicher.

Auf der anderen Seite des Raums sah Lomeli Benítez, der zögernd die Hand hob.

»Eure Eminenz, ich möchte etwas sagen.«

Die Kardinäle Mendoza und Ramos von den Philippinen, die in seiner Nähe saßen, baten um Ruhe, damit er gehört werden könne.

»Kardinal Benítez bittet ums Wort«, verkündete Lomeli.

Tedesco warf verärgert die Arme in die Luft. »Dekan, was soll das? Wollen Sie etwa jetzt noch eine Generalkongregation abhalten? Die Phase haben wir doch hinter uns.«

»Ich glaube, wenn einer unserer Brüder zu uns zu sprechen wünscht, dann sollten wir ihm das gestatten.«

»Welche Bestimmung der Konstitution erlaubt das?«

»Welche Bestimmung verbietet es?«

»Ich werde mir schon Gehör verschaffen, Eure Eminenz!« Das war das erste Mal, dass Lomeli Benítez so laut werden hörte. Die hohe Stimme brachte alle leisen Nebenunterhaltungen zum Verstummen. Tedesco wandte sich seinen Anhängern zu, zuckte übertrieben mit den Schultern und verdrehte die Augen, als wollte er sagen, dass die ganze Angelegenheit jetzt ja wohl ins Lächerliche abgleite. Trotzdem legte er keinen

Widerspruch mehr ein. Stille senkte sich über die Tischgesellschaft. »Danke, meine Brüder, ich werde mich kurz fassen.« Die Hände des Philippiners zitterten leicht. Er verschränkte sie hinter dem Rücken und sprach jetzt leiser. »Verzeiht, aber ich weiß nichts von der Etikette dieses Kollegiums. Ich bin euer neuester Kollege, und vielleicht ist gerade das der Grund, warum ich mich verpflichtet fühle, für die Millionen Menschen zu sprechen, die sich in diesem Augenblick außerhalb dieser Mauern befinden und in ihrem Wunsch nach Führung auf den Vatikan blicken. Wir sind gute Männer, glaube ich … wir alle, oder etwa nicht?« Er nickte Lomeli und Tedesco zu, suchte dann die Gesichter von Adeyemi und Tremblay, und als er sie fand, nickte er auch ihnen zu. »Unsere kleinlichen Ambitionen, unsere Torheiten und Streitigkeiten, das alles verblasst vollends neben dem Bösen, das unsere Mutter Kirche heimgesucht hat.«

Mehrere Kardinäle nickten zustimmend.

»Dass ich es wage, zu euch zu sprechen, liegt nur daran, dass zwei Dutzend von euch so gut waren – ich würde eher sagen, so töricht –, mir ihre Stimme zu geben. Ich glaube, man wird es uns nicht verzeihen, meine Brüder, wenn wir die Wahl Tag um Tag fortsetzen. Aus dem letzten Wahlgang ist eine klare Führungsperson hervorgegangen, und ich würde dringend raten, dass wir uns heute Nachmittag hinter diese Person stellen. Deshalb bitte ich all diejenigen, die für mich gestimmt haben, ihre Unterstützung unserem Dekan, Kardinal Lomeli, zukommen zu lassen, und ihn zum Papst zu wählen, wenn wir in die Sixtinische Kapelle zurückkehren. Danke. Verzeiht mir. Das ist alles, was ich sagen wollte.«

Bevor Lomeli reagieren konnte, antwortete Tedesco.

»O nein!« Er schüttelte den Kopf. »Nein, nein, auf keinen Fall!« Er fing wieder an, mit seinen kleinen, plumpen Händen in der Luft herumzufuchteln. Die Lippen hatte er zu einem verzweifelten Lächeln verzogen. »Das ist genau das, meine Brüder, wovor ich gewarnt habe. Im Eifer des Gefechts vergessen wir Gott und reagieren auf den Druck der Ereignisse, als repräsentierten wir etwas, was in etwa so heilig ist wie ein Parteitag. Der Heilige Geist ist nicht fügsam, den kann man nicht herbeizitieren wie einen Kellner. Ich bitte euch, meine Brüder, vergesst nicht, dass wir vor Gott einen Eid geschworen haben, den zum Papst zu wählen, den wir für den besten halten, nicht den, der sich heute Nachmittag am bequemsten auf den Balkon des Petersdoms schieben lässt, um die Massen zu beruhigen.«

Wenn Tedesco sich da hätte zurückhalten können und nicht weitergesprochen hätte, dachte Lomeli später, dann hätte sich die Versammlung seine Sichtweise, die eine völlig legitime war, vielleicht zu eigen gemacht. Aber er war nicht der Mann, der sich bei *seinem* Thema zurückhalten konnte. Das machte seine Größe und seine Tragik aus. Deshalb liebten ihn seine Anhänger, aber deshalb hatten sie ihn auch überredet, sich in den Tagen vor dem Konklave von Rom fernzuhalten. Er war wie jener Mensch, über den Jesus in einer Predigt sagte: *Wovon das Herz überfließt, davon spricht der Mund* – ungeachtet dessen, ob des Herzens Fülle nun gut oder schlecht, weise oder töricht sei.

Tedesco zeigte auf Lomeli. »In jedem Fall stellt sich die Frage, ob der Dekan der beste Mann in dieser Krise ist.« Er legte wieder sein scheußliches Lächeln auf. »Ich verehre ihn als Bruder und als Freund, aber er ist kein Hirte. Er ist nicht der, der die gebrochenen Herzen der Menschen und ihre Wunden heilen, geschweige denn die Trompete blasen kann. Wenn er überhaupt nennenswerte kirchenrechtliche Positionen vertritt, dann solche, die uns in unsere gegenwärtige Notlage gebracht haben. Überall Ziellosigkeit und ein Relativismus, der allen Religionen und flüchtigen Moden das gleiche Gewicht zubilligt. Schauen wir uns doch um, überall Moscheen und Minarette Mohammeds, in der Heimat der heiligen römisch-katholischen Kirche.«

Jemand – Bellini, wie Lomeli an der Stimme erkannte – rief: »Skandalös!«

Tedesco riss wie ein gereizter Bulle den Kopf herum. Sein Gesicht wurde schlagartig rot vor Zorn. »Skandalös nennt das der ehemalige Kardinalstaatssekretär also. Ich stimme ihm zu, das ist ein Skandal. Denkt nur an das Blut der Unschuldigen auf der Piazza del Risorgimento oder in der Kirche San Marco. Glaubt ihr nicht auch, dass wir zu einem gewissen Teil mitschuldig sind? Wir tolerieren den Islam in unseren christlichen Ländern, aber sie in ihren rotten uns aus. Zu Zehntausenden, ja zu Hunderttausenden, das ist der ungenannte Genozid unserer Zeit. Und jetzt stehen sie buchstäblich vor unseren Mauern, und wir tun nichts. Wie lange können wir uns noch behaupten, so schwach wie wir sind?«

Sogar Krasinski versuchte, ihn mit einer Handbewegung zur Mäßigung anzuhalten, aber Tedesco wollte nichts davon wissen.

»Nein, es gibt Dinge, die müssen in diesem Konklave einmal ausgesprochen werden, und jetzt ist die Zeit dafür. Jedes Mal, meine Brüder, wenn wir uns zur Wahl in die Sixtinische Kapelle begeben, durchqueren wir die Sala Regia mit ihrem Fresko von der Seeschlacht von Lepanto. Erst heute Morgen habe ich es wieder betrachtet. Die christliche Flotte, zustande gekommen durch das diplomatische Geschick seiner Heiligkeit Papst Pius V., gesegnet durch die Fürbitte unserer Jungfrau Maria vom Rosenkranz, bezwang die Galeeren des osmanischen Reiches und bewahrte den Mittelmeerraum vor der Sklaverei durch die Mächte des Islams.

Etwas von dieser Führungskraft brauchen wir auch heute. Wir müssen so fest zu unseren Werten stehen wie der Islam zu seinen. Wir müssen der Ziellosigkeit Einhalt gebieten, die uns seit dem Zweiten Vatikanischen Konzil, also seit über fünfzig Jahren, im Angesicht des Bösen geschwächt hat. Kardinal Benítez spricht von den Millionen, die in diesen schrecklichen Stunden Führung von uns erwarten. Ich stimme ihm zu. Die heiligste Aufgabe, die unsere Mutter Kirche zu erfüllen hat, die Vergabe der Schlüssel Petri, wurde unterbrochen durch Gewalt in Rom selbst. Wie von unserem Herrn Jesus Christus vorausgesagt, ist der Augenblick der größten Krise über uns gekommen, und wir müssen nun endlich die Kraft aufbringen, uns zu erheben und ihr entgegenzutreten: *Es werden Zeichen sichtbar werden an Sonne, Mond und Sternen, und auf der Erde werden die Völker bestürzt und ratlos sein über das Toben und Donnern des Meeres. Die Menschen werden vor Angst vergehen in der Erwartung der Dinge, die über den Erdkreis kommen; denn die Kräfte des Himmels werden erschüttert werden. Dann wird man den* Menschensohn in einer Wolke kommen *sehen, mit großer Kraft und Herrlichkeit. Wenn dies beginnt, dann richtet euch auf und erhebt eure Häupter; denn eure Erlösung ist nahe.«*

Kaum war er fertig, bekreuzigte er sich, senkte den Kopf und setzte sich dann schnell. Er atmete schwer. Die folgende Stille kam Lomeli sehr lang vor und wurde erst durch die sanfte Stimme von Benítez unterbrochen. »Mein lieber Patriarch von Venedig, Sie vergessen, dass ich der Erzbischof von Bagdad bin. Vor dem Einmarsch der Amerikaner gab es eineinhalb Millionen Christen im Irak, jetzt sind es noch einhundertfünfzigtausend. Meine eigene Diözese ist fast verwaist. So viel zur Macht des Schwertes. Ich habe gesehen, wie man unsere heiligen Stätten bombardiert und unsere toten Brüder und Schwestern nebeneinander auf den Boden gelegt und zur Schau gestellt hat – im Nahen Osten und in Afrika. Ich habe sie in ihrem Leid getröstet und sie begraben, und ich kann Ihnen versichern, dass nicht einer von ihnen – nicht einer – gewünscht hätte, Gewalt mit Gewalt zu vergelten. Sie starben *in* Liebe für unseren Herrn Jesus Christus, und sie starben *für* die Liebe unseres Herrn Jesus Christus.«

Einige Kardinäle – darunter Ramos, Martinez und Xalxo – klatschten laut Beifall. Nach und nach breitete sich der Applaus im ganzen Raum aus, von Asien über Afrika und Nord- wie Südamerika bis zu den Italienern. Tedesco schaute sich erstaunt um und schüttelte betrübt den Kopf – weil er ihre Torheit bedauerte oder die eigene begriff oder beides, konnte man unmöglich sagen.

Bellini stand auf. »Meine Brüder, der Patriarch von Venedig hat zumindest in einem Punkt recht. Wir sind hier nicht zusammengekommen, dass wir eine weitere Generalkongregation abhalten. Wir sind hier, um einen Papst zu wählen, und das sollten wir tun – in Übereinstimmung mit der apostolischen Konstitution, damit keinerlei Zweifel an der Legitimität des von uns gewählten Mannes aufkommen kann, aber auch weil die Zeit drängt und in der Hoffnung, dass der Heilige Geist sich in unserer Stunde der Not offenbaren möge. Ich schlage deshalb vor, das Mittagessen ausfallen zu lassen – es wird ohnehin keiner von uns großen Appetit verspüren – und sofort in die Sixtinische Kapelle zurückzukehren und zum nächsten Wahlgang zu schreiten. Ich glaube nicht, dass das gegen die heiligen Statuten verstößt. Oder, Dekan?«

»Nein, ganz und gar nicht.« Lomeli ergriff die Rettungsleine, die Bellini ihm zugeworfen hatte. »Die Regeln legen nur fest, dass am heutigen Nachmittag, falls nötig, zwei Wahlgänge durchgeführt werden müssen.« Er schaute sich im Raum um. »Findet Kardinal Bellinis Vorschlag, sofort in die Sixtinische Kapelle zurückzukehren, die Zustimmung des Konklaves? Wer ist dafür?« Ein Wald scharlachroter Ärmel schoss in die Höhe. »Wer dagegen?« Nur Tedesco hob die Hand, wandte aber gleichzeitig den Blick ab, als wollte er sich damit von der ganzen Geschichte lossagen. »Der Wille des Konklaves ist eindeutig. Monsignore O'Malley, sagen Sie den Fahrern Bescheid. Don Zanetti, würden Sie bitte das Pressebüro informieren, dass das Konklave den achten Wahlgang abhalten wird.«

Während sich die Kardinäle zerstreuten, flüsterte Bellini Lomeli ins Ohr: »Machen Sie sich schon mal darauf gefasst, mein Freund. Heute Abend sind Sie Papst.«

18

ACHTER WAHLGANG

Es stellte sich heraus, dass die meisten Minibusse nicht benötigt wurden. Eine spontane, kollektive Anwandlung ergriff das Konklave, und jene Kardinäle, die dazu körperlich noch in der Lage waren, beschlossen, den Weg von der Casa Santa Marta zur Sixtinischen Kapelle zu Fuß zurückzulegen. Sie marschierten in geschlossener Reihe, und manche hatten sich untergehakt, als wären sie Demonstranten – was sie in gewissem Sinne ja auch waren.

Die Vorsehung – oder eine göttliche Intervention – sorgte dafür, dass ein Hubschrauber, den ein Pool von TV-Sendern angemietet hatte, gerade über der Piazza del Risorgimento schwebte und die Schäden der Explosion filmte. Der Luftraum über der Vatikanstadt war gesperrt, aber der Kameramann schaffte es mit seinem langen Teleobjektiv, die Kardinäle auf ihrem Weg zu filmen – wie sie über die Piazza Santa Marta am Palazzo San Carlo entlangzogen, dann am Palazzo del Tribunale vorbei, an der Kirche Santo Stefano degli Abissini und den Vatikanischen Gärten, bis sie schließlich in den Innenhöfen vom Gebäudekomplex des Apostolischen Palastes verschwanden.

Die wackeligen Bilder der scharlachroten Gestalten, die live um die ganze Welt gingen und dann den ganzen Tag über

unablässig wiederholt wurden, gaben den Gläubigen wieder
etwas Zuversicht. Die Bilder vermittelten den Eindruck von
Zielstrebigkeit, von Einigkeit und Trotz. Unterschwellig sugge-
rierten sie, dass es schon sehr bald einen neuen Papst geben
werde. In gespannter Erwartung machten sich die Pilger aus
allen Ecken Roms auf den Weg zum Vatikan. Binnen einer
Stunde versammelten sich hunderttausend Menschen auf dem
Petersplatz.

All das erfuhr Lomeli natürlich erst hinterher. Im Augenblick ging er inmitten seiner Kollegen zur Sixtinischen Kapelle. An der einen Hand hielt er De Luca, den Erzbischof von
Genua, an der anderen Löwenstein. Sein Gesicht war dem
blassen Licht des Himmels zugewandt. Hinter ihm stimmte
Adeyemi mit seiner Prachtstimme das *Veni Creator Spiritus* an,
und schon bald fielen die anderen mit ein:

> Den Feind bedränge, treib ihn fort,
> Dass uns des Friedens wir erfreun,
> Und so an deiner Führerhand
> Dem Schaden überall entgehn …

Während Lomeli sang, bedankte er sich bei Gott. In dieser
Stunde der drängenden Prüfung, in dieser seltsamen, wenig
erhebenden Umgebung aus nüchternem Kopfsteinpflaster und
nacktem Ziegel konnte er schließlich spüren, dass der Heilige Geist sie ergriffen hatte. Zum ersten Mal fühlte er sich
im Einklang mit dem Ausgang der Wahl. Sollte das Schicksal
ihn auserwählen, er wäre einverstanden! *Vater, wenn Du willst,
nimm diesen Kelch von mir! Aber nicht mein, sondern Dein Wille
soll geschehen.*

Immer noch singend, stiegen sie die Stufen zur Sala Regia
hinauf. Als sie über den Marmorboden gingen, hob er den Blick

zu Vasaris gewaltigem Fresko der Seeschlacht von Lepanto. Wie immer erregte die untere rechte Ecke seine Aufmerksamkeit, wo eine grobschlächtig groteske Darstellung des Todes zu sehen war: ein Skelett, das eine Sense schwang. Dahinter standen die Flotten der Christenheit und des Islams zur Schlacht bereit. Er fragte sich, ob Tedesco es jemals wieder ertragen könne, sich das Fresko anzuschauen. Die Wasser von Lepanto hatten seine Hoffnungen auf das Papstamt so restlos verschlungen, wie sie die Galeeren des osmanischen Reiches verschlungen hatten.

Im Vorraum der Sixtinischen Kapelle war kein einziger Glassplitter mehr zu sehen. Ein Stapel Holzbretter zum Zunageln der herausgesprengten Fenster lag bereit. Die Kardinäle gingen zu zweit die Rampe hinauf, durch die Gitterwand und dann über den Mittelgang zu ihren Tischen. Lomeli trat ans Mikrofon am Altar und wartete, bis alle Platz genommen hatten. Sein Geist war vollkommen klar und empfänglich für die Anwesenheit Gottes. *Etwas vom Ewigen ist in mir, und ich kann mich darauf stützen. Auf es gestützt, kann ich aus der Hetzjagd heraustreten; abweisen, was nicht hergehört; in mir selbst still und einig werden, sodass, wenn der Ruf Gottes ergeht, ich wirklich einer bin, der zu sprechen vermag: »Hier bin ich, Herr.«*

Lomeli nickte kurz Mandorff zu, der neben der Eingangstür stand. Der Erzbischof antwortete mit einer leichten Verneigung seines kahlen Schädels, dann verließen er, O'Malley und die Zeremoniäre die Kapelle. Der Schlüssel drehte sich im Schloss.

Lomeli arbeitete aufs Neue die Anwesenheitsliste ab. »Kardinal Adeyemi?«

»Anwesend.«

»Kardinal Alatas?«

»Anwesend …«

Er hatte keine Eile. Die Verlesung der Namen war eine Beschwörung. Jeder Name brachte ihn einen Schritt näher zu Gott. Als er fertig war, senkte er den Kopf. Das Konklave erhob sich.

»O Herr, damit wir Deine Kirche leiten und behüten können, schenke uns, Deinen Dienern, die Segnungen der Klugheit, der Wahrheit und des Friedens, damit wir danach streben können, Deinen Willen zu erfahren und Dir mit vollkommener Hingabe zu dienen. Für Christus, unseren Herrn …«

»Amen.«

Die Rituale des Konklaves, die ihnen noch drei Tage zuvor weitgehend fremd gewesen waren, kamen den Kardinälen nun so vertraut vor wie eine Morgenmesse. Die Wahlhelfer traten unaufgefordert vor und stellten die Urne mit der Patene auf den Altar, während Lomeli zurück zu seinem Platz ging. Er öffnete seine Mappe, nahm den Stimmzettel heraus, zog die Kappe vom Stift und schaute ins Leere. Für wen sollte er stimmen? Nach allem, was beim letzten Mal geschehen war, würde er nicht noch einmal für sich selbst stimmen. Somit blieb ihm nur ein einziger realistischer Kandidat. Er hielt den Stift über das Papier. Wenn man ihm vor vier Tagen gesagt hätte, dass er im achten Wahlgang für einen Mann stimmen würde, den er zuvor noch nicht gekannt hatte, von dem er noch nicht einmal gewusst hatte, dass er Kardinal war, und der ihm auch jetzt noch ein erhebliches Rätsel aufgab, dann hätte er das als Hirngespinst abgetan. Aber trotzdem tat er genau das. Mit fester Hand schrieb er in Großbuchstaben BENÍTEZ auf den Stimmzettel. Als er den Namen betrachtete, hatte er das Gefühl, richtig zu handeln. Er stand auf, hob den Zettel hoch, damit jeder ihn sehen konnte, und sprach den Eid im Bewusstsein, dass er es mit reinem Herzen tat.

»Ich rufe Christus, der mein Richter sein wird, zum Zeugen an, dass ich den gewählt habe, von dem ich glaube, dass er nach Gottes Willen gewählt werden sollte.«

Er legte den Zettel auf die Patene und stieß ihn in die Urne.

*

Während die anderen Mitglieder des Konklaves ihre Stimme abgaben, las Lomeli in der apostolischen Konstitution über die Papstwahl. Sie gehörte zu den Unterlagen, die allen Kardinälen ausgehändigt worden waren. Er wollte sichergehen, dass er die nächsten Schritte des Prozederes noch richtig im Kopf hatte.

Kapitel VII, Nr. 87: Sobald der Kandidat die nötige Zweidrittelmehrheit erreicht hat, lässt der letzte der Kardinaldiakone die Türen öffnen. Mandorff und O'Malley erscheinen mit den nötigen Dokumenten. Er als Dekan fragt den Gewählten: »Nimmst du deine kanonische Wahl zum Papst an?«, und nach der Annahme: »Wie willst du dich nennen?« Dann füllt Mandorff in seiner notariellen Funktion das Schriftstück über die Annahme mit dem gewählten Namen aus, was die beiden Zeremoniäre bezeugen.

Mit der Annahme ist der Gewählte unmittelbar Bischof der Kirche von Rom, wahrer Papst und Haupt des Bischofskollegiums. Er erhält sogleich die volle und höchste Gewalt über die Universalkirche und kann sie unverzüglich ausüben.

Ein Wort der Annahme, ein Name, eine Unterschrift, und die Sache ist erledigt. Die Herrlichkeit liegt in der Einfachheit.

Der neue Papst zieht sich dann in die als Raum der Tränen bekannte Sakristei zurück, wo er sich umkleiden lässt. In der Zwischenzeit wird in der Sixtinischen Kapelle der Papst-

thron aufgestellt. Wenn er zurückkehrt, »treten die wahlberechtigten Kardinäle in der festgesetzten Weise hinzu, um
dem neu gewählten Papst die Huldigung zu erweisen und das
Gehorsamsversprechen zu leisten«. Weißer Rauch steigt aus
dem Schornstein. Vom Balkon des Petersdoms verkündet Santini, Präfekt der Kongregation für das Katholische Bildungswesen und der erste der Kardinaldiakone: »Habemus papam« –
wir haben einen Papst –, und kurz danach tritt der neue Pontifex
vor die Welt.

Und sollte sich Bellinis Vorhersage – eine fast zu folgenschwere Möglichkeit, die zur Gänze zu durchdenken Lomeli
nicht wagte – als zutreffend erweisen und der Kelch in seine
Hände übergehen, was würde dann passieren?

In diesem Fall würde Bellini als dem nach ihm ranghöchsten Mitglied des Kollegiums die Aufgabe zufallen, ihn, Lomeli,
zu fragen, welchen Namen er als Papst annehmen wolle.

Der Gedanke war schwindelerregend.

Zu Beginn des Konklaves, als Bellini ihm eigene Ambitionen vorgeworfen und behauptet hatte, insgeheim habe sich
jeder Kardinal bereits einen Namen für den Fall seiner Wahl
ausgesucht, da hatte Lomeli das geleugnet. Aber jetzt – Gott
möge ihm seine Heuchelei verzeihen – gestand er sich selbst
ein, schon immer einen Namen im Kopf gehabt zu haben,
obwohl er es immer bewusst vermieden hatte, ihn auszusprechen – sogar im Geiste.

Er wusste seit Jahren, wie er heißen würde.

Er würde Johannes heißen.

Johannes zu Ehren des gesegneten Apostels und zu Ehren
von Papst Johannes XXIII., während dessen revolutionä-
ren Pontifikats er zum Mann gereift war. Johannes, weil es die
Absicht erkennen ließe, ein Reformer zu sein. Johannes auch
deshalb, weil man diesen Namen traditionell mit den Päpsten

verband, deren Amtszeit kurz gewesen war. Und seine würde kurz werden, dessen war er sich sicher.

Er würde Papst Johannes XXIV. heißen.

Das hatte Gewicht. Das klang echt.

Wenn er hinaus auf den Balkon träte, würde er als Erstes den apostolischen Segen *urbi et orbi* erteilen. *Der Stadt und dem Erdkreis.* Dann jedoch würde er den Milliarden zuschauenden Menschen, die sich nach seiner Führung sehnten, etwas Persönlicheres sagen, etwas, was sie beruhigen und beflügeln würde. Er müsste ihr Hirte sein. Zu seinem Erstaunen jagte ihm diese Aussicht keine Angst ein. Ungebeten waren ihm die Worte unseres Erlösers Jesus Christus durch den Kopf gegangen: *... macht euch keine Sorgen, wie und was ihr reden sollt; denn es wird euch in jener Stunde eingegeben, was ihr sagen sollt.* Dennoch hielt er es für das Beste (der Bürokrat in ihm war immer auf dem Sprung), sich zumindest im Groben darauf vorzubereiten. Und so legte er sich in den letzten zwanzig Minuten des Wahlvorgangs – lediglich unterbrochen von gelegentlichen, der Inspiration dienenden Blicken zur Decke der Sixtinischen Kapelle – ein paar Sätze zurecht, die er als Papst sagen würde, um seiner Kirche Mut zu machen.

*

Die Glocke des Petersdoms schlug dreimal.

Die Wahl war vorüber.

Kardinal Lukša hob die mit Stimmzetteln gefüllte Urne vom Altar, zeigte sie den Tischreihen zu beiden Seiten des Gangs und schüttelte sie dann so kräftig, dass Lomeli hören konnte, wie die Zettel sich vermischten.

Es war indes kühl geworden. Durch die Öffnungen der herausgesprengten Fenster drang leise ein seltsames, gewaltiges

Rauschen herein – ein Murmeln, ein Seufzen. Die Kardinäle sahen sich an. Zunächst begriffen sie nicht. Aber Lomeli hatte es sofort erkannt. Es waren die Geräusche der Zehntausenden, die auf dem Petersplatz zusammenströmten.

Lukša hielt Kardinal Newby die Urne mit den Stimmzetteln hin. Der Erzbischof von Westminster steckte die Hand hinein, zog einen Zettel heraus und sagte laut: »Eins …« Er wandte sich zum Altar, warf den Zettel in die zweite Urne, drehte sich wieder zu Lukša um und wiederholte den Vorgang. »Zwei …«

Kardinal Mercurio, die Hände vor der Brust zum Gebet gefaltet, verfolgte jede Bewegung, wobei er den Kopf leicht hin und her bewegte.

»Drei …«

Bis zu diesem Augenblick hatte sich Lomeli wie losgelöst gefühlt – richtig heiter sogar. Aber jetzt schien sich mit jeder gezählten Stimme ein unsichtbares Band fester um seine Brust zu ziehen. Er vermochte kaum noch zu atmen. Er wollte beten, aber in seinem Kopf hörte er nichts als die zählende Stimme, der er nicht entrinnen konnte. Es war wie eine Wasserfolter, bis Newby schließlich den letzten Stimmzettel aus der Urne zog.

»Einhundertachtzehn.«

In die Stille hinein, aufsteigend und abfallend wie eine weit entfernte, riesige Welle, drang wieder das tiefe, leise Flehen der Gläubigen.

Newby und Mercurio gingen vom Altar in den Raum der Tränen. Lukša wartete mit dem weißen Tischtuch am Altar. Newby und Mercurio kamen mit dem Tisch zurück. Lukša breitete das Tuch sorgfältig darüber aus, glättete mit streichelnden Bewegungen den Stoff, nahm die Urne mit den Stimmzetteln vom Altar und platzierte sie ehrerbietig in der Mitte des Tischs, an den Newby und Mercurio dann die drei Stühle stellten. Newby nahm das Mikrofon vom Ständer. Die drei Wahlhelfer setzten sich.

An allen Tischen rutschten die Kardinäle auf ihren Stühlen vor und griffen nach ihren Namenslisten. Lomeli öffnete seine Mappe. Ohne dass er es merkte, verharrte die Spitze seines Stifts über dem eigenen Namen.

»Die erste Stimme wurde für Kardinal Benítez abgegeben.«

Sein Stift wanderte nach oben, machte einen Strich neben Benítez' Namen und kehrte dann wieder zu seinem zurück. Er wartete, ohne aufzuschauen.

»Kardinal Benítez.«

Wieder fuhr der Stift an den Namen entlang, machte einen Strich und kehrte zu seiner Ausgangsposition zurück.

»Kardinal Benítez.«

Diesmal schaute er auf, nachdem er den Strich gemacht hatte. Lukša tastete in der Urne nach dem nächsten Stimmzettel. Er zog einen heraus, entfaltete ihn, notierte den Namen und gab den Zettel an Mercurio weiter. Der Italiener schrieb ihn ebenfalls sorgfältig ab und reichte den Zettel an Newby weiter. Newby las ihn und beugte sich zum Mikrofon vor.

»Kardinal Benítez.«

Die ersten sieben Stimmen waren alle für Benítez. Die achte war für Lomeli, und als auch die neunte für ihn war, glaubte er, der frühe Ansturm auf Benítez sei eine jener zufälligen Glückssträhnen gewesen, wie sie in diesem Konklave schon zuvor welche erlebt hatten. Doch dann kam ein weiterer Schwung Benítez, Benítez, Benítez, und er spürte, wie Gottes Gnade ihn verließ. Ein paar Minuten später zählte er die Stimmen des Philippiners zusammen und machte durch jeden Fünferblock einen Strich. Zehn Blöcke à fünf. Er hatte einundfünfzig ... zweiundfünfzig ... dreiundfünfzig ...

Danach hatte er sich nicht mehr um die eigenen Zählstriche gekümmert.

Fünfundsiebzig ... sechsundsiebzig ... siebenundsiebzig ...

Als Benítez sich immer mehr der Schwelle näherte, die ihn zum Papst machen würde, schien sich die Luft in der Sixtinischen Kapelle zu straffen, als würden die Moleküle von einer magnetischen Kraft zusammengezogen. Dutzende Kardinäle beugten sich über ihre Liste und stellten die gleiche Berechnung an.

Achtundsiebzig ... neunundsiebzig ... *achtzig!*

Ein umfassendes kollektives Ausatmen war zu hören. Das Klopfen der Handknöchel auf den Tischplatten schwoll an. Die Wahlhelfer hörten kurz auf zu zählen und schauten, was los war. Lomeli beugte sich vor und sah den Gang hinunter. Benítez' Kinn lag auf der Brust. Er schien zu beten.

Die Auszählung der Stimmzettel ging weiter.

»Kardinal Benítez ...«

Lomeli nahm das Blatt Papier mit den groben Notizen für seine Rede und zerriss es in winzige Fetzen.

*

Nachdem die letzte Stimme – zufällig eine für ihn – ausgezählt war, lehnte Lomeli sich auf seinem Stuhl zurück und wartete, bis die Wahlhelfer und die Wahlprüfer die Zahlen überprüft hatten. Als hätte ihn ein kräftiger Wind kurz hochgehoben, in der Luft herumgewirbelt und abrupt wieder abgesetzt, um dann auf der Jagd nach jemand anderes weiterzuwirbeln – so beschrieb Lomeli später Bellini seine Gefühlslage. »Ich nehme an, das war der Heilige Geist. Ein Furcht einflößendes und beglückendes Gefühl, in jedem Fall unvergesslich. Ich bin froh, die Erfahrung gemacht zu haben.

Aber hinterher war ich einfach nur erleichtert.« Das war die Wahrheit. Mehr oder weniger.

»Eure Eminenzen«, sagte Newby ins Mikrofon. »Hier ist das Ergebnis des achten Wahlgangs.«

Aus Gewohnheit hob Lomeli den Stift zum letzten Mal und schrieb die Zahlen auf:

Benítez	92
Lomeli	21
Tedesco	5

Das Ende von Newbys Bekanntgabe ging im aufbranden-den Beifall unter. Niemand klatschte lauter als Lomeli. Er sah sich nickend und lachend um. Ein paar Bravorufe waren zu hören. Als schlüge er den Takt für einen Trauergesang, brachte Tedesco ihm gegenüber die Handflächen nur sehr langsam zusammen. Lomeli klatschte jetzt doppelt so schnell und stand auf, worauf sich das gesamte Konklave zu Ova-tionen erhob. Nur Benítez blieb sitzen. Umringt von den klatschenden Kardinälen, die von allen Seiten zu ihm hin-untersahen, wirkte er im Augenblick des Triumphes sogar noch kleiner und deplatzierter – eine winzige Gestalt, den Kopf noch im Gebet gesenkt, das Gesicht von einer schwar-zen Haartolle verdeckt, gerade so wie Lomeli ihn mit seinem Rosenkranz in Schwester Agnes' Büro zum ersten Mal gese-hen hatte.

Lomeli ging mit seinem Exemplar der apostolischen Kon-stitution über die Papstwahl zum Altar. Newby gab ihm das Mikrofon. Der Beifall verstummte.

Die Kardinäle setzten sich. Ihm fiel auf, dass Benítez sich immer noch nicht gerührt hatte. »Die notwendige Mehrheit ist erreicht. Der letzte der Kardinaldiakone möge den Sekretär des Kardinalskollegiums und den Päpstlichen Zeremonienmeister hereinrufen.«

Rudgard ging in den Vorraum und ordnete an, die Türen zu öffnen. Eine Minute später erschienen Mandorff und O'Malley in der Kapelle. Lomeli ging die Altarstufen hinunter und dann durch den Gang auf Benítez zu. Er sah die Gesichter des Erzbischofs und des Monsignores. Sie standen diskret gleich innerhalb der Gitterwand und schauten ihn erstaunt an. Sie hatten wohl damit gerechnet, dass man ihn zum Papst wählen würde, und fragten sich jetzt, was er da tat. Lomeli erreichte den Philippiner und stand jetzt vor ihm. Er sah in die Konstitution.

»Im Namen des ganzen Wählerkollegiums frage ich dich, Vincent Kardinal Benítez: Nimmst du deine kanonische Wahl zum Papst an?«

Benítez schien nicht gehört zu haben.

»Nimmst du die Wahl an?«

Es folgte langes Schweigen. Mehr als hundert Männer hielten den Atem an, und Lomeli schoss der Gedanke durch den Kopf, dass Benítez in der nächsten Sekunde ablehnen würde. Großer Gott, was für eine Katastrophe! »Darf ich Eurer Eminenz aus der apostolischen Konstitution *Universi Dominici Gregis* zitieren, was der heilige Johannes Paul II. persönlich geschrieben hat? ›Sodann bitte ich denjenigen, der gewählt werden wird, sich dem Amt, zu dem er berufen ist, nicht aus Furcht vor dessen Bürde zu entziehen, sondern sich in Demut dem Plan des göttlichen Willens zu fügen. Gott nämlich, der ihm die Bürde auferlegt, stützt ihn auch mit seiner Hand, damit er imstande ist, sie zu tragen.‹«

Schließlich hob Benítez den Kopf. Seine dunklen Augen glänzten entschlossen. Er stand auf. »Ich nehme an.«

Spontane Freudenrufe ertönten zu beiden Seiten des Gangs. Wieder brach Beifall aus. Lomeli lächelte und klopfte sich zum Zeichen der Erleichterung aufs Herz. »Wie willst du dich nennen?«

Benítez hielt inne, und plötzlich ahnte Lomeli den Grund für die scheinbare Abwesenheit seines Gegenübers. Er hatte in den letzten Minuten darüber nachgedacht, für welchen Papstnamen er sich entscheiden solle. Er war wohl der einzige Kardinal, der ins Konklave gegangen war, ohne einen Namen im Kopf zu haben.

Mit fester Stimme sagte er: »Innozenz.«

19

HABEMUS PAPAM

Die Wahl des Namens überraschte Lomeli. Einen Papst, der seinen Namen von einer Tugend – Innozenz, Pius, Clemens – ableitete und nicht von einem Heiligen, hatte es schon seit Generationen nicht mehr gegeben. Dreizehn Päpste hatten den Namen Innozenz bislang getragen, der letzte vor drei Jahrhunderten. Doch je länger er schon in den ersten Augenblicken darüber nachdachte, desto angemessener erschien er ihm – der Symbolcharakter in Zeiten des Blutvergießens, die unerschrockene Absichtserklärung. Er war das Versprechen auf eine Rückkehr zur Tradition wie auch auf eine Abkehr von ihr. Genau die Art von Zweideutigkeit, die die Kurie so liebte. Und er passte perfekt zu Benítez, dem würdevollen, kindlichen, anmutigen Mann der leisen Töne.

Papst Innozenz XIV. also – der langersehnte Dritte-Welt-Papst! Insgeheim sagte Lomeli Dank. Wieder einmal hatte Gott sie auf wundersame Weise zur richtigen Entscheidung geführt.

Um ihre Zustimmung zu dem Namen zu bekunden, hatten die Kardinäle wieder angefangen zu klatschen. Lomeli kniete vor dem neuen Heiligen Vater nieder. Benítez lächelte beunruhigt, stand auf, beugte sich über den Tisch und zupfte leicht an Lomelis Mozzetta zum Zeichen, dass er aufstehen möge.

»Eigentlich sollten Sie jetzt hier sitzen«, flüsterte er. »Ich habe in jedem Wahlgang für Sie gestimmt, ich werde Ihren Rat brauchen. Ich möchte, dass Sie Dekan des Kardinalskollegiums bleiben.«

Lomeli nahm seine Hand, erhob sich und flüsterte zurück: »Mein erster Rat, Eure Heiligkeit, ist der, jetzt noch keine Ämter zu versprechen.« Dann rief er Mandorff zu: »Erzbischof, bitte holen Sie Ihre Zeugen herein, und fertigen Sie die Urkunde der Annahme aus.«

Er trat zurück, damit die Formalitäten erledigt werden konnten. Das würde höchstens fünf Minuten dauern. Das Schriftstück war schon aufgesetzt, Mandorff musste nur noch Benítez' Geburtsnamen, seinen Papstnamen und das Datum eintragen. Der Heilige Vater musste unterzeichnen, dann wurde das Dokument bezeugt.

Erst als Mandorff das vorgefertigte Papier auf den Tisch legte und die leeren Stellen auszufüllen begann, fiel Lomelis Blick auf O'Malley. Er starrte wie in Trance auf die Urkunde. »Monsignore«, sagte Lomeli. »Tut mir leid, dass ich Sie stören muss, aber ...« Weil O'Malley nicht reagierte, sagte er: »Ray?« Erst dann wandte O'Malley den Kopf und sah ihn an. Er wirkte verwirrt, fast verängstigt. »Ich glaube, Sie sollten jetzt die Notizen der Kardinäle einsammeln«, sagte Lomeli. »Je eher wir die Öfen in Gang setzen, desto eher wird die Welt erfahren, dass wir einen neuen Papst haben. Ray?« Er streckte besorgt die Hand aus. »Ist alles in Ordnung mit Ihnen?«

»Entschuldigung, Eure Eminenz. Ja, alles bestens.«

Lomeli merkte, dass es O'Malley große Anstrengung kostete, so zu tun, als wäre alles in Ordnung. »Was ist los?«

»Nun ja, es ist einfach so, dass ich mit einem anderen Ergebnis gerechnet habe ...«

»Ja, sicher. Aber das Ergebnis ist trotzdem wunderbar.« Er senkte die Stimme. »Wenn Sie sich um mich sorgen, mein lieber Freund, kann ich Sie beruhigen. Ich bin sehr erleichtert. Gott hat uns mit seiner Gnade gesegnet. Der Kardinal wird ein größerer Papst sein, als ich es jemals hätte sein können.«

»Ja.« O'Malley rang sich ein gequältes Lächeln ab und machte den beiden Zeremoniären, die nicht mit der Bezeugung des Dokuments beschäftigt waren, ein Zeichen, die Notizen der Kardinäle einzusammeln. Dann ging er selbst weiter in die Kapelle hinein, blieb aber nach ein paar Schritten wieder stehen und kam schnell zurück. »Eminenz, es lastet eine schwere Bürde auf meinem Gewissen.«

In diesem Augenblick spürte Lomeli wieder einmal, wie es ihm die Brust zusammenzog und fast die Luft abschnürte. »Wovon um alles in der Welt reden Sie?«

»Kann ich Sie unter vier Augen sprechen?« O'Malley fasste ihn am Arm, um ihn in Richtung Vorraum zu ziehen.

Lomeli sah sich um, ob irgendwer sie beobachtete. Die Kardinäle hatten nur Augen für Benítez. Der neue Papst hatte das Dokument der Annahme unterzeichnet, erhob sich nun und wurde zum Umkleiden in die Sakristei geleitet. Lomeli gab dem Druck des Monsignores widerstrebend nach und ließ sich durch die Gitterwand in den kalten, verlassenen Vorraum der Kapelle führen. Er blickte nach oben. Der Wind blies durch die fensterlosen Öffnungen. Es wurde schon dunkel. Anscheinend hatte das Nervenkostüm des armen O'Malley unter der Explosion gelitten. »Mein lieber Ray«, sagte er. »Um Himmels willen, beruhigen Sie sich doch.«

»Es tut mir leid, Eminenz.«

»Erzählen Sie mir einfach, was Sie bedrückt. Wir haben noch viel Arbeit vor uns.«

»Ich weiß jetzt, dass ich mich früher an Sie hätte wenden müssen, aber es erschien mir einfach nicht wichtig genug.«

»Nur zu.«

»Als ich Kardinal Benítez vorgestern die Toilettenartikel gebracht habe, da hat er gesagt, den Rasierer werde er nicht brauchen, weil er sich nie rasiere.«

»Was?«

»Dabei hat er gelächelt, und offen gesagt, ich hatte so viel um die Ohren, da habe ich nicht weiter darüber nachgedacht. Ich meine, so ungewöhnlich ist das ja auch wieder nicht, oder?«

Lomeli schaute ihn mit schmalen Augen verständnislos an. »Tut mir leid, Ray, aber ich verstehe kein Wort.« Er konnte sich schwach daran erinnern, wie er die Kerze in Benítez' Bad ausgeblasen und dabei den Rasierer in der Plastikverpackung gesehen hatte.

»Aber jetzt habe ich das mit der Klinik in der Schweiz herausgefunden ...« Seine verzweifelte Stimme verstummte.

»Mit der Klinik?«, wiederholte Lomeli. Er hatte plötzlich das Gefühl, als verflüssigte sich der Marmorboden unter ihm. »Sie meinen das Krankenhaus in Genf?«

O'Malley schüttelte den Kopf. »Nein, Eminenz. Das ist ja der springende Punkt. Da war etwas, was mir keine Ruhe gelassen hat. Und als es dann heute Nachmittag so aussah, als könnte sich das Konklave in Richtung Kardinal Benítez bewegen, da habe ich noch mal genauer nachgeschaut. Es hat sich nicht um ein normales Krankenhaus gehandelt, sondern um eine Spezialklinik.«

»Spezialisiert worauf?«

»Sie nennen das *chirurgische geschlechtsangleichende Maßnahmen.*«

*

Lomeli eilte zurück in den Hauptraum der Kapelle. Die Zeremoniäre gingen von Tisch zu Tisch und sammelten jeden Fetzen Papier ein. Die Kardinäle saßen alle noch an ihrem Platz. Sie unterhielten sich leise. Nur Benítez' Stuhl und sein eigener waren leer. Vor dem Altar war inzwischen der Papstthron aufgestellt worden.

Er durchquerte die Sixtinische Kapelle bis zur Sakristei und klopfte an die Tür. Don Zanetti öffnete von innen einen Spalt weit. »Seine Heiligkeit werden gerade angekleidet, Eure Eminenz«, flüsterte er.

»Ich muss ihn sprechen.«

»Aber Eure Eminenz …«

»Wenn es Ihnen recht ist, Don Zanetti!«

Der scharfe Ton schreckte den jungen Priester auf. Er schluckte, sah ihn einen Augenblick lang ratlos an und zog dann den Kopf zurück. Lomeli hörte Stimmen, die Tür wurde kurz geöffnet, und er schlüpfte hinein. Der niedrige, gewölbte Raum sah aus wie die Requisitenkammer eines Theaters. Herumliegende Kleidungsstücke, der Tisch und die Stühle, die die Wahlhelfer während des Konklaves benutzten. Benítez trug schon die Papstsoutane aus weißer Moiréseide. Wie an ein unsichtbares Kreuz genagelt stand er kerzengerade mit ausgebreiteten Armen da. Zu seinen Füßen kniete der päpstliche Schneider von Gammarelli. Er hatte Nadeln im Mund und steckte den Saum ab. Er war so in seine Arbeit vertieft, dass er nicht aufsah.

Benítez lächelte Lomeli schicksalsergeben an. »Scheint ganz so, dass selbst die kleinsten Gewänder zu groß sind.«

»Dürfte ich Eure Heiligkeit wohl kurz unter vier Augen sprechen?«

»Natürlich.« Benítez schielte zu dem Schneider hinunter. »Sind Sie fertig?«

Durch die Nadeln und die zusammengebissenen Zähne hindurch war die Antwort nicht zu verstehen.

»Ist gut«, befahl Lomeli schroff. »Sie können später weitermachen.« Der Schneider drehte sich kurz zu ihm um, spuckte die Nadeln in eine Blechdose, zog die Nähnadel aus dem Saum und biss den weißen Seidenfaden ab. »Sie auch, Don.«

Die beiden Männer verneigten sich und verließen den Raum.

Kaum war die Tür geschlossen, sagte Lomeli: »Erzählen Sie von der Behandlung in der Genfer Klinik. Können Sie mir etwas zu Ihrem Zustand sagen?«

Er hatte sich auf verschiedene Reaktionen eingestellt – von aufgebrachtem Leugnen bis zu tränenreichem Geständnis. Stattdessen sah Benítez ihn mehr belustigt als beunruhigt an. »Muss das sein, Dekan?«

»Ja, Eure Heiligkeit, das muss sein. Innerhalb einer Stunde werden Sie der berühmteste Mensch auf Erden sein. Sie können darauf wetten, dass die Medien alles daransetzen werden, jede nur erdenkliche Kleinigkeit über Sie herauszufinden. Ihre Kardinalskollegen haben ein Recht darauf, es als Erste zu erfahren. Ich wiederhole also meine Frage: Wie ist Ihr Zustand?«

»Mein Zustand, wie Sie das nennen, ist der gleiche wie zu dem Zeitpunkt, wo ich zum Priester geweiht wurde, der gleiche wie der, als man mich zum Erzbischof machte, und der gleiche wie der, als ich zum Kardinal erhoben wurde. Die Wahrheit ist, es gab keine Behandlung in Genf. Ich habe darüber nachgedacht. Ich habe um Beistand gebetet. Und dann habe ich mich dagegen entschieden.«

»Und worin hätte sie bestanden, diese Behandlung?«

Benítez seufzte. »Im medizinischen Fachjargon heißt das, glaube ich, chirurgische Korrektur der Fusion der großen und kleinen Labien, und dazu eine Kliteropexie.«

Lomeli ließ sich auf den nächsten Stuhl sinken und legte den Kopf in die Hände. Gleich darauf hörte er, dass Benítez einen Stuhl heranzog und sich neben ihn setzte.

»Dekan, ich erzähle Ihnen jetzt die ganze Geschichte«, sagte Benítez leise. »Die ganze Wahrheit. Ich wurde auf den Philippinen als Kind sehr armer Eltern geboren, an einem Ort, wo Jungen mehr wert sind als Mädchen – wie wohl noch überall auf der Welt, leider. Meine Fehlbildung, wenn man das überhaupt so nennen darf, war dergestalt, dass es für mich völlig leicht und natürlich war, als Junge durchzugehen. Meine Eltern hielten mich für einen Jungen. Ich selbst hielt mich für einen Jungen. Und weil man im Priesterseminar, wie Sie ja selbst wissen, ein züchtiges Leben führt, in dem die Entblößung des Körpers als Gräuel gilt, hatte ich und auch sonst niemand Grund, etwas anderes zu vermuten. Ich muss wohl nicht eigens hinzufügen, dass ich mein Keuschheitsgelübde immer eingehalten habe.«

»Und Sie haben wirklich nie etwas geahnt? In sechzig Jahren nicht?«

»Nein, nie. Rückblickend sehe ich natürlich, dass meine Arbeit als Priester, in der es hauptsächlich um Frauen ging, die auf die eine oder andere Art gelitten haben, wahrscheinlich eine unbewusste Spiegelung meines natürlichen Zustandes war. Aber damals hatte ich keine Ahnung davon. Erst nach dem Bombenanschlag in Bagdad wurde ich im Krankenhaus zum ersten Mal von einem Arzt richtig untersucht. Als man mir die medizinischen Fakten erklärte, war ich natürlich erst einmal entsetzt und bin in ein tiefes, dunkles Loch gefallen. Mein ganzes Leben kam mir wie eine einzige Todsünde vor. Ich habe dem Heiligen Vater meinen Rücktritt angeboten, ohne ihm die Gründe zu nennen. Er hat mich nach Rom eingeladen, wo er mich umstimmen wollte.«

»Und haben Sie ihm da die Gründe für Ihren Rücktritt genannt?«

»Am Ende ja, es war meine Pflicht.«

Lomeli schaute ihn ungläubig an. »Und er hat es für akzeptabel gehalten, dass Sie weiter als geweihter Priester arbeiten?«

»Er hat die Entscheidung mir überlassen. Wir haben in seiner Wohnung gemeinsam um Führung gebetet. Schließlich habe ich mich zur Operation und zum Rücktritt vom geistlichen Amt entschlossen. Aber in der Nacht vor meinem Flug in die Schweiz habe ich meine Meinung geändert. Ich bin, wie Gott mich gemacht hat, Eure Eminenz. Sein Werk zu korrigieren erschien mir eine größere Sünde, als meinen Körper so zu lassen, wie er ist. Also habe ich den Termin abgesagt und bin nach Bagdad zurückgeflogen.«

»Und der Heilige Vater war damit einverstanden?«

»Muss er wohl. Schließlich hat er mich in vollem Wissen darum zum Kardinal *in pectore* gemacht.«

»Dann muss er verrückt geworden sein!«, sagte Lomeli aufgebracht.

Es klopfte an der Tür.

»Nicht jetzt!«, rief Lomeli, aber Benítez widersprach sofort: »Herein!«

Es war Santini, der erste der Kardinaldiakone. Später fragte Lomeli sich öfter, was er sich bei dem Anblick wohl gedacht hatte: der frisch gewählte Heilige Vater und der Dekan des Kardinalskollegiums sitzen sich Knie an Knie gegenüber und sind offensichtlich in ein intensives Gespräch vertieft. »Verzeihung, Eure Heiligkeit«, sagte Santini. »Wann möchten Sie, dass ich auf den Balkon gehe und Ihre Wahl verkünde? Es sollen sich eine Viertelmillion Menschen auf dem Petersplatz und in den umliegenden Straßen befinden.« Er sah Lomeli flehend an. »Wir warten darauf, die Stimmzettel verbrennen zu können, Dekan.«

»Geben Sie uns noch eine Minute, Eminenz«, sagte Lomeli.

»Natürlich.« Santini verbeugte sich und zog sich zurück.

Lomeli massierte sich die Stirn. Der Schmerz hinter seinen Augen war zurückgekehrt, stechender als je zuvor. »Eure Heiligkeit, wie viele Menschen wissen von Ihrem Zustand? Monsignore O'Malley hat eine Ahnung, aber er schwört, dass er außer mit mir mit keinem Menschen geredet hat.«

»Dann nur wir drei. Der Heilige Vater ist tot, und der Arzt, der mich in Bagdad behandelt hat, ist kurze Zeit später bei einem Bombenanschlag ums Leben gekommen.«

»Was ist mit der Klinik in Genf?«

»Ich hatte nur einen Vorgesprächstermin unter einem falschen Namen. Ich bin nie dort gewesen. Niemand könnte auch nur ahnen, dass es sich bei dem angemeldeten Patienten um mich gehandelt hat.«

Lomeli lehnte sich zurück und durchdachte das Undenkbare. Stand nicht bei Matthäus, in Kapitel 10, Vers 16, geschrieben: *Seid daher klug wie die Schlangen und arglos wie die Tauben!* »Ich würde sagen, es besteht eine reelle Chance, es auf kurze Sicht geheim halten zu können. O'Malley kann man zum Erzbischof befördern und irgendwohin versetzen. Er wird nicht reden, ich weiß, wie man mit ihm umgehen muss. Aber auf lange Sicht, Eure Heiligkeit, kommt die Wahrheit ans Licht, ganz bestimmt. Ich erinnere mich, etwas über einen Visumantrag für Sie für die Schweiz gelesen zu haben. Da war die Adresse der Klinik notiert. Das könnte eines Tages herauskommen. Sie werden alt, Sie werden medizinische Hilfe benötigen, Sie werden untersucht werden. Sie erleiden vielleicht einen Herzanfall. Und schließlich werden Sie sterben, man wird Ihren Leichnam einbalsamieren …«

Schweigend saßen sie da. »Wir haben etwas vergessen«, sagte Benítez. »Es gibt noch einen, der das Geheimnis kennt.«

Lomeli schaute ihn beunruhigt an. »Wen?«

»Gott.«

*

Es war fast fünf, als die beiden wieder in der Kapelle auftauchten. Später verbreitete das Pressebüro des Vatikans die Nachricht, Papst Innozenz XIV. habe sich geweigert, auf seinem Papstthron die traditionellen Gehorsamsversprechen entgegenzunehmen. Stattdessen habe er vor dem Altar gestanden und mit jedem einzelnen Kardinal des Wahlkollegiums gesprochen. Jeden Einzelnen habe er herzlich umarmt, besonders diejenigen, die selbst davon geträumt hätten, an seiner Stelle zu stehen: Bellini, Tedesco, Adeyemi, Tremblay. Für jeden habe er ein Wort des Trostes und der Bewunderung gehabt, jedem habe er seine Unterstützung zugesichert. Durch diese Demonstration der Liebe und Vergebung gab er jedem in der Sixtinischen Kapelle zu verstehen, dass es keine Schuldzuweisungen geben werde, dass niemand entlassen und dass die Kirche sich im Geiste der Einheit den kommenden Tagen und Jahren voller Gefahren stellen werde. Es herrschte ein allgemeines Gefühl der Erleichterung. Sogar Tedesco musste das widerwillig anerkennen. Der Heilige Geist hatte sein Werk getan. Sie hatten den Richtigen ausgewählt.

Lomeli stand im Vorraum und sah O'Malley dabei zu, wie er die Papierbeutel mit den Stimmzetteln sowie den Notizen und Aufzeichnungen des Konklaves in den runden Ofen stopfte und dann anzündete. Die Geheimnisse brannten leicht. Anschließend entzündete er in dem eckigen Ofen eine Kartusche mit Kaliumchlorat, Laktose und Kolophonium. Lomeli ließ den Blick langsam an dem Abzugsrohr nach oben bis zu der Stelle wandern, wo es durch eines der beiden fensterlosen Öffnungen in den dunklen Himmel verschwand. Den Schornstein oder den weißen Rauch konnte er nicht sehen, nur das blasse Licht des Suchscheinwerfers, das sich in der dunklen Decke spiegelte. Einen Augenblick später brandete aus Hunderttausenden von Kehlen hoffnungsfroher Beifall auf.

DANKSAGUNG

Zu Beginn meiner Recherchen habe ich den Vatikan um Erlaubnis gebeten, die Schauplätze besuchen zu dürfen, an denen sich ein Konklave abspielt und die sonst für die Öffentlichkeit unzugänglich sind. Ich danke Monsignore Guillermo Karcher vom Amt für die liturgischen Feiern des Papstes für die Organisation meines Besuchs und Signora Gabrielle Lalatta für die kenntnisreiche Führung. Ich habe außerdem eine Reihe prominenter Katholiken interviewt, darunter auch ein Kardinal, der an einem Konklave teilgenommen hat. Unsere Unterhaltungen waren vertraulich, deshalb kann ich ihnen nur allgemein und nicht namentlich danken. Ich hoffe, das Resultat entsetzt sie nicht zu sehr.

Ich habe von der Arbeit vieler Reporter und Autoren profitiert. Bei Folgenden möchte ich mich besonders bedanken: John L. Allen, *All the Pope's Men; Conclave;* John Cornwell, *A Thief in the Night: The Death of Pope John Paul I* (dt. *Wie ein Dieb in der Nacht. Der Tod von Papst Johannes Paul I.,* 1991*); The Pope in Winter: The Dark Face of John Paul II's Papacy;* Peter Hebblethwaite, *John XXIII: Pope of the Century; The Year of Three Popes;* Richard Holloway, *Leaving Alexandria: A Memoir of Faith and Doubt;* Austen Ivereigh, *The Great Performer: Francis and the Making of a Radical Pope;* Pope John XXIII, *Journal of* *a Soul* (dt. *Geistliches Tagebuch und andere geistliche Schriften,* 1964*)*; Sally Ninham, *Ten African Cardinals*; Gianluigi Nuzzi, *Merchants in the Temple: Inside Pope Francis's Secret Battle Against Corruption in the Vatican; Ratzinger Was Afraid: The secret documents, the money and the scandals that overwhelmed the Pope;* Gerald O'Collins SJ, *On the Left Bank of the Tiber;* Cormac Murphy-O'Connor, *An English Spring;* John-Peter Pham, *Heirs of the Fisherman: Behind the Secenes of Papal Death and Succession;* Marco Politi, *Pope Francis Among the Wolves: The Inside Story of a Revolution* (dt. *Franziskus unter Wölfen. Der Papst und seine Feinde,* 2015*)*; John Thavis, *The Vatican Diaries.*

Außerdem gilt mein Dank abermals meinen Verlegern in London und New York, Jocasta Hamilton und Sonny Mehta, für ihre durchweg klugen Ratschläge und ihre Begeisterung; Joy Terekiev und Christiana Moroni von Mondadori in Mailand für ihre Hilfe, den Besuch im Vatikan zu ermöglichen; und wie immer meinem deutschen Übersetzer Wolfgang Müller für sein gewohnt scharfes Auge.

Und schließlich grüße ich in Liebe und Dankbarkeit meine Familie – meine Kinder Holly, Charlie (dem dieses Buch gewidmet ist), Matilda und Sam und vor allem meine Frau Gill, die wie immer die erste Leserin war. *Semper fidelis.*

Robert Harris

»Robert Harris ist ohne Frage der beste englische Thrillerautor.« *The Times*

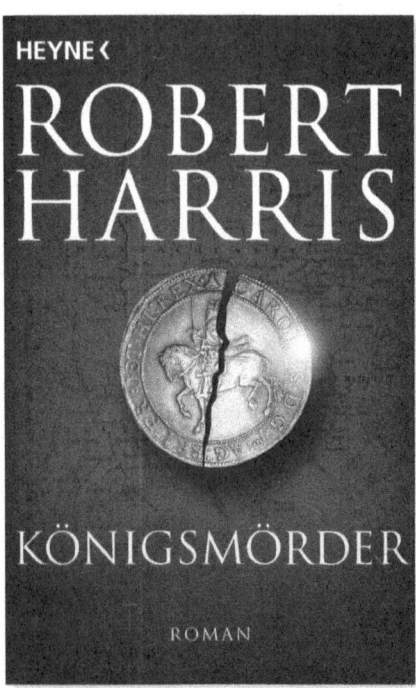

978-3-453-44191-0

Vaterland
978-3-453-42171-4

Enigma
978-3-453-11593-4

Aurora
978-3-453-43209-3

Pompeji
978-3-453-47013-2

Imperium
978-3-453-41935-3

Ghost
978-3-453-40614-8

Titan
978-3-453-41936-0

Angst
978-3-453-43713-5

Intrige
978-3-453-43800-2

Dictator
978-3-453-43866-8

Konklave
978-3-453-43903-0

München – Das Abkommen
978-3-453-47168-9

Der zweite Schlaf
978-3-453-42478-4

Vergeltung
978-3-453-44144-6

Leseprobe unter **www.heyne.de**

HEYNE ‹